ro
ro
ro

rororo

Die Blütezeit des Kalifats von Córdoba wird begleitet vom Höhenflug des Geschlechts der Schmetterlinge, schöner, gelehrter Frauen, deren Schicksal eng mit dem der königlichen Omaijadenfamilie verbunden ist. Sie reichen einander von Generation zu Generation den Schmetterlingsanhänger aus Rosenquarz weiter, dessen Flügel die weibliche Seele symbolisieren, die sich in Liebe und Schönheit entfalten möchte.

Magdalena Lasala wurde 1958 in Zaragoza geboren. Nach einem Studium der dramatischen Künste, Philosophie und Kulturgeschichte arbeitet sie dort als Journalistin und Schauspielerin. Sie hat bereits mehrere Gedichtbände veröffentlicht, die in viele europäische Sprachen übersetzt wurden. Seit 1992 beschäftigt sie sich intensiv mit der andalusischen Literatur des Mittelalters und schrieb ein Sachbuch über die Lebensumstände der Frauen dieser Epoche. *Die Schmetterlinge von Córdoba* ist Magdalena Lasalas erster Roman.

Magdalena Lasala

Die Schmetterlinge von Córdoba

Roman

Deutsch von Riek Walther

Rowohlt Taschenbuch Verlag

Die Originalausgabe erschien 1999 unter dem Titel
«La estirpe de la mariposa»
bei Emecé Editores España S.A., Barcelona

Deutsche Erstausgabe
Veröffentlicht im Rowohlt Taschenbuch Verlag GmbH,
Reinbek, August 2002

Umschlaggestaltung: any.way, Cathrin Günther
(Abbildung: Archiv für Kunst und Geschichte, Berlin/Alma-Tadema)
Satz Adobe Garamond PostScript, PageMaker bei
Pinkuin Satz und Datentechnik, Berlin
Druck und Bindung Clausen & Bosse, Leck
Printed in Germany
ISBN 3 499 23257-X

Die Schreibweise entspricht den Regeln
der neuen Rechtschreibung.

Für meine Mutter, meine Tochter Violeta und
José Miguel, meinen Mann.
(Ohne ihre Unterstützung wären
Die Schmetterlinge von Córdoba
nicht entstanden.)

Für Pedro und Sigrid,
die mehr waren als nur meine Verleger.

Für meinen Traum, der mich auf jeder Seite
dieses Buches still begleitet hat.

Teil eins

I

Dem Willen Allahs des Allmächtigen und überaus Weisen gemäß würde dieser Mond unfehlbar jene Neuerungen und Wandlungen bringen, welche die ältesten Wahrsager prophezeit hatten, die auf den Straßen und Plätzen des prächtigen Córdoba ihre Dienste feilboten. Sie hatten einhellig vorhergesagt, das soeben angebrochene Jahr 316 nach der Hedschra und 929 nach der Zeitrechnung der Christen werde in der Geschichte von al-Andalus niemals vergessen werden.

Im Augenblick war das Leben der Einwohner Córdobas ganz von den bevorstehenden Krönungsfeierlichkeiten bestimmt. Deswegen herrschte auch in der Tanzschule des Ziryab, der angesehensten und besten in ganz Córdoba, seit vielen Wochen rege Betriebsamkeit. Ihre Leiterin, die edle Awriya, Allah sei mit ihr, die hoch angesehene Urenkelin des Ziryab – jenes berühmten persischen Vortragskünstlers, der die Schule gegründet hatte –, war mit der ehrenvollen und bedeutenden Aufgabe betraut, ihren Herrscher Abd al-Rahman III., Emir von Córdoba, anlässlich seiner Selbsternennung zum Kalifen mit musikalischen, dichterischen und tänzerischen Darbietungen zu erfreuen, die seine Sinne auf unvergessliche Weise berücken sollten.

Der tüchtige Wesir Musa Ibn Muhammad, ein guter Freund Awriyas und treuer Diener des Monarchen, kannte die Vorlieben seines Gebieters und tat bei Gott alles dafür, ihm jedweden Genuss zu verschaffen. Musa trachtete also danach, dem Kalifen die größte aller Freuden zu bereiten, und hatte die Leiterin um eine außergewöhnliche Vorführung der jüngsten von den Christen erbeuteten Sklavinnen gebeten, die ihrer besonderen Begabungen wegen in die Schule gebracht worden waren. Der König sollte sich nicht nur an gewissen Merkmalen erfreuen, die er an Frauen besonders schätzte – helle Haut, goldblondes Haar und klare Augen –, sondern sich auch davon überzeugen können, inwieweit sie bereits mit den arabischen Sitten vertraut waren und die Kunst erlernt hatten, dem Manne Genuss zu bereiten.

Die Leiterin Awriya erteilte dem Wesir zunächst eine abschlägige Antwort, sei es, um dem Auftrag mehr Geltung zu verleihen, sei es, um ihn länger aufzuhalten, da er ihr als Mann schon seit ihrer Jugend gefiel.

«Eine schwierige Aufgabe stellt Ihr mir da», beklagte sie sich. «Ihr wisst doch, wie mühsam es ist, die Christenmädchen auszubilden, die hier ankommen wie verängstigte Tiere und Tag und Nacht weinen. Die sanften und liebevollen Worte meiner Dienerinnen richten nichts aus, weil sie unsere Sprache nicht verstehen. In den ersten Tagen wollen sie nicht essen und magern ab, bis sie beinahe verhungert sind, doch wenn der Lebenswille sie schließlich wieder packt, werden sie widerspenstig und sinnen nur auf Flucht. So vergeht ein Tag nach dem anderen, bis es meinen Lehrerinnen endlich gelingt, sie zu bändigen, mit ebenso vielen Methoden, wie man mir Mädchen bringt, denn jedes ist anders, und es ist dabei viel Verständnis für die menschliche Seele vonnöten. Ihr wisst, edler Musa Ibn Muhammad, Wesir unseres Kalifen, Allah schütze ihn ewiglich, diese Aufgabe ist ebenso langwierig wie mühsam und zeitraubend und erfordert große Sorgfalt, darum genießt die von meinem Urgroßvater, dem edlen Ziryab, gegründete Schule auch einen so guten Ruf. Denn hier, pflegte er zu sagen, lernen sogar die Steine gute Sitten. Doch glaubt mir, viele dieser Christenmädchen sind härter als jeder Stein. Eher werden die Kanten der rauesten Kiesel unter der steten Einwirkung des Wassers rund und glatt, als dass es einigen dieser Mädchen gelingt, ein einziges Wort auszusprechen, das unserem Herrscher gefällig wäre.»

Der Wesir hörte ihr geduldig zu und nickte zu all ihren Einwänden, doch er beharrte auf seinem Ansuchen und versprach ihr fürstliche Entlohnung. Als er um einen weiteren Becher des köstlichen Weins bat, schob Awriya die Dienerin beiseite, ergriff den Krug mit beiden Händen und schenkte dem Wesir nicht minder geschickt als eine ihrer jüngsten und anmutigsten Schülerinnen eigenhändig nach, eine Geste der Vertrautheit und besonderen Ergebenheit, denn sie war schon seit ihrer Jugend in den Wesir verliebt. Er aber schien sie zu verschmähen oder sich nicht an sie heranzuwagen, was ihr Verlangen noch steigerte.

«Eben weil ich um die Schwierigkeit dieser Aufgabe weiß, will ich Euch damit betrauen, edle Herrin, gerade Ihr könnt vollbringen, was ich mir erhoffe, und noch weitaus mehr», antwortete der Wesir mit Nachdruck. Innerlich glühend, fragte Awriya lächelnd und mit samtener Stimme, was der Wesir denn außerdem von ihr wünsche, woraufhin er ein wenig ins Stottern geriet und entgegnete, es sei tatsächlich schon genug damit, dass sie die Vergnügung für ihren Herrscher, den Kalifen, gestalte. Anschließend sei noch genug Zeit, an andere Dinge zu denken. Nun sollten sie sich doch über die Entlohnung, die Termine und die Sklavinnen unterhalten, denn deshalb habe er ja bei ihr vorgesprochen. Daraufhin gab sie ihm mit einer verführerischen Verbeugung und einem strahlenden Lächeln endlich ihre Zusage, während sie bei sich dachte, dass ihr diese lang ersehnte Frucht besonders süß schmecken werde.

Da Musa Ibn Muhammad den Wunsch geäußert hatte, sich persönlich von der Qualität der Mädchen zu überzeugen, die derzeit in der Schule ausgebildet wurden, verließ Awriya kurz den Raum, um die entsprechenden Anweisungen zu geben. Der Wesir sah ihr nach, und seine Verwirrung rührte weniger von ihren eindeutigen Anspielungen her als vielmehr von der Tatsache, dass seine Erfahrung in Liebesdingen trotz seines reifen Alters sehr gering war. Awriya schien ihm schön wie ein blühender Kastanienbaum, wie er sie im Norden auf den Feldzügen mit seinem Herrscher gesehen hatte. Sie besaß eine Schönheit, die mit der Reife noch wuchs, aber ohne Zweifel war sie sehr bewandert in der Liebeskunst, und das schüchterte ihn außerordentlich ein.

Die Mädchen waren wirklich schön. Zwanzig taten sich zu einem Orchester zusammen und bliesen Ajabeben, Flöten und Schalmeien, sie spielten Lauten, Mandolinen und Stockgeigen, begleiteten die Musik mit Hand- und Schellentrommeln. Ihr harmonisches Zusammenspiel würde den Kalifen und seine Gäste, durchweg edle Herren von lebenslustigem Gemüt und standesgemäßer musikalischer Bildung gewiss vollauf zufrieden stellen. Awriya führte ihm kleine Mädchen vor, die in Kalligraphie ausgebildet wurden und gerade erst damit begannen, Buchstaben zu malen, die aber bereits die wichtigsten Koransuren und die ältesten Gedichte der großen muselmanischen Dichter auswendig aufsagten sowie zahlreiche Worte und Sentenzen aus dem Munde des Kalifen selbst, welche die Schreiber zu sammeln und die Lehrer ihren Schülern beizubringen pflegten. Die Sängerinnen und Tänzerinnen, Mädchen von auserlesener Schönheit, ergötzten das Herz des Wesirs, der sich die Freude seines Herrn und Gebieters ausmalte. Insgesamt waren es etwa achtzig Mädchen unterschiedlichen Alters.

Awriya erläuterte, sie stammten aus den christlichen Reichen im Norden wie Léon, Navarra oder sogar aus noch ferneren Gegenden. Unter allen Gefangenen seien nur diejenigen mit den hellsten Augen und goldblondem Haar ausgewählt worden, von diesen wiederum diejenigen mit den schlanksten Körpern und anmutigsten natürlichen Bewegungen, von diesen noch einmal die in Verhalten und Sprache gewandtesten und intelligentesten. Sie, Awriya, habe schon häufig beobachtet, dass die Natur eine einzige Person mit den größten Tugenden beschenke, während sie anderen, und zwar den meisten, selbst die geringste vorenthalte. Nachdem sie in all ihren Jahren als Lehrerin unzählige Mädchen, Frauen und Schülerinnen beobachtet habe, Sklavinnen ebenso wie Prinzessinnen, sei sie zu dem Schluss gekommen, dass die natürliche Anmut des Körpers stets mit natürlicher Anmut des Denkens einhergehe und die körperlich Geschicktesten oder die für Tanz und Bewegung Begabtesten auch die Gewandtesten im Geiste seien.

Einige der Sklavinnen, die bei der Eroberung von Sevilla vor fünfzehn Jahren gefangen genommen worden waren, hatten sich zu großen Dichterinnen entwickelt und unterrichteten inzwischen in den Palästen ihrer neuen Herren deren Töchter; Awriya war sehr stolz auf solche und andere Fähigkeiten, die ihre Schülerinnen erworben oder an sich entdeckt hatten, ohne zuvor von ihnen zu wissen. Sie erzählte, sie habe ein gutes Auge für günstige Käufe und begebe sich stets selbst auf den Markt, um die Gefangenen, welche die Geschäftsleute und fahrenden Händler in Wagen und Karren herbeibrachten, persönlich in Augenschein zu nehmen, selbst zu verhandeln und zu kaufen. Obwohl die Mädchen zerlumpt, müde, schmutzig und voller Heimweh seien, verstehe sie nämlich stets, unter dem verunstalteten Äußeren die gute Qualität zu erahnen. In all den Jahren, in denen sie nun schon den Sklavenmarkt von Córdoba besuche, habe sie sich nie geirrt, und immer sei es ihr gelungen, später den verborgenen, ungeschliffenen Diamanten zum Leuchten zu bringen.

Ohne seine Aufmerksamkeit von Awriyas Geplauder abzuwenden, suchte Musa Ibn Muhammad unter den vorgestellten Sklavinnen jene aus, von denen er glaubte, dass sie dem Geschmack seines Herrn und Gebieters am meisten entsprechen könnten. Er stellte eine Gruppe von achtundzwanzig Mädchen zusammen, die einander in Alter, Statur, tänzerischer Anmut und Redegewandtheit glichen und wie christliche Prinzessinnen wirkten, die bei der Einnahme der Burgen oder der Plünderung ihrer heiligen Stätten von ihren Müttern getrennt worden waren. Dann befahl er seiner Freundin, sich zu bemühen, mit diesen Mädchen die schönste und ausgefallenste Darbietung zu erarbeiten, die der Herrscher Abd al-Rahman III. jemals gesehen hatte. Er versicherte ihr, für die Mädchen sei eine große Zukunft zu erwarten, wenn sie gefielen, denn bei dieser Feier seien die edelsten Fürsten von al-Andalus versammelt, und es sei bekannt, dass sie Sklaven und Diener gerne bei Hofe einkauften, um damit prahlen zu können, dass sie selbst den gleichen Luxus besäßen wie ihr Herrscher.

Einem ungewöhnlichen, auch für ihn selbst überraschenden Impuls gehorchend, bat er die Leiterin, ihm ausführlich zu berichten, was sie über die Herkunft des Mädchens wisse, das diesen rosafarbenen Stein um den Hals trage – dabei zeigte er auf eines und fuhr fort: «… denn sicher wird auch der Kalif nach ihr fragen, wenn sie ihn mit dem gleichen Blick anstarrt wie mich.»

«Nein, bestrafe sie nicht», fügte der Wesir eilig hinzu, als er Awriyas Stirnrunzeln sah, «denn wenngleich sie mir herausfordernd ins Gesicht geblickt hat, hat sie mich nicht beleidigt. Es scheint eher so, als suche sich aus der Tiefe ihrer Seele etwas auszudrücken und könne nur durch die Augen sprechen. Ich möchte wissen, woher sie stammt, denn das Auftreten dieses Mädchens hat etwas sonderbar Geheimnisvolles, sie ist weiß Gott eine schöne Kreatur, die den Willen eines Mannes entkräften kann, allein indem sie den Blick oder das Gesicht zu ihm hebt.»

Die Leiterin winkte das Mädchen herbei, und dieses kniete vor dem Wesir und Awriya nieder, die bequem auf einem niedrigen Diwan saßen, der mit golddurchwirkten und handbestickten Seidenkissen in prächtigen Farben und von den Schülerinnen selbst gefertigten Tüchern und hauchzarten Schleiern geschmückt war. Awriya befahl zweien ihrer besten Sklavinnen, die Saiten der Laute zu schlagen, um die Seele des Wesirs, den sie zu erobern gedachte, zu erquicken; insgeheim freute sie sich, dass er sie nach dem Mädchen gefragt hatte, denn so konnte sie ihn noch etwas länger bei sich behalten. Sie ließ süßen, belebenden Málagawein bringen sowie Speisen, die Gaumen und Magen erfreuen, heiße Käsepasteten, Würstchen, Safran, Backwerk, Datteln und andere getrocknete Früchte.

Während sie entspannt aßen und tranken, erklärte sie ihrem Freund Musa, dass das Mädchen vor etwa neun Jahren mit jenen Frauen nach Córdoba gekommen war, die ihr Herr und Emir Abd al-Rahman III. im Namen Allahs bei jenem Feldzug gegen die Ungläubigen erbeutet habe, den man die Expedition von Muez nenne. Sie sei also im Alter von drei oder vier Jahren gemeinsam mit ihrer eben wieder schwangeren Mutter in Gefangenschaft geraten, zusammen mit vielen anderen Frauen, die meisten jung oder sogar noch im Kindesalter.

«All dies trug sich, wie mir die Mutter später berichtete», fuhr Awriya fort, «im christlichen Galizien zu, wo eine der blutigsten Schlachten überhaupt ausgefochten wurde. Viele Menschen starben und zahlreiche Gefangene wurden gemacht, hauptsächlich Frauen, die von unserem muselmanischen Heer zur Burg von Arnedo, dann weiter nach Tudela und hundert Tage später zur Festung von Muez gebracht wurden, wo die Ungläubigen hartnäckigen Widerstand leisteten und sich ein erbitterter Kampf entspann. Unsere Truppen kehrten von diesem langen Feldzug zwar siegreich, aber in sehr mitgenommenem Zustand zurück. Sie brachten mehr als zweihundert gefangene Frauen mit, die abgemagert und entkräftet waren, die harte Reise aber wenigstens überlebt hatten, während etwa die gleiche Anzahl von ihnen unterwegs gestorben war. Al-Nasir, unser viel geliebter Emir, verschenkte die Erwachsenen als Haussklaven an seine Kanzler und Truppenführer und erlaubte den Statthaltern der neu eroberten Gebiete, sich unter den Jüngeren Konkubinen auszusuchen. Die Allerjüngsten schickte er in diese Schule, zusammen mit den Schwangeren und den

Schönsten der erwachsenen Frauen, gelobt sei sein Name, und ich lehrte sie alle, unseren Herrscher zu lieben, denn ihm verdanken sie ihr Leben und das Glück, nun Araberinnen zu sein.»

Da der Wesir das Mädchen tanzen sehen wollte, erhob es sich, um sich mit einer roten Qaba in der Farbe des Lebens bekleiden zu lassen, in der es kurz darauf vor den Bevollmächtigten trat. So herausgeputzt wirkten ihre Gestalt und ihr Gesicht noch schöner.

Die edle Awriya ließ den Becher des Wesirs abermals füllen und befahl einer Dienerin, ihn mit Moschus zu parfümieren und seine Handgelenke und Fußknöchel mit Rosenwasser zu erfrischen; sie verlangte nach weichen Kissen für seine Füße und weiteren Tabletts mit Pasteten und Käse aus Jerez. Zum Musizieren und Singen rief sie mehrere Sklavinnen herbei, die mit sechs Saiteninstrumenten, zwei Flöten und einer Handtrommel ein kleines Orchester bildeten. Sie gab Anweisung, über welche Stücke die Mädchen improvisieren sollten – denn sie wollte im Wesir den unbezwingbaren Wunsch nach Leidenschaft wecken, um sich später, wenn sie miteinander allein waren, daran zu ergötzen –, und überreichte der Tänzerin, die schon in der Mitte des Raumes bereitstand, den Säbel, mit dem sie ihren Tanz ausführen würde. Es war einer der riskantesten Tänze überhaupt, denn das Spiel mit der Klinge bewegte sich stets an der Grenze zur echten Gefahr. Doch das Mädchen war teuflisch geschickt, biegsam wie eine Binse und schnell wie der Sturmwind, dessen Regen überraschend das Gesicht benetzt; je länger der Wesir sie betrachtete, desto schöner erschien sie ihm, dämonisch schön mit ihren geschmeidigen und straffen Gliedmaßen, ihrer makellosen Haut, ihren unendlich aufreizenden Beinen. Dieses Wesen von kaum zwölf oder dreizehn Jahren war tatsächlich eines der schönsten Mädchen, die er je gesehen hatte. Im Rhythmus der Musik schien es sich zu verwandeln, es schien sich zu biegen wie die Narzissen, wenn der Abendwind durch sie streicht, wie der Jasmin, wenn der Morgentau auf ihn fällt, ihre Arme flogen durch die Luft wie aus dem Käfig befreite Vögel. Sie war so verführerisch und sinnlich, dass der Wesir glaubte, in Allahs Armen zu liegen und das Bild der Seligkeit zu betrachten. Die Arme, die ihn liebkosten, waren jedoch die seiner Freundin Awriya, die glücklich lächelte und sich die Lippen sanft mit der Zungenspitze befeuchtete, nachdem sie diese zuvor mit Wein benetzt hatte, in den fein geriebener Käse gemischt war, denn das steigert seine Wirkung auf die Sinne dessen, den es nach Genuss verlangt.

Die Musikerinnen intonierten ein orientalisches Stück, das der berühmte Ziryab selbst komponiert hatte; von der Erinnerung an sein Leben in Bagdad inspiriert, vereinte es die Sinnlichkeit der Heimat mit einer nostalgischen Schwermut. Die Tänzerin verlieh dieser Botschaft gefühlvoll Ausdruck und schien sogar den Wind in den Myrtensträuchern darzustellen, indem sie ihre Qaba flink und mit außerordentlicher Grazie öffnete und schloss, wobei sich die zarten Schleier erahnen ließen, die ihre Haut unter dem Tanzkostüm kaum verhüllten. Ihre nackten Füße flatterten auf den Zehenspitzen über den Marmorboden wie gerade dem Nest entflogene Tauben. Nachdem sie in einer Schwindel erregenden Drehung zum letzten Doppelschlag der Trommel den dramatischen Höhepunkt ihrer Darbietung erreicht hatte, begann sie den nur von einer Laute begleiteten Abschlusstanz. Dabei ließ sie die rote Qaba langsam über Arme und Rücken zu Boden gleiten, bis ihr strahlender Körper sichtbar wurde, dessen Haut, weiß wie der Vollmond, nur von einem leichten, goldengrün schimmernden Schleier bedeckt war, der um die Hüfte von einem Goldbrokatband zusammengehalten wurde und die Bewegungen des Mädchens umfloss wie ein Glitzern des Wassers im Sonnenlicht auf einem der Palastteiche ihres Herrschers. Dem Rhythmus der Laute folgend, ließ das Mädchen die Hüften in wahnwitziger Geschwindigkeit kreisen und führte die Säbelklinge dicht an Gesicht und Hals vorbei, wobei ihr blondes Haar, das der Mittagssonne glich, mit den Bewegungen ihrer Arme und ihres fliegenden Schleiers verschmolz, der wie ein Lufthauch um ihren Körper strich. Sie war ganz hingegeben an eine seltsame Lust, an die Verlockung der tödlichen Gefahr beim kleinsten Fehler im Umgang mit der messerscharfen Waffe, die sie bald zwischen den Brüsten hielt, bald aufreizend zwischen den Schenkeln bewegte, bald in unglaublichen Verrenkungen von den Füßen über den ganzen Rücken gleiten ließ.

Völlig gebannt von diesem Schauspiel überließ sich Musa Ibn Muhammad Awriyas Händen, und während er sich den Wohlgerüchen aus den im Raum verteilten Räucherschalen hingab, entfuhr ihm von Zeit zu Zeit ein halb bewundernder, halb erschrockener Schrei, denn er war im Banne der gleichen Erregung, die auch seine Gespielin empfand. In nie gekannter Ekstase ließ sich der Wesir auf den Wellen der Leidenschaft forttreiben, als der Nachmittag zur Neige ging und die rot glühende Sonne, die hinter den Häusern versank, den Tanz des Mädchens mit ihren letzten Strahlen vergoldete. Awriya erkannte, dass dieser stolze Mann, ein erfahrener Politiker und Militärstratege im Dienste seines Herrschers, noch nie bei einer Frau gelegen hatte; wohl mochte er Jünglinge kennen, da sich ihm die Gelegenheit dazu zwangsläufig geboten haben musste, sie jedoch war die erste Frau, mit der er das Lager teilte. Da ihr dieser Gedanke gefiel, nahm sie sich vor, ihrer Pflegetochter ein Geschenk zu machen, weil diese ihr mit ihrem Tanz zu so großem Genuss verholfen hatte.

Noch im Taumel der Leidenschaft wollte der Wesir mehr über die Tänzerin erfahren, um seinem Herrn und Gebieter später Auskunft geben zu können. Er fragte die Meisterin nach dem Rest der Geschichte des Mädchens, nach seinem Namen und nach anderen Dingen, die ihm dienlich sein könnten, das Vergnügen seines Kalifen noch zu steigern. Awriya sagte ihm lächelnd, das Mädchen heiße Zayyan: «Zayyan, das ist der gelb blühende wilde Jasmin, denn sie ist schön wie der Jasmin und einsam wie alles, was wild in den Feldern wächst. Zudem spiegelt sich in ihrem Haar das leuchtende Gelb des anbrechenden Tages.

Sollte es Euer Begehren sein, mehr über sie und ihr Leben zu erfahren», raunte sie ihm ins Ohr, «so werde ich Eurem Wunsch mit Vergnügen nachkommen, wenn ihr mich in meine Privatgemächer begleiten wollt. Wir haben eine ganze Nacht, um unserem königlichen Herrscher zu dienen, indem wir über das Mädchen Zayyan sprechen, das ihm gewiss in höchstem Maß gefallen wird. Kommt mit mir, und wenn Ihr mögt, werde ich Euch auch von der wunderbaren Darbietung erzählen, die ich für den Tag der Ausrufung ersonnen habe, denn ich fühle mich in dieser Nacht durch die Wonne Eurer Gesellschaft ganz besonders inspiriert; begleitet mich in meine Privatgemächer, und wenn Ihr sie wieder verlasst, werdet Ihr von meiner Kunst nicht enttäuscht sein.»

II

Niemand im schönen Córdoba und dem weiteren Umland hätte es wagen dürfen, der Zeremonie fernzubleiben und damit seinem Herrscher die Stirn zu bieten, ohne um sein Leben fürchten zu müssen.

Die gesamte Stadt war zu Ehren des bisherigen Emirs Abd al-Rahman III. geschmückt worden, und alle Einwohner hatten sich um den Königspalast versammelt. Dort waren auf Befehl des Herrschers Tische und Stühle aufgestellt worden, Baldachine wie für ein Fest unter freiem Himmel, Podeste für die Auftritte von Gauklern, Tänzern und Musikern, Stände, an denen unentgeltlich Speisen und Getränke ausgegeben wurden, sowie Decken, Ruhekissen und andere Annehmlichkeiten, die zum Wohlbefinden der Gäste bei diesem Fest zu Ehren ihres Herrschers beitragen sollten.

Es waren die ersten wärmeren Tagen des Jahres 316 nach der Hedschra. Die Erde begann bereits zu blühen, und in den Knospen, die trotz der noch zu erwartenden Kälteeinbrüche schon anschwollen, wollten Gelehrte und Wahrsager ein Vorzeichen für Wohlstand und Glück in der Regierungszeit Abd al-Rahmans III. sehen, der sich mit ebenso viel Prunk und Würde ins Amt setzen ließ wie die Herrscher von Bagdad und Kairo, mit den gleichen Zeremonien und der gleichen Prachtentfaltung. Ausnahmslos alle Cordobeser, ob jung oder alt, gesund oder krank, unversehrt oder verkrüppelt, egal welchen Gewerbes, bis hin zu den Unbemittelten, Beschäftigungslosen und Schwachsinnigen, mussten ihrem Herrscher Abd al-Rahman III. feierlich die Treue schwören. Allah möge ihn alle Zeit behüten, den selbst ernannten Kalifen, tapferen Krieger und geschickten Strategen, der für Allah große Eroberungen vollbracht hatte, der seit siebzehn Jahren Emir von Córdoba war und mit der Klugheit, dem Weitblick und der Weisheit eines vom Himmel Erwählten regiert hatte.

Abd al-Rahman III. zählte zu jener Zeit achtunddreißig Jahre und war damit im besten Mannesalter. Er war von stattlichem, elegantem Körperbau, mittlerer Statur und anziehendem Äußeren, hatte sehr helle Haut und färbte sich das Haar tiefschwarz, um die ersten Silberfäden an den Schläfen zu verbergen – manche behaupteten, er wolle sich so außerdem ein arabisches Ansehen geben, denn seine Gesichtszüge hatten wenig Orientalisches. Seine strahlenden Augen von tiefem Blau durchdrangen Dinge und Gesichter mit der Präzision einer zielsicher geschleuderten Lanze; in ihrem Blick lag jene Kühnheit, die nur Allahs Ermächtigung zu verleihen vermag. Er war von seinem Großvater, dem letzten Emir, dem edlen Abd Allah, zu dessen Nachfolger ernannt worden, und Abd al-Rahman, gelobt sei sein Name, war es in seinen Amtsjahren gelungen, das Reich zu befrieden, die Grenzen auszudehnen, die Anführer und Adligen in den aufrührerischen Städten zum Einlenken zu bringen, sich Respekt zu verschaffen und die staatlichen Schatztruhen zu sanieren und gar zu vermehren. So war es nicht verwunderlich, dass ganz al-Andalus ihm grenzenlose Verehrung und Dankbarkeit entgegenbrachte.

Der gesamte erste Tag, der durch den Vollmond bestimmt worden war, verging mit den religiösen Zeremonien der Selbsternennung in der großen Moschee von Córdoba, in welcher der neue Kalif sich Allahs Schutz anempfahl, indem er sich Seinem Ratschluss unterstellte und sich zum treuen Verfechter und Diener Seiner Gesetze erklärte.

Beim anschließenden Staatsakt schwor der andalusische Adel dem neuen Herrscher die Treue. Seine Vertreter kamen aus Sevilla und Elvira, aus Carmona, der Algarve, Almería, Denia und Murcia, auch aus den Fürstentümern Toledo, Mallorca,

Melilla, Ceuta und Bobastro, der jüngsten Eroberung, sowie aus weiter entfernten Gebieten wie Tortosa und Sarakusta. Außerdem waren Abordnungen aus Nordafrika und Abgesandte des Hofes zu Byzanz eingetroffen.

Muselmanische Fürsten und Könige aus den Regionen unter seiner Vorherrschaft waren in Begleitung ihrer ganzen Familien angereist, mit Eltern, Gemahlinnen, Konkubinen, Söhnen, Töchtern und Brüdern samt allen Verwandten, beladen mit wertvollen Gaben und Geschenken für ihren Herrscher. Außerdem wurden die Abgesandten von ihren Statthaltern begleitet, von Kammerherren, Leibärzten, Lieblingsmusikern und -dichtern, von Beratern, Chronisten und Leibdienern, die alle mit großem Luxus und Prunk in den Nebengebäuden des Alcázar von Córdoba und in ausgesuchten Adelspalästen am Ufer des Guadalquivir untergebracht wurden.

Nach der Zeremonie in der Aljama-Moschee schritten der Kalif und sein Geleitzug gefolgt von den männlichen Mitgliedern der Besucherdelegationen über die Brücke, welche die Moschee mit den königlichen Gemächern verband; und die widerhallte von dem Jubel, dem Beifall, den Zurufen und dem Stimmengewirr des Volkes, das die Würdenträger durch die Wände aus Flechtwerk von der Straße aus sehen konnte. Im Alcázar, in dem sich der gesamte Hofstaat drängte, hielt Abd al-Rahman III. dann seine Antrittsrede.

Der Kalif erschien im großen Empfangssaal des Palastes von Córdoba, angetan mit dem schönsten Prunkgewand, das jemals ein Menschenauge erblickt hatte, und lautes Murmeln der Bewunderung erhob sich unter den Anwesenden. Die Gemahlinnen, Töchter, Sklavinnen, weiblichen Verwandten, Dienerinnen und anderen Hofdamen, welche die Zeremonie von den ihnen vorbehaltenen Nebenräumen im oberen Teil des Empfangssaales aus verfolgten, drängten sich hinter dem Sichtschutz und schoben unauffällig die Vorhänge beiseite, um den vollkommenen Wuchs des Königs zu bewundern und sich am Anblick seines imposanten und stattlichen Körpers zu erfreuen. Er trug ein Gewand von Goldseide aus den Webereien von Abqar und Tustar, weiß eingefärbt in der Symbolfarbe des Omaijadengeschlechts, gesäumt mit Brokatbesatz in Grün, der Farbe des Islam, und daran anschließenden Mustern aus den schwarzen Fasern der Perlmuschel von Santarem zu Ehren des Propheten Mohammed.

Das Antlitz des Herrschers von al-Andalus strahlte vor Begeisterung und Macht. Seine Augen waren zwei Sterne, die mit ihrem Funkeln das Nachtschwarz seines vollen Haares durchdrangen; seine wohlklingende Stimme verlor während der gesamten Ansprache nicht an Kraft. Er begleitete seine Worte mit angemessenen, besonnenen Gesten und unterstrich sie mit gelegentlichen Pausen, passender Mimik oder einer wohl bedachten Kopfbewegung. Um den Hals trug er ein schweres Goldmedaillon in Gestalt der Sonne mit einem prächtigen Rubin in der Mitte, das auf Höhe des Solarplexus hing. Das majestätische Äußere des Kalifen wurde durch die geradezu hypnotische Wirkung dieses funkelnden roten Steines noch erhöht, der auf seiner Brust erzitterte und sich im Rhythmus seines Atems hob und senkte.

«Es war Allahs Wille», so ertönte die Stimme des Königs, «dass heute dieser Tag sei, dass der Vollmond den Beginn einer neuen Zeit für Córdoba und die Fürstentümer von al-Andalus einleiten soll, es war sein Wille, gepriesen sei er, meine Hand zu führen, auf dass ich die Bande zerschneide, die unser Reich mit Bagdads Macht verknüpften. In diesem denkwürdigen Augenblick, der dem Ruhme Allahs und seines Propheten gewidmet ist und den eure Herzen in Erinnerung behalten werden, beanspruche ich, Abd al-Rahman III., Enkel von Abd Allah, den Titel des Kalifen, ergreife das Geschick von al-Andalus mit meinen Händen und erkläre dieses Land von der Regierung in Bagdad unabhängig. Außerdem nehme ich kraft Allahs Willen den Titel ‹Fürst der Gläubigen› an und schwöre, für Allah einzustehen, mit meinem Leben und wenn nötig auch mit meinem Tod.

Künftig wird meinem bisherigen Namen jener hinzugefügt, den ich heute annehme und der mir dank des Auftrages, den ich von meinem Gott erhalten habe, rechtmäßig zusteht: Al-Nasir lidin illah, was bedeutet ‹Der siegreich für die Religion Allahs kämpft›. Diesen Ehrentitel werde ich auf die Säume meiner Ärmel schreiben lassen, auf den Becher, aus dem meine Lippen trinken, und auf den Griff meines Säbels, den ich als Erster ziehen werde, wann immer die Situation es erfordert.

Ich, Kalif von Córdoba, Abd al-Rahman III. Al-Nasir li-din illah, Fürst der Gläubigen», fuhr er nach einer feierlichen Pause mit voller Stimme fort, «ergreife die unumschränkte Gewalt, die mein Gott Allah, der Allwissende, in meine Hand legt, zu seinem Lobpreis. Ich schwöre, Sorge zu tragen, dass seine Gesetze erfüllt werden; ich ergebe mich der Einhaltung seiner Anweisungen, die im heiligen Koran gesammelt sind; und euch, edle Statthalter der Regionen unter meiner Vorherrschaft, Wesire, Befehlshaber, die ihr Söhne von Befehlshabern seid, Gesetzeskundige und Würdenträger, die ihr das Wappen meiner Familie tragt, euch nehme ich zu Zeugen, dass meine Seele und mein Herz sich am heutigen Tage verpflichten, Allahs Wort gegen die Ungläubigen zu verteidigen und für Ihn und in Seinem Namen ein Reich in dieser irdischen Welt zu schaffen, welches Seines himmlischen Reiches würdig ist.

Ich, Al-Nasir, Erster Kalif von Córdoba, beschließe hiermit, persönlich das feierliche Freitagsgebet zu leiten als befugter Stellvertreter Allahs des Allmächtigen, der meine Taten lenken möge. Ich, Kalif von al-Andalus, übernehme die Befehlsgewalt über alle Heere und die uneingeschränkte Macht über die Beziehungen von al-Andalus zu anderen Ländern. Ich ordne an, dass die cordobesischen Münzen von diesem Tag an mein Bildnis und meinen vollständigen Namen tragen, zum Ruhme meiner Familie und meines Gottes. Alle Entscheidungen in den Bereichen der öffentlichen Verwaltung, des Staatshaushaltes, der Bauvorhaben und der Verteilung der staatlichen Gelder sollen einzig und allein meinem Urteil unterstehen.

Als unumschränkter Kalif von Córdoba, geistiger Führer von al-Andalus und Befehlshaber aller Streitkräfte verlange ich absoluten Gehorsam von jedem, der innerhalb der Grenzen meines Reiches geboren wird, dort wohnt, der es bereist, besucht oder sein Hoheitsgebiet betritt.

Ich erkläre Córdoba zum von Bagdad unabhängigen Kalifat und schwöre auf den von meinen Vorfahren ererbten Namen und auf das Blut in meinen Adern, dass ich al-Andalus in ein Paradies verwandeln werde, dessen Glanz als auserlesenste Herrlichkeit im Dienste Allahs die Sonne selbst blendet.»

Nach diesen Worten erhob sich einstimmig lauter Jubel. Man erzählt sich, doch nur Allah weiß, ob es tatsächlich so war, dass Al-Nasir am Ende seiner Rede noch größer und noch imposanter wirkte. In dem Augenblick, als er in seinem Schwur den Namen Allahs aussprach und die Arme ausbreitete, fiel ein blendender Strahl der im Zenit stehenden Sonne durch eine Fensteröffnung in der Saaldecke genau auf ihn und tauchte ihn in gleißendes Licht. Es schien, als gingen von seiner Stirn und seinem Haupt goldene Funken aus. Diese Erscheinung hielt einige Zeit an, und als der Sonnenstrahl durch die ganze Breite der Fensteröffnung gewandert war, herrschte im großen Empfangssaal tiefe, feierliche Stille. Al-Nasir wandte den Anwesenden seine offenen Handflächen zu, und ausnahmslos alle, Befehlshaber und Statthalter, Wesire, Kammerherren, Hofärzte, Eunuchen, Chronisten, Adelssprösslinge und Fürstensöhne, Musiker, Dichter, Diener und Sklaven, senkten stumm vor Bewunderung die Köpfe vor dem Kalifen und knieten nieder vor seiner Allgewalt; sie verneigten sich tief und verbargen die Gesichter zum Zeichen ihrer Unterwerfung.

Genau in diesem Augenblick schwangen sich zwanzigtausend makellos weiße Tauben, die auf ein Zeichen des Wesirs Musa aus in den Saalecken wohlplatzierten Käfigen freigelassen wurden, lärmend und flatternd zu den offenen Dachfenstern hinauf. Begleitet von den Freudenrufen der Gäste, aufklingenden Gesängen und Gefühlsausbrüchen flogen sie in den Himmel, eine Allegorie der Zukunft, die an diesem Tage begann.

Ohne seine feierliche Miene und seine königliche Haltung aufzugeben, schickte der Monarch sich nun an, die Treueschwüre sämtlicher anwesender Adeliger entgegenzunehmen, jene aus seinem eigenen Hofstaat eingeschlossen. An Al-Nasirs rechte Seite trat der Kronprinz Al-Hakam, sein Erstgeborener und Lieblingssohn, den er bereits zu seinem Nachfolger ernannt hatte; der Junge war fünfzehn Jahre alt, hochintelligent und von ausgeglichenem Naturell. Dahinter nahmen zu seiner Linken die anderen Söhne des Kalifen Aufstellung bis hin zum jüngsten, der knapp ein Jahr alt war. Al-Nasirs Hofeunuchen waren dafür zuständig, die Vereidigung zu leiten und für eine makellose Ordnung und Organisation zu sorgen.

~

Mit der Vereidigung verging auch der ganze dritte Tag der Amtseinsetzung des Kalifen und ein großer Teil der Nacht. Noch einmal erhob Abd al-Rahman III. Al-Nasir seine Stimme über die Anwesenden, um den feierlichen Staatsakt zu bekräftigen, und diesmal war es der Mond, der durch die Fenster des Empfangssaales auf den Kalifen herabzukommen schien und sein Antlitz, seine Brust und seinen ganzen Körper in ein kaltes weißes Licht tauchte, das ihn fern und gespenstisch wirken ließ. Die Gäste empfanden dieses fremdartige Bild dennoch als schön und eindrucksvoll, ihre Kehlen wurden eng und ihre Seelen tief ergriffen von einer grenzenlosen Verehrung ihres Herrschers.

Das Gesicht dem Vollmond zugewandt sprach Al-Nasir seine Worte, als übergebe er sie dem lauen Nachtwind, damit dieser sie wie Samenkörner verbreite. Er sprach von Träumen und Hoffnungen, vom Beginn einer neuen Ordnung, von Zukunftswünschen und von Ideen, die Allah seiner Seele eingegeben habe. Im Schutz der Nacht, die es jedem gestattet, sein wahres Wesen zu zeigen, sprach er diesmal mit einer Begeisterung und einer Leidenschaft, die mehr dem Manne entsprangen als dem König. Jene, die sich daran zu erinnern wagen, berichten, noch schöner als die Pracht, der Luxus und die Macht, die er des Tags zur Schau gestellt hatte, sei dieser einzigartige Augenblick der Vereinigung des Herrschers mit dem Menschen im Mondlicht gewesen. Noch schöner denn als Kalif sei er als Mann gewesen, der seinem innersten Wunsch nach Unsterblichkeit Ausdruck verlieh als Diener und Verehrer seines Gottes, dessen göttlichem Wirken er seinen Traum überantwortete.

Bei Tagesanbruch wurden am westlichen Ende der Esplanade vor dem Alcázar Podeste aufgestellt, von denen aus Richter und Beamte stellvertretend für den Kalifen den Treueschwur der Volksmassen entgegennehmen sollten, die seit drei Tagen und Nächten um den Palast versammelt waren und zu Ehren ihres Herrschers des Kalifen zügellos aßen und tranken.

Dem Hofstaat und seinen Gästen zu Gefallen wurde der Ostflügel des Palastes mit seinen weitläufigen runden Räumen und riesigen Fenstern, die das Tageslicht ungehindert einströmen ließen, für ein großes Fest hergerichtet. Es sollte ebenso lang dauern wie die Staatsakte, nämlich weitere drei Tage. Musiker, Vortragskünstler, Gelehrte, Dichter, Possenreißer und Tänzerinnen waren bestellt, über zweihundert an der Zahl. Die adligen Familien hatten sich auf malerisch im Saal verteilten

Teppichen, niedrigen Sitzen und Diwanen niedergelassen, und zum Zeichen des Vertrauens und der Offenheit durften sich die adligen Frauen in diesen unbeschwerten Stunden zu den Männern gesellen. Viele verzichteten sogar auf den Schleier und zeigten ihre Gesichter, ohne dass es als schamlos empfunden worden wäre.

Diener, Eunuchen, Sklaven und Sklavinnen, die den Gästen eilfertig jeden Wunsch erfüllten, trugen die exquisitesten und erlesensten Speisen aus allen Gegenden von al-Andalus auf, sogar solche aus den fernen eroberten Gebieten oder aus dem Morgenland jenseits der Meere. Dem Gaumen gefällige Liköre, edle Düfte und Wohlgerüche und zahllose weitere Kostbarkeiten lieferten unvergessliche Beweise für die Herrlichkeit, die Großzügigkeit und den guten Geschmack des Kalifen.

Als die Sonne an jenem denkwürdigen Tag eins des Kalifats von Córdoba höher stieg und heller strahlte, begann das Fest mit der einzigartigen Darbietung der Tänzerinnen aus der besten Schule von ganz Córdoba.

III

Auf einer Schicht weißer Rosenblätter waren die Sitze für das Orchester aus der Schule des Ziryab aufgestellt worden, das aus zwanzig virtuosen Musikerinnen bestand, die sinnliche Melodien zu intonieren wussten. Die Sängerinnen imitierten das Tirilieren der in die Freiheit entlassenen Nachtigall durch einen schrillen Freudenschrei bei gleichzeitigem schnellen Zungenschlag, eine Technik, die sie von den Frauen Nordafrikas gelernt hatten und die, wenn sie auch nicht lange zu ertragen war, auf eindrückliche Weise das Ursprüngliche beschwor.

Dann erschienen nacheinander wie aufblitzende Lichtstrahlen oder funkelnde Regentropfen in einer klaren Nacht die Tänzerinnen auf der Bühne, die Awriya am Vorabend gemeinsam mit dem Wesir Musa Ibn Muhammad ausgewählt hatte. Die ersten zwölf kamen zum Rhythmus der fünfsaitigen Laute, angetan mit roten und safranfarbenen Gewändern. Um die Stirn hatten sie ein goldenes Band geschlungen, von dem kleine bunte Steine über die Augen herabhingen, die im Takt hin und her schwangen und aufs gefälligste im Sonnenlicht funkelten, um Knöchel und Handgelenke trugen sie Kettchen und Ringe, um den Hals Edelsteinschnüre. Sie bewegten sich anmutig und gewandt, und das Klingeln ihres Schmucks, der beim Tanzen aneinander stieß, klang wie zarte Vogelstimmen. Dann sprangen mit ausladenden Drehungen und atemberaubenden Saltos, wie Windstöße, zwölf weitere Tänzerinnen in die Mitte, Kinder noch, deren zierliche Körper von durchscheinenden, an Schultern und Taille zusammengerafften Seidentuniken in den Farben des Frühherbstes bedeckt waren. Sie zeigten Tänze mit Säbeln und kleinen Dolchen, die sie einander zuwarfen, teils zur Musik des Orchesters, teils nur von Gesang begleitet. Diese Darbietung voller Grazie und Körperbeherrschung, die Schönheit und Gefahr verband, ließ das Publikum halb aus Genuss und halb angstvoll aufstöhnen. Später rezitierte eine Sängerin zu zarten Harfenklängen die bevorzugten Koransuren des Kalifen. Zwei weitere gesellten sich hinzu und gaben komplizierte grammatische Übungen und dichterische Improvisationen zum Besten, wie es die gebildete Oberschicht von al-Andalus liebte, wobei sie in einem Vortrag von einmaliger Schönheit und intellektueller Vortrefflichkeit miteinander um die gewandteste und schnellste Formulierung wetteiferten.

Dann wurden die Taschenspieler, Gaukler, Magier und Zauberkünstler gerufen, zum größten Vergnügen der Gäste, die unter viel Gelächter aßen und tranken und sich von Zeit zu Zeit erhoben, um die Güte ihres Herrschers zu loben oder seine Tugenden zu rühmen. In solch gelöster Stimmung verstrichen die Stunden, und die Abenddämmerung brach herein, als die Gäste sich zu verbrüdern begannen und immer wieder auf das Gedeihen des Reiches von Al-Nasir tranken. Dieser war ausgesprochen angetan und zufrieden, ohne jedoch seine herrschaftliche Haltung auf dem edelsteinbesetzten und im schwindenden Tageslicht funkelnden Thron aufzugeben, und nahm bereitwillig alle Ehrenbekundungen seines Hofstaates entgegen. Von Zeit zu Zeit nickte er seinem getreuen Wesir Musa Ibn Muhammad für die gelungene Gestaltung der Feierlichkeiten anerkennend zu, und dieser lächelte ehrerbietig zurück, war jedoch insgeheim gespannt auf das Gesicht seines Herrschers, wenn ihm der überraschende Höhepunkt des Ganzen dargeboten würde.

Alle Sängerinnen, Tänzerinnen und Akrobatinnen waren von ausgesuchter Schönheit, angetan mit wunderbaren Gewändern und prächtigem Schmuck. Sie überboten einander an Schlankheit, Jugend, Grazie, Klugheit und Liebreiz, doch keine konnte sich mit der Sängerin Zayyan messen.

~

Sie hatten einen Kreis gebildet, der einer zarten Seerose auf einem Gartenteich glich. Ihre Arme und Körper bewegten sich zur Musik, die nun sehr ruhig und gedämpft war, ebenso wie das durch den sinkenden Sonnenstand gerötete Licht. Es war ein Augenblick, in dem die Zeit stehen zu bleiben schien; die Tänzerinnen ließen die Arme wie Vogelschwingen zu Boden sinken, wie Wellen am Strand ersterben, und aus ihrer Mitte erschien wie ein Traum, wie eine strahlende gelbe Narzisse, wie von Zauberhand und auf Allahs Geheiß zum Zeichen seiner großartigen Macht, das Mädchen Zayyan. Über die Versammelten senkte sich tiefes Schweigen.

Zunächst erklang nur ein einziger, hoher Ton des Buq – jener einfachen, mit Gold und Edelsteinen besetzten Flöte –, und es strich etwas Heiliges durch den Raum. Zayyan wirkte wie die Erscheinung eines Engels, vielleicht jene Vision, die den Propheten Mohammed, Friede sei mit ihm, in ihren Bann geschlagen hatte, als er spürte, dass ihm die Botschaft seines Gottes übermittelt wurde. In einen durchscheinenden silbernen Schleier gehüllt, mit den erhobenen Armen ihr Gesicht vollständig verdeckend, erschien sie als Huldigung an den entzückten Kalifen, der die Hand hob und dem Mädchen mit gebieterischer Geste die Erlaubnis erteilte, ihren Tanz zu beginnen. Der Klang der Flöte begleitete ihre Bewegungen, die dem Aufblühen einer Blüte im Frühling glichen. Ihre herabschwebenden Arme ließen unter der silbernen Gilala die weiße Haut erahnen und steigerten den Eindruck der Schwerelosigkeit, den ihr Tanz erweckte. Die Beine strafften sich in geschmeidigen Kreisen und Pirouetten, ihre Sprünge erinnerten an die nächtlichen Ritte der Amazonen aus lang vergangenen Kulturen. Ihr blondes Haar, geschmückt mit einem silbernen, diamantbesetzten Diadem, wehte durch die Luft und begleitete die Schwünge ihres Tanzes, während sie die Hüften in komplizierten Mustern und Bewegungsfolgen kreisen ließ. Plötzlich erklang lang und durchdringend der höchste Ton der Flöte, und Zayyan begann sich in schwindelerregender Schnelligkeit um sich selbst zu drehen, während der Kreis der anderen Tänzerinnen sich im Schatten wie eine aufblühende Rose vollständig öffnete, sich zerstreute und das Mädchen alleine ließ.

Ganz ihrem Tanz hingegeben löste Zayyan den weißen Gesichtsschleier, ließ die Gilala über die Arme zu Boden gleiten und erstarrte mitten in der Bewegung, um die herrlichen Reize ihres Körpers darzubieten, gleichsam ein Gedicht aus Fleisch und Blut, kaum verhüllt durch eine hauchzarte Tanz-Mizar aus durchscheinender, mondfarbener Seide, die sich im Rhythmus ihres schweren, sinnlichen Atems bewegte und um die Hüfte von einer funkelnden Kette zusammengehalten wurde. Um die Knöchel wie an den Oberarmen trug sie Silberreifen und Brokatbänder, die in der Bewegung an das Spiel des Lichtes auf der Wasseroberfläche erinnerten. Und bei Gott, so beteuern es die Chronisten in ihren Aufzeichnungen, im Lichtschein, der durch die Fenster fiel, im schwachen Glanz der hereinbrechenden Nacht, im dunklen Raum, in dem die Gesichter nur durch das Funkeln des transparenten silbernen Gewandes der Tänzerin beleuchtet wurden, war Zayyans Körper das von sterblichen Augen nie Gesehene, das von Gott erschaffene vollkommene Wunderwerk, das in den Seelen einen unauslöschlichen Eindruck hinterließ und in Männern wie Frauen glühendes, verzehrendes Verlangen weckte. Das Publikum war ob des Anblicks solcher Schönheit in Ehrfurcht und Bewunderung versunken. Man erzählt sich, einige seien darüber in Ohnmacht gefallen, viele hätten ihren Becher mit einem Zug geleert, andere hätten sich furchtsam niedergekniet, weil sie einem Wunder beizuwohnen glaubten, wieder andere hätten vor Ergriffenheit still geweint.

Die Flöte gab von neuem den Auftakt zu Zayyans Tanz. Nun stimmte auch die Trommel ein, nur mit den Fingern geschlagen wie ein Tamburin, das den Herzschlag imitiert, und Zayyan folgte dem Klang mit rhythmischen Hüftbewegungen im Stil der Tänzerinnen des alten Persien, bis Klang und Tanz sich zum Ausdruck wachsender sinnlicher Erregung und außerordentlicher Schönheit steigerten.

Die Diener hatten die bereitgestellten Öllampen entzündet, um den Auftritt der Tänzerin stimmungsvoll zu beleuchten, und die Flammen um sie herum vertieften das Staunen der Zuschauer noch, die sich als Zeugen eines einmaligen Ereignisses fühlten. Eine Sklavin hatte diskret einen ausladenden Korb zu Füßen der Tänzerin abgestellt, aber alle waren vom Zauber ihres Tanzes so in den Bann geschlagen, dass niemand darauf geachtet hatte. Unmerklich näherte Zayyan sich dem Korb und schob mit einer anmutigen Fußbewegung entschlossen den Deckel beiseite. Wie eine Amme, die ein Neugeborenes in den Schlaf singt, stimmte sie eine sanfte, hohe, zärtliche Melodie an, die an die Geräusche der Wüstenlandschaften, an Lichter im Halbdunkel denken ließ und die Anwesenden beruhigte und auf geheimnisvolle Weise betörte. Währenddessen löste sie langsam die Schließen des einzigen Schleiers, der sie noch bedeckte. Dieser glitt an ihrem Leib hinunter zu Boden und enthüllte ihre makellos reine Schönheit. Nur ein leichter Gürtel aus Silber und Edelsteinen um die Hüfte unterhalb des Bauchnabels verdeckte das Intimste und Wertvollste des Mädchens, was ihre magische Anziehungskraft noch steigerte.

Die Gäste seufzten auf, als müssten sie nach Luft ringen, und Al-Nasir genoss es über alle Maßen zu sehen, welch außerordentliche Faszination das Mädchen ausübte und wie seine Gäste in halb neidischem, halb bewunderndem Staunen versanken. Er rief den Wesir Musa an seine Seite, um sich über die Tänzerin Auskunft geben zu lassen, doch er brachte seine Frage nicht über die Lippen, denn seine Stimme versagte beim Anblick einer riesigen Schlange, die den Kopf aus dem Korb vor Zayyans Füßen hob.

Von ihrer Stimme bezaubert, richtete sich die Schlange auf und reckte sich zu ihr hin, was das Publikum vor Schreck aufschreien ließ.

Mit sanfter und fester Stimme intonierte Zayyan ihren hypnotischen Gesang, und die Schlange vor ihr richtete sich immer höher auf und wirkte immer mächtiger, sodass viele Frauen anfingen zu schreien und aus dem Saal gebracht werden mussten, während die Männer zu schwitzen begannen, erregt durch die Gefahr und die Magie. Nicht einmal der Kalif Al-Nasir höchstselbst hatte dergleichen je gesehen, alle waren wie erstarrt durch diesen Anblick und hielten den Atem an, gebannt von der unzweifelhaften Gefährlichkeit des Tanzes. Dem Kronprinzen Al-Hakam fiel sogar sein silberner Trinkbecher aus der Hand.

Die Augen des Reptils senkten sich in die Zayyans, welche ihren monotonen Singsang beibehielt, die Arme wie im Wind schwingende Binsen nach der Schlange ausstreckte und die Hüften kreisen ließ, um das Tier zu locken. Die Flöte intonierte eine an ferne, uralte Stätten gemahnende Melodie, und die Schlange begann geschmeidig an Zayyans Arm entlangzugleiten, wand sich über die Schulter um ihren Hals, schlang sich um den anderen Arm und glitt langsam weiter bis zu Hüfte und Schenkel. Schließlich schien sie sich mitten auf dem Bauch des Mädchens niederzulassen wie auf einer Klatschmohnwiese, zufrieden mit einer so verlockenden Ruhestatt, wie Zayyans Taille und Brüste sie ihr boten, die sich im bedächtigen Atemrhythmus, der aufreizend ihre nackte Haut überlief, hoben und senkten. Das Mädchen hatte die Augen geschlossen, ihr Singsang war zu einem kaum hörbaren kehligen Summen geworden, das die Bewegungen der Schlange leitete.

Als die Flöte ihrer eigenen Stimme neue Töne hinzufügte, begann Zayyans Körper wieder zu beben, die Trommel riss die Schlange, auf die der nächtliche Zauber ebenfalls gewirkt hatte, plötzlich aus ihrer Ruhe und verwandelte die Betörung jäh in den Kampf zweier glitzernder, verschlungener Leiber. Die Python hatte sich um Zayyans Hals gewunden, die sie in wahnwitzigem Heldenmut am Kiefer packte, in ihrem unerbittlichen Todestanz zuckend und um Luft ringend, die nur langsam in ihre Lungen drang. Zayyan bewegte rhythmisch Hüften und Beine, die das Reptil umschlungen hielt, und presste mit aller Kraft die Kehle des Tieres zusammen, das nicht aufgeben wollte. Das Kerzenlicht funkelte in den Schweißtropfen auf der Haut der Tänzerin. Die Python wand sich in Ringen um ihren Körper, dessen prächtige Weiblichkeit durch die drohende Todesnähe womöglich noch schöner wirkte; das Mädchen hatte seine Umgebung völlig vergessen und sich ganz der süßen Ekstase des langsamen Erstickens hingegeben. Plötzlich aber stieß Zayyan einen spitzen Schrei aus und bohrte der Schlange mit letzter Kraft die Finger in die Kehle, bis das Reptil, endlich erstickt, den Druck seines Körpers lockerte und zu Boden glitt.

Tosender Jubel erfüllte den Saal, Lobrufe auf Allah und auf die Tänzerin wurden laut, man stieß mit den randvollen Weinbechern an, fiel einander erleichtert aufseufzend in die Arme und pries den Sieg der Schönen über die Bestie. Zayyan vollführte die Schritte des langsamen Abschlusstanzes, bei dem sie Atem schöpfen und ihr Herzschlag sich beruhigen konnte. Nun offenbarte sie tatsächlich die ganze Schönheit ihres nackten Körpers, der noch ermattet war und dadurch umso verlockender wirkte.

Der Kalif fragte den Wesir leise, wer diese Tänzerin sei, die ihre Kunst so außerordentlich gut beherrsche, und wollte alles erzählt bekommen, was dieser von ihr wisse, woher sie stamme und vieles mehr. Der Wesir, der sehr zufrieden und tief bewegt war und dessen Atem ebenfalls noch schneller ging, erzählte dem Kalifen, was Awriya ihm berichtet hatte: dass Zayyan mit ihrer Mutter unter den Gefangenen des siegreichen Feldzugs gewesen sei, den man die Expedition von Muez oder von Val de Junquera nenne, dass sie aus dem christlichen Galizien im Norden stamme, dass die Mutter mit einem Kind schwanger gewesen sei, welches dann tot geboren wurde. Dies habe die Mutter in großer Traurigkeit und Verfinsterung der Seele hinterlassen, denn da sie die Zeichen der Dinge und des Windes zu lesen verstand, da sie mit dem Mond zu sprechen und sich mit dem Wasser und den Flüssen zu verständigen vermochte, habe sie dieses Unglück als Vorzeichen für ihren baldigen Tod gedeutet. Sie habe ihr Schicksal akzeptiert und Awriya gebeten, ihre Tochter in der kurzen Zeit, die ihr noch zu leben blieb, selbst aufziehen zu dürfen. Zum Dank habe sie angeboten, ihr ergeben zu gehorchen und als Näherin, Weberin und Korbflechterin zu Diensten zu sein – sie war sehr geschickt –, ihr wahrzusagen und in den Seelen jener zu lesen, die in die Schule kamen, um Sklavinnen zu kaufen, sowie glückbringende Zauberformeln zu ihrem Wohlergehen für sie zu sprechen.

«Wie es scheint», fuhr der Wesir fort, «war sie in den Monaten, die ihr zu leben blieben, tatsächlich eine gute, zuvorkommende, gewissenhafte und rechtschaffene Dienerin, doch nach weniger als einem Jahr Gefangenschaft wurde sie eines Nachts von einem seltenen Fieber befallen, das sie bald dahinraffte. Das war ein Segen, denn die Frau hatte gelitten und mit Toten gesprochen, von denen sie behauptet hatte, sie lebten in ihrer Heimat im Norden, und sie hatte schreiend danach verlangt, noch einmal das Meer zu sehen.»

Der Kalif bedeutete ihm, nicht die Mutter interessiere ihn, sondern die Tochter. Er wolle ihren Namen wissen, den Preis ihrer Unberührtheit und was es mit dem Anhänger auf sich habe, den sie um den Hals trage, mit diesem Stein, der mehr zu sein scheine als bloßer Zierrat, denn er habe sie beinahe das Leben gekostet, als er sich ihr in die Kehle gedrückt habe, während die Schlange sie würgte, und warum sie ihn trotzdem nicht abgelegt habe …

Der Wesir, der sich genussvoll an die Einzelheiten des mit seiner Freundin Awriya verbrachten Vorabends erinnerte, an dem er ihr die gleichen Fragen gestellt und sie ihm zwischen zwei Liebkosungen, zwischen zwei Küssen, zwischen zwei Gläsern Wein geantwortet hatte, erklärte seinem Herrn und Gebieter, dass dieser Anhänger das einzige Andenken an sein früheres Leben war, welches das Mädchen noch besaß.

«So kam es, dass die gutherzige Herrin Awriya», erzählte er, «der Mutter zum Lohn für die vielen Dinge, die sie ihr im Hause ausgebessert hatte, gerührt versprach, dass das Mädchen den Anhänger behalten dürfe. Denn es war wohl so, dass schon die Mutter ihn von ihrer Mutter bekommen hatte, in dieser Gestalt eines Schmetterlings mit ausgebreiteten Flügeln, die so schön anzusehen ist ... Awriya selbst hat eine Silberkette dazu anfertigen lassen, damit das Mädchen ihn um den Hals tragen kann. Der Stein ist ein Quarz, ein Mineral, das im Norden häufig vorkommt, aber dieser ist etwas Besonderes, denn seine Fläche schimmert rosa.»

Erfreut über das Interesse des Kalifen, berichtete er weiter, wie das Mädchen nach dem Tod der Mutter vor Kummer beinahe gestorben war, wie es sich lange Zeit geweigert hatte, zu sprechen und zu essen, und wie erst ganz allmählich, nachdem man ihr einen Hund gebracht hatte und eine wilde Katze, die nur bei ihr zahm war, alle mit versammelten Kräften und viel Geduld erreicht hatten, dass sie wieder leben wollte. Inzwischen war das Mädchen der Meisterin Awriya sehr ans Herz gewachsen, denn seine Anmut und Klugheit waren bereits früh zu erkennen gewesen. Außerdem war es sehr hübsch, und Awriya selbst hatte keine Kinder, obwohl ihr Herz voller Sehnsucht danach war. Darum hat sie beschlossen, das Mädchen an Tochters statt anzunehmen und ihm außerdem die Ausbildung einer Sängerin und einer Adligen angedeihen zu lassen, da es mit außergewöhnlichen Begabungen gesegnet war.

«Und so kommt es», schloss der Wesir, «dass das Mädchen

seine eigenen Gesangsstücke komponiert, in Grammatik und Arithmetik bewandert ist, die Klassiker kennt und die Dichtkunst erlernt hat. Da Ihr ihren Namen zu erfahren wünscht, mein Kalif, man nennt sie Zayyan, weil sie dem gelben wilden Jasmin gleicht. Sie ist zwölf Jahre alt, und ich versichere Euch, dass sie Jungfrau ist, wie es sich geziemt, im Übrigen zeigt sie bisher wenig Interesse an den Männern. Doch Ihr müsst auch wissen, dass die Herrin Awriya sie als ihre Tochter betrachtet und nicht beabsichtigt, sich von ihr zu trennen. Sie hat auch nie einen Preis genannt, denn sie sucht für das Mädchen eher einen Gemahl als einen Käufer ...»

~

Doch der Kalif war so überaus angetan von Zayyan, deren Nacktheit die Vollkommenheit ihres Körpers, die Zartheit ihrer Brüste, die berückende Schönheit ihrer Taille, die verführerische Fläche ihres hellen Leibes in diesem letzten, ruhigen Tanz noch verlockender zur Schau stellte, dass er sie sofort zu kaufen wünschte. Er befahl dem Wesir, Awriya tausend Dinar für das Mädchen zu geben, was ein sehr guter Preis war. Er beschloss, sie selbst zu entjungfern, am Morgen nach dem Samstag, ganz wie ihn verlangte, und bat Musa, das königliche Schlafgemach dafür vorzubereiten. Dann wies er ihn an, die Kosten für das Fest zu begleichen, der Herrin in seinem Namen zweihundert Dinar zusätzlich zu überreichen und ihr Geschenke zu machen: Vogelbauer und große Käfige mit Turteltauben, Amseln und Staren, vielleicht eine Nachtigall für die Gärten ihrer Schule, außerdem eine Schmuckschatulle von Elfenbein und edlen Hölzern aus der Werkstatt seiner Kunsthandwerker, die sein Wappen und seinen Namen eingraviert tragen sollte.

«Wenn sie sich sträubt», ordnete der Kalif weiter an, «gibst du ihr noch dreihundertfünfzig Dinar mehr. Sie soll unbesorgt sein, denn ich mache das Mädchen zu meiner persönlichen Sklavin. Du, mein treuer Musa Ibn Muhammad, lege für dein eigenes Vermögen ebenfalls dreihundertfünfzig Dinar zurück, die hast du dir redlich verdient.»

Man solle der Sklavin Zayyan im Frauenharem ein Quartier bereiten, fuhr er fort, sie mit Gewändern nach seinem Geschmack ausstatten und … dabei fiel sein Blick auf seinen Sohn Al-Hakam zu seiner Rechten, der sprachlos, wie gelähmt, mit glühendem Gesicht und weit aufgerissenen Augen Zayyans Abschlusstanz verfolgte.

Der Kalif Al-Nasir war erfreut und atmete insgeheim auf, denn bislang war sein Sohn den Frauen gegenüber immer sehr schüchtern gewesen und ein ums andere Mal davor zurückgeschreckt, seine Männlichkeit unter Beweis zu stellen. Nie hatte er sich zu irgendeinem Mädchen, Adlige oder Sklavin, hingezogen gefühlt, doch nun reagierte er endlich auf die Natur des Lebens, und so wie er Zayyans Gestalt mit den Augen verschlang, zeigte der Junge durchaus keinen schlechten Geschmack. Al-Nasir war stolz, an seinem Nachfolger eine Ähnlichkeit mit sich selbst zu entdecken, denn sonst hatten sie wenig gemeinsam. Der Kronprinz war mehr dem Nachdenken, der Dichtung und dem Betrachten von Kunstwerken zugeneigt als der Waffenübung, und zwar in einem solchen Maße, dass der Kalif seinen Gott oftmals schweigend fragte, warum Er ihm als erstgeborenen Sohn den empfindsamen Al-Hakam gegeben hatte.

Nun endlich gab Allah ihm einen Beweis für die Klugheit des geliebten Sohnes, denn so wie er dasaß, mit offenem Mund und roten Ohren, ganz offensichtlich hingerissen, sah die Sache schon besser aus. «Aber in jedem Fall», dachte der König bei sich, «werde ich die Jungfräulichkeit dieser Sklavin mir selbst vorbehalten, danach mache ich sie ihm zum Geschenk.»

IV

Nachdem die prunkvollen Feierlichkeiten anlässlich der Unabhängigkeitserklärung Córdobas von Bagdad beendet waren, begab sich der Kalif zur Erholung in seine private Residenz al-Rusafa außerhalb der Stadt und befahl, auch Zayyan dorthin zu bringen.

In der Tanzschule bereitete Awriya unter Tränen die Abreise ihrer geliebten Zayyan vor. Sie klagte, raufte sich die Haare und schlug sich mit den Fäusten auf die Brust, nahm schließlich das Gesicht des Mädchens in die Hände und wünschte ihr für die Zukunft alles Glück der Welt. Sobald sie sich im Palast eingelebt und erste Befugnisse erworben habe, solle sie diese nutzen, um sie, Awriya, zu besuchen, denn nach acht Jahren, in denen sie sie großgezogen und geliebt habe wie die Tochter, die ihr nie vergönnt war, werde sie sie sehr vermissen.

«Zayyan, gesegnet seist du, liebes Kind», sprach ihre Lehrerin. «Ich weiß, du bist voller Schmerz, seit deine leibliche Mutter gestorben ist, und sogar schon länger. Vor unterdrücktem Kummer bist du so ausgedörrt, dass dir zum Abschied nicht einmal Tränen bleiben, aber sieh mich an, mein Herz, es ist kein schlechtes Geschick, Sklavin des Kalifen zu sein, denn die, denen es gelingt, zu den Favoritinnen zu zählen, genießen große Vergünstigungen, und du hast das Zeug dazu. Lass dich nicht einschüchtern, wenn die Älteren dir Rippenstöße versetzen oder dir ein Bein stellen, damit du stolperst und fällst, oder wenn die Jüngeren dir falsche Ratschläge geben oder versuchen, dein Kleid oder dein Gesicht zu beschmutzen. Kümmere dich nicht um sie, mein Kind, sie neiden dir nur deine Schönheit und Jugend. Für dich zählt allein das Urteil des Kalifen, und er urteilt als Mann. Deshalb muss es dir darum gehen, seinen Sinnen Genuss zu verschaffen, zu tun, was er von dir verlangt, seine Tugenden zu loben, wovon er weiß Gott viele hat, zur Freude der Frau an seiner Seite. Uns bleibt zu hoffen, dass er Gefallen an dir und an deinen Tugenden findet, denn auch du hast weiß Gott viele, was er sicher bemerkt haben wird. Seine Überraschung wird jedoch groß sein, denke ich, wenn er auch noch jene entdeckt, die nicht sichtbar sind.»

Hier verstummte sie für einen Moment, um sich die Tränen zu trocknen, dann fuhr sie aufschluchzend fort:

«Ach, es ist, als müsse ich innerlich zerbrechen, es zerreißt meinen Leib, dass ich dich verlieren soll, mein Kind, nur weil ich in meiner Eitelkeit das Juwel aus meiner Schule vorführen wollte, wegen des Ruhmes und um den Wesir Musa Ibn Muhammad zu erobern, der mir schon so lange im Kopf herumspukte. Natürlich sind weder der Kalif noch der Wesir dumm, beide erkannten, welch erlesene Perle ich ihren Augen darbot, und nun stehe ich hier, reich durch die vorteilhaften Verkäufe, die ich nach dem Fest des Kalifen abschließen konnte, berühmt durch den Erfolg meiner Schule, die ich von meinem edlen Großvater Ziryab geerbt und die ich weiterzuführen verstanden habe. Aber ich bin einsam, denn da du von mir gehst, verlässt mich die größte Freude meiner reifen Jahre. Zwar genieße ich seit jenem Tag die Gunst des Wesirs, meine Liebeskunst hat ihm sehr gefallen, und er hat mir viele Geschenke und Begünstigungen versprochen, aber nichts kann sich mit dem Glück einer Frau messen, die eine Tochter heranwachsen sieht, welche sie unterrichtet, erzogen und ausgebildet hat. Allah schenkt mir die Aussicht auf eine gesicherte Zukunft, doch wenn ich dafür einen so schmerzlichen Verlust erleiden muss wie den, dich nicht mehr zu sehen, möchte ich gern darauf verzichten, möge Er mir verzeihen und meine Worte nicht als Sünde betrachten. Nie hätte ich diese Gunst von ihm erbeten, hätte ich zuvor ihren Preis gekannt.»

Zayyan sprach nicht, sie ließ sich nur umarmen und drücken und sich von ihrer Lehrerin Gesicht und Schultern streicheln. Sie spürte zwar so etwas wie Schmerz durch ihre Bauchgegend wandern, aber sie hätte nicht einmal mit Sicherheit zu sagen gewusst, ob dieses Gefühl nicht eher Unsicherheit oder Schwindel bedeutete als Kummer, oder etwas ganz anderes, das sie empfand, weil ihr eine ungewisse Zukunft bevorstand.

Dieser Samstagmorgen war ganz vom Abschiednehmen erfüllt. Alle Sklavinnen umarmten sich und sagten einander schluchzend Lebewohl, denn viele waren von den Statthaltern der islamischen Provinzen gekauft worden, welche bei dem Fest des Kalifen zugegen gewesen waren, oder von Wesiren und anderen Würdenträgern. Alle kamen zu hohen Herren, die sie erworben hatten, um dem Kalifen ihren Reichtum zu demonstrieren oder sich damit für die beeindruckenden Darbietungen bei den Festlichkeiten erkenntlich zu zeigen. Manche wollten einfach bei der Rückkehr in ihre Städte etwas mitbringen, was in Córdoba Mode war, und so Allah wollte, erwartete all diese Sklavinnen ein gutes Geschick.

Awriya hatte ihrer Pflegetochter Zayyan viel Gepäck gerichtet, zu dem auch eine Mitgift gehörte. Sklavin des Kalifen zu sein, war jedoch mehr wert als eine vorteilhafte Vermählung, deshalb hatte sie noch mehr Geschenke bekommen, mit denen sie ihre Kammer schmücken konnte, die im königlichen Harem schon für sie bereitstand – eine der älteren Sklavinnen, an welcher der Kalif den Geschmack verloren hatte, war weggeschickt worden.

Zayyan beobachtete die Eunuchen, die die Truhen hinausschleppten und die persischen Teppiche, die ihre Lehrerin ihr geschenkt hatte, nebst Silberbechern, Edelstein-Halsketten, bemalten Seidenkleidern, mehreren Prunkgewändern, die Awriya selbst in ihrer Jugend getragen hatte, einer fünfsaitigen Laute, einem Ebenholzkästchen, einem wunderschönen Schreibtisch aus edlen Hölzern mit Elfenbeineinlagen, der wegen seiner Größe und seines Gewichts gesondert transportiert werden musste, mehreren Parfümflaschen, einer sehr alten Lampe aus Silber und Kupferplättchen, von deren Rand bunte Steinchen herunterhingen, wertvollen Tellern und Tabletts, einer Kiste voller Münzen, Armbändern und Ringen berühmter Juweliere aus Córdoba und Sevilla, einem Schachspiel mit Elfenbeinfiguren – das Mädchen war eine wahre Meisterin dieses Spiels – und einem sehr wertvollen Koran, der Awriyas eigener Mutter gehört hatte.

In den letzten Augenblicken vor der endgültigen Abreise packte Awriya Zayyan noch einmal bei den Schultern und schüttelte sie, um doch noch ein paar liebevolle Worte von ihr zu hören, nachdem sie so viele Jahre miteinander verbracht hatten.

Zayyan sah ihr fest in die Augen, die vor Kummer in Tränen schwammen, und sagte sanft lächelnd, sie verdanke all ihr Wissen und Können allein ihr, Awriya. Sie habe in all dieser Zeit begierig von ihr gelernt, wenn auch mehr um die schmerzliche Erinnerung an ihre leibliche Mutter zu vergessen als aus wirklichem Wissensdurst oder Begabung, sei aber stets durch die Zuneigung, die Awriya ihr entgegengebracht habe, ermutigt und getröstet worden.

Sie legte ihre Hand auf den Rosenquarz-Anhänger, diesen Schmetterling, der an ihrem Hals flatterte, und sprach weiter zu ihrer Lehrerin. Ihre schönen Augen vom Blau des Mittagshimmels standen in Tränen, auch wenn ihr Mitgefühl eher ihr selbst gelten mochte als Awriya.

«Ich strebe nicht nach Reichtum oder nach Wissen noch nach einem langen Leben, denn ich bin wie eine Blume, die man aus der Erde gerissen hat, eine Narzisse, die auf weiter Flur liegen geblieben ist und ihre Schwestern vermisst, oder wie eine abgeschnittene Rose, der die Blütenblätter zu schwer werden, um sie festzuhalten. Du hast mich in all diesen Jahren liebevoll und gerecht behandelt, ich habe in deinem Haus schöne Stunden verlebt und deine Fürsorge genossen. Doch du weißt, meine Herrin, liebste Awriya, Allah möge dich mit dem Glück überhäufen, das du verdienst, du weißt, dass alles, was ich bin, in diesem Schmetterling enthalten ist, der mit mir atmet. Die Erinnerungen an dich und dein Haus, die ich mit mir nehme, werden sich mit jenen vermischen, die ich schon mitbrachte, mit jenen an die Frau, die diesen Anhänger vor mir trug und deren Andenken ebenfalls in diesem rosigen Stein pulsiert, zu dem du eine silberne Kette anfertigen ließest, damit ich ihn immer um den Hals tragen kann. Da Liebe und Schmerz stets Hand in Hand gehen, ermesse ich an deinem Kummer, wie sehr du mich liebst, und so verspreche ich dir, nie zu vergessen, wie viel Fürsorge du mir entgegenbrachtest, denn diese hat mich am Leben erhalten, als ich sterben wollte. Wie viel Wärme in deiner Stimme lag, wenn du mit mir sprachst, und wie sehr du mich als deine Tochter ansahst, obwohl ich es nicht war. Möge dich Allah, so es ihm gefällt, mit einer leiblichen Tochter aus deinem Schoß belohnen, liebste Awriya – und nun wollen wir unser Schicksal hinnehmen, das uns auf verschiedene Wege führt, wenn auch weiterhin dieselbe Sonne unsere Tage beleuchtet.»

Zusammen mit einer Leibdienerin, welche die Herrin für sie ausgesucht hatte, wurde Zayyan in der Abenddämmerung von einer rundum verhängten Sänfte abgeholt, weil kein Sterblicher einer Frau des Kalifen ohne dessen Erlaubnis ins Gesicht sehen darf, und in den königlichen Harem gebracht, der in einem hellen Privattrakt des Landsitzes al-Rusafa der Omaijadenfamilie lag. Mehrere Eunuchen aus der Leibgarde des Königs, die auch ihre Besitztümer für sie trugen, geleiteten sie in den Flügel, wo in einem weiten Kreis die Gemächer der Gemahlinnen, Konkubinen und Lieblingssklavinnen des Kalifen angeordnet waren.

Keine der Frauen sah aus ihrer Kammer, hieß sie willkommen oder nahm sie anderweitig in Empfang, doch hinter den zugezogenen Vorhängen konnte man ihren Atem und ihre neugierigen Blicke erahnen. Innerlich seufzend hob Zayyan das Kinn, um die Angst nicht zu zeigen, die ihr wie ein Knoten im Magen saß. Die Eunuchen stellten sich mit Namen vor, bekräftigten ihre Treue zum Kalifen und erklärten, sie stünden ihr zu Ehren ihres Herrn zur Verfügung – daraus schloss Zayyan, dass diese Eunuchen ihre Wächter waren –, und erläuterten ihr die wichtigsten Regeln. In ihrer Kammer wartete, auf Knien kauernd und die Hände unterwürfig vors Gesicht geschlagen, eine schwarze Sklavin als ihre Dienerin, die kaum so alt sein mochte wie sie selbst. Ihr Oberkörper war nackt, und nach persischer Art trug sie große Armbänder um beide Handgelenke. Der Raum war angenehm eingerichtet. Ein großes Fenster mit zwei Spitzbögen, die durch eine zierliche Säule voneinander getrennt und mit erlesener Filigranarbeit verziert waren, ließ das gedämpfte Abendlicht herein, das die Kammer nur noch schwach erleuchtete.

Zayyan setzte sich auf den schlichten Stuhl unter dem Fenster, lehnte den Rücken gegen die Nische, an deren Leibung unter der in Weiß, Gold und Ocker gemusterten Wandbespannung der Stein zu sehen war, und atmete mit geschlossenen Augen langsam und tief durch. Die Leibdienerin, die sie mitgebracht hatte, öffnete Kisten, Truhen und Schachteln. Die andere kauerte noch immer bewegungslos am Boden, bis die erste ihr befahl, sie solle sich erheben und der Herrin Zayyan, welche die vielen Veränderungen und das Durcheinander ermüdet hätten, die Schuhe ausziehen und ihr die Füße mit Öl massieren, und zwar schnell.

Das Mädchen tat, wie ihm geheißen. Dann schüttete es glühende Kohle in ein Kohlebecken und warf das Räucherwerk darauf, das der Kalif Al-Nasir in Zayyans Gemach zu bringen befohlen hatte, nämlich Moschus, seinen Lieblingsduft, safrangelben Amber und Flieder; zur Erfrischung besprühte sie Zayyan mit Rosenwasser und brachte ihr ein Tablett mit frischem Obst. Zayyan nahm sich nur ein paar Rosinen und Brombeeren, trotz der Bitten ihrer Zofe, doch mehr zu essen. Sie habe doch den ganzen Tag noch nichts zu sich genommen und dürfe gerade jetzt nicht vom Fleisch fallen, sagte sie, denn der Herr Kalif, den Allah für alle Zeit beschützen möge, liebe doch straffe Frauenkörper, und davon hinge schließlich ihre Zukunft ab. Sie solle wenigstens noch etwas von den getrockneten Datteln und dem gebackenen Gemüse essen, das sicher sehr gut schmecke, aber Zayyan mochte nicht.

Bald war es Zeit für das Bad. Drei Dienerinnen holten sie ab und brachten sie mit der Schwarzen und ihrer Zofe in die Baderäume, die mit schwarzem und rosafarbenem Marmor ausgekleidet waren. Dort zogen sie sie aus, rieben ihr die Haut mit getrockneten Myrtenzweigen ab, was dem Körper einen angenehmen, lang anhaltenden Duft verleiht, massierten sie dann mit einem ebenfalls nach Myrte duftenden Öl und setzten sie schließlich in einer kleinen Kammer, die an die Gemeinschaftsräume angrenzte, in eine Badewanne mit warmem Wasser. Dann wurde Zayyans noch feuchter Körper auf einer gemauerten Liegefläche von den drei Dienerinnen zu einer kräftigen Massage in Empfang genommen, die Zayyans Anspannung bald löste. Ihre Füße und Schenkel füllten sich mit neuem Leben, Hüften, Taille und Rücken wurden unter den kundigen Händen neu geboren. Ihre Arme wurden im Griff der Frauen zu Vogelschwingen, der Hals lockerte sich unter der süßen Entspannung. Während sie sich dem Duft der Massageöle hingab, der Erschlaffung nach dem warmen Bad, der angenehmen Schläfrigkeit zu dieser späten Stunde und dem sinnlichen Gefühl, die eigene Nacktheit so anregend berührt zu fühlen, spürte Zayyan, wie ihr Körper erwachte, wie die Haut über ihren Brüsten spannte und wie ihr Leib zu glühen begann, sie spürte ein seltsames Ziehen im Unterleib, als wolle er sich öffnen oder zu ihren Füßen hin explodieren.

Ihre Leibdienerin entflocht ihr Haar und kämmte es lange, während die anderen sie ankleideten. Sie zogen ihr eine weit ausgeschnittene Qamis in der Farbe der Rosen über den Kopf, die ihre Taille unbedeckt ließ und um die Brüste eng anlag, wodurch deren Schönheit betont wurde. Dann legten sie ihr einen weiten Rock aus prachtvollem Goldstoff mit grünem, dunkelrotem und ockerfarbenem Seidenbesatz an, ein Geschenk ihres Herrn, des Kalifen, das von den Näherinnen des Palastes aus speziellen, eigens aus Almeria eingeführten Stoffen hergestellt worden war. Als sie ihn Zayyan um die Hüften gelegt hatten, schwang der Stoff üppig und sinnlich bei jeder Bewegung, und die Dienerinnen machten einander Zeichen, die besagten, dass der Kalif großen Gefallen an ihr finden würde. Außerdem hatte er ihr eine dreireihige Halskette mit Hämatit aus den Bergen um Córdoba, Markasit aus Ubeda und dunklen, goldgefassten Korallen geschenkt, die sie sich selbst um den Hals legte, zusätzlich zu ihrem Schmetterlingsanhänger aus Rosenquarz, von dem sie sich niemals trennte. Zu dieser Halskette passten ein Paar Ohrringe und ein Diadem aus vergoldetem Silber; mit diesem Schmuck sah sie aus wie eine aus einer anderen Welt auf die Erde herabgestiegene Königin.

Sie zogen ihr golden und dunkelgrün gemusterte Pantoffeln an. Dann parfümierten sie ihr Schultern, Hals und Nacken, die Handgelenke und Handflächen, die Stelle zwischen den Brüsten und den Bauch über dem Nabel mit Jasmin, Lilie und Veilchen, Düften, die der Kalif bei der Liebe schätzte. Sie schminkten ihr die Lippen mit einem matten Zinnoberrot und zogen einen schwarzen Lidstrich, der die Wimpern länger und dichter wirken ließ, das klare Blau ihrer schönen Augen hervorhob und ihrem Blick sinnliche Tiefe verlieh.

Indessen spürte Zayyan noch immer dieses seltsame Glühen in ihrem Körper, wie sie es nie zuvor gefühlt hatte. Ein unbekanntes Verlangen weckte ihre Sinne und dehnte die Empfindsamkeit ihrer Haut bis ins Unendliche. Sie nahm die Berührung des Mondes auf ihren Brüsten wahr, und das Reiben des Rockes an ihren Beinen erfüllte sie mit nie gekanntem Genuss. Trotzdem wusste sie, dass ihre Erregung nichts mit der bevorstehenden Begegnung mit dem Kalifen zu tun hatte, denn sie hatte ihn ja bei den Festlichkeiten gesehen und nichts Besonderes dabei empfunden. Es war ihr eigener Körper, der auf eine Weise zu ihr sprach, wie er es noch nie getan hatte, und der sich heute in einer Herrlichkeit zeigte, die sie ihrem Herrscher würde zu Füßen legen müssen.

Der Kalif hatte in Gesellschaft mehrerer Dichter, die seine Macht und seine Tugenden rühmten, ein reichhaltiges Abendessen zu sich genommen. Dann hatte er sich in seine Privatgemächer zurückgezogen, um zu beten, und sich anschließend sorgfältig angekleidet und prächtig geschmückt. Er wollte dieses Mädchen beeindrucken, das zum ersten Mal bei einem Manne liegen würde, denn er wusste, wie wichtig für jede spätere Vereinigung die Spur ist, die der erste Geschlechtsakt mit einem Mann in der Seele einer Frau hinterlässt. Er gebot, das Brautbett zu parfümieren, in den Lampen duftendes Öl nachzufüllen, Likör und Süßspeisen zur Erquickung des Gaumens bereitzustellen, und ließ zur Befriedigung des Geistes mehrere Musiker mit Harfen und Lauten rufen.

Schließlich erschien, von Kopf bis Fuß verschleiert, die Sklavin Zayyan. Als sie vor dem Kalifen stand, der, umgeben von seinen militärischen und politischen Anführern, bequem zwischen Kissen und Polstern auf dem erhöhten Bett ausgestreckt lag, zu dem drei Stufen hinaufführten, nahmen ihr die vier Eunuchen, die sie begleitet hatten, auf sein Zeichen hin den Schleier ab und gingen. Zayyan verneigte sich vor dem Kalifen, ohne ihm ins Gesicht zu sehen, und dieser forderte sie auf, von sich zu erzählen.

Sie gehorchte:

«Mein Name ist Zayyan, wie der gelbe wilde Jasmin und ebenso bescheiden, und diesen Namen, mein Herr und Gebieter, lege ich Euch zu Füßen. Ihr mögt mich nennen, wie es Euch beliebt. Ich wurde im Sommer geboren, in der Nacht, die man als die kürzeste des Jahres bezeichnet. Ebenso wie die Erde sich in jener Zeit an den blühenden Bäumen und den reifenden Früchten erfreut und dankbar die Strahlen ihres Geliebten der Sonne in sich aufnimmt, um das Wohl der Menschen zu mehren, verspüre auch ich Freude darüber, für Eure Gesellschaft auserwählt worden zu sein. Ich lausche meiner Seele, die vor Glück singt, weil sie Euch zu Diensten sein darf, mein Herr und Gebieter. Ich biete mich Euch dar, damit Ihr Eure Macht über die Welt breitet wie die Sonne ihre über die Erde. Ich bitte Allah den Allmächtigen, dass ich Eures Genusses und Eurer Erquickung würdig sein möge, denn um sie zu ehren, bin ich gerufen worden, und gehorsam füge ich mich in diese Bestimmung.»

Ihre Worte erfüllten den Kalifen mit großer Genugtuung. Mit stolzem Lächeln nahm er die Gratulationen seiner Wesire entgegen, die ihn zu dem guten Kauf beglückwünschten. Al-Nasir hieß einen der Musiker die Laute schlagen und befahl dem Mädchen zu tanzen, und alle Anwesenden beklatschten den Tanz der schönen Zayyan, doch bald schickte er Wesire, Eunuchen, Heerführer und sogar Diener und Musiker fort, denn als er sie tanzen sah, packte ihn ein Verlangen, das er mit ihr alleine genießen wollte.

Zayyan griff selbst nach der Laute und spielte mit großem Können, wobei sie einige Koransuren rezitierte, die von der Gottesfurcht und der Achtung Seiner Vorschriften handelten und dem König ausnehmend gut gefielen. Dann sang sie mit wohlklingender Stimme orientalische Lieder, die sie in der

Schule gelernt hatte und welche die Seele des Kalifen aufs höchste erfreuten. Dieser bot ihr einen Becher Wein an, den er selbst eingeschenkt hatte, und sagte ihr, sie sei sehr schön und gefällig im Umgang. Das werde ihr eine glückliche Zukunft bescheren, denn er schätze diese Eigenschaften bei einer Frau sehr, zusammen mit aufrichtiger Bescheidenheit und umsichtiger Rede. Nachdem er sie eine Weile schweigend betrachtet hatte, fragte er sie beinahe verlegen, ob sie wisse, wie schön sie sei und welche Wirkung sie auf einen Mann ausübe.

«Es gibt keine größere Macht», sagte Al-Nasir, «als die Glut, die der Anblick einer schönen Frau im Inneren eines Mannes entfacht. Diese Kraft ist jeder anderen überlegen, ihretwegen töten und schaffen die Männer gleichermaßen. Sie bedeutet für den Mann zu gleichen Teilen Genuss und Knechtschaft, und nichts kann das Verlangen aufhalten, wenn es einmal entfesselt ist.»

Sie antwortete, von alledem wisse sie nichts, denn sie sei Jungfrau und unerfahren und habe in der Schule von ihrer Herrin Awriya mehr über Grammatik, Dichtkunst und Musik gelernt als über den Umgang mit Männern. Sie habe noch niemals jenes Verlangen gespürt, das man das fleischliche nenne, doch wenn er wünsche, könne sie ihm Gedichte aus ihrer eigenen Feder rezitieren, in der Kunst der dichterischen Komposition sei sie sehr bewandert. Diese Gedichte würden seinem Geiste gewiss gut gefallen, denn in der Stadt Córdoba sei er als gebildeter und edler Mann bekannt; auf diese Weise sprach sie mit Grazie und sinnlicher Unschuld. Je länger sie redete, desto besser gefiel sie dem Kalifen, und er spürte, wie sein Verlangen nach dem Körper dieser Jungfrau wuchs. «Sie ist so gelehrt, so anmutig und so schön», dachte der König bei sich, «ihre Augen glitzern wie frisch geschliffene Saphire, ihre Lippen formen die Worte im Takt von Hyazinthen, die sich wiegen, wenn der Wind im Garten über sie streicht, ihre Brüste rauben, wenn sie unter ihrem Atem erbeben, dem gelassensten Mann seinen Frieden.»

Doch er gestattete ihr, noch einmal zu singen, und sie trug ein schönes Gedicht vor:

«Ich träume von einem zärtlichen Geliebten, der meine schlafenden Lider küsst, ich träume von Mohn- und Liliensträußen, von weißen Narzissen, die unter dem Fenster meiner Jungfräulichkeit erblühen, um den Tag zu verkünden, an dem mein Geliebter ihre Mauern überwindet, sich meiner Haut bemächtigt und in meinem Inneren Wege bahnt zu seinem Glück und dem meinen und seines Amtes waltet wie der König, den mein Körper verdient. Ich träume von einem Herrscher, von dem, für den ich bestimmt bin ...»

Da Zayyans Verse dem Kalifen ein Lächeln entlockten und er ihre Dankbarkeit für das Glück, zu seinem königlichen Genuss auserwählt worden zu sein, nur recht und billig fand, ließ er sie näher an sein Lager treten und löste eigenhändig das Band ihres Rockes, der auf den Marmorboden fiel wie ein Tuch, das ein großes Geheimnis enthüllt. Im gleichen Augenblick fühlte Zayyan, wie sich ihr Leib plötzlich öffnete und eine wollüstige Flüssigkeit ausströmte, welche die Gliedmaßen ihres jugendlichen Körpers mit Wonne erfüllte, ihre Brüste schwellen und ihre Taille pulsieren machte.

Al-Nasir schrie auf und entfernte sich mit einem ungestümen Satz von dem Mädchen, als er sah, wie sich die Unterwäsche aus durchscheinender Gaze rot verfärbte und das dickflüssige Menstruationsblut zu Boden tropfte. Zayyan erstarrte zu Stein, als sie ihre Beine und ihre Tücher von ihrer ersten Blutung befleckt sah, die unerwartet und ohne Vorzeichen eingesetzt hatte. Sie verspürte Lust am Beweis ihrer Weiblichkeit und Bestürzung, Einsamkeit und Angst zugleich, wusste sie doch, wie sehr die Männer das Mondblut der Frau fürchteten, insbesondere der Kalif, der während ihrer monatlichen Unreinheit die strenge Absonderung seiner Frauen für drei Tage befahl.

Das Mädchen fiel auf die Knie und bat um Vergebung. Sie erklärte, so gut sie konnte, dass dies ihre erste Blutung sei, deren Einsetzen eine Frau nicht vorhersehen könne. Alles Weibliche sei vom Mond bestimmt, und Allah wisse um ihre Unschuld, denn er habe doch die Wege ihres Geschickes bestimmt … al-Nasir aber erhob erneut die Stimme und donnerte, sie solle den Namen Allahs nicht besudeln, sie solle es nicht wagen, ihn auszusprechen, denn sie sei verflucht. Zayyan verstummte und versuchte, ihr Schluchzen zu unterdrücken, denn sie sah, wie zornig der Kalif war. Sie zitterte am ganzen Körper, sowohl wegen des plötzlichen Erwachens ihrer Weiblichkeit als auch wegen der Kälte, die den Raum zu erfüllen schien, aus Angst vor der Ungewissheit und der Todesdrohung, die über ihr schwebte.

Der Kalif eilte mit langen Schritten durch den Raum. Der Gürtel seines Morgenmantels war vor dem Mädchen zu Boden gefallen, doch er konnte sich nicht überwinden, sich ihr zu nähern, um ihn aufzuheben. Lieber hielt er den Mantel mit den Händen zusammen, die er sich auf den Magen presste, denn ihm war, als müsse er sich übergeben. Er wollte auf keinen Fall die Nähe einer unreinen Frau ertragen müssen, wie Zayyan es war. Er ging linkisch im Raum auf und ab, als wisse er nicht, was zu tun sei, verärgert über das Weinen dieses Kindes. «Letztlich ist diese Tänzerin tatsächlich nur ein Kind», murmelte er, «denn nur, wenn sie sich ihrer selbst nicht bewusst ist, kann eine Frau auf diese Weise tanzen! Ihre Herrin hätte mir sagen müssen, dass sie noch vollkommen jungfräulich ist, dass sie weder bei einem Mann gelegen hat noch die Veranlagung der Frau bei ihr erwacht ist, zum Teufel! In all den Jahren, in denen ich schon unberührte Mädchen entjungfere, war ich noch nie in einer so peinlichen Lage.»

Schließlich näherte er sich ihr ein wenig und fuhr sie an:

«Hör auf zu weinen, verdammtes Weib; deine Tränen machen mich noch wütender! Sosehr mein Körper auch von mir fordert, dich töten zu lassen, ich werde es nicht tun. Dich retten deine Schönheit und die Anmut, mit der du zu mir gesprochen hast, und diese verflixten Augen, die mich an die meiner Mutter und an die einer Schwester erinnern, die als Kind gestorben ist und die ich sehr liebte. Außerdem ist dies nach all den Zeremonien meine erste Nacht als Kalif. Darum schenke ich dir das Leben, damit du stets die Macht und die Herrlichkeit deines Herrschers rühmst.

Trotzdem», fuhr der Kalif schlecht gelaunt fort, wobei er wieder umherzuwandern begann wie ein Raubtier im Käfig, «weiß ich nicht, was ich mit dir machen soll. Ich muss einen Ausweg finden, der meine Ehre wahrt, denn ich will nicht zum Gegenstand von Hohn und Spott werden und muss vermeiden, dass meine Höflinge Verse darüber schmieden, welch üblen Streich mir die Natur gespielt hat, auch wenn mir Allah möglicherweise durch dein Blut eine Mahnung schickt, dass ich mein Begehren und meine Wollust besser im Zaum halten soll.»

Von Zweifeln geplagt, aber noch immer voller Zorn und ohne Zayyan eines Blickes zu würdigen, schloss er endlich:

«Wenn es der Wille des einzigen Gottes ist, dem ich diene, dass ich dich nicht besitzen soll, nachdem du mit deinem Tanz und deiner Schönheit das Feuer meiner Leidenschaft entfacht und geschürt hast, so ist es mein Wille auf Erden, dass dich auch kein anderer Mann besitzen soll, bis ich es erlaube – was ich nicht zu tun gedenke. Da das Verlangen nach deinem Körper in mir erstickt wurde, soll ihn auch kein anderer Mann genießen.»

Um Fassung ringend trat Al-Nasir auf den Gang hinaus und ließ die Konkubine Azahra kommen, mit der ihn seit vielen Jahren tiefes Vertrauen und eine große Liebe verband. Er schilderte ihr, was vorgefallen war – obwohl sie es aus den Blutflecken zu Zayyans Füßen leicht schließen konnte –, und bat sie, das Mädchen mitzunehmen. Er habe sich zu einem schlechten

Zeitpunkt für sie interessiert und wolle seinen Stolz als Mann und als Kalif nicht dem Hofklatsch preisgeben.

Azahra beruhigte ihn, führte ihn zum Bett, auf dem sie Kissen und Polster verteilte, ließ ihn sich setzen und schenkte ihm süßen Wein ein, um seinen Zorn zu besänftigen. Sie massierte ihm die Füße mit wohlriechendem Öl, was stets sehr entspannend auf ihn wirkte, und brachte ihm einen Teller mit Jerez-Käse, den sie ihm Stück für Stück in den Mund schob, wie man ein missgelauntes Kind mit Süßigkeiten besänftigt, in der Hoffnung, dass sich sein Zorn allmählich legt. Azahra streichelte ihm sanft das Haar, während sie neben ihm auf dem Bett saß, und erinnerte ihn daran, wie sie vor vielen Jahren zum ersten Mal als Mann und Frau zusammengelegen hatten:

«Wisst Ihr noch, mein König, wie unerfahren ich war? Ihr musstet meine Hände führen und meine Tränen trocknen, denn ich wusste nichts von jener Kraft, die das Verlangen im Manne entfacht. Und doch war ich es, die Euch im Laufe der Jahre viele Geheimnisse lehrte, denn mit dem Genuss wächst bei den Frauen auch die Weisheit des Körpers, und Allah belohnte Euch mit großen Sinnesfreuden für die Geduld, die Ihr am ersten Tag mit mir hattet ... so wird der Allmächtige auch Eure Großherzigkeit gegenüber diesem Mädchen belohnen, das sich zu Tode ängstigt, mein König. Ihr Unglück ist weitaus größer als das Eure, denn Eurem Beschluss zufolge wird sie niemals in den Genuss Eurer Leidenschaft kommen, und damit ist sie schon genug bestraft. Ihr braucht Euch keine Sorgen zu machen, niemand wird erfahren, was geschehen ist. Ich werde das Mädchen mitnehmen, aber erst bei Tagesanbruch, sodass niemand argwöhnen wird, es habe keine Vereinigung stattgefunden. Ich werde sagen, ich sei zugegen gewesen, um zu singen und Euch zu bedienen, und werde von Eurer Befriedigung berichten. Da sie eine schöne Tänzerin und eine allseits gelobte Sängerin ist, da sie klug ist und in Dichtkunst und den Klassikern geschult, lasst sie doch künftig des Nachts rufen, damit sie Eure Flamme schürt und Eure Sinne erregt. Durch sie werdet Ihr Euch einen angenehmeren und größeren Genuss mit Euren erfahrenen Konkubinen verschaffen, die sich nach Eurer Leidenschaft sehnen und Euch Söhne schenken können. Niemand wird auf den Gedanken kommen, dass sie in dieser ersten Nacht Eure Wünsche nicht befriedigte, mein König, dies sei Eurem Stolz versichert. Nun schlaft ein wenig, während ich Euch die Lider küsse und Euch in den Armen halte wie in den ersten Nächten unserer Liebe, als es uns mit Glück erfüllte, einer in den Armen des anderen einzuschlafen und am Morgen ebenso zu erwachen, und als wir von unseren Träumen und Hoffnungen sprachen. Schlaft, mein König, niemand wird das Geheimnis dieser Nacht erfahren.»

Al-Nasir nannte sie seine Freundin und Geliebte, sein Herz und seine hochgeschätzte Schwester, und schließlich fand er Schlaf. Nachdem sie ihn geschickt entkleidet hatte wie ein Kind, mit aufrichtiger Zuneigung und der tiefen Zärtlichkeit einer erfahrenen Liebhaberin, konnte sich Azahra endlich um Zayyan kümmern, die noch immer reglos auf jener Marmorplatte stand, die ihre Tränen aufgefangen hatte und auf der sie vom ersten Zeichen ihrer Weiblichkeit überrascht worden war.

~

Azahra hob Zayyans Gesicht zu sich empor, und als das Mädchen die Geliebte des Kalifen ansah, schien es ihr, als sehe es eine Göttin wie jene, von denen ihre Mutter ihr einst erzählt hatte, denn Azahra besaß die Schönheit der Erde zur Zeit der Weinlese. Zayyan blickte sie unverwandt an und erfreute sich an der heiteren Ruhe, die ihr offenes, warmes Lächeln verströmte, an dem schwarzen Haar, das ihr auf die Brust fiel, an ihren Augen von der Farbe dickflüssigen, frisch aus der Wabe entnommenen Honigs. Azahra griff nach einem der Tücher, die sie am Gürtel trug, und legte es Zayyan zwischen die Beine. «Dies», sagte sie liebevoll, «wird das Blut auffangen. Du musst es selbst waschen, denn der Menstruationsfluss darf immer nur von der Frau berührt werden, die ihn ausscheidet. Du musst dir spezielle Tücher und Stoffe für diese Tage besorgen, die sich jeden Monat einstellen, immer beim gleichen Mondstand. Merke dir, wann dein Körper erwacht ist, Mädchen Zayyan, beim Vollmond, der abzunehmen beginnt, also musst du dich allmonatlich zu Vollmond darauf vorbereiten.

Weine nicht mehr, Kind, beruhige dich, du brauchst dich nicht vor dem Körper zu ängstigen, den Allah dir gegeben hat. Er schickt uns dieses Blut zu unserem Wohle, denn Frau zu sein, schenkt uns den Vorzug, Kinder gebären zu können. Sei deshalb nicht traurig darüber und fühle dich dadurch nicht befleckt.»

Während sie sanft zu ihr sprach, langsam und immerzu lächelnd, säuberte ihr die Konkubine mit mütterlicher Behutsamkeit und Geschicklichkeit die blutverschmierten Beine und trocknete ihr das tränennasse Gesicht mit einem anderen, grün bestickten Taschentuch aus ihrem Gürtel, das sie dem Mädchen überließ. Dann verknotete sie den durchscheinenden Schleier so um Zayyans Hüften, dass er nicht herunterrutschte. Sie zog ihr den Rock an, brachte ihr Haar und den Schmuck in Ordnung und führte sie zu einem runden Erker, dessen Decke mit leuchtend bunt umrankten Koransuren in goldener Schrift verziert war und von dem aus man auf einen weitläufigen Innenhof mit dicht belaubten Olivenbäumen und knospenden Kirschbäumen blickte, die bald blühen würden.

«Sieh mal, was das Schönste an diesem Ort ist», sagte Azahra und legte den Arm um sie. «Der Mond scheint sich auf ihm niederzulassen – spürst du, wie deine Augen versucht sind aufzublicken, weil der Mond nach ihnen ruft? Dies ist ein Ort der Vertraulichkeiten und der wahren Liebe, der Zärtlichkeiten und der Unterhaltungen im Flüsterton, die in Freundschaft münden und damit die Liebe unvergänglich machen. Hier, schöne Zayyan, trink von diesem Likör, den ich auch unserem Herrn, dem Kalifen, zu trinken gab, es ist ein süßer Wein, der das Gemüt beruhigt. Trink, meine Schöne, denn schön bist du weiß Gott, und jung bist du, Zayyan. Na komm, lächele ein wenig, denn auch das Lächeln bringt Erleichterung. Und jetzt, Zayyan, während wir zusehen, wie die Nacht verstreicht, und den ersten Morgen deines neuen Lebens erwarten, erzähl mir von dir und von deinem Erbe, von dem, woran du dich aus deinen ersten Jahren erinnerst. Sag mir, was es mit diesem Schmetterling auf sich hat, den du um den Hals trägst und niemals ablegst, erzähle mir jetzt von deinen Träumen …»

Tatsächlich schien der Mond in aller Pracht herein und wanderte über den Deckenschmuck des Erkers. Ganz in seinem Bann, beschrieb Zayyan der Sklavin Azahra die Kindheitserinnerungen, die sie sich bewahrt hatte: Bilder eines grenzenlosen, blauen Meeres, den Klang des Windes und der wütenden Wellen, die sich an der Steilküste brachen, an der die Welt zu Ende war. Sie erklärte ihr, der Anhänger aus Rosenquarz sei das einzige Vermächtnis ihrer leiblichen Mutter und ihres früheren Daseins.

«Der Schmetterling, hat sie mir gesagt, enthält das Geheimnis der Frau, denn die Form seiner Flügel erinnert an ihre geheimsten Körperteile, aus denen das Leben keimt, doch er ist auch ein Symbol für ihre Seele. Er wird als Raupe geboren, die sich selbst fremd und nur ein Versprechen dessen ist, was sie sein wird; mit der Zeit muss sie lernen, sich zu kennen, sich zu fühlen, sich zu verstehen. Mit ihrem Geheimnis muss sie sich nun in einen Kokon zurückziehen, den sie eines Tages zerreißen wird, damit ihre wahre Schönheit und Herrlichkeit zutage treten. Dann ist sie zum Schmetterling geworden, der endlich die Flügel öffnen und schließen kann, um mit seinem

Flug den Mond, das erste weibliche Element schlechthin, zu erreichen.»

Zayyan verstummte und lauschte der Geschichte nach, die sie noch niemals einem Menschen erzählt hatte. Azahras Nähe und Wärme trösteten sie über Gefühle hinweg, die sie zu überwältigen drohten, und sie fuhr leise fort:

«Oft verschränkte meine Mutter die Hände, bewegte sie in der Luft und ahmte damit die Flügel nach, die den Schmetterling emportragen. Ich konnte sehen, wie das Mondlicht in ihren Fingern spielte und wie Hunderte von Schmetterlingen erzitterten. Zwar verstand ich die tiefe Bedeutung ihrer Worte nicht, aber ich liebte ihre Stimme …»

So kam es, dass Zayyan den Kopf in Azahras Schoß legte und endlich einschlief.

V

Im Lauf der Tage stellten die Gemahlinnen, Konkubinen und die übrigen Frauen im Harem des Königs fest, welche Unschuld Zayyan auszeichnete. Sie prahlte weder wie andere mit ihrer Schönheit noch mit ihrer Geschicklichkeit als Lautenspielerin, noch trug sie ihren Stolz auf ihre Begabung als Tänzerin zur Schau. Stattdessen schwieg sie bescheiden und lächelte stets, und so gestatteten ihr die mächtigsten der Frauen, die gemütlichen Abendstunden mit ihnen zu verbringen, in denen sie plauderten, scherzten, Lieder und Gedichte sangen, süßes Backwerk und getrocknetes Obst naschten und, stets unter den wachsamen Blicken der Ammen, die jüngsten Kinder um sich hatten, die noch klein genug waren, um bei den Frauen zu sein.

Azahra hatte Zayyan lieb gewonnen, und diese nahm ihre Zuwendung und ihre Ratschläge als Richtschnur für ihr eigenes Überleben im Harem, das ihr trotz der scheinbar unbeschwerten Atmosphäre schwierig erschien. Sie erkannte, wie gering das Leben einer Frau geachtet wurde, selbst wenn sie ihrem Herrscher Söhne gebar und seinem Vergnügen diente; im Harem kursierten zahlreiche Geschichten von Sklavinnen, die durch einen Schwerthieb gestorben waren, weil sie ihren Herrn verärgert hatten, oder im Kindbett oder von der Hand einer eifersüchtigen Konkurrentin, oder weil sie ihre Kinder ohne Erlaubnis selbst hatten aufziehen wollen: Sie wusste also, wie wenig sie galt, und darum dachte sie bei sich, dass es wohl klug sei, sich in irgendeiner Funktion unentbehrlich zu machen, um sich so die Gunst zu sichern, am Leben zu bleiben. Einstweilen aber verbrachte sie ihre Zeit damit, zu dichten und Melodien zu ihren bevorzugten Koransuren zu komponieren, die sie dann häufig ihrem Herrscher Al-Nasir vortragen durfte.

Dieser hatte auf seine Geliebte Azahra gehört und gestattete, dass Zayyan sie beide in ihren Liebesnächten unterhielt, indem sie mit verschleiertem Gesicht tanzte, während Wein und Speisen aufgetragen wurden, und hinter den Vorhängen versteckt Laute spielte und sang, wenn die Zeit der Liebe gekommen war. Auf diese Weise gewöhnte sich der Kalif allmählich an die vorzügliche Stimme der Sängerin und verlangte künftig stets nach ihren Melodien, um sich auch in den Nächten mit anderen Konkubinen daran zu erfreuen.

Auf diese Weise erwarb Zayyan große Erfahrung in Liebesdingen. Durch die Vorhänge beobachtete sie aufmerksam das Verhalten vor allem der Frauen, denn was der Kalif tat, unterschied sich von einem zum anderen Mal kaum. Stattdessen bemerkte sie, dass der Tatendrang des Mannes stets vom Gebaren der Frau abhing. Zayyans angenehmes Wesen und ihre kluge Verständigkeit, die bei Menschen von großer Intelligenz meist zusammen auftreten, brachten ihr das Vertrauen des Königs und der Eunuchen ein, die ihr innerhalb des Harems unmittelbar unterstellt waren, und damit auch den Respekt der anderen Favoritinnen.

~

Ein ganzer Mond war seit der kürzesten Nacht des Jahres verstrichen. Die Tage waren ausnehmend heiß, deshalb wurden die Nächte sehnsüchtig erwartet und die geselligen Abendstunden unter großen Fächern und bei offenen Vorhängen genüsslich ausgedehnt, damit der Wind ungehindert durch die Räume streichen konnte. Al-Nasir hatte mehrere Feldzüge nach Badajoz durchgeführt, das sich nach zäher Gegenwehr schließlich ergeben hatte. Nun wollte er einen längeren Zeitraum im Palast al-Rusafa zubringen, wo die nächtliche Brise erfrischender war, weil er auf einer Anhöhe lag, und sich von dort aus den politischen Angelegenheiten widmen, die seit der Ausrufung des Kalifats auf Erledigung warteten. Es galt, Ämter in den Provinzen zu besetzen, neue Statthalter zu ernennen, einen eigenen Stab von Wesiren zusammenzustellen, das Heer zu vergrößern und Befehlshaber einzusetzen. Außerdem organisierte er persönlich die Ausgabe der neuen Münzen mit seiner königlichen Prägung und war zudem damit beschäftigt, die Farben seines Familienwappens für das Geschirr und die Keramik des Palastes auszusuchen.

Er achtete darauf, verschiedene Frauen anzufordern, um seine Pflichten als Kalif und Ehemann zu erfüllen, doch meistens ließ er die Sklavin Azahra rufen und bestellte auch Zayyan mit ihrer Laute in seine Privatgemächer, sowie Diener mit den Süßspeisen und Likören, die der König am liebsten mochte. Gemeinsam ergötzten sie sich an Leib und Seele und verbrachten die Zeit bis zum Morgengrauen mit gemächlicher Liebe und ausführlichen Unterhaltungen, wie es unter langjährigen Liebenden natürlich ist.

Der Kalif, Gott schütze ihn, vertraute der schönen Azahra sehr; er enthüllte ihr große Geheimnisse und fällte wichtige Entscheidungen nach ihrem Rat. Doch beide genossen es ebenso, von den neuesten Ereignissen im Palast zu sprechen, von den Klatsch- und Tratschgeschichten aus Córdoba, von Erinnerungen an vergangene Zeiten und von Plänen für die Zukunft.

Während einer dieser königlichen Stunden abendlicher Zweisamkeit hörte auch Zayyan zum ersten Mal von Al-Nasirs großer Idee, die still und verborgen in seinen Gedanken ruhte wie ein Samenkorn in der Erde, das auf den Moment zum Keimen wartet. Während das Mädchen leise sang, erzählte der Kalif Azahra von der Stadt, die er erbauen wollte, als militärische Festung, politische Demonstration der Macht und privaten Rückzugsort, an einer Stätte, die bereits von Gelehrten seines

Vertrauens untersucht wurde, an dem Zeitpunkt, den seine Hofastrologen als den günstigsten errechnen würden.

«Sie wird Stadt und Palast zugleich sein», sagte er. «Sie wird die Macht, Schönheit und Herrlichkeit meiner Mission und meiner Familie vereinen. Sie wird großartiger sein als jede andere Stadt, die wir kennen. Sie wird aus dem Nichts entstehen wie das schöne Bagdad, aber noch eindrucksvoller sein und noch prunkvoller als Alexandria. Viele Stunden am Tag plane ich mit den königlichen Architekten ihren Bau. Sie berichten mir von den alten Griechen, die phantastische Städte aus untergegangenen Welten beschreiben, und von der Festung, die der gerechte König und Dichter Salomon bauen ließ, von den Wunderwerken, die er in ihr zu versammeln wusste, oder vom Palast des großen Nebukadnezar in Babylon mit seinen wundersamen Gärten und seinen außergewöhnlichen Toren.»

Al-Nasir schüttelte den Kopf und suchte nach den richtigen Worten, um Azahra das Gefühl in seinem Herzen nahe zu bringen.

«Aber nichts wird mit meiner Stadt vergleichbar sein», sagte er endlich. «Ich werde aus dem Nichts ein unfassbares Wunderwerk erschaffen, das von meinem Aufenthalt hier auf Erden Zeugnis ablegen wird. Die schönsten Kunstwerke werden es zieren, einzigartige Kostbarkeiten und grandiose Bauten werden Allah ehren und meine Macht rühmen. Herrlichkeiten ohnegleichen werden in dieser Stadt die Erinnerung an meinen Namen fortbestehen lassen …»

Ein schwacher Morgenwind bauschte die dünnen Vorhänge vor den Fenstern, die Kerzenflammen knisterten und warfen lange, zitternde Schatten auf die Tücher und Behänge an den Wänden des königlichen Schlafgemachs. Sicher begehrte der Tag Einlass, um die heitere Miene des Kalifen und das ungewohnte Leuchten in seinen blauen Augen zu betrachten, als er von seinen Plänen für die neue Stadt sprach.

«Jeder, der sie betritt, wird voll Erstaunen spüren, dass das Brüllen eines Löwen aus der Erde steigt, ihn von Kopf bis Fuß durchdringt und unerbittlich meiner Herrschaft unterwirft, denn am Anblick der Reichtümer, welche Straßen und Gebäude schmücken, wird er meine Macht ermessen. Von Mund zu Mund wird man die Einzigartigkeit dieser Stadt weitertragen, und alle, die sie zu Gesicht bekommen, Fürsten ebenso wie Ungläubige, werden in den vier Himmelsrichtungen von ihrer Pracht berichten.»

Er hatte bereits den Kauf der erlesensten Materialien in Auftrag gegeben: schwarzen Marmor aus Rom, rosafarbenen und grünen Marmor aus den Steinbrüchen von Tunis und Karthago, weißen aus Tarragona und den glänzendsten aus Almeria; Edelsteine und Metalle aus Byzanz und Syrien, wertvolle Hölzer aus Nordafrika, Gold und Perlen – und unbekannte Tiere und seltene Pflanzen aus allen Teilen der Welt.

Um Azahra zu erfreuen, wollte er unter dem Fenster seines Schlafgemachs Tausende von Mandelbäumen aus Elvira pflanzen, damit sie die Farben ihrer Kindheit vor Augen habe, sagte er ihr liebevoll. Umgehend wollte er Maurer, Baumeister und Künstler unter Vertrag nehmen, die mit den Planungsarbeiten zu seiner Palaststadt beginnen sollten. Er würde seinen Sohn Al-Hakam zum Leiter der Bauarbeiten ernennen, denn dieser liebe die Schönheit ebenso wie sein Vater, sei aber «weiser» als er selbst, räumte der Kalif mit einer Mischung aus Stolz und Neid ein.

«Er war es, der beinahe noch als Kind das Samenkorn zu diesem Traum in mein Herz legte.» Al-Nasir sprach jetzt sehr langsam und mit abwesendem Blick. «Im Laufe der Zeit keimte und wuchs der Traum in mir wie ein Myrtenstrauch, und eines Tages bat ich Al-Hakam, das Symbol für die Macht unseres Omaijadenreiches zu entwerfen. Er lächelte nur und breitete wunderbare Pergamente vor mir aus, mit Zeichnungen, an denen er schon seit langer Zeit arbeitete …»

Unvermittelt verdüsterte sich das Antlitz des Königs, und er gestand seiner Geliebten, dass ihn immer häufiger mitten in seinen Unterredungen mit Architekten und Astrologen eine seltsame, dumpfe Schwermut überfiel, und dass ihm gerade dann, wenn sie voll Vorfreude und erschöpft auf die Zukunft, auf seine Stadt und auf die Omaijadendynastie tranken, eine ungewohnte Beklemmung die Kehle zuschnürte.

«Ich fühle, wie meine Seele die Grenzen meiner Haut hinter sich lässt und entflieht. Dann muss ich fortgehen und sie alleine lassen, die einen mit ihren himmlischen und die anderen mit ihren irdischen Entwürfen, während sie die Stätte planen, an der sich mein Wirklichkeit gewordener Traum erheben wird. Dann zieht es mich zu meinen Soldaten, ich lasse mir von den Befehlshabern berichten, wie viele Tote es in der letzten Schlacht gegeben hat, wie viele Gefangene sie gemacht, welche neuen Waffen sie kennen gelernt haben. Und all das, liebste Azahra, all das tue ich, damit dieses stumme Weinen, das wie ein Dieb im Verborgenen lauert, nicht in meine Augen tritt, ohne dass ich den Grund dafür nennen könnte.»

«Euch dauert die Vergänglichkeit, mein geliebter Fürst», antwortete Azahra, als seien sie beide Heranwachsende, die erst lernten, sich zu lieben, «doch sie ist Gottes Wille. Der Abdruck Eures Schrittes prägt sich mit der Lust der Begegnung in die Erde, und diese löst sich mit dem Schmerz des Verlustes von Eurer Sohle. Damit das Unvergängliche geboren werden kann, muss die Gegenwart sterben. So ging es auch den anderen Großen der Geschichte, und Ihr, mein geliebter Herr, habt Euch ebenso wie diese entschieden, unsterblich zu sein. Mit Allahs Erlaubnis werdet Ihr der Zeit Euren Stempel aufpressen. Zu diesem Zweck erschafft Ihr Euer Reich und seine Geschichte, und dafür werdet Ihr auch Eure Stadt erbauen. Das Weinen, das Euch überfällt, ist ein Weinen um all das Menschliche, das Ihr im Kampf zurücklassen müsst, um Euren Traum zu verwirklichen. Doch wisset, mein geliebter Al-Nasir, ich werde immer an Eurer Seite sein, ich werde Euch immer lieben, und Eure Unsterblichkeit ebenso.»

Zayyan bemerkte plötzlich, dass sie die Laute hatte sinken lassen, so gebannt war sie von der innigen Szene gewesen. Vor Freude darüber, selbst genauso tief bewegt zu sein wie ihr König und ihre Freundin, stimmte sie ein altes Lied an, das von der Nacht erzählte, vom Meer und vom Himmel. Sie hatte es in ihrer christlichen Kindheit gelernt und selbst nicht mehr gewusst, dass sie sich noch daran erinnerte, und ihre Stimme war wie der Wind, der durch das Schilfrohr streicht.

Al-Nasir lächelte in den Armen seiner Favoritin selig und sagte ihr schließlich, dass sie die Königin seiner Stadt sein werde. «Dir, meine liebreizende Azahra, widme ich meine Idee. Ich werde die Schönheit deines Körpers, deines Gesichtes und auch die deiner Seele in einer weißen Marmorstatue verewigen lassen, die das Haupteingangstor meiner Stadt zieren wird, so wie auch König Salomon die Statue seiner geliebten Bilkis platzierte. Allah wird mir vergeben, denn Er weiß, dass die Schönheit und die Macht uns als Sinnbilder der Erkenntnis Seiner Herrlichkeit näher bringen und dass wir Ihn rühmen, wenn wir die wahre Schönheit und Macht verehren. Er wird uns darum Seinen Segen nicht versagen, wenn dein wunderschönes Antlitz, meine Freundin und Schwester, den höchsten Stein der sieben Torbögen meines Palastes zieren wird. Möge mir auch der Prophet vergeben, dessen Gesetz es verbietet, das Abbild eines Menschen zu schaffen, doch nach dem göttlichen wäre alleine deines würdig, in Stein verewigt zu werden, wie mein Glück dank Seiner Weisheit beweist.»

Die Nacht war beinahe unbemerkt verstrichen, und der Morgen brach an, während der Kalif voller Begeisterung das Wesen seines Vorhabens beschrieb, die Denkfundamente, welche den Steinfundamenten der Gebäude vorausgehen, oder, wie er es gesagt hätte, die grundlegende Beschaffenheit irdischer Werke, die darin besteht, dass man den Funken des Göttlichen auffängt und dem Streben des Herzens folgt. Da er erschöpft war, gab er seinem Eunuchen, dem Vorsteher der Wachen, die Anweisung, weder ihn noch seine Sklavin oder das Mädchen Zayyan zu wecken, ehe die Mittagsstunde lange verstrichen sei.

Bevor er sich zur Ruhe legte, betrachtete er die Schönheit seiner schlafenden Geliebten und traf eine weitere Entscheidung, nämlich seine Stadt zu Ehren des Namens der Frau, die er am meisten liebte, Madinat al-Zahra zu nennen, Wunderbare Stadt, und er betete, dass Allah ihm diese große Vermessenheit verzeihen möge.

VI

Es war ein wunderschöner Herbst ins Land gegangen, der die Berge in Ocker- und Goldtöne getaucht hatte. Al-Hakam war mit seinem Gefolge in den Alcázar nach Córdoba gezogen, wo der Hofstaat den Winter zu verbringen pflegte, und hatte die Befehlsgewalt über die Angelegenheiten seines Vaters übernommen, da dieser zu einem Feldzug nach Ceuta aufgebrochen war, um den natürlichen Hafen dort zu erobern und seine Herrschaft auf Nordafrika auszudehnen.

Der Prinz wich nur ungern von seinen Gewohnheiten ab, nach denen er ruhig und in seine Studien vertieft auf seinem eigenen Landsitz jenseits des Guadalquivir lebte. Der Eunuchenführer Nasar hatte ihm jedoch versichert, der Kalif werde nicht lange abwesend sein, sondern nur einen ersten Aufklärungsfeldzug unternehmen, um das Gelände zu sondieren, und er selbst werde alles in seiner Macht Stehende dazu beitragen, den Aufenthalt des Prinzen im Palast angenehm und sorgenfrei zu gestalten.

Um das Ende des Fastenmonats Ramadan zu feiern, mit dem das neue Jahr 318 nach der Hedschra begann – es war das Jahr 931 nach christlicher Zeitrechnung –, war ein Fest im Palast des Kalifen organisiert worden, dem der Thronerbe Al-Hakam in Abwesenheit seines Vaters vorsitzen würde und dessen Hauptattraktion das Orchester des Harems bilden würde. Es bestand aus Favoritinnen, Sklavinnen und Konkubinen, die in ihrer musikalischen Ausbildung zur Meisterschaft gelangt waren, und wurde von Zayyan geleitet.

Das Mädchen hatte sich einen guten Ruf als Sängerin und Gesangslehrerin erarbeitet. Sie hatte sich inzwischen zu einer jungen Frau mit anmutigen Rundungen und blendender natürlicher Schönheit entwickelt, war stets fröhlich und liebenswürdig, nachsichtig und freundlich mit ihren Schülerinnen, die ebenfalls zum Harem gehörten. Dort leitete sie ein Orchester von dreißig Frauen verschiedenen Alters, die musikalisch begabt waren, ausgesprochen gerne zusammen musizierten und zu Nayruz, dem Frühlingsfest, zu den Feierlichkeiten der Weinlesezeit oder wie jetzt, zum jährlichen Fastenbrechen nach dem Ramadan, mit Erlaubnis des Kalifen ihr Können vorführten und ein Konzert im königlichen Empfangssaal gaben.

Zayyan hatte erreicht, dass das Hofprotokoll weniger streng gehandhabt wurde und auch solche Instrumente im Harem gespielt werden durften, die bislang als unwürdig gegolten hatten, etwa Trompeten, Schellentrommeln, Schalmeien, Tamburine und andere einfache Volksinstrumente, die für die spontane, lärmende Freude auf der Straße standen. Inzwischen wurden sie jedoch allgemein gern genutzt, wie die kleinen Holzscheiben, die man sich über die Daumen streifte und mit den Fingern gegeneinander schlug, um einen Begleitrhythmus zu schaffen, oder Ruten wie jene, mit denen die reifen Oliven von den Bäumen geschlagen wurden, die an Gefäßen mit geriffelter Oberfläche entlanggeführt wurden, was einen unverkennbaren Klang erzeugte.

Die erfahreneren Frauen spielten einfache Flöten und Doppelflöten, Lauten, Zithern und Mandolinen, und ein Chor von siebzehn Sängerinnen vervollständigte die Darbietungen. Doch die sensationelle Neuerung war, dass Zayyan sie alle mit ihrem Tanz und den Bewegungen ihres Körpers dirigierte. Indem etwa die Flöten durch die Arme dargestellt wurden, die Trommeln durch die Hüfte, die Zithern durch die Taille, Schalmeien und Trompeten durch die Beine, fand jeder Teil des Orchesters seine Entsprechung in einem Teil von Zayyans Körper, der sich zum Rhythmus der Musik, oder vielmehr die Musik selbst hervorbringend, spektakulär bewegte.

Nach der Lesung des letzten Gebetes aus dem heiligen Koran durch den obersten Imam der Großen Moschee von Córdoba leitete Al-Hakam die zeremoniellen Festlichkeiten im Empfangssaal des Palastes. Dort sah er zum zweiten Mal in seinem Leben das Mädchen Zayyan, das womöglich noch schöner geworden war und sich in eine begehrenswerte und geheimnisvolle Frau verwandelt hatte.

Mandelkuchen, Honig- und Pistaziengebäck, Haselnusstörtchen, Spritzkuchen, Käsepasteten, Brühen, Suppen, Geflügel in Gelee und andere Delikatessen aus den Palastküchen, zu denen Fruchtsäfte, gekühlte Liköre und warmer Wein gereicht wurden, machten das jährliche Fastenbrechen sehr angenehm. Dem Prinzen schien die Festlichkeit dennoch übermäßig ausgedehnt, langweilig und leer, denn innerlich sehnte er brennend den Abend dieses gesegneten Tages herbei, an dem dank der Gnade Gottes seine offenkundige und deutliche Leidenschaft für die schöne Zayyan eine neue Phase in seinem Leben eingeleitet hatte.

Er befahl dem Eunuchenführer Nasar, den Konkubinen seines Vaters, die ihn mit einer wundervollen Darbietung ihres Könnens ergötzt hatten, Geschenke bringen zu lassen – was den treuen Sklaven freute, denn er war es gewöhnt, dass der Prinz sich für die Angelegenheiten des Hofes überhaupt nicht interessierte. Bei sich dachte er, Al-Hakam verhalte sich endlich wie ein Mann, schließlich werde er im Sommer auch schon achtzehn. Als der Prinz daraufhin verlangte, ein Gefolge von vier Wachen solle die Sklavin Zayyan in seine Gemächer geleiten, man solle Dattelwein und frühe Brombeeren bringen, von jenen, die trotz des Winters schon gereift waren, sagte sich der treue Nasar allerdings, das sei viel Neues für einen einzigen Tag. Vielleicht war ja alles zugleich über den Jungen gekommen, die Entdeckung des Lebens und das Verlangen des Körpers, das Erwachen der Triebe und jene unbekannte Kraft, die der Schönheit eines Weibes entspringt, all das auf einmal, Allahs Wege waren eben wundersam. Nasar konnte sich den Befehlen nicht widersetzen, doch er gehorchte mit dem Unbehagen des Sklaven, der weiß, dass er Kopf und Kragen riskiert. So flehte er zu Gott, seinem Propheten Mohammed und seinem Gesandten Gabriel, dass derartige Wünsche ihn nicht ins Verderben stürzen würden, denn das Mädchen war eine persönliche Sklavin des Kalifen, und böse Zungen behaupteten, aus unbekannten Gründen halte er sie wohlverwahrt zu seiner alleinigen Verfügung.

Zayyan erinnerte sich nur undeutlich an einen schmächtigen Jungen mit rötlichem Haar, der während ihres ersten Auftritts als Tänzerin bei Hofe neben seinem Vater gesessen und die Huldigungen von Untertanen und Vasallen entgegengenommen hatte.

Dieser Junge hatte wenig Ähnlichkeit mit dem Prinzen Al-Hakam, der ihr nun als Sohn und Nachfolger des Kalifen gegenübertrat, als Bewunderer ihrer Kunst und als Gastgeber, der sie in seine Privatgemächer einlud, sich elegant vor ihr verneigte und mit den Fingerspitzen als Willkommensgruß Herz, Lippen und Stirn berührte.

Seine Statur hatte sich gestreckt, die Schultern waren breiter geworden. Sein Haar war zwar immer noch rötlich, hatte aber einen stärkeren Goldschimmer bekommen, was ihm sehr gut zu Gesicht stand. Unter dem Sarawil, einer weißen Hose aus feiner Wolle, die über der Hüfte von einem mit dem Wappen der Omaijaden bestickten Gürtel zusammengehalten wurde, waren kräftige Beine zu erahnen. Er hatte wunderschöne grüne Augen, solche, die man «Juwelen» nennt, weil sie irisieren wie ein schillernder Edelstein. Seine schmale Nase gab ihm etwas Respekteinflößendes, und seine vollen Lippen lächelten einnehmend, indem sie sich bewegten … als spreche ihr Herr und Gebieter, doch sie hörte nichts, spürte nur, wie ihr das Herz mächtig im Halse schlug.

Zayyan fragte sich beunruhigt, in welcher Phase der Mond

stand, denn etwas regte sich in ihrem Körper, und ihre Haut glühte. Es war aber Neumond, dieses Ziehen konnte nicht von ihrer Menstruationsblutung herrühren, die hatte sie vor zwei Wochen gehabt. Außerdem fühlte sich die Taubheit ihrer Glieder vor der Blutung ganz anders an als das, was jetzt mit ihr geschah, diese Atemlosigkeit und die seltsam heiße Wallung trotz des kühlen Winterabends, die zugleich schmerzliche und süße Beklemmung, die ihr durch die Brust wanderte und unversehens in die Kehle hinaufstieg. Sie ordnete diese Empfindungen, die ihre Sinne überwältigten, eher einigen der genussvollsten Augenblicke zu, die ihr das Tanzen und das Musizieren verschafft hatten. Aber es war ja auch möglich – zu ihrer Bestürzung begann Zayyan bei diesem Gedanken am ganzen Körper zu zittern –, dass Al-Hakams Nähe ihr allzu gut gefiel. Ihm schien es ebenso zu gehen, wie sie seinen Worten zu entnehmen glaubte, sobald sie sich wieder etwas in der Gewalt hatte und ihre Ohren wieder aufnahmefähig waren.

Sie schlug vor, ihm seine bevorzugten Koransuren zu singen, wenn er es wünsche, doch er lehnte ab und sagte, er ziehe es vor, ihrer Stimme im Gespräch zu lauschen. Sie schlug vor, ihre Laute bringen zu lassen und für ihn zu spielen, doch er lehnte ab und sagte, es sei ihm lieber, dass ihre Hände einen Becher Wein hielten. Sie bot an, für ihn und seine Geliebte zu tanzen, doch er entgegnete, er wünsche im Augenblick allein ihre Gesellschaft. Um jenen rosafarbenen Schmetterling zu beruhigen, der an ihrem schönen Hals zitterte, stellte er in Aussicht, ihr einige sehr schöne Bücher aus Bagdad zu zeigen, mit handgemalten Bildern von Vögeln, die in hiesigen Breiten unbekannt waren, zum Dank und als Vergütung für das, was sie ihm geschenkt habe, als er sie habe tanzen sehen, damals bei der Thronbesteigung des Kalifen und in der Darbietung an diesem Abend, bei der sie mit ihrem Körper musiziert habe.

Der Prinz betrachtete sie hingebungsvoll und murmelte schließlich verlegen: «Dank Euch, Herrin, habe ich eine ungeahnte Kraft entdeckt, die mich überwältigt und die der Leidenschaft meines Geistes für die Bücher und der meiner Seele für die Gelehrsamkeit mindestens ebenbürtig ist, nämlich den Wunsch, Euch nahe zu sein.»

An allen folgenden Abenden wurde nach Zayyans Anwesenheit in den Privatgemächern des Prinzen verlangt, was Anlass zu einigem Gerede gab, denn Al-Hakams Gleichgültigkeit gegenüber Frauen war allgemein bekannt. Er hatte sich bisher weder für Gemahlinnen noch für Sklavinnen interessiert, aber nun schien er ausgerechnet an dieser einen Narren gefressen zu haben, die ihm nicht gehörte und die überdies noch verboten war. Der Eunuchenführer Nasar sah sich ständig genötigt, den Hof mit der Versicherung zu beschwichtigen, zwischen den beiden finde kein Beischlaf statt, der Prinz genieße es lediglich, sich mit der jungen Zayyan über seine Bücher zu unterhalten, denn sie sei überaus gebildet, geistreich und von rascher Auffassungsgabe, was den Prinzen sehr erfreue. Je mehr Bücher, Pergamente, Illustrationstafeln und wissenschaftliche Abhandlungen er ihr vorführte, desto unbefangener zeigte sie ihre Freude. Sie lächelte, klatschte in die Hände und las mit klangvoller Stimme die Titel, und der Prinz war immer angetaner. Er ließ mehr und mehr Bücher bringen, und binnen eines Monats war seine umfangreiche Bibliothek beinahe vollständig herbeigeschafft worden, sodass seinen Dienern graute bei der Vorstellung, dass sie alles wieder würden wegbringen müssen, wenn ihr Herr beschließen würde, in sein Landhaus zurückzukehren.

Doch damit schien Al-Hakam es nicht mehr eilig zu haben. Er wirkte von Tag zu Tag fröhlicher und zeigte wachsendes Interesse an den politischen Angelegenheiten und an der Verwaltung Córdobas. Er empfing sogar Delegationen aus den Provinzen, sprach im Namen des Kalifen Recht und ernannte Statthalter. Nasar sandte dem König mehrere ausführliche

Briefe, in denen er ihn über die erfreulichen Veränderungen im Verhalten seines Sohnes Al-Hakam berichtete, jedoch zu erwähnen vermied, wie der Prinz seine Abende verbrachte.

Auch Zayyans Schönheit blühte auf, sie sang fröhlicher denn je, lachte ständig, blickte verträumt in das Wasser des Gartenteiches und küsste die Blumen, bevor sie sie schnitt. Alle Frauen bewunderten das Glück, das sie verströmte, wenn sie ihnen während der gemeinsamen Handarbeit im Haremsgarten, wo schon der Frühling anbrach, oder flüsternd während der Siesta, in der keine der Frauen tatsächlich zu schlafen pflegte, von den Wunderdingen erzählte, die sie in den Büchern des Prinzen las und von denen er ihr erzählte. Er war nämlich von den Genüssen der Erkenntnis und den vielen alten und neuen Wissenschaften, die in den Büchern gesammelt waren, ebenso hingerissen wie sie.

~

Doch es gab etwas, das sie nur ihrer Freundin Azahra erzählt hatte, an ihre Brust geschmiegt und übermütig wie ein Kind, etwas, wovon auch der treue Nasar nichts ahnte, den das Verstreichen der Tage ebenso beruhigte wie die vielen Bücher.

An einem Abend, als es überraschend angefangen hatte zu regnen, was stets ein Drehen der Windrichtung ankündigte, hatten die beiden jungen Leute medizinische Bücher mit Abbildungen des menschlichen Körpers betrachtet, Darstellungen seiner Adern wie ein Wegenetz, seiner Muskeln und anderer innerer Landschaften. Bei dieser Gelegenheit hatte Zayyan erwähnt, dass sie unter all den wissenschaftlichen Abhandlungen über den Körper die Schilderung der Sitten und Gewohnheiten in Liebesdingen vermisse, die vielfältig und sehr unterschiedlich seien, wie sie dank ihres Amtes als Sängerin des Kalifen hatte beobachten können, und die ebenso von der

Stimmung und der Art des Verlangens abhingen wie von der Gesinnung und der Beziehung zwischen beiden, denn viele Elemente spielten eine Rolle, und letztlich seien es viel mehr als zwei, die diese innige Begegnung gestalteten.

«Denn auch der Wein und der Mond üben einen Einfluss aus», fuhr Zayyan in aller Natürlichkeit fort, «und die Speisen, die man zu sich genommen hat, die Musik, die Kleidung, das Lager, die Sorgen, die im Kopf umherwandern, die Zuneigung, die man füreinander empfindet, oder die Freundschaft, die einen verbindet, außerdem die Leidenschaft, die einer im anderen weckt, und noch viele andere Dinge …»

Sie verstummte, weil sie bemerkte, dass die Augen des Prinzen seltsam glänzten, wie sie nun auf ihr ruhten, doch er lächelte sie so bezaubernd an, dass ihr eine wohlige Gänsehaut über den Körper lief. Sie fühlte die gleiche lustvolle Wallung wie an jenem ersten Abend, an dem ihr der Atem gestockt hatte. Süßer Schwindel durchströmte ihre Glieder, ihr Körper nahm die Nähe des Prinzen nicht nur wahr, sondern war wie zu ihm hingezogen und sehnte sich nach noch größerer Nähe. Ihr Kopf war wie benebelt, ihre Augen hatten sich geschlossen und ihr Mund sich mit dem seinen zu einem Kuss vereinigt, der wie ein Tor zum Himmel war. Er bat sie, ihn die Liebeskünste zu lehren, die sie durch die Vorhänge im Schlafgemach des Kalifen gesehen hatte, und sie versuchte, von Gesten und Worten und Bewegungen und anderen Einzelheiten zu sprechen, die in diesen Liebesnächten vorzukommen pflegten. Doch plötzlich erinnerte sie sich an nichts mehr, und ihr Mund wollte nicht reden, sondern Al-Hakams Küsse schmecken.

Binnen weniger Augenblicke und ohne recht zu wissen, wie ihnen geschah, fanden sich Zayyan und der Prinz Al-Hakam im frohlockenden Taumel der Liebkosungen wieder, sie erkannten einander in der Entdeckung des erhabensten Genusses und liebten sich sanft, indem sie vergaßen, dass es eine Welt gab, und lernten, eins zu sein.

VII

Nun wurden dem Mädchen Zayyan die Tage lang, denn sie wartete voller Ungeduld darauf, dass der Abend kam und mit ihm der Leibdiener Al-Hakams, der ihr mitteilte, dass der Prinz sie erwartete. Dann tat sie mit schlecht gespielter Überraschung so, als sei sie nicht darauf gefasst gewesen, parfümierte sich Schläfen und Handgelenke mit einer erfrischenden Mischung aus Rosenwasser, Salbei, Wacholder und Amber, hüllte sich in einen leichten, sehr schönen Schleier, den er ihr geschenkt hatte, und griff einmal nach ihrer Laute, ein andermal nach Pergamenten, auf denen sie Verse notiert hatte, oder nach einem Band, das sie mit dem Namen ihres Prinzen bestickt hatte, und folgte dem Leibdiener durch die Gänge mit dem leichten Schritt eines Rehs, das zum Weiden auf die Lichtung tritt.

Al-Hakam empfing sie mit offenen Armen und wartete kaum, bis sich der Sklave zum Gehen gewandt hatte, bevor er sie drängend küsste. Er umarmte sie so ungestüm, wie das Hochwasser die Erde überschwemmt, und sprach von seiner Sehnsucht in den Tagesstunden ohne ihre Gesellschaft und davon, wie sein Herz, seine Seele und sein ganzer Körper danach schrien, bei ihr zu sein.

Den Büchern widmeten sie sich nun weniger, denn sie verbrachten die meiste Zeit damit, sich zu lieben. Manchmal übermannte sie sogar der Schlaf, und so waren die Abende einfach zu kurz, um auch den anderen gemeinsamen Vorlieben nachzugehen. Nachdem Al-Hakam sein persönliches Arbeitszimmer in den Alcázar von Córdoba verlegt und seine Kopisten hatte kommen lassen, ordnete er an, der Sklavin Zayyan freien Zugang zu den Räumlichkeiten seiner Bibliothek zu gewähren, und befahl seinen Schreibern, Kalbslederpergament zu beschaffen – das war die hochwertigste Qualität mit der elastischsten und glattesten Oberfläche –, auf das sie ihre Gedichte schreiben konnte, damit er sie auch zu jeder Tagesstunde in seiner Nähe hatte.

Al-Hakam schickte eine Gesandtschaft von drei Gelehrten mit dem Auftrag nach Bagdad und Kairo, alle Bücher über Liebeskunst und -technik zu erwerben, die sie dort finden konnten. Einen vierten Abgesandten, der sehr gute Beziehungen hatte, beauftragte er mit der Beschaffung einer besonders alten, von einem orientalischen Dichter zusammengestellten Sammlung von Aphorismen über die Liebe, die große Erkenntnisse und tiefe Weisheit über den Menschen und die Liebeskunst enthielt und *Kamasutra* genannt wurde. All diese Bücher legte Al-Hakam seiner Geliebten Zayyan zu Füßen. Gemeinsam lasen sie tagsüber die darin enthaltenen Geheimnisse unter dem großen Fenster der Bibliothek, durch das die strahlende Sonne Córdobas fiel, und erprobten sie bei Kerzenlicht in den Nächten jenes glühend heißen Sommers im Jahre 932 christlicher Zeitrechnung, das ohne Zweifel das bisher glücklichste im Leben des Prinzen Al-Hakam und seiner Geliebten war.

Nasar erhielt einen Brief des Kalifen, in dem dieser seinem treuen Eunuchenführer mitteilte, er freue sich über die Entscheidung des Thronprinzen, seines geliebten Sohnes Al-Hakam, seine Residenz offiziell in den Alcázar zu verlegen, und er erteile hiermit die Erlaubnis zum Ausbau des Palastes. Es müssten Truppen nach Toledo entsandt werden, denn in weniger als einem Jahr solle diese legendäre Königsstadt ihm unterstehen, so hätten es seine Hofastrologen prophezeit. Die erste Schwadron solle tausend Mann stark sein, mit ausgezeichneter Bewaffnung. Man solle die Delegation des Grafen Fernán González von Kastilien empfangen, denn für den Feldzug nach Toledo seien die freundschaftlichen Beziehungen zwischen dem kastilischen Grafen und dem Kalifat sehr nützlich. Der Harem solle nun in den Sommerpalast umziehen, da die Hitze sich in diesem Jahr früh einstelle, aber für seine Favoritin Azahra mit ihrem Gefolge aus Dienerinnen, einem Orchester, mehreren Hofdichtern und Possenreißern müsse die Reise nach Ceuta vorbereitet werden. Sie solle dabei alle Annehmlichkeiten haben, die sie wünsche, und die Reise wohlbewacht in der königlichen Sänfte unternehmen, eskortiert von zweihundert Mann zu Fuß und zu Pferde, begleitet von Fuhrwerken mit Lebensmitteln, außerdem von Boten und dem Imam der Großen Moschee von Córdoba, der die Gebete leiten werde. In Ceuta nämlich habe er seine Truppen zusammengezogen, um die Kapitulation der Stadt zu erzwingen, und er vermisse Azahra sehr und sehne sich nach ihrer Gesellschaft. Da das Mädchen Zayyan so viel Interesse an Büchern zeige und sich offenbar in den Augen seines geschätzten Sohnes und Erben Al-Hakam zu einer sachkundigen Kopistin entwickelt habe, sodass dieser ihre Anwesenheit in den Räumlichkeiten seiner Privatbibliothek für unverzichtbar befinde, gebe er, der Kalif, seine Erlaubnis, die Sklavin mit ihren Dienerinnen und allem, was über den Sommer benötigt werde, in den Diensten seines Sohnes im Alcázar der Hauptstadt Córdoba zu belassen. Bei seiner Rückkehr wünsche er sich dann persönlich von ihrer Kunstfertigkeit in der Kalligraphie und der Dichtkunst zu überzeugen, da selbige seinen gelehrten Thronerben so in Begeisterung versetzt hätten.

So kam es, dass Zayyan und der Prinz Al-Hakam sich einander im Frieden mit den Elementen, mit Zeit und Raum ungehindert widmen konnten, um sich in der strahlenden Fülle ihrer Seelen und Körper zu lieben. Eigentlich war ihr Verhältnis ein verbotenes, aber die Atmosphäre, die sie um sich verbreiteten, war so von Schönheit, Gelehrsamkeit und Feinsinn geprägt, dass alle Diener und Angestellten des Palastes sie achteten und bewunderten. Nichts an ihrer Liebe war gewöhnlich, und so fand niemand Gelegenheit, Verse der üblen Nachrede oder des Spottes auf sie zu dichten.

Nebenbei gewöhnte sich ganz Córdoba daran, in Al-Hakam den bestmöglichen Thronfolger des Kalifen zu sehen. Vom Prinzen unterstützt, entstanden in den Vorstädten Schulen für Kopisten, Kalligraphen und Übersetzer, in denen jeder Cordobese unabhängig von seinen finanziellen Mitteln Lesen und Schreiben lernen konnte. Al-Hakam förderte auch die Dichtkunst und die Musik, indem er Wettbewerbe ins Leben rief, bei denen das beste Gedicht prämiert wurde, und Volksfeste unter offenem Himmel organisierte, bei denen den ganzen Tag über öffentliche Deklamationen stattfanden. Mit Geldern aus seinem persönlichen Vermögen ließ er nahe der Großen Moschee eigens Räumlichkeiten bauen, in denen Meister der Wissenschaften Mathematik, Geographie und Medizin die begabtesten Schüler in ihren Spezialgebieten unterrichteten.

Auch wenn die strenggläubigsten Rechtsgelehrten das Interesse des Prinzen an unorthodoxen Wissenschaften wie der Astrologie oder der Geometrie als Abweichung vom rechten Weg im Sinne des Propheten nicht unbedingt guthießen, ebensowenig wie seine Vorliebe für noch seltsamere Wissensgebiete wie Magie, Wahrsagerei und uralte Lehren über die Welt, so wurde der junge Erbprinz doch aufgrund seines ehrbaren Benehmens, seiner umfassenden Gelehrsamkeit und vieler anderer Tugenden von den Einwohnern Córdobas sehr geschätzt und vom übrigen al-Andalus bewundert. Es war zwar allgemein bekannt, dass er sich nicht für Feldzüge interessierte – ganz im Gegensatz zu seinem Vater, einem genialen Strategen und begeisterten Verfechter militärischer Auseinandersetzungen, von denen er stets Sklaven in wachsender Zahl mitbrachte –, doch es war auch nicht nötig, dass er als siegreicher Feldherr auftrat, denn Al-Hakam verströmte eine solche Liebe zum Leben, dass er anderen dazu verhalf, es ebenfalls zu lieben, und das war genauso wichtig.

Weise und Wahrsager hatten seinem Vater, dem großen Kalifen Abd al-Rahman III., eine lange und blühende Regierungszeit prophezeit, und darüber war der Erbprinz sehr glücklich. So würde er seinen Aufenthalt auf Erden dazu nutzen können, die Liebe zum Frieden, zur Wissenschaft und zum Leben zu fördern, wie er es von seiner verehrten Zayyan gelernt hatte, deren Gegenwart ihm längst unverzichtbar geworden war. In ihrer Zuneigung hatte er die tiefste Weisheit gefunden, sie hatte seiner Seele zur innigsten Freude und zum intensivsten Glück verholfen.

Als Al-Nasir über Winter in den Palast zurückkehrte, sah er, was Nasar ihm verschwiegen hatte, aber er sah auch, dass sein Sohn vor Glück strahlte, sich zu einem stattlichen Mann entwickelt hatte, deutlich erwachsener und sein Körperbau kraftvoller geworden war – was gewiss darauf zurückzuführen war, dass er sich häufig und begeistert als Liebhaber betätigte –, und so hielt er an sich. Insgeheim bedauerte er die unglücklichen Umstände seines ersten Zusammentreffens mit der Sängerin, doch er tröstete sich über seine verletzte Eitelkeit hinweg, indem er andere Schönheiten entjungferte, die ihm ohne Schwierigkeiten zu Willen waren. Schließlich beschloss er, in jenem Missgeschick ein Zeichen zu sehen, das Allah der Allmächtige ihm im richtigen Augenblick gesandt hatte, denn ganz eindeutig war diese Sklavin nicht für ihn, sondern für seinen Sohn bestimmt. Ja vielleicht sogar für das ganze Volk von Córdoba, denn die Stadt profitierte von den Geschenken, mit denen Al-Hakam sie zum Zeichen seiner Freude und seiner Liebe zu Zayyan bedachte.

Anlässlich der Kapitulation von Ceuta, die seiner Seele große Genugtuung bereitete, machte der Kalif seinem Sohn die Sklavin zum Geschenk und ließ Zayyans Privatgemächer in Al-Hakams Palasttrakt verlegen. Dies schien Allah und seinen Propheten gleichermaßen zu erfreuen, denn noch bevor der Winter vorüber war, erhielt der Kalif die Nachricht, dass die begehrte Stadt Toledo sich ihm endlich ergeben hatte und dass die Delegation der dortigen Regierung schon unterwegs war, um ihre

Befugnisse an den Herrscher von al-Andalus zu übergeben. So kam es, dass der König mit den Ratschlüssen seines Gottes sehr zufrieden war, denn wenn nun auch seine lustvollen Nächte eine Sängerin mit wunderbarer Stimme und von unvergleichlicher Schönheit entbehrten, so hatte doch sein Reich, Allah sei Dank, die Mannhaftigkeit des Erbprinzen gewonnen.

Das Jahr 321 nach der Hedschra brach an, und die Ernte versprach gut und üppig zu werden, dank der Gnade Gottes.

~

Als die letzten Fröste vergangen waren und die Erde erwachte, verspürte auch Al-Hakam, wie sein Interesse an der Welt wuchs. Dies geschah zu Anfang des Jahres 933 nach christlicher Zeitrechnung.

Der Prinz sprach mit Zayyan über die Macht, eine Macht, die nicht vom Kriegführen herrührte wie die seines Vaters, sondern aus dem Geiste kam. Er sehne sich danach, vertraute er seiner Geliebten an, Spuren in den Seelen der Menschen zu hinterlassen. In ihrer Gegenwart fühle er sich unbezwingbar, ihre Liebe habe ihm zum Bewusstsein seiner selbst verholfen, er fühle sich als Mann unendlich stark, wenn sie als Liebende beieinander lägen und er sie betrachte. Sie zu lieben, habe ihm ermöglicht, die Welt zu lieben.

«Ich möchte die wahre Macht über Córdoba ausüben, die Macht des Wohles und der Freude.»

Als Liebende verstand Zayyan seine Worte in der Tiefe ihres Herzens, wie sie zuvor auch sein Schweigen verstanden hatte, und da es ihr größter Wunsch war, ihn glücklich zu wissen, akzeptierte sie sein Erwachen und fügte sich dem Ruf seines Schicksals. Für Al-Hakam war der Augenblick gekommen, die Aufgabe zu übernehmen, für die Allah, gelobt sei Er, ihn ausersehen hatte. Sie, die ihm in wissender Liebe ergeben war, würde dort auf ihn warten, wo die Männer immer wieder die Kraft und Weisheit schöpfen, die dann ihre Taten beseelen.

Allah sandte das Zeichen seines Einverständnisses, denn der Kalif Al-Nasir brach noch im gleichen Monat ins christliche Navarra auf, und Al-Hakam musste die Verwaltung der Stadt Córdoba übernehmen.

Zayyan widmete sich wieder ihren persönlichen Vorlieben, sie las die Bücher aus der Bibliothek des Prinzen, kopierte Dichtungen, die ihr gefielen und die sie lernen wollte, fand Zeit für die Musik, spielte Zither und Laute im Frauenorchester des Harems und begann wieder zu tanzen, was sie so schmerzlich vermisst hatte, dass sie ihren Geliebten und Gebieter nun um Erlaubnis bat, an Awriyas Schule im Zentrum Córdobas tätig zu werden, in der sie aufgewachsen war, diesmal jedoch als Lehrerin.

Er willigte ein und erklärte sich bereit, ihr diese Gunst so lange zu gewähren, bis er mehr Zeit für sie und ihre Liebe aufbringen konnte.

«Ich bitte dich nur um eines, meine Geliebte: Wenn du tanzt, um den anderen Frauen deine Kunst vorzuführen, soll dein einziger Gedanke meiner Liebe gelten», raunte der Prinz.

Lächelnd und glücklich fiel Zayyan ihm um den Hals, bedeckte ihn mit Küssen, bat Allah, ihn mit Gaben zu überhäufen, und flüsterte ihm ins Ohr, er könne ganz beruhigt sein, sie werde für niemanden so tanzen wie für ihn.

Wieder mit Awriya vereint, knüpfte sie an ihre Vergangenheit an, lernte neue Tanztechniken, ließ sich über die neusten Moden, Verse, Gerüchte und dergleichen ins Bild setzen, um all das später ihren Musikantinnen aus dem Harem zu erzählen; sie erfuhr von Familienzwisten in Adelskreisen, von politischen Ränken, von Dichtern, die sich in der Stadt niederließen, und andere Neuigkeiten, welche die Reisenden von jenseits der Meere mitbrachten.

Al-Hakams Pflichten wurden mit der Zeit nicht weniger, sondern mehr, denn er vertrat nicht nur seinen Vater während dessen Feldzügen nach Huesca, Sarakusta und wieder einmal nach Pamplona in der Regierung von Córdoba, sondern war von diesem auch zum Leiter der Bauarbeiten von Madinat al-Zahra ernannt worden – die Astrologen hatten die Grundsteinlegung binnen drei Jahren angekündigt. So arbeitete Zayyan weiter in der Schule, wo sie als gute Lehrerin galt. Sie tanzte mit jedem Tag besser und hingebungsvoller. Ihr Unterricht bestand nur darin, dass sie ihren jungen Schülerinnen vermittelte, welch immensen und innigen Genuss ihr das Tanzen bereitete, denn wenn sie die Musik ungehindert durch ihren Körper strömen ließ, wurde sie von einem Gefühl grenzenloser Freiheit ergriffen; ein archaisches und absolutes Wissen stieg in ihr auf. Sie spürte sich aus der Erde entspringen wie die Göttinnen der klassischen Kulturen, etwas überaus Mächtiges wuchs aus ihrem Körper, etwas wie die Wahrheit oder das Leben, und es verwandelte sie in ein einzigartiges Wesen. Mitunter lächelte sie verschmitzt bei dem Gedanken an das Versprechen, das sie Al-Hakam gegeben hatte. Für niemanden vermochte sie so zu tanzen wie für ihn, aber sie hätte ihm niemals zusagen können, dabei an ihn zu denken, denn im Tanz dachte sie nur an sich selbst.

Mit ihrem Unterricht in Awriyas Schule verdiente Zayyan gut, außerdem hatte der Prinz ihr ein Gehalt von vierzig Dinar im Monat festgesetzt und machte ihr viele Geschenke, sodass sie in wenig mehr als einem Jahr ein stattliches Vermögen ansparen konnte. Damit übte sie nach dem Vorbild der Favoritin Azahra Wohltätigkeit, indem sie bedeutende Summen an Heime für elternlose oder ausgesetzte Kinder spendete, kleinere Moscheen abseits des reichen Stadtzentrums von Córdoba ausbessern ließ oder die Armenkrankenhäuser unterstützte, denn es war ihr nicht daran gelegen, Reichtum anzuhäufen.

Diese Großzügigkeit und die Abneigung gegen den Reichtum entsprangen ihrer innersten Überzeugung, dass ihr Wohlstand nur dem Leben und Allah gehörte, dass nichts wirklich ihr Eigen war, bis auf den Schmetterling aus Rosenquarz, den sie um den Hals trug. «Da mein Leben ganz in der Gnade Allahs des Allmächtigen liegt und in jedem Augenblick zu Ende sein kann», dachte Zayyan, «wäre es doch unsinnig, wenn ich mich an meine Besitztümer klammerte, die vielleicht noch viel eher vergehen und genauso schnell verloren sind wie gewonnen.» Bald sprach man in Córdoba höchst ehrerbietig von Zayyan. Ihr guter Ruf gründete sich gleichermaßen auf ihre Wohltätigkeit wie auf ihre Gelehrsamkeit, vor allem aber auf ihre taktvolle Zurückhaltung, denn sie trug ihre königliche Stellung in keiner Weise zur Schau, wie es andere Konkubinen taten, denen es weit weniger zustand als ihr.

Es war zwar allgemein bekannt, dass der Prinz Al-Hakam ihr Gönner war, aber sie rühmte sich dessen nie und bekannte sich auch nicht zu ihrem Konkubinat. Einerseits wollte sie damit ihre Unabhängigkeit wahren und dem Gerede keine Nahrung geben, andererseits betrachtete sie Al-Hakams Liebe nicht als ihren Besitz und war der Ansicht, sich im Übermaß auf die Verehrung eines Mannes zu verlassen, bringe einer Frau stets Unglück. «Nichts langweilt einen Liebhaber mehr als die Gewissheit, dass die Geliebte sein ist», pflegte sie zu sagen, und indem sie sich nicht offiziell zu ihrem Verhältnis mit dem Prinzen bekannte, schützte sie sich selbst.

Al-Hakam bemerkte bald, dass sie es vermied, mit ihm an offiziellen Feierlichkeiten teilzunehmen, dass sie keine königliche Sänfte benutzte, sondern in Begleitung ihrer Dienerinnen ohne das königliche Banner zu Fuß in die Schule ging.

Als er sie darauf ansprach, dass sie sich so wenig um königliche Begünstigungen bemühte, und seine Bedenken und seine Verwunderung darüber zum Ausdruck brachte, antwortete sie:

«Ich habe alles, was ich mir wünsche, mein Prinz. Allah der Ewig Große will nicht, dass ich vergesse, wie mein Leben nur durch Seine Gnade gerettet wurde, denn ich hätte in jener Schlacht in meiner Kindheit ebenso gut wie so viele andere sterben können, doch Er gewährte es mir weiterzuleben. Deshalb betrachte ich seit jenem Augenblick alles in meinem Leben als Geschenk. Ich muss mir darüber im Klaren sein, dass die Dinge vor meinen Augen vorbeiziehen und meine Hand sie nicht ergreifen und festhalten darf, denn wie mir jetzt Glück widerfährt, wird mir Leid widerfahren, und auch das werde ich nicht festhalten, wenn es denn kommt. Dennoch fällt es mir schwer, Seinen Willen zu begreifen und mich Ihm zu beugen, mein Geliebter, denn mein höchstes Gut und das Einzige, woran mir wirklich liegt, ist Eure Liebe, und wenn ich sie verlöre, so wäre mein Leben wertlos. Ich würde ihm eigenhändig ein Ende setzen, denn einzig Eure Wertschätzung, mein Prinz, und die Stunden, die ich mit Euch verbringen darf, beleben meinen Geist und verleihen meinem Herzen die Kraft, mit seinem Pochen meinen Körper zu regieren. Doch ich weiß, mein Geliebter, auch dies gehört mir nicht, und nur so, unbeschwert von Besitztümern und Lasten, kann ich so behende tanzen und Euch darin rein und frei von allem Streben mein Leben schenken. Ihr könnt damit tun, was Euch beliebt, denn schon vor langer Zeit habe ich es ganz in Eure Hände gelegt.»

In ihrem Verzicht auf alles Fordern und Drängen wirkte sie tatsächlich unwiderstehlich anziehend auf den Prinzen. Von Liebe überwältigt beschloss er, sie zu der Seinen zu machen. Aber ebenso wenig, wie sie nach Besitz strebte, wollte sie selbst zum Besitz werden. Mehrmals wies sie Al-Hakams Ansuchen zurück, sie zur Gemahlin zu nehmen, aus Angst, wie sie erklärte, im Harem eingeschlossen zu werden wie ein Stück Eigentum. Ihre gemeinsame Liebe würde zur Pflicht werden und dahinsiechen, weil er gelangweilt und sie unglücklich wäre.

Zayyan bot all ihre Überredungskunst auf; zwischen Liebkosungen und Küssen erklärte sie ihm lächelnd ihren Wunsch, dass ihrer beider Liebe einzigartig und frei bleibe, und sie las ihm Gedichte vor, in denen sie von sich selbst sprach: «Ich möchte ein wunderschönes Buch für dich sein, das du in deinen Liebesnächten aufschlägst, um darin die Geheimnisse zu finden, die du lösen willst, ein Buch mit unzähligen unterschiedlichen Seiten, mit schönen Bildern in himmlischen Farben, in denen sich dir die Mysterien des Lebens, der Macht, der Liebe und des Göttlichen erschließen, mein Geliebter, denn nur dies will ich sein, deine Geliebte, mein Gebieter, und nur die Liebe soll uns verbinden, als einzige Sprache und als einziges Versprechen.»

Vor ihrem Zauber war er machtlos und schwieg, überwältigt von seiner Liebe, die ihm die Kehle zuschnürte. Er verstand ihre tiefsinnigen Worte trotz der Angst, die ihn plötzlich überfiel, eine uralte, ehrfürchtige Angst, die daher rührte, dass er sich in ihren Händen wusste, und er umarmte sie schweigend. Er fürchtete sich vor sich selbst ob der vielen unbezähmbaren Empfindungen in seiner Brust und nahm ihr Gesicht in die Hände. Er schaute ihr lange in die Augen, dann küsste er den Schmetterling aus Rosenquarz, jenen Schmetterling, der sie selbst war, zum Zeichen der Ergebung und der Hingabe, denn ihren pulsierenden Schmetterling zu küssen, bedeutete, ihre Seele zu küssen.

~

Die Monate waren unter den Belangen des Alltags nahezu unbemerkt vergangen, über ein Jahr war verstrichen. Und dann begab es sich, im Winter des ausgehenden Jahres 935 nach christlicher Zeitrechnung, dass Zayyan dahinzuwelken begann. Wenn sie am Fenster saß, geschah es immer öfter, dass sich ihr Blick über den Wipfeln der höchsten Bäume ihres Gartens verlor, dass ihre Hand unwillkürlich den Schmetterling umklammerte und dass ihr eine herbe und kalte Leere im Magen lag. In den Nachmittagsstunden, wenn sich das Läuten der christlichen Glocken mit den klaren, durchdringenden Stimmen der Muezzins vermischte und Tausende von Vögeln erschreckt ins Abendrot aufflogen, erfasste sie eine dumpfe Schwermut, eine törichte und unerklärliche Beklemmung, ein unbezwingbares Weinen, das den Prinzen fürchten ließ, sie litte unter einer jener plötzlich ausbrechenden Krankheiten, die mitunter die intelligentesten Frauen des Harems befielen, einer Krankheit, die Mut und Lebensfreude unwiederbringlich dahinschwinden ließ.

Darum ordnete der Erbprinz zu Frühlingsbeginn prächtige Feierlichkeiten an, wie sie unter der Landbevölkerung üblich waren, bei denen die Frauen als Göttinnen und Königinnen verehrt wurden und einen Tag lang herrschen durften. Es wurden Gaukler, Seiltänzer, Wahrsager und Musiker bestellt, die Dichter sangen, und alle Frauen des königlichen Harems, besonders aber Zayyan, wurden mit Duftölen, Stoffen, Zierrat und allerlei ausgefallenen Dingen reich beschenkt. Doch in ebenjener Nacht, nach den Musikdarbietungen, den Süßspeisen und den Plaudereien in den Gärten und Innenhöfen des Palastes, brach die Geliebte des Prinzen im Mondlicht in ein urtümliches Wehklagen aus, in eine Flut von Tränen, in ein Weinen wie ein Blutstrom. Zayyan konnte es nicht zurückhalten und nicht erklären, sie konnte nur stammeln, ihre Mutter rufe nach ihr, ihre Mutter rufe aus dem Jenseits nach ihr, und sie vermisse sie so sehr.

Azahra beruhigte zunächst die Dienerinnen, die aufgeregt in Zayyans Gemächern umherhuschten, befahl ihnen, Weihrauch und nach Mohn duftendes Räucherwerk zu entzünden, und wies sie an, zu schweigen und dafür zu sorgen, dass der Prinz nichts erfuhr. Außerdem ließ sie Salbeitee bringen sowie von jenen Rosenblättern, die im Lauf des Tages zu Tausenden verstreut worden waren, und getrockneten Dill. Dann nahm sie Zayyan in die Arme und ließ sie sich ausweinen bis zur Erschöpfung, bis die Tränen versiegten, sie ein wenig warme Fleischbrühe zu sich nehmen konnte und blass einschlief. Als Zayyan gegen Morgen erwachte, betrachtete sie ihre Freundin Azahra und die Dienerinnen, die zwischen Kissen und Polstern aneinander geschmiegt auf dem Boden schliefen. Sie weckte sie jedoch nicht, denn sie wusste, dass ihre Seele ihr befohlen hatte, die Augen zu öffnen, während die anderen noch schliefen, damit sie sich an ihren Traum erinnerte. Sie hatte ihre Mutter gesehen, die ihr lächelnd und in einem schönen Gewand aus strahlendem Lichtweiß die Hände entgegenstreckte. Aus diesen wuchs eine wunderschöne perlmuttfarbene Rose, die ihre Blütenblätter bewegte, bis sie wie ein Vogel davonflog und vor Zayyans Füßen auf der Erde landete. Die Rose begann zu wachsen und reckte sich in unzähligen Farben bis zu ihrer Brust empor. Verzückt vom Anblick des Fluges breitete Zayyan die Arme aus, als sei ihr Körper ein rosafarbener Schmetterling, aus ihren Gewändern drangen in süßem Kitzeln Tausende von Rosen, die mit ihr aufzufliegen schienen, und die kleine Blume wiegte sich im Hauch der Stimme ihrer Mutter.

Die sanfte Morgenröte kündigte einen schönen Tag an. Zayyan nahm gelassen und ruhig den alltäglichen Ablauf wieder auf, doch immer wenn sie an ihren Traum dachte, schlich sich ein geheimnisvolles und verführerisches Lächeln auf ihre Lippen, denn er war ein Vorzeichen ihrer baldigen Schwangerschaft. Als der Abend kam, gab sie sich ihrem Geliebten hin, ließ jedoch nicht zu, dass die Leidenschaft ihr die Sinne nahm. Die Zärtlichkeiten schienen ihr wie eine Zeremonie zur Ehrung ihres Frauseins, denn sie wusste, dass sie ihren Körper als heiliges Gefäß für den Samen darbot, aus dem die Frucht ihrer Liebe zu Al-Hakam und zu sich selbst entstehen würde.

Es waren bereits sechs Monde vergangen, und sie spürte den Herzschlag eines anderen Wesens, der den ihren sanft begleitete. Nun, da ihr Leib neues Leben in sich trug, waren mit ihm auch ihre Sinne gewachsen, ihre Augen sahen weiter, als es die stofflichen Formen erlaubten, sie hörte Stimmen innerhalb und außerhalb ihrer selbst, gläserne Stimmen, Stimmen wie Wasser, die ihr Gehör mit fernem und uraltem Murmeln erfüllten, und sie fühlte sich von einer urtümlichen Hellsichtigkeit erfasst, die sie mit dem tiefsten Grund der Wirklichkeit verband.

Nach ihren Berechnungen war sie neunzehn Jahre alt, und sie verbrachte diesen Sommer des Sonnenjahres 936, da sie sich matt fühlte, mit langen Spaziergängen und indem sie viel las, Musik hörte, Briefe und Gedichte schrieb. Da ihre Schwangerschaft bereits weit fortgeschritten war, gab sie ihre Arbeit in der Tanzschule auf.

Mehr als sieben Jahre lebte Zayyan nun schon am Hofe, seit man sie 929 mit zwölf Jahren dorthin gebracht hatte, damit sie bei der Thronbesteigung des Kalifen tanze. In all diesen Jahren hatte Allah sie an der Seite des Prinzen mit so viel Glück überschüttet, dass sie Ihm in ihren Gebeten ihre Bereitschaft beteuerte, Seinen Willen anzunehmen. Trotzdem bat sie inständig, Er möge ihr Glück in alle Zeit ausdehnen. Die Mutterschaft erfüllte sie mit großer Freude, doch sie war nicht die Einzige, die das Kind sehnlich erwartete.

Al-Hakam drängte darauf, sie zu seiner Gemahlin zu machen, denn das Kalifat benötigte einen Erben. Sie jedoch wollte ihre Unabhängigkeit bewahren, die sie dem Leben um den Preis der Einsamkeit abgerungen hatte. Deshalb schlug Zayyan ihrem Geliebten Al-Hakam eine Übereinkunft vor und erreichte, dass dieser die kühnsten Wünsche akzeptierte, die eine Frau in al-Andalus an ihren Gebieter richten konnte.

Wenn sie ein Mädchen zur Welt bringe, bat sie den Prinzen,

solle er ihr das Geschenk machen, es nicht als der königlichen Linie zugehörig anzuerkennen und das Kind ihr zu überlassen, damit sie es selbst und auf eigene Kosten aufziehen könne. Wenn es jedoch ein Junge werde, so überlasse sie ihren Sohn als Thronerben ihm, damit er wie ein künftiger Kalif erzogen werden könne. Sie selbst sei dann bereit, seine Gemahlin zu werden und auf ihre Freiheiten zu verzichten, um ihm noch weitere Erben zu schenken, wenn er es wünsche.

Al-Hakam, der ihr nichts abschlagen konnte, willigte ein.

Teil zwei

I

In diesen ersten sechs Monaten von Zayyans Schwangerschaft hatte man auf Befehl des Kalifen begonnen, in dem Gebirgszug, der wenig mehr als eine Meile nördlich von Córdoba aufragte, Bäume zu fällen, an dem Ort, wo Al-Nasir seine Palaststadt Madinat al-Zahra errichten wollte, um sich die Annehmlichkeiten der lieblichen Berggegend zunutze zu machen, die Kühle, die die sommerliche Hitze milderte, und die Uneinnehmbarkeit der Anhöhe. Seine Palaststadt sollte nur über einen einzigen Weg aus dem Tal herauf zugänglich sein, und von den umliegenden Wachtürmen würde das ganze Gebiet leicht zu überblicken sein. Man erzählte sich, Al-Nasir habe sich in den Kopf gesetzt, die Erde zu glätten, als sei sie Papier oder Seide, um darauf mit sicherer und präziser Feder die Umrisse seiner Bestimmung aufzuzeichnen, die in den Himmelsplänen vorgegeben war, um darauf in der schönsten Kalligraphie die Erzählung von der unermesslichen Herrlichkeit von al-Andalus niederzuschreiben.

Die Gelehrten, die für den Prinzen Al-Hakam arbeiteten, die Hofastronomen und Bauleiter hatten sich über den Tag und die Stunde geeinigt, die für den Beginn der Bauarbeiten günstig war. Tatsächlich hatte der Prinz selbst nach seinen eigenen Studien die genaue Konjunktion der Gestirne vorgegeben, und die anderen hatten zugestimmt. Es sollte der erste der drei Tage sein, in denen die Sonne von der Jungfrau in die Waage wechselt, zur Zeit der Weinlese, die in diesem Jahr 936 mit dem Mond im Trigon mit Jupiter, dem Zeichen der Macht, stattfinden würde.

Nun gingen die Träume des Kalifen endlich in Erfüllung, oder zumindest wurde der erste Schritt dazu getan. Insgeheim ersehnte der Prinz die Verwirklichung einer so herrlichen Idee ebenso wie sein Vater, wenn es ihm auch eher um die Schönheit ging als um den Prunk, der jenen so faszinierte, und so hatte sich letztlich beider Geist vereinigt, um die Palaststadt zu erschaffen. Steinmetzen, Bildhauer, Arbeiter, Maler und Schmiede waren schon in Dienst genommen, Hofchronisten und Dichter verfolgten die Vorbereitungen bereits seit Monaten.

Im September ging ein trockener und heißer Sommer zu Ende, in dem kein Tropfen Regen gefallen war. Erde und Menschen waren wie betäubt, nicht einmal die christlichen Fürstentümer hatten sich wie sonst in den langen Sommertagen gegen den Kalifen erhoben – allerdings waren sie derzeit untereinander sehr zerstritten.

So hatte der Kalif zusammen mit dem Thronprinzen in aller Ruhe die Pläne des Palastes besprechen können, der in der neuen Stadt als Königsresidenz alles überragen würde, sowie die Baupläne für die Truppenunterkünfte, das Empfangsgebäude, die Repräsentanz der Wesire, die Getreidespeicher und die Teiche, die Zisternen, die Vorratshäuser und die königlichen Stallungen. Al-Hakam hatte sich gründlich mit der Detailplanung beschäftigt, mit der Ausschmückung der Gebäude, der Zahl der Fenster, der Anordnung von Arkaden, Säulen und Bäumen, vor allem aber mit dem Allerwichtigsten, mit dem Warum und Weshalb. Die geheimen Pläne von al-Zahra basierten nämlich auf Symbolen und Zahlen, kein Gebäude stand zufällig an seinem Platz; die strategische Anordnung von Brunnen und Aquädukten, unterirdischen Räumen und Gängen ermöglichte eine Lesart voller Zauber und ergab das einmalige Abbild eines harmonischen Himmelsplanes, den nur der Prinz zu entziffern verstand.

Der Kalif verbrachte den Sommer mit seinem Harem im Palast al-Rusafa außerhalb der Stadt, weshalb der Prinz in jenen Monaten ständig hin und her reiten und häufig länger als eine Nacht dort zubringen musste, um mit seinen Sekretären, Architekten und Künstlern, mit denen er über den Plänen, Karten, Preis- und Angebotslisten saß, die Entscheidungen zu fällen und die Arbeiten voranzutreiben. Unter dem Zeitdruck und der Menge dessen, was noch zu tun war, den langen Ritten unter der cordobesischen Sonne und der Sehnsucht nach Zayyans Gesellschaft wurden ihm diese Monate zur Last.

Al-Hakam kehrte stets voller Eile heim, er suchte Zayyans Ungeduld als Widerhall seiner eigenen, und seine Unruhe legte sich, wenn sie schilderte, wie rastlos sie selbst ohne ihn gewesen war. Er fühlte sich oft verwirrt, zerrissen zwischen seinen Aufgaben in der Öffentlichkeit und dem glühenden Wunsch, bei ihr zu sein, alleine mit ihr, um die Zeit zu vergessen, sie zu lieben und mit ihr endlos über die Liebe und das Leben zu sprechen, sie singen zu hören und lächeln zu sehen. Und doch bewirkte ihre Liebe, dass er sich umso mehr für die Belange der Welt interessierte, als müsse er etwas ins Gleichgewicht bringen, als müsse er ebenso viel Glück weitergeben, wie er durch sie erhielt. Wenn er alleine war oder auf dem Heimritt auf seinem galoppierenden Pferd ins Nachdenken geriet, sagte er sich oft: «Ich liebe sie so sehr, dass mein Leben leer ist, wenn nicht ihre Augen das Erste sind, was die meinen im Aufwachen erblicken, und niemals hätte mich die Wirklichkeit der Menschen interessiert, hätte ich sie nicht durch Zayyan entdeckt.»

So versuchte er, das unermessliche Glück zu begreifen, welches sein Gott Allah ihm durch seine Geliebte geschenkt hatte, und nahm es als Zeichen, dass durch ihn auch seinen Mitmenschen Gutes zuteil werden sollte. Vielleicht sah er das als Entschädigung, vielleicht wollte er sich von einer Angst befreien, der Angst vor der Vergänglichkeit des Glücks, die Angst vor der Zeit selbst oder vor dem Leben. «Bei Gott, bei Gott, wie schmerzt es doch zu lieben …», murmelte er mitunter kopfschüttelnd, als wolle er die düsteren Gedanken abwerfen, jene Schatten, die ihm in letzter Zeit die Seele verdunkelten und sein Herz mit Fragen füllten, auf die er keine Antworten wusste.

Dann gab er dem Pferde zornig die Sporen, damit es seinen Lauf zum Alcázar noch beschleunigte. Er genoss den Abendwind auf seinem Gesicht, der ihn zwang, die Augen zu schließen und das Schwindelgefühl aus seinem Herzen hinauszudrängen. Er genoss die im entfesselten, rasenden Galopp des Pferdes fassbare Angst und die körperliche Erschöpfung, die ihn für einen Moment jenes unerklärliche Bangen seiner Seele vergessen ließen, jene absurde Beklemmung, die ihn überfiel, wenn er sich vorstellte, er könne Zayyan verlieren – oder es gebe sie gar nicht –, wenn er die Verletzlichkeit der Liebe begriff und erkannte, dass nur in der rückhaltlosen Hingabe die Erfüllung liegt. Dann stieg ihm plötzlich ein Schluchzen in die Kehle, und um es zu bezwingen, schrie er in den Wind. Bis ihn sein Gefolge aus Wachen, Beratern und Sekretären eingeholt hatte, die sich auf ihren Pferden abmühten und in wildem Galopp aufgeregt versuchten, mit dem Tempo ihres Gebieters mitzuhalten, und dabei durch die in einer Sänfte transportierten Kisten mit Schreibzeug und Dokumenten behindert wurden, hatte er sich gefasst. Mit wieder gefundener Selbstbeherrschung sagte er ihnen, sie sollten sich nicht aufregen, es sei nichts geschehen, das Pferd habe gescheut und sei ihm durchgegangen, aber nun habe er es wieder im Griff, und auch sie sollten sich beruhigen.

An jenem Abend, dem Vorabend des großen Tages, an dem der erste Stein der neuen Stadt, Sinnbild der Omaijadenmacht, in den Schoß der Erde versenkt werden würde, war Al-Hakam wieder einmal auf seinem Lieblingspferd in stürmischem Galopp zu seinen Gemächern im Alcázar von Córdoba unterwegs. Da bemerkte er, dass das Licht des Himmels seinen

Glanz verändert hatte, was bedeutete, dass es Herbst wurde und die Tage von nun an kürzer würden. Er begab sich sofort in Zayyans Gemächer, wo sie ihn jedes Mal, wenn er heimkam, herausgeputzt und parfümiert erwartete.

Er ließ sich nicht ankündigen, sondern trat unangemeldet in ihre Kammer und fand sie schlafend auf dem Bett.

Zayyan atmete kaum merklich und ruhig, schien losgelöst von ihrem Körper, fern und verborgen hinter einem Pulsieren, das mächtiger war als ihr eigenes, dem ihres gerundeten, leuchtenden und lebendigen Leibes. Es waren keine Grillen mehr zu hören, denn der Sommer ging zu Ende, nur einzelne Zikaden zirpten im Pflanzenbewuchs an der Mauer unter Zayyans Fenster, in dessen Bögen die letzten Violetttöne des Himmels strahlten. Das leise Tropfen des Brunnens, der ebenfalls im Garten schlummerte, klang wie ein Wiegenlied.

Al-Hakam fühlte sich von einem jähen Schreck durchzuckt, plötzlich überwältigte eine ungeahnte Gewissheit sein Herz, und er begriff alles. Er fiel vor Zayyans Bett auf die Knie und betrachtete sie lange im Licht der niederbrennenden Kerzen, deren Flammen flackernde Schatten an die Wände warfen, die mit dem Pulsieren ihres Leibes im Einklang zu sein schienen. Er betrachtete sie und begriff, dass jetzt ein neues Wesen in ihr lebte, dass dieses andere Wesen ebenfalls Anspruch auf seine Geliebte erhob. Aus ihrem Leib entspross eine ihm unbekannte Kraft, die ihn Allahs, des Allwissenden und Allmächtigen, Größe ermessen ließ, die ihn mit Rührung, Demut und Achtung vor dem Geheimnis des Lebens erfüllte und mit liebevollem Neid auf das Weibliche, welches das Fortbestehen der Welt in sich zu tragen vermag. Er fühlte sich plötzlich voller Glück, voll von dem innigen Glück, das sich einstellt, wenn man versteht.

So verharrte er kniend wie vor einem Altar, seine Augen wurden feucht beim Anblick der schönsten Gebetsnische, die je eine Moschee enthalten hatte, und von der Gewissheit seiner

Liebe zu Zayyan. Im Geiste malte er sich im Zentrum der Stadt Madinat al-Zahra den Bau einer goldenen Spitzkuppel aus, welche Symbole für das geheime Wissen enthalten sollte, das er in dieser Nacht durch Gottes Gnade von dieser Frau erhalten hatte, die ihm die Weisheit unmittelbarer vor Augen geführt hatte als jedes Buch aus seiner Bibliothek. Die Kerzen verloschen, und er legte sich erschöpft neben seiner Geliebten nieder bis zum nächsten Morgen.

II

Die Stadt sollte eine starke Befestigungsmauer erhalten, an deren Außenseite sich alle fünfzig Schritt ein Wachturm erheben würde. Sie sollte fünf Tore haben, so wie der Mensch fünf Sinne hat und fünf Grundpflichten erfüllt, die Sonne im Lauf des Tages fünf Standorte einnimmt und der Muezzin fünfmal täglich vom Minarett zum Gebet ruft.

Das Haupttor sollte in der Mitte der Südmauer liegen und Bab al-Qabba heißen. Das erste Fundament des ersten Bogens dieses ersten Tores würde Abd al-Rahman III. in Anwesenheit seiner Wesire, der Provinzstatthalter und der Befehlshaber seiner Armee neben ausgewählten Eunuchen und Sklaven, den Architekten, Baumeistern und Astrologen, und natürlich in Anwesenheit seines Sohnes, des Thronprinzen Al-Hakam, in die Erde legen, sobald die von Allah ausersehene Geburtsstunde der Palaststadt des Kalifen gekommen war.

Das politische Gefolge wurde vervollständigt durch den Bauaufseher Abdullah sowie die Leiter der Bauarbeiten Hasan Ibn Muhammad und Ali Ibn Jafar aus Alexandria, den Imam der Großen Moschee von Córdoba, der die Zeremonie mit seinen Gebeten zum Ruhme Allahs bereichern würde, und schließlich durch den Hofchronisten mit seinen beiden Sekretären, die das Geschehen in allen Einzelheiten aufzeichnen würden.

Als besondere Geste hatte der Kalif angeordnet, dass die Sklavin Azahra, seine Freundin und Seelenverwandte, der er den Bau seiner Traumstadt widmete, in einer mit Schleiern verhängten Sänfte mit königlichem Wappen zum Ort des Geschehens gebracht werden sollte. Der Bogen des Haupttores würde mit einer Statue Azahras gekrönt werden, wie er es ihr versprochen hatte und wie es sein königlicher Wunsch war.

Mit großen Feierlichkeiten brach der Geleitzug auf. Rund um die Zelte und Hütten, die schon vor Monaten als Unterkünfte errichtet worden waren, drängten sich Tausende von Männern – Lohnarbeiter, Handwerker, Steinmetzen und Sklaven. Hinter den Fuhrwerken mit unzähligen Werksteinen in allen Größen standen Hunderte von Last- und Zugtieren, die Baumstämme, Marmorblöcke, Holz und Gipsmörtel transportierten. Die Arbeiter waren stets darauf bedacht, dass ihre Anwesenheit ihren Gebieter, den Kalifen, nicht belästigte und die Feierlichkeit und Würde der Zeremonie nicht schmälerte, und alle warteten auf das Zeichen: Der König würde weiße Tauben fliegen lassen, deren Farbe ein Symbol für das Omaijadengeschlecht war, und die Standarte seiner Dynastie neben dem Fundament aufstellen, um damit den unverzüglichen Beginn der Bauarbeiten einzuleiten.

Die Lageraufseher hatten angeordnet, dass sich alle Arbeiter zugleich in Bewegung setzen und als Menschenmasse die kahle Anhöhe überfluten sollten, die auf etwa halber Strecke zwischen den Bergen und der Ebene lag und auf der in kürzestmöglicher Zeit auf Wunsch und Befehl von Al-Nasir, gelobt sei er, die Ruhmesstadt des Islam erbaut werden würde.

Die Fundamentgrube war vorbereitet, und zwei Maultiere schleppten den massiven Stein heran, der das Datum jenes Tages eingemeißelt trug, den 21. September des Sonnenjahres 936, außerdem die Stunde, den Stand der Sonne und der anderen bedeutsamen Sterne sowie einen Text, den der Kalif selbst diktiert hatte: «Ich, Erster Kalif von Córdoba, senke diesen Stein, der meinen Namen und mein Ziel eingraviert trägt, als Samenkorn in den Boden, damit es im Schoß der Erde keime und mein Traum aus ihm wachse zum Ruhme Allahs, meiner Omaijadenfamilie und meiner Heimat al-Andalus.» Dann folgte der kunstvoll gemeißelte Namenszug Abd al-Rahmans III. Al-Nasir.

Von seinem reich geschmückten Pferd aus beaufsichtigte der Kalif die Maultiere, die den Grundstein direkt an die für ihn vorgesehene Grube zogen. Als das Fundament gelegt war, stieg der Herrscher ab, griff mit beiden Händen in die lose Erde und warf sie mit einem triumphierenden Schrei in die Grube, der klang, als würde er seine Krieger zum Kampf anstacheln. Dann öffnete er eigenhändig die Tür des Taubenkäfigs, und unter allgemeinem Jubel flogen die Tauben gen Himmel.

Im gleichen Augenblick zerriss ein dröhnender Donner den bleiernen Mittagshimmel, und als wisse dieser, dass Samenkörner zum Keimen Wasser benötigen, tat er plötzlich seine Schleusen auf und entließ all den Regen, den er das ganze Jahr über zurückgehalten hatte: Im Nu goss es in Strömen, kräftig und kühl. Es war ein verfrühter Herbstregen, der die weitläufige Rodung für die künftige Stadt überschwemmte wie in einer rituellen Waschung vor dem Gebet in der Moschee, eine gründliche Reinigung als Huldigung an Allah, als Vorzeichen der ersten und größten Moschee, die in der Stadt erbaut werden würde, als Geschenk des Himmelsgewölbes zur Säuberung der Erde, die nun zur Befruchtung bereit war.

Die Tauben beschrieben am Himmel einen Bogen, um auf den bereitstehenden Baldachinen Zuflucht zu suchen. Die Menschen stellten sich unter, wo sie konnten, Pferde, Maultiere und Kamele mussten festgehalten werden, denn sie scheuten vor den gleißenden Blitzen und dem grollenden Donner. Die Sklaven rannten herbei, um den Kalifen und seinen Sohn mit den Sonnenschirmen zu schützen, doch Al-Nasir lehnte mit den Worten ab: «Dieser Regen ist ein Gruß Allahs.» Er bat den Imam, den Beginn der Arbeiten durch sein Gebet zu segnen, und ließ die Männer wie vorgesehen und ohne Aufschub anfangen, denn er war voller Ungeduld, die Mauern und Torbögen von Madinat al-Zahra errichtet zu sehen; er ordnete an, das Regenwasser in den Zisternen aufzufangen, um Erde und Gips damit anzumischen; so werde man rasch vorankommen.

Mit mächtiger Stimme, die den Donner übertönte, verkündete der Kalif Al-Nasir, dass auf dieser Baustelle nichts ohne die Zustimmung des Thronerben Al-Hakam geschehen solle. Der Prinz habe die letzte Entscheidungsbefugnis über Vorhaben und Pläne, denn er habe mit seinen Anregungen die Idee seines Vaters genährt und dessen tiefe Absicht besser verstanden als jeder andere.

Und alles geschah nach dem Willen des Kalifen.

Täglich wurden sechstausend Werksteine in allen Formen verarbeitet, ausgenommen jene, die zum Pflastern, für die Ornamente und als Grenzsteine vorgesehen waren. Bis zu tausend Maultiere, vierhundert Kamele und ebenso viele Pferde transportierten das Material. Zahlreiche Säulen wurden aus Rom herbeigeschafft, andere aus dem Land der Franken, der Kaiser von Konstantinopel sandte einhundertvierzig als Geschenk, die schönsten Säulen aus rosafarbenem und grünem Marmor wurden unter hohen Kosten und großen Vorsichtsmaßnahmen aus Karthago, Tunis und andern Orten Afrikas gebracht. Die hochwertigsten von ihnen wurden als Herzstücke des Thronsaales und für den kleinen Kuppeltempel beiseite gelegt, den der Prinz auf einer Anhöhe zwischen der ersten und der zweiten Terrasse im Zentrum der Stadt errichten wollte. Stapelweise kam Marmor aus Byzanz und Syrien, aus den Steinbrüchen von Tarragona und Almeria und in besonders hochwertiger Qualität aus Rayya.

Al-Nasir sparte nicht an Geld und Al-Hakam nicht an Leidenschaft, denn während der Erste die königlichen Geldkassen verwaltete – die gut bestückt waren, da die Steuereinnahmen hoch waren, der Handel viele tausend Dinar in Gold abwarf und zu diesen Geldern noch ein Fünftel der Kriegsbeute hinzukam sowie die Kopfsteuer, die für Juden und Christen erhoben wurde –, trug der Prinz Begeisterung, Gewissenhaftigkeit, Fleiß und Eifer zum Bau bei. Er wollte ein Symbol für die Herrlichkeit der Omaijaden errichten, «ein Sinnbild der Schönheit», wie er zu sagen pflegte, und er gab sich seiner Arbeit mit Leib und Seele hin, denn er begriff sie als die Aufgabe, die Allah ihm bestimmt hatte. «Mir wird das überwältigende Glück zuteil, ein Paradies auf Erden zu erschaffen», schrieb er in seinen Aufzeichnungen, «die materielle Gestalt der Vereinigung von Weisheit, Schönheit und Freude.»

Er genoss es, Gestaltung und Arbeitsabläufe bis ins Detail zu planen, stets darauf bedacht, göttliche wie menschliche Erfordernisse gleichermaßen zu erfüllen. So verteilte er Badehäuser, Brunnen, Lustgärten, Plätze, Arkaden, Empfangsräume, Konzertsäle, überdachte Wandelgänge, Lehrstätten und Ruhenischen, Gebäude für alltäglichere Bedürfnisse wie Truppenunterkünfte, Stallungen, Lagerhäuser, Kornspeicher, Backöfen, Mühlen, Schöpfräder, unterirdische Wasserleitungen, Tore für Verteidigungszwecke innerhalb der Stadt, Stege, Brücken und vieles mehr. Der Bau der Palaststadt wurde untermalt von der Eile des Kalifen, der auf ihre Fertigstellung drängte, und von der Leidenschaft des Prinzen, der ein einzigartiges Werk vollbringen wollte.

Die vorgesehene Fläche belief sich auf fast dreitausend Ellen Länge mal eintausendsiebenhundert Ellen Breite und war wegen ihrer Hanglage ausgewählt worden, die eine nahezu perfekte Überwachung ermöglichte.

Die Fläche war in drei ansteigende Terrassen unterteilt, denn die Stadt würde sich in drei getrennte und einzeln durch Mauern geschützte Bereiche gliedern. Die Residenz des Kalifen würde die gesamte oberste Terrasse einnehmen, die im Norden lag – dort war es im Sommer am kühlsten, man hatte den besten Blick über die Ebene, und deswegen war sie auch am besten zu verteidigen. Auf der mittleren Terrasse würden die Verwaltungsgebäude liegen, die Wohnhäuser der bedeutendsten Würdenträger bei Hofe, das Versammlungshaus der Wesire sowie Parkanlagen und Gärten. Die Freitagsmoschee würde sich auf der untersten Terrasse befinden, zusammen mit Badehäusern, Märkten, Plätzen für das Volk, den Unterkünften für Diener und Soldaten und den öffentlichen Grünanlagen.

Dank der präzisen Planung und des Organisationstalents des Prinzen konnte überall gleichzeitig gebaut werden. Al-Hakam leitete die Bauarbeiten mit Weisheit und Durchsetzungsvermögen, und er erreichte es, dass jene, die seinem Befehl unterstanden, ihre Arbeit ebenso liebten wie er.

Seine ständige Anwesenheit auf der Baustelle war unverzichtbar, darum wurde direkt auf der Anhöhe eine Residenz für ihn errichtet, von wo aus er die Arbeiten unmittelbar beaufsichtigen konnte, bis zumindest die wichtigsten Bauten fertig gestellt waren.

Zayyan, deren Schwangerschaft sich bereits dem Ende zuneigte, hielt sich nur noch in den königlichen Gemächern des Prinzen im Alcázar von Córdoba auf, umgeben von Büchern, Eunuchen und Dienerinnen und unter den wachsamen Blicken ihrer Freundin Azahra, die mit ihr die Ankunft des Kindes erwartete.

Die Favoritin Azahra hatte zu kränkeln begonnen, sie war blass und mager geworden und benötigte täglich Arzneien. Deshalb wurde sie regelmäßig vom Leibarzt des Königs besucht, der sehr besorgt um sie war.

Dieser Arzt namens Hasday Ibn Saprut, über den man sich im Palast nur Gutes erzählte, war jüdischer Herkunft und galt trotz seiner Jugend – er war wie der Prinz gerade zweiundzwanzig Jahre alt – als sehr weise, denn er besaß große Kenntnisse und ein ausgeprägtes Einfühlungsvermögen.

In Córdoba wurde er wegen seiner umfassenden Medizinstudien gerühmt. Er war ein großer Kenner von Pflanzen und Blumen, experimentierte mit ihnen und bereitete seine eigenen Salben, Sirupe und Arzneitränke zu; außerdem war er mehrerer Sprachen mächtig und konnte daher Bücher, Dokumente und Abhandlungen über Medizin und Botanik lesen, die aus anderen Kulturen stammten, und er verstand es, das Vertrauen derjenigen zu gewinnen, deren Wohlergehen in seinen Händen lag.

Die Favoritin wie auch viele andere schätzten seinen sanften und liebenswürdigen Umgang. Natürlich genoss er auch das Vertrauen und die besondere Gunst des Königs, dem es wenig bedeutete, dass Hasday als Jude geboren worden war.

Da Azahra wünschte, dass er auch ihre Pflegetochter kennen lernte, suchte Hasday Zayyan in ihren Gemächern auf. Er war tatsächlich von reizendem Umgang und sehr gebildet, und so erbot er sich, anhand von Zayyans Pupillen und Puls den Stand ihrer Schwangerschaft zu überprüfen. Nach der Untersuchung kündigte er an, sie würde bald niederkommen, jedenfalls binnen drei Tagen, und nach seinem Dafürhalten werde es ein Mädchen.

Der Arzt hatte sich nicht getäuscht: Nach zwei Tagen, in der ersten Nacht des neuen Christenjahres 937 nach solarer Zeitrechnung, setzten bei der jungen Tänzerin die Wehen ein.

Eine der Zofen weckte Azahra. Diese fand Zayyan unter dem Bogen ihres Fensters kauernd, in das Licht der schmalen Mondsichel über ihr getaucht, durchnässt von den Flüssigkeiten ihres Leibes, schweißgebadet und zitternd wie die Kerzenflammen, die ihre Gemächer erhellten. Die Dienerinnen hatten schon heißes Wasser bereitgestellt, Binden, Tücher und Laken, wie sie die Frauen – wenn sie vom Schicksal begünstigt sind – bei der Geburt benutzen, und zwei erfahrene Hebammen des Palastes waren gekommen, um der Alten beizustehen, die die offizielle Geburtshelferin der Frauen des Kalifen war.

Diese forderte Zayyan auf, sich ganz dem Willen ihres Körpers zu überlassen und alle Anstrengung darauf zu richten, das Kind trotz des Schmerzes nach unten zu pressen, wann immer es sie dazu dränge. Sie solle schreien, wenn sie wolle, aber es sei besser, nach innen zu schreien, die Kraft des Schreis auf die Leibesmitte zu richten, sodass der Schrei mit dem Kind zusammen ausgestoßen werde. Zayyan kauerte auf ihren erstarrten Beinen, umschlang ihren Leib mit den Armen, um ihn vor der großen Leere zu schützen, die sich seiner bemächtigte. Während sie bereits Blut und Fruchtwasser ausstieß, war sie versucht, ihren Bauch voller Zorn zu zerquetschen, um sich von den unerträglichen Schmerzen und Krämpfen zu befreien. Sie wünschte den Moment herbei, in dem ihr Fleisch nachgeben würde, fürchtete jedoch zugleich, es müsse zerreißen; voller Liebe gab sie sich dem notwendigen Schmerz hin, ein Kind zu gebären, sie schenkte ihm den Schrei aus ihrer Kehle als Atemluft für sein Weinen, das sie ungeduldig herbeisehnte, und doch begehrte sie auf gegen diesen Augenblick, der so unvorstellbar, unbekannt, unerbittlich war.

Empfindungen und Erinnerungen, Hoffnungen und preisgegebene Ängste vermischten sich; sie fühlte sich von einer seltsamen Leidenschaft erfasst, von animalischer Verbissenheit in den gegenwärtigen Augenblick. Sie empfand tiefe Einsamkeit und gleichzeitig ein ganz neues Bewusstsein ihrer selbst. Ihre Gefühle liefen ebenso ineinander wie die roten, schwarzbraunen, gelblichen, trüben und orangeroten Flüssigkeiten, die aus ihr hervorkamen, oder wie die Geräusche in ihr, das Schlagen in ihrer Brust, die inneren Stimmen, das uralte, verborgene Murmeln von Erde, Wasser und Land und die wie ein Schatz gehüteten Liebesseufzer. Auch die Geräusche außerhalb vermischten sich, das erstickte Ächzen aus ihrer eigenen Kehle, das beruhigende Murmeln der anderen Frauen, die losgelösten Wörter, das Rascheln von Röcken und Stoffen, die Schrittes im Raum, das Läuten der christlichen Glocken, das die Luft erfüllte, und die immer währenden Klänge der Nacht unter ihrem Fenster im Garten, alles geschah zugleich, vermengt, dicht gedrängt, und plötzlich kam es, das Ersehnte, die Antwort vielleicht, etwas Festes, Kräftiges, Rundes inmitten der quellenden Flüssigkeiten, ein fest umrissener Körper, der zwischen ihren Beinen hinausdrängte.

Die klangvolle, bodenständige Stimme der Hebamme holte sie in die Welt zurück, als diese rief, der Kopf des Kindes sei bereits zu sehen. Daraufhin legten die Frauen sie auf die ausgebreiteten Betttücher und hielten sie an den Armen fest, während die alte Geburtshelferin mit ihrer kundigen Hand das Köpfchen packte, um ihm mit einem letzten, kräftigen Ziehen, das die Mutter tief aufstöhnen ließ, beim Eintritt in diese Welt zu helfen. Eine der erfahrenen Ammen durchtrennte mit einem scharf geschliffenen Bergkristall die Nabelschnur, die in der Luft schwebte wie die Spur eines roten Kometen, und verknotete sie rasch über dem Leib des Neugeborenen, das einen jähen, klaren Ton von sich gab, der den Raum mit Leben erfüllte. Die Hebamme verkündete, es sei ein Mädchen; dann gab sie Anweisungen, der Mutter ein Kräuterpflaster zwischen die Beine zu legen, sie zu waschen und warm einzupacken und ihr Kräutertee einzuflößen. Sie ließ die Kunde verbreiten, dass Zayyan ein Mädchen zur Welt gebracht hatte, gut gewachsen, mit allen Fingern und allen Zehen, mit normalen Maßen und sehr heller Haut. Sie wusch das Neugeborene und gab es der Mutter. Schließlich erklärte sie, die beiden müssten nun ruhen, man dürfe jedoch vollauf zufrieden sein, denn die Geburt sei glücklich verlaufen. Zwar sei der Blutverlust hoch gewesen, aber mit guter Ernährung und viel Schlaf könne die Mutter innerhalb von einundzwanzig Tagen und Nächten wieder auf den Beinen sein.

Azahra trat tief bewegt zu ihrer geliebten Tochter. Sie strich ihr unter Tränen der Rührung und Bewunderung über das Gesicht und flüsterte ihr ins Ohr:

«In der heutigen Nacht, geliebte Freundin, muss selbst Allah uns um das Wunder der Weiblichkeit beneiden.»

III

Obgleich der Winter besonders kalt und düster gewesen war und sich im Anschluss bald drückende Hitze eingestellt hatte, schritt der Bau der Kalifenstadt gut voran. Al-Hakam hielt Ansprachen an die Männer, spornte sie an – ganz wie sein Vater, der Kalif, es im Krieg tat – und freute sich über jede Reihe von Steinen, die gesetzt wurde. Wenn er die Arbeiten anhand seiner Pläne und Karten überprüfte, zeigte er seine Zufriedenheit, geizte nicht mit Lob und hielt die Arbeiter dazu an, auch in den kleinen Details, die geschnitzt, gemeißelt oder gemalt wurden, ihrem Gott zu dienen.

Der Prinz schlief kaum, weil er die Nachtstunden nutzte, um im Licht der Öllampen zu schreiben und neue Pläne zu entwerfen. Oft überraschte ihn das Morgengrauen, als er zitternd vor Kälte, nur durch einen Umhang geschützt, über Pergamenten von byzantinischen Architekten eingeschlafen war, über syrischen Papyri, die alte Bautechniken erläuterten, oder über Büchern und Dokumenten, in denen die Kenntnisse jener Völker gesammelt waren, die Andalusien einst besiedelt hatten, die Römer und noch früher die Westgoten, denn alle Lehren waren wertvoll, und aus allen zog er Nutzen. Mit Allahs Erlaubnis und Gnade wollte er eine einzigartige, ursprüngliche Gestalt finden, eine besondere Grundstruktur, geprägt durch ihn selbst und von der Herrlichkeit seines Vaters, des Kalifen. Er verbrachte viele Stunden damit, in komplizierten Mustern und Symmetrien Bögen zu zeichnen, übereinander liegende, doppelte, aneinander gereihte, überlappende, einfache und gekreuzte, höhere, breitere, niedrigere Biegungen und Wölbungen wie Brücken von Ufer zu Ufer, zwischen Himmel und Erde, zwischen Körper und Seele, gerundete Formen wie die eines weiblichen Körpers, Kombinationen von fünf fortlaufenden Bögen, die für die Quintessenz des menschlichen Lebens standen, prächtige Kuppeln und erhabene Türme, in denen der Stolz der Omaijaden sich ins Himmelsblau reckte, angedeutete Labyrinthe, geometrische Figuren, Reliefs, ineinander verflochtene Wege und unendlich viele Entwürfe von Ornamenten, die Blätter und Zweige von Bäumen nachahmten, inspiriert durch Motive aus dem Orient der Antike, für den er eine besondere Vorliebe hegte.

Einige, die Gelegenheit gehabt hatten, die Stadt aus der Nähe zu sehen, erzählten, die Hauptstraßen und der Boden der gesamten ersten Terrasse seien mit perlmuttfarbenem Marmor gepflastert worden. Hohe Mauern entlang der Straßen sollten im Sommer vor der Sonne und im Winter vor dem kalten Wind schützen, ihre obere Kante war mit Wappen, bunten Glassteinen und Ornamenten verziert. Innerhalb der Stadt waren fünfzig Tore zur Sicherheit vorgesehen, jedes mit einem bewaffneten Wachtposten bemannt; ebenso viele Tore kontrollierten die Durchgänge zwischen den Terrassen, die Zugänge zu den wichtigsten Gebäuden und zu den Ausfallstraßen. Alle waren mit Eisenplatten und polierter Bronze beschlagene Doppeltore. In den Parkanlagen wurden mit viel Aufwand und Umsicht, sie sollten ja rasch wachsen, bereits die ersten Feigen-, Mandel- und Kirschbäume gepflanzt, auch Zypressen, Palmen und Ulmen, manche noch als Schösslinge, viele bereits als stattliche Bäume. Man konnte bereits erahnen, was einmal der große Palast des Kalifen Abd al-Rahman III. sein würde, der auf der oberen Terrasse aufragte, neben den vornehmen Häusern der Würdenträger und der Residenz des Prinzen etwas weiter südlich.

Säulen und Platten aus Marmor, Bronzefiguren, Brunnen, Statuen von Tieren und Vögeln, sogar dünne Platten aus Gold und anderen Edelmetallen warteten auf ihre Verarbeitung. Sie standen zwischen Baugruben, Lasttieren und eifrigen Arbeitern, die aus der Ferne einem Heer von Bienen oder Ameisen glichen, zwischen Werkzeug und Arbeitsgerät, Fuhrwerken, Karren und unzähligen Steinen. Sie alle bildeten ein unbeschreibliches, erstaunliches Gesamtbild voller Details, das um den Prinzen Hakam als Mittelpunkt zu kreisen schien, der teils schweigend beobachtete, teils stimmgewaltig Anweisungen gab, einmal durch die Befehle der Bauleiter vertreten wurde und ein andermal auf seinem Pferd zu den unteren Terrassen hin galoppierte. In dieser einsamen Zeit wuchs er über sich selbst hinaus.

Beinahe ein Jahr war verstrichen seit jenem denkwürdigen Tag der Grundsteinlegung, und allmählich fühlte sich der Prinz auf der Baustelle entbehrlicher. Da die Arbeiten gut angelaufen waren, wollte er nach Córdoba zurückkehren. Er würde die Bauleitung drei Architekten seines Vertrauens überlassen, die sich präzise an seine Vorgaben halten und ihm alle drei Tage ausführliche Berichte über den Fortgang senden würden.

Er würde die Fortschritte der Palaststadt von seiner offiziellen Residenz in Córdoba aus verfolgen und die Baustelle einmal wöchentlich besichtigen, um stets über alles unterrichtet zu sein. Er würde weiterhin den Materialkauf beaufsichtigen und die neu unter Vertrag genommenen Handwerker und Spezialisten empfangen, deren Zahl Monat für Monat wuchs, um sie kennen zu lernen und sie persönlich mit ihrem Auftrag zu betrauen.

Zayyan empfing die Nachricht von der Rückkehr des Prinzen voller Freude. Ihr Körper hatte sich wieder vollkommen erholt und war bereit für die Liebe.

Al-Hakam fand im Palast des Kalifen ein reges Kommen und Gehen von Staatsmännern, Verwaltungsbeamten, Wesiren und Geschäftsleuten vor. Sie waren zum einen wegen des großartigen Bauvorhabens zugegen, zum anderen, weil ganz Córdoba und sämtliche Provinzen von al-Andalus vom Alcázar aus regiert wurden. Die Zahl der Sekretäre, Schreiber, Kanzler, Kammerherren, Gehilfen, Übersetzer und Berater war sprunghaft angestiegen, im Palast summte und brummte es wie auf dem Wochenmarkt. Abd al-Rahman III. Al-Nasir war reizbar und schlecht gelaunt. Er musste nicht nur den gigantischen Verwaltungsapparat seines Reiches in Betrieb halten, sondern bereitete darüber hinaus für den kommenden Frühling einen erneuten Feldzug gegen den Statthalter von Sarakusta vor, der sich mit dem Christenkönig Ramiro II. von Leon verbündet hatte.

Der Prinz spürte, dass nun große Verantwortung auf seinen Schultern lastete, denn sein Vater brauchte viel Unterstützung, um ein so großes Imperium zu regieren.

Eines Samstagabends sprachen zwei Eunuchen aus dem Harem in Zayyans Gemächern vor, um sie zu holen, denn der Prinz, der endlich wieder seine königliche Residenz bezogen hatte, verlangte nach ihr.

Sie parfümierte sich Schultern und Handgelenke und legte sich zu dem Rosenquarzanhänger eine wunderschöne Halskette aus Gold und Türkisen um. Bevor sie sich zum Prinzen bringen ließ, sah sie in der Kammer noch einmal nach ihrer Tochter, die bei einer Amme schlief, und während sie sich in den Schleier hüllte und gedankenverloren durch das Fenster auf den Mond blickte, wurde ihr bewusst, dass sie sich nun zum ersten Mal von ihr trennte.

Der abnehmende Halbmond leuchtete kühl am Nachthimmel und überstrahlte das schwache Funkeln der Sterne. «Der Mond, der sich verbergen will, steht für die Reifezeit der Frau», dachte sie bei sich und trat ihren Weg durch die langen Gänge und Korridore an, über deren polierten Böden frostige Stille hing. Sie griff nach dem Schmetterling, den sie niemals ablegte, und fühlte, wie er glühte, so wie auch sie selbst innerlich glühte, denn sie ging zu einer Begegnung, nach der sie sich lange gesehnt hatte. Nun, da sie unmittelbar bevorstand, krampfte sich ihr Magen zusammen, Arme und Beine zitterten, denn sie wusste, dass sie nicht mehr die war, die Al-Hakam einst geliebt hatte. Sie wünschte sich, dass er sie in dieser neuen Lebensphase ebenso lieben würde, und doch musste sie demütig hinnehmen, dass Allah, was auch immer Er für sie vorgesehen hatte, in ihr bereits eine unbeirrbare Kraft geweckt hatte, die es ihr verwehrte, Al-Hakam noch im gleichen Maße zu brauchen wie einst, und sie fürchtete, ihre neue Unabhängigkeit könne das Verlangen des Geliebten schmälern.

Während sie sich den doppellagigen Rock glatt strich, durch dessen goldene, durchscheinende Stoffe ihre Beine zu erahnen waren, sann sie über ihre unermessliche Liebe zu ihrer Tochter nach. Erinnerungen an Erlebnisse aus der jüngsten Zeit schossen ihr durch den Kopf, ungeordnet und ineinander verwoben. «Alles fließt dahin», sagte sie sich, ohne recht zu wissen, weshalb, «alles fließt an mir vorbei und durch mich hindurch», und zwischen aufblitzenden Lichtstrahlen, die das Halbdunkel ihres Schleiers durchbrachen, betete sie zu Allah, Er möge ihr das Glück zugestehen, nun einem Mann zu begegnen, der seiner neuen Frau würdig war, denn sie spürte, dass die Mutterschaft und die Zeit der Trennung sie unwiderruflich verändert hatten.

Al-Hakam ergriff die ausgestreckten Hände seiner Geliebten, bedeckte ihre Handflächen mit Küssen, schmiegte sein Gesicht hinein und verharrte in dieser Haltung, während er sich mühte, sein tosendes Herz zu beruhigen. Dann ergriff er Zayyans Schleier und hob ihn am Saum an, mit angehaltenem Atem, ganz langsam, als brauche er Zeit, um dem Geheimnis, das da enthüllt wurde, standzuhalten. Als er ihn vollends beiseite zog und das entzückende Strahlen seiner Geliebten darunter entdeckte, glitt unvermittelt ein offenes Lächeln über sein Gesicht, und Zayyan, die nicht länger an sich halten konnte, fiel ihm um den Hals.

Sie betastete den Oberkörper ihres Geliebten, der sich anders anfühlte, breiter, härter und kraftvoller von der Arbeit an der frischen Luft, vielleicht auch männlicher, gestählt durch Einsamkeit und Nachdenken, und da begriff sie, dass auch er sich verändert hatte. Doch da sie wieder vereint waren, fanden sie bald zu ihrer eigenen, einzigartigen Sprache, in der die Veränderungen der Welt keinen Raum hatten.

Ihre Hände wanderten über seine Wangen, sein Kinn, die Schultern, die Brust, die Lenden und suchten ihn tastend zu erkennen wie ein Kind oder eine Blinde. Sie küsste seine Augen, seine Lippen, seinen Hals, Finger, Zähne. Lächeln und gestammelte Worte gerieten durcheinander, und er ließ es mit sich geschehen, nahm ihre Zärtlichkeit entgegen und bezähmte das Pulsieren seiner Seele und seiner Lenden, das überschäumende Verlangen, seine ungeduldigen Küsse und das Bedürfnis, Zayyan unter dem Drängen seiner Liebe zum Schweigen zu bringen. Er ließ sie reden und auflachen in einem und fand den Anblick wieder, nach dem er sich in all dieser Zeit am meisten gesehnt hatte, den Anblick seiner jungen, lebendigen, freien Zayyan, fand die Wonne, sie zu betrachten, während sie sprach und anmutig Arme und Kopf bewegte, die natürliche Unschuld, mit der sie sich ganz und gar dem gegenwärtigen Augenblick hingab, was sie durch und durch wahrhaftig wirken ließ und sie in seinen Augen noch begehrenswerter machte.

Zayyan war schön, dachte der Prinz bei sich, mehr als schön, sie war betörend, denn es ging eine ebenso verlockende wie beunruhigende Weiblichkeit von ihr aus, eine geheimnisvolle Kraft, die den Wunsch weckte, sie zu besitzen, begleitet von der heimlichen Gewissheit, dass ebendies unmöglich war. Al-Hakam konnte sich nicht erklären, was er in Zayyan sah, warum seine Angst nicht schwächer wurde, sondern wuchs, oder warum sich dadurch auch sein Verlangen und sein Staunen, seine Hoffnung und seine Achtung steigerten, doch er ergab sich in die Unbegreiflichkeit des Schicksals, das durch diese tiefen

Gefühle hindurch zu ihm sprach. Eine innige Sehnsucht nach Hingabe überwältigte seine Sinne, und er begriff, dass Allah ihm vor Augen führte, wie ihm gehuldigt werden sollte, nämlich indem er diese Frau verehrte und mit jeder Faser liebte.

Zayyan war verstummt und beobachtete, wie er sie ansah. Schließlich fragte sie: «Was ist Euch, mein Gebieter, dass Ihr mir nicht antwortet?», und da näherte er sich ihr, wie sich ein Mann einer Frau nähert.

Im Laufe der Nacht und in den abbrechenden Tag hinein, während sie Liebe, Wein und Wiedersehensfreude teilten, erzählte der Prinz Zayyan von einem der beiden Brunnen aus dem Kalifenpalast Madinat al-Zahra. Er war außergewöhnlich und von überaus kostbarer Machart, aus vergoldeter Bronze und wunderbar gearbeitet, mit Flachreliefs, die menschliche Gestalten darstellten. Der Kalif hatte ihn aus Konstantinopel anliefern lassen.

Dann berichtete Zayyan dem Prinzen von ihrer Tochter. Dass sie Lubna heiße, die arabische Form für Lupa, denn dies sei der Name ihrer leiblichen Mutter gewesen, dass sie seine Augen und seine Haarfarbe habe und dass sie, Zayyan, zu Gott bete, Er möge ihr auch seine Reinheit des Herzens und seine Gelehrsamkeit verliehen haben.

~

Neun Monate nachdem er zum Straffeldzug gegen den Statthalter von Sarakusta aufgebrochen war, hielt der Kalif siegreich und mit großem Prunk wieder in Córdoba Einzug. Die ganze Stadt war für seine Ankunft geschmückt worden, das Militär paradierte, Banner und Standarten wurden geschwenkt, Fuhrwerke und Waffen waren blank geputzt, Truppenführer und Soldaten glänzten in ihren Galauniformen.

In den Straßen drängten sich Söhne Allahs ebenso wie Christen und Juden, Hunderttausende Einwohner von Córdoba und seinen Vorstädten waren auf den Beinen, um das ruhmreiche Heer in seiner ganzen Prachtentfaltung vorbeiziehen zu sehen.

Der Prinz setzte den Kalifen über den Stand der Regierungsangelegenheiten in Kenntnis und teilte ihm mit, zu seinem eigenen großen Missfallen sei aufgedeckt worden, dass einige hochgestellte Beamte, nämlich Steuereintreiber, unlauteren Handel trieben, indem sie die Bedürftigkeit einfacher Menschen ausnutzten und ihnen Geld zu Wucherzinsen liehen, was dem Vertrauen des Volkes in seinen Herrscher sehr abträglich sei. Abd al-Rahman befahl sogleich, die Schuldigen einzusperren, ihren Besitz zu beschlagnahmen, ihre Familien zu entehren und diese Maßnahmen auf allen Plätzen und Märkten ausrufen zu lassen, damit das Volk davon erfahre. Unter den Slawen sollte Ersatz für ihre Ämter gesucht werden.

Der Prinz bemerkte jedoch warnend, die Slawen seien in Córdoba schon sehr stark vertreten – über zwölftausend lebten allein in der Hauptstadt, sie waren einflussreich, bekleideten hohe Posten in der Zivilverwaltung und hatten sogar militärische Befehlsgewalt inne, denn sie standen in der Gunst des Königs. Sie waren als Sklaven aus verschiedenen Gebieten Nordeuropas gekommen und hatten als Anerkennung für ihre Treue eine weit reichende und solide Ausbildung bei Hofe erhalten, feste Anstellungen und Möglichkeiten, zu Reichtum zu gelangen. «Die arabische Aristokratie und der alte andalusische Adel, mein König, blicken voller Neid auf die Vorrechte der Slawen und beschweren sich zunehmend, dass ihre angestammten Rechte zu deren Gunsten beschnitten werden.»

Doch Al-Nasir brummte missmutig, diese alteingesessenen Araber würden ihm seinen Thron streitig machen, wenn sie könnten. Er brauche die Slawen nun, da al-Andalus ein Königreich sei, um seine Autorität durchzusetzen und mit ihrer Hilfe die Macht auf seine Person zu konzentrieren.

Al-Nasir war verstimmt, der Politik überdrüssig und wollte sich nun dem Vergnügen widmen. Er erkundigte sich eingehend nach den Bauarbeiten zu seiner Palaststadt und befahl Al-Hakam, seinen baldigen Besuch der Baustelle in die Wege zu leiten.

Als die Nacht hereingebrochen war und Al-Hakam mit seiner Geliebten allein war, vertraute er ihr seine Sorgen und Gedanken über seinen Vater, den Kalifen, an. Dieser empfing ihn stets ruhelos und gehetzt, geradezu besessen von einer seltsamen Eile, die Stadt al-Zahra fertig gestellt zu sehen, was nicht mehr mit reiner Vorfreude zu erklären war. Ohne Vorankündigung wurde der König immer wieder von Albträumen und plötzlicher Schwermut heimgesucht, und die Krankheit seiner Favoritin Azahra hatte seltsame Ängste in ihm ausgelöst.

«Ich fürchte, ihn verlässt der Mut, aus Gründen, die ich nicht nachvollziehen kann. Seine Einstellung zum Leben hat sich verändert», sagte der Prinz zu Zayyan.

Er seufzte, vielleicht in wehmütiger Erinnerung an die einstige Vertrautheit zwischen seinem Vater und ihm, als jener noch voller Träume von Ruhm und Sieg gewesen war. Heute ersehnte er nur noch die Zerstreuung abendlicher Veranstaltungen und fröhlicher Zusammenkünfte, die Al-Hakam selbst organisierte, um der Seele seines Vaters Erquickung zu verschaffen. Doch trotz der Gesellschaft seiner Kammerherren und Truppenführer, trotz der Anwesenheit wunderschöner Sklavinnen und Dienerinnen, die mit ihren Gesängen, ihrem Lachen und ihrem Hüftschwung die Stunden bis zum Morgengrauen verkürzten, Wein nachschenkten bis zur Trunkenheit und halb nackt die Pracht der Natur zur Schau stellten, zeigte der Kalif nicht jene stolze Leidenschaft, die ehemals seine Taten geleitet hatte.

Bald schickte er die Mädchen barsch fort, schleuderte die Tabletts mit den Früchten auf den Boden oder an die Wände, schimpfte die Adligen unwürdig und drohte, ihnen sämtliche Vorrechte zu streichen, oder er gab sie durch ungerechtfertigte Behauptungen der Lächerlichkeit preis, bald legte er in plötzlicher Schwermut die Stirn an die Schulter seines Leibdieners Nasar, den er dann bat, ihn in seine königlichen Privatgemächer zu führen.

Er rief seine Hofastrologen mitunter bis zu dreimal am Tag und fragte sie nach günstigen Zeitpunkten, wie lange er noch zu leben habe oder welche Feinde seinen Wohlstand belauerten. Von seinem Leibarzt Hasday Ibn Saprut erbat er einen Trank gegen die wachsende Beklemmung in seiner Brust und verlangte von ihm, er solle Gegenmittel gegen die ausgefallensten Gifte bereit halten, auf Mordanschläge gegen den König gefasst sein und ihm Formeln nennen, die ihn gegen Neider schützten, denn in seiner Seele war tiefes Misstrauen gegen alle gewachsen, die ihn umgaben.

«Wie übel ist es», seufzte Al-Hakam kopfschüttelnd, «zu glauben, man könne alles mit eigener Hand kontrollieren, denn nur Allah, groß unter den Großen, lenkt die Geschicke der Menschen. Ich ahne, welche Besorgnis im Herzen meines Vaters, des Kalifen, nistet. Mit achtundvierzig Jahren steht er auf dem Höhepunkt seiner Macht, doch seine Seele verzagt aus Furcht vor der Zukunft, und dies umso mehr, seit seine Favoritin Azahra von einem unheilbaren Leiden heimgesucht ist, mit dem er sich nicht abfinden will. Sein Verstand ist berauscht von blinder Macht und Angst zugleich, und wie ein verwundeter Löwe trachtet er danach, seinen Mut an neuen Herausforderungen zu messen.»

Tatsächlich hegte Al-Nasir die Absicht, als Nächstes das christliche Leon unter der Herrschaft von Ramiro II. zu erobern. Er hatte gegen die Empfehlung des Prinzen, seiner Wesire und Ratgeber Vorbereitungen für eine große Schlacht und die Zwangsrekrutierung vieler andalusischer Soldaten befohlen, die er zum heiligen Krieg aufrief. Sie sollten binnen nur sechs Monaten zu dem Kampf einberufen werden, der, so verkündete er, zur größten Demonstration seiner militärischen Macht werden solle.

«Möge Allah mir verzeihen», vertraute sich der Prinz seiner Geliebten an, «wenn ich mir anmaße, meinem ruhmreichen Vater zu widersprechen und mir die Haare zu raufen, weil er seine Stärke so unnötig zur Schau stellt, wie ich glaube. An der Schwelle zum Alter ist der König sich der Kräfte seiner Seele nicht mehr sicher und sucht seine Angst vor dem Tod dadurch zu betäuben, dass er sich am Tod anderer weidet, ohne in Betracht zu ziehen, dass es ihm mit allem, was er geleistet hat, bereits gelungen ist, seinen Namen über die Menschenzeit zu erheben und Unsterblichkeit zu erlangen.»

Al-Nasir li-din illah, Fürst der Gläubigen und Kalif von Córdoba, stellte ein großes Heer auf, das die Chronisten auf zweihunderttausend Mann beziffern, und nannte sein Vorhaben den «Feldzug der großen Macht». Seine Ungeduld und sein Siegeshunger waren so groß, dass er gegen seine Gewohnheit den Aufbruch sogar vorverlegte.

Ganz Córdoba, nun seiner jungen und kriegstauglichen Männer beraubt, war auf den Beinen, um das vom Kalifen selbst angeführte und beeindruckende Heer bei seiner harmonischen, Furcht einflößenden und prunkvollen Parade zu verabschieden, die von den Dichtern gerühmt, von den Chronisten beschrieben und vom Volk lange Zeit in Versen besungen wurde.

Doch es kam anders als geplant, Allah möge Gnade walten lassen. Al-Nasirs Heer traf auf die Truppen des Christenkönigs Ramiro II., der sich mit den kastilischen Grafen Fernán González und Asur Fernández verbündet hatte, welche wiederum Verstärkung aus Pamplona und Álava erhalten hatten und von den Ungläubigen aus Coimbra unterstützt wurden. Es gab zahlreiche, überaus blutige Schlachten und viele Tote sowohl bei Siegen der Muselmanen als auch wenn die Christen die Oberhand hatten, bis der große Feldzug schließlich mit einer vernichtenden Niederlage des Kalifen und seines Heeres endete.

Vor den Toren von Simancas unterlagen die Andalusier mit enormen Verlusten, und in der Alhándega-Schlucht kamen am Ende die meisten von ihnen zu Tode. Dort ging zum großen Verdruss des Kalifen auch das Feldlager verloren, mit dem Zelt und der Einrichtung des Königs, einschließlich seines persönlichen Korans und seines bevorzugten Ringpanzers.

Kaum zwei Monate nach dem siegessicheren Aufbruch, noch im Sommer jenes unheilvollen Jahres 939, musste Al-Nasir eine beschämende Rückkehr erdulden, welche die Einwohner Córdobas mit großem Schmerz erfüllte und in düsterem Gegensatz stand zum Glanz der wachsenden Bildung, die in allen Winkeln der Stadt erblühte.

Der Kalif, Allah möge ihm verziehen haben, der in all seinen vorherigen Schlachten nichts Vergleichbares erlebt hatte, behielt von seinem Scheitern eine tiefe Erschöpfung zurück. Er fühlte sich schuldig im Übermaß, seine Gedanken verwirrten sich, des Nachts fand er keinen Schlaf. Der Prinz Al-Hakam als auch sein weiser Leibarzt Hasday Ibn Saprut und sein Eunuchenführer and treuer Diener Nasar rieten ihm deshalb, er solle seinen Kummer zerstreuen, indem er sich seiner Palaststadt al-Zahra widme. Er solle seinen Seelenfrieden in der Weitläufigkeit und Pracht der Bauten suchen und das Kriegführen seinen Generälen überlassen, die ihn über jedes Scharmützel und jeden Kampf informieren würden. Truppenführer und Provinzstatthalter aber solle er auch in Zukunft selbst ernennen, um sich die politische Macht zu sichern.

Immerhin gehe er nun auf die fünfzig zu, und so werde Allah ihm die körperliche Ruhe sicher gewähren.

IV

Es geschah an einem herbstlichen Fest im Palast. Während der langen, komplizierten Lobrede, mit der ein Hofdichter die Tugenden seines Herrn und Gebieters, des Kalifen, rühmte, kam hinter den Paravents, wo die Hofdamen an den Festlichkeiten teilnahmen, plötzlich eine kleine Gestalt hervor, noch keine vier Jahre alt.

Das Mädchen trug eine safrangelbe Tunika, welche die nackten Füße unbedeckt ließ, und hatte ein rot bemaltes Pferdchen aus gebranntem Ton in der Hand. Es baute sich vor dem Dichter auf und starrte ihn an, und da dieser vor Verblüffung verstummte, begann es ihn nachzuahmen, wie Kinder Erwachsene nachzuahmen pflegen. Mit flinker Zunge und einer für sein Alter höchst ungewöhnlichen Aussprache rezitierte es wunderschöne Verse, die bei den Zuhörern großen Anklang fanden.

«Dein Lächeln ist ein Halbmond, der meine Nacht erhellt, deine Stimme, die niemals schläft, fliegt durch meinen Traum, von deinen Augen reisen die Sterne in die Unendlichkeit meiner Qual, wenn ich die Wonne deiner Gegenwart entbehren muss. Ich harre der Nacht, da du mir heimlich deinen Körper bringen kannst, doch ebenso liebe ich den Tagesanbruch, denn er hinterlässt mir die süße Erinnerung an dich.»

~

Der Kalif, der neben seinem Thronfolger saß und von anderen männlichen Verwandten umgeben war, hieß das Mädchen näher kommen. Es war die Tochter der Sklavin Zayyan, welche er allzu gut kannte. Al-Nasir und sein Sohn betrachteten ihre Spiegelbilder in den Augen des Mädchens Lubna, das nicht einmal blinzelte, und bemerkten, wie vertraut ihnen dieses feste Kinn und dieser feine Schwung der Lippen waren; ihr rötlich schimmerndes Haar war von goldblonden Strähnen durchzogen und wurde von einem kleinen Diadem aus der Stirn gehalten.

Die Kleine war im Harem, unter den Frauen des Palastes und unter den Dienerinnen und Arbeiterinnen bekannt dafür, dass sie zungenfertig Koransuren und Gedichte klassischer Autoren hersagte. Sie verfügte über ein exzellentes Gedächtnis, liebte Bücher über alles und wuchs inmitten von Schriftrollen, Pergamenten und Kalligraphietafeln auf, gefördert von ihrer Mutter, die sie in der Kunst des Schreibens ausbildete.

Al-Hakam konnte sein Wohlgefallen nicht verbergen, doch der Kalif ergriff als Erster das Wort.

«Meine Seele ist voller Zufriedenheit über die Klugheit dieses Kindes. Hiermit erteile ich ihm, wenn es weiterhin eine solche natürliche Begabung für Lesen und Schreiben zeigt, meine königliche Erlaubnis, ab dem sechsten Lebensjahr mit den Söhnen der Königsfamilie an einer gründlichen und sorgfältigen Ausbildung in Grammatik, Geschichte und Arithmetik bei den Lehrern teilzunehmen, welche dem irakischen Philologen Ali al-Qali unterstehen, und von dem Historiker Ahmad al-Razi unterwiesen werden. Bis dahin möge die Mutter es das Heilige Buch des Propheten auswendig lehren, und ich werde mir bei künftigen Gelegenheiten die Koransuren mit Vergnügen von seiner Stimme vortragen lassen.»

Das Mädchen Lubna bewohnte gemeinsam mit seiner Mutter und mehreren Dienerinnen weitläufige Gemächer mit privatem Wohnzimmer, Stube, Empfangsraum und eigenem Waschraum innerhalb der Räumlichkeiten des Prinzen im Alcázar, in der Nähe der Gemeinschaftswaschräume des königlichen Harems, des Innenhofes, des Gartens und der Baderäume. Sie genossen besondere Vergünstigungen, denn Zayyan war zwar offiziell weder Gemahlin noch Konkubine des Prinzen und trug lediglich den Titel Palastsängerin, doch allen war hinreichend bekannt, dass sie Al-Hakams einzige Geliebte war.

Zu Lubnas Vorrechten gehörte der freie Zutritt zu den Gemächern Azahras, der Favoritin des Kalifen, die sich des Mädchens gleich nach seiner Geburt als Patin angenommen hatte, da es keine leibliche Großmutter gab und sie es sehr ins Herz geschlossen hatte.

Azahra lehrte Lubna die Kunst, mit einer sehr feinen Nadel aus Silber Seidengarn zu verhäkeln, denn die Kleine hatte geschickte Finger. Sie unterwies ihr Patenkind in der Herstellung schöner Bilder aus Seide, von Sternen und gemusterten Blumen, Herzen, kleinen Rosenknospen und runden Formen, die aussahen wie die Perlen einer Kette; sie brachte ihr bei, dass die Handarbeit Erholung schenkt, denn während Augen und Hände beschäftigt sind, kann der Geist nicht abschweifen und unerwünschten Gedanken nachhängen, sondern wird ruhig und gelassen und findet für eine Weile Frieden.

«Du wirst schon sehen, warum ich dich zu dieser Beschäftigung anhalte, mein Kind», sagte die Konkubine des Königs der kleinen Lubna, als würde sie ihr ein Märchen erzählen. «In deinem Frauenleben wird es oft vorkommen, dass dein Geist unruhig ist und dir von Dingen spricht, die du nicht hören willst, oder Erinnerungen weckt, die du lieber vergessen möchtest, dass er nicht schweigt, obwohl du es nachdrücklich von ihm verlangst. Wenn du dann diese Arbeit zur Hand nimmst, schlafen deine Gedanken ein, eine wohltuende Stille entsteht in dir, und wenn es dann Nacht wird und du Garn und Nadel bis zum nächsten Tag beiseite legst, wird es dir vorkommen, als kehrtest du von einer langen Reise zurück. Du wirst alles klarer sehen, und ein Lächeln wird auf deinen Lippen liegen.»

Lubna und Azahra beschäftigten sich zwar jeden Tag pflichtbewusst ein wenig mit dem Garn, doch sie häkelten nicht viel, denn meist richtete das Mädchen seine Aufmerksamkeit bald auf etwas anderes und zog die Favoritin fröhlich mit sich fort. Wenn Lubnas Mutter dann in die Gemächer kam, fand sie die beiden oft, wie sie mit den Lichtspiegelungen im Glas der Lampen spielten, auf dem Lehnstuhl unter dem Fenster saßen und die Vogelarten bestimmten, die durch dieses Stückchen Himmel flogen, oder wie sie Lehm und Ton vermengten, welche die Favoritin eigens hatte bringen lassen, um mit dem Mädchen zu töpfern wie Frauen aus dem einfachen Volk, oder sie lagen aneinander geschmiegt auf den prächtigen Kissen, die auf dem Boden verteilt waren, und lachten lauthals, weil sie wunderliche Geschichten erfanden.

«Dieses Kind verlängert mein Leben», sagte Azahra zu Zayyan, «denn glücklich zu sein, lindert und heilt wirksamer als jede Arznei. Lubna hat den letzten Funken Lebenswillen, der in meiner Seele glühte, noch einmal angefacht.»

Damit schien sie Recht zu haben, denn der Arzt und gelehrte Freund Hasday, der inzwischen zum Leiter der Schule für Medizin in Córdoba aufgestiegen war, die als die bedeutendste der bekannten Welt galt, beobachtete eine merkliche Linderung ihres unheilbaren Leidens, seit die Kleine täglich Zeit mit ihr verbrachte, und er sagte häufig – obgleich ein Arzt des Körpers, war er auch ein großer Kenner der menschlichen Seele –: «Liebe, die sich äußert, bedeutet Gesundheit, doch die verheimlichte oder unterdrückte Liebe bringt stets Leiden mit sich.» Seine liebe Freundin Azahra habe in Lubna eine wunderschöne Tür gefunden, um ihr erschöpftes Herz wieder für die Welt zu öffnen.

Der Kalif wollte die Frauen seines Harems möglichst bald in die neuen Räumlichkeiten des Palastes in Madinat al-Zahra bringen, damit seine geliebte Azahra die blühenden Mandelbäume sah, von denen zweihundert in einem Teil des Hauptgartens gepflanzt worden waren. Ihr Anblick erfüllte die Seele mit Freude, und er hoffte, dass sie Azahra an die Landschaft ihrer Kindheit in Elvira erinnern würden, als ersetze die weiße Blüte des Mandelbaumes den fernen Schnee in jenen Bergen, die sie nie wieder gesehen hatte.

Wenngleich Azahra gar nicht das Bedürfnis hatte, Bilder aus ihrer Kindheit zu beschwören oder sich an vergangene Zeiten zu erinnern, und sie auch den Schnee nicht vermisste, verstand sie doch diese Liebesgabe des Kalifen, ihres geliebten Herrn und Gebieters Al-Nasir. Sie konnte sich ihm zwar körperlich nicht mehr hingeben, sosehr sie sich auch danach sehnte, doch sie beschenkte ihn mit ihrer Freude und ihrem glücklichen Lächeln, was auch ihn mit Glück erfüllte. Bei jeder Begegnung mit ihrem Geliebten, dem Kalifen, fühlte Azahra, wie einer der Seidenfäden im bunten Bild ihres Lebens riss, sich von den anderen Farben löste. Sie spürte, dass hinter dem kleinen Labyrinth sanfter Formen, die sie mit ihren Fingern zeichnete, Leere lag, die Leere, die ihr öder Leib in sich trug und die bald ihr Grab sein würde; und sie konnte nichts anderes tun, als sich allmählich von ihrem Leben zu verabschieden, von ihren Erinnerungen, vom Kalifen und von Lubna.

Azahra sprach mit niemandem über diese Gewissheit, nur dem Arzt Hasday Ibn Saprut sah sie tief in die Augen, und dieser wandte den Blick nicht ab. Beide verstanden schweigend, in Weisheit und Freundschaft verbunden. Sie löste sich langsam von Dingen, die ihr bislang wichtig gewesen waren und nun nichts mehr galten. Sie verteilte Schmuck und Geschenke unter den Dienerinnen, leitete wohltätige Schenkungen in die Wege und ernannte ihre geliebte Freundin, Schwester und Tochter Zayyan zur Erbin ihres umfangreichen Besitzes und Vermögens. So würde es dieser niemals an finanziellen Mitteln fehlen, und sie würde sich bei allen Schritten im Leben ganz von ihrem unabhängigen Charakter leiten lassen können.

An einem ruhigen Winterabend des gerade angebrochenen

Jahres 941 sprach Azahra, die das Bett schon seit einer Woche nicht mehr verlassen hatte, zu ihrem Patenkind:

«Dein Name, Lubna, wird in künftigen Zeiten bekannt sein», sagte sie langsam, «die Geschichte wird ihn nennen und wird von deinem Leben berichten. Viele Menschen werden wissen, wer du warst, auch wenn sie dein schönes Gesicht nicht sehen können, wie ich es jetzt vor mir sehe, so wunderschön …»

Azahra küsste ihr Enkelkind Lubna und starb friedlich, mit einem Lächeln auf den Lippen, wissend, dass alles geordnet war.

Und so kam es, dass Lubna Azahras Gemächer nie wieder betrat und niemals nach ihr fragte, denn sie war fest entschlossen, den Schmerz um jeden Preis schnellstmöglich zu vergessen.

Der Tod seiner Favoritin erfüllte den Kalifen mit tiefer Trauer. Mit Tränen in den Augen befahl Abd al-Rahman III., die Moschee in der neuen Stadt Madinat al-Zahra in aller Eile fertig zu stellen, denn er wollte dort zu Ehren seiner Azahra und zum Ruhme Gottes öffentliche Gebete abhalten lassen.

Die Architekten versuchten entsetzt, ihm dieses Vorhaben auszureden. Sie hatten erst vor einem Monat mit dem Bau begonnen, und es waren zu seiner Fertigstellung noch mindestens einhundert Tage notwendig. Der Prinz aber verstand den Gram seines Vaters und wollte ihm nicht widersprechen, deshalb drängte er die Bauleiter dazu, Anstrengungen, Gelder und Mittel zu verfünffachen, um den Wünschen des Kalifen zu entsprechen.

Er wies sie an, von den Maurern, Tischlern, Fliesenlegern und Schlossern die geschicktesten, schnellsten und fleißigsten auszusuchen und tausend Mann Tag und Nacht ohne Unterbrechung arbeiten zu lassen. Er versprach den Handwerkern großzügige Geschenke und Bezahlung, wenn sie seine Befehle zu seiner Zufriedenheit ausführten. Er ließ den Imam von Córdoba rufen, damit dieser die Einweihungsmesse der neuen Moschee zum Gedenken Azahras vorbereite, die noch vor Ende des laufenden Monats Januar stattfinden sollte.

Architekten, Sekretäre und Baumeister verließen den Palast des Kalifen in aller Eile, denn ihnen blieben nur einundzwanzig Tage, um diese Befehle auszuführen.

Allah sei Dank, die Moschee wurde in der vorgesehenen Frist fertig, und die offiziellen Chronisten der Epoche vermerkten in ihren Aufzeichnungen mit viel Pathos und Ausschmückungen, dass die Moschee von al-Zahra dem Kalifenpalast und den übrigen wichtigen Gebäuden der Stadt in nichts nachstehe. Sie sei von einzigartiger Bauart und in insgesamt nur achtundvierzig Tagen errichtet worden.

Sie war in allen Teilen wunderbar ausgestaltet und verfügte über fünf majestätische Schiffe. Der Innenhof, in dessen Mitte sich ein Brunnen mit kristallklarem Wasser für die Waschungen erhob, war mit weinrotem Marmor gepflastert. An ihn schloss sich ein vierzig Ellen hoher quadratischer Turm an. Alles war prachtvoll und kostbar ausgeschmückt, und auf Befehl des Kalifen wurde noch am Tag der Fertigstellung im Hauptschiff eine außergewöhnlich schöne Kanzel aufgestellt, stilvoll gearbeitet und mit überaus komplizierten Mustern in üppiger Filigranarbeit verziert; dieser Tag war der 23. Januar des Jahres 941, ein Freitag, an dem auch sofort das erste Gemeinschaftsgebet in der Moschee abgehalten wurde, sehr feierlich, in Anwesenheit Al-Nasirs, des Kalifen, Al-Hakams, des Thronprinzen, und der wichtigsten Regierungsmitglieder.

Um seinen Schmerz zu lindern und das Vergessen zu fördern, ließ der Kalif auch die anderen Arbeiten in der Palaststadt stark beschleunigen.

Er wünschte die Eröffnung und Inbetriebnahme der Postzustellung, der öffentlichen Badehäuser, der Werkstätten von

Mattenflechtern und Töpfern, der Lagerhäuser für Korn, Stroh und Öl, um die fahrenden Händler anzuziehen, die Leben und Abwechslung in die neue Stadt bringen würden. Er ordnete an, dass sich bereits die ersten Bediensteten, Fleischer, Schneider, Gerber und andere unverzichtbare Gewerbe, dort niederlassen sollten, und ließ Unterkünfte für Militär und Beamte bezugsfertig machen. Außerdem bestimmte er, dass in weniger als zwei Jahren von diesem Tag an die die Schulen, die Münzpräge und die gesamte Verwaltung ihren Betrieb aufgenommen haben und die Parkanlagen mit den ausgefallensten Pflanzen und den seltensten Tieren und Vögeln vervollständigt sein müssten. Zu guter Letzt bat er den Prinzen, seinen Palast unverzüglich zu beziehen, um den endgültigen Umzug des Königs persönlich vorzubereiten.

V

Alles zur gleichen Zeit, gepriesen sei Allah, alles auf einmal, der Umzug, der Abschied von Córdoba, der Abschied von ihren regelmäßigen Ausflügen außerhalb der Mauern des Alcázar. Stattdessen in Zukunft der Weg von al-Zahra in der Sänfte, mit einer Eskorte von Eunuchen und Trägern und mindestens zwei Dienerinnen für ihren Sonnenschirm und ihr Gepäck, was für ein Aufwand.

Zayyans Geist wanderte von einer Sache zur anderen, wie ihre Füße durch ihre Gemächer.

«Dann meine Tochter», sagte sie zu sich selbst, «intelligent ist sie, das steht fest, sie hat eine Begabung für die Wissenschaften und eine schnelle Auffassungsgabe beim Lernen, mehr noch, Gott möge mir vergeben, ihr Geist ist weiter und klarer als der vieler Kadis, die ich bei den Ratsversammlungen und Staatsakten kennen gelernt habe. Aber meine Tochter ist erst sechs Jahre alt. Al-Hakam und der Kalif wollen ihr eine Ausbildung angedeihen lassen wie den Herrschersöhnen, doch das wird mich mein Glück kosten, möge Allah mir vergeben. Meine Seele ist zerrissen zwischen dem Stolz darauf, dass sich ihr eine große Zukunft eröffnet und ihr brillanter Geist Anerkennung findet, obwohl sie als Mädchen geboren wurde, und dem Unglück, dass sie früher von mir getrennt werden wird als andere Töchter von ihren Müttern. Ich habe schreckliche Angst, wenn ich nur daran denke, in meinem Inneren zerbricht etwas, denn meine Augen sind ihre Augen, mein Lachen ist ihr Lachen, sie zu sehen, ist mein ganzes Leben.»

Lubna beobachtete ihre Mutter, die geschäftig und unruhig hin und her lief und mit einer Hand Dinge nahm und wieder ablegte, während die andere den Schmetterling an ihrem Hals umklammert hielt.

Das Mädchen war fasziniert von diesem schillernden Anhänger, mit dem sie die Finger ihrer Mutter hatte spielen sehen, seit sie denken konnte. Schon oft hatte ihre Mutter ihr von seinem Geheimnis erzählt, lachend und wie im Spiel: «Dieser Schmetterling ist die weibliche Seele, die jeder in einer Frau wahrnehmen kann, die aber nur die Augen desjenigen wirklich zu erkennen vermögen, der es wagt, sie genau anzusehen.» Da sie noch sehr klein war, ließ sie ihre Mutter diesen Satz wiederholen, als sei er ein Märchen, ein ums andere Mal, immer wieder, bis sie eines Tages nicht mehr danach zu fragen brauchte, weil sie, ohne zu wissen, wie ihr geschah, plötzlich begonnen hatte, ihn zu fühlen.

Das rötliche, mit blonden Strähnen durchsetzte Haar fiel ihr in einem langen, schweren Zopf auf den Rücken, die schönen, strahlenden Augen beherrschten ihr Gesicht, in welchem alles andere, Nase, Mund und Brauen, fein und zart war wie eine bloße Andeutung. Sie konnte fehlerlos lesen und schreiben und beschäftigte sich stundenlang mit den Schriften in der Bibliothek des Prinzen Al-Hakam im Alcázar. Dort hatte sie freien Zugang erhalten, zum einen wegen ihres ausgeprägten Lerneifers, zum anderen, weil es ein so ungewöhnlicher und erstaunlicher Anblick war, wenn dieses zarte Kind schwere Bücher und Schriftrollen, die so groß waren wie es selbst, mit seltener Geschicklichkeit handhabte.

In dieser Umgebung, zwischen Büchern, Federn, Tintenfässern, Lampen und anderen Gerätschaften, so berichteten die Kalligraphen, wuchs ihre Ausstrahlung noch. Es gingen eine Sicherheit und eine Kraft von ihr aus, die überwältigend, ja geradezu beängstigend wirkten, denn für ein Kind von sechs Jahren waren sie nicht angemessen, noch weit weniger für ein Mädchen.

Lubna beobachtete ihre Mutter, die den Dienerinnen Anweisungen gab, wie sie Truhen und Kisten zu packen hatten, sie ermahnte, mit dem Schreibpult vorsichtig zu sein oder das Tischchen mit den Einlegearbeiten aus Perlmutt in Wolltücher einzuschlagen, ebenso die Kupferspiegel, die silbernen Schmuckschatullen, die zerbrechlichen Parfümfläschchen sowie die zahlreichen Döschen und Figuren aus Elfenbein.

Von Zeit zu Zeit streckte sie die Arme aus, um ihre Mutter zu berühren, die wie ein Hauch an ihr vorbeischwebte, oder um nach einem Seidentuch, einem Tablett oder einem wehenden Band zu greifen.

Endlich erwachte die Mutter aus ihrer Versunkenheit und blieb, ihrem hartnäckigen Schweigen nachlauschend, vor dem Mädchen stehen, sah ihm ins Gesicht und öffnete die Arme. Dabei offenbarte sie den herrlichen Wuchs einer fünfundzwanzigjährigen Frau, den Lubna so gerne betrachtete, als sei ihre Mutter eine klassische Göttin, die Aphrodite der Griechen oder vielleicht die noch ältere Innana. Sie warf sich ihr in die Arme und drückte das Gesicht in ihre Leinengewänder.

Mutter und Tochter reisten nicht mit den anderen Frauen, sondern in einer eigenen Sänfte, denn der Prinz hatte eine bevorzugte Behandlung angeordnet.

Er hatte für sie private Gemächer mit eigenem Zugang und eigenem Innenhof vorgesehen, die auf der obersten Terrasse lagen und an die Räumlichkeiten des Harems angrenzten, in denen die Frauen von edler Herkunft wohnten. Auch von seinen Privaträumen, dem so genannten Prinzenhaus, das den größten Teil seiner umfangreichen Bibliothek enthielt und von dem es hieß, es sei prächtig und von außerordentlicher Schönheit, waren Zayyans Gemächer nur durch eine Straße getrennt, die durch hohe, mit glasierter Keramik geschmückte Mauern geschützt war.

Der Kalif blieb mit dem Gros des Heeres noch in Córdoba, wo er regelmäßig die Statthalter der andalusischen Provinzen empfing, die ihm ausführlich und gründlich über ihre Situation berichten mussten. Seit er nicht mehr auszog, um gegen die Christen Krieg zu führen, kontrollierte er seine Territorien nämlich noch strenger und verwandte viel Zeit und Sorgfalt auf die Neu- und Umverteilung wichtiger Posten und Ämter, um seine Interessen in ganz al-Andalus gut vertreten zu wissen. Er verlangte von seinen Bevollmächtigten absoluten Gehorsam und häufig auch Ausfälle in gegnerische Gebiete.

Aus diesem Grund zog der Kalif es vor, im Alcázar von Córdoba zu bleiben, bis die neuen Kasernen und Arsenale fertig gestellt waren, auch wenn man munkelte, die wahren Gründe seien der Frühling, die Wärme und die üppig blühenden Mandelbäume, die Al-Nasir gewiss nicht sehen wolle, weil sie einen alten Schmerz wecken und ihn an seine Geliebte Azahra erinnern würden, für die er sie hatte anpflanzen lassen.

Die geschlossene Sänfte mit Lubna und ihrer Mutter folgte den prachtvollen, reich geschmückten und mit Schleiern verhängten Pferdewagen, in denen die Frauen der königlichen Familie transportiert wurden. Sie wurde von acht kräftigen schwarzen Sklaven getragen, und ihr schlossen sich die Wagen mit dem persönlichen Eigentum an. Dann kamen fünfzig schwer beladene Karren mit dem Hausrat des Harems, neben denen Diener und Zofen herliefen und den Weg zu Fuß zurücklegten, um darauf zu achten, dass keine Möbel oder Behältnisse herunterfielen und dass der Besitz ihrer Herrinnen nicht gestohlen oder verwechselt wurde.

Der Zug wurde von einem Truppenbefehlshaber angeführt, der von königlichen Standartenträgern und hochrangigen Beamten flankiert wurde. Entlang der Karawane ritten zweihundert Mann zu Pferd, weitere fünfzig Fußsoldaten bildeten den Abschluss.

Die Sänfte des Mädchens Lubna war mit silberner Seide ausgeschlagen, die Sitze waren weich gepolstert. Dienerinnen fragten immer wieder nach, ob die Herrin oder ihre Tochter etwas benötigten, ob sie sich wohl fühlten, ob es ihnen zu heiß sei, ob man nach der Wasserträgerin rufen solle, ob der holprige Weg ihre Knochen nicht allzu sehr durchschüttele. Dennoch fühlte Lubna sich unbehaglich, weil sie nichts sehen konnte – sie war von Kopf bis Fuß verschleiert, genau wie ihre Mutter und alle anderen Mädchen und Frauen der Karawane, wie es das Gesetz des Propheten befiehlt; zudem war die Sänfte verhängt. Sie zog zum ersten Mal in die Welt hinaus, denn bis auf den überdachten Weg zur Großen Moschee hatte sie kein anderes Universum als die Palastwelt kennen gelernt, und nun, während sie auf das Rattern der Räder, das Klappern der Hufe auf dem steinigen Weg, die Rufe und das Keuchen der Männer jenseits der Schleier lauschte, glaubte sie auch andere Klänge wahrzunehmen, Klänge von Grün- und Gelbtönen, die sie nicht kannte, Klänge von frei fliegenden Insekten und von Bäumen, die ihre Zweige schüttelten – und das wollte sie sehen. Sie wollte mit eigenen Augen diesen langen, geraden Weg betrachten, der sie von Córdoba in eine neue Stadt führte, in ein neues Leben, das fünf Kilometer von ihrer Kindheit entfernt liegen würde. Während dieser seltsame Zorn in ihrer Kehle aufstieg, dieser unbezwingbare Wunsch, die Augen zu öffnen – die sie unter dem Schleier stets geschlossen hielt, weil sie ohnehin nichts sehen konnte –, diese lebhafte Neugier, zu erfahren, was wohl dort draußen sein mochte, spürte sie, dass ihre Kindheit nicht mitgekommen war. Sie hatte es vorgezogen, zwischen den Mauern des Alcázar zu bleiben, im ehemaligen Schlafgemach ihrer Mutter, und vielleicht bei dem unvergänglichen Duft Azahras in deren Garten.

Das Mädchen schob sich den Schleier bis zur Stirn hoch, wühlte mit der Hand in den Schichten von Seide, die sie von der Außenwelt abschotteten, und entdeckte eine kleine Öffnung; daran legte sie das zarte Dreieck ihrer Augen und Nase, um die gespenstische Gestalt einer ebenfalls von Kopf bis Fuß verschleierten Dienerin zu erblicken, die neben der Sänfte herlief und ebenso erschrak wie Lubna selbst.

Da die Frau entsetzt zurücksprang und aufschrie, fuhr Zayyan sie barsch an: «Ich schlafe hier drin, also schlafe du draußen auch!» Daraufhin verstummte die Frau und verlangsamte ihren Schritt, um nicht sehen zu müssen, wie das Gesetz des Korans gebrochen wurde, denn Lubna beobachtete mit unbedeckten Augen gierig die Landschaft ringsumher, die Olivenfelder entlang der Straße, die hohen Pappeln und Eichen, deren Zweige miteinander verflochten waren und einen lebendigen Baldachin bildeten, durch den funkelnde Lichtstrahlen fielen.

Da waren weitläufige blühende Myrtenfelder, Grünanlagen und Gärten von vereinzelten Häusern und Herbergen entlang des Wegs, die hohen Mauern einer Schänke, der strahlende, tiefblaue Himmel. Sie sog Geräusche auf, das Gezwitscher des Lebens, das in der Luft schwirrte, das Plätschern eines Baches, das Raunen von Blumen und Blättern im Wind, die Schreie von Vögeln hoch in der Luft, welche die vorüberziehende Sänfte grüßten, sie spürte ihr Herz wild schlagen, sagte aber nichts und verschwieg ihre Erregung, um die Sünde ihrer Mutter nicht zu verraten und ihre eigene ungestört zu genießen.

Nach endlos scheinender Zeit verlangsamte die Karawane ihren Schritt und hielt schließlich an, während die Luft sich mit unbekannten Düften und üppigen Wohlgerüchen füllte und ein aufgeregtes Durcheinander unklarer Geräusche zu hören war, das Wiehern der wartenden Pferde, ein schweres Quietschen von Eisen und Metall, von Toren, die sich auf die Rufe hin auftaten. Sie waren am Ziel.

Man öffnete ihnen das Haupttor der imposanten Mauer, die steil am Berg aufragte und in regelmäßigen Abständen mit Türmen versehen war. Das Tor, das den Namen Bab al-Qabba trug, war von zwei hohen Zypressen flankiert, deren dichte, tiefgrüne Zweige die Pfosten beinahe schwarz wirken ließen. Die Füllung bestand aus herrlich gearbeiteten, massiven Kupferplatten, die im Sonnenlicht glänzten wie rotes Gold. Das Tor war überwölbt von einem herrlichen Bogen aus dem gleichen Kupfer mit Speichen aus reinem Gold und einem Randbesatz von großen roten Hämatiten, deren Strahlen jedes Auge zu blenden vermochte. Vor diesem Bogen, über dem Portal, erhob sich frontal die lebensgroße Statue Azahras aus erlesenen Materialien wie Perlmutt für das Antlitz, Weiß- und Gelbgold für Körper und Gewänder, Marmor für den Fußsockel und gagatüberzogenem Zinn für das schwarze Haar. Sie war wunderschön, begehrenswert und Furcht einflößend zugleich. Hoch aufgerichtet war sie eine bewusste Herausforderung – ein Symbol für die Macht des Kalifen –, und sie war so aufgestellt, dass sie und ihre geheime Bedeutung das Erste waren, was ein Reisender erblickte, der den weiten Weg von Córdoba bewältigt hatte. Dieser war von Bäumen gesäumt, so lang und schattig wie der Weg, den der Mensch von seiner Geburt an zurücklegt, von dem Augenblick an, in dem er aus dem Mutterleib in eine neue Welt eintritt, denn eine neue, großartige und einzigartige Welt war auch die Stadt Madinat al-Zahra.

Sie zogen durch das Tor, das so breit war wie die Schultern von zehn Männern; innen ragten zwei Wachtürme auf, einer auf jeder Seite, und Soldaten in prachtvollen Uniformen, bewaffnet mit Lanzen und Schilden, flankierten die Rampe zur obersten Terrasse, der reichsten und prachtvollsten. Neben der Residenz des Kalifen waren dort die majestätischen und unvergleichlichen Gebäude des königlichen Harems errichtet worden.

Nach der oberen Terrasse, hinter einem der Tore zu den Gartenanlagen, begann der Mittelteil der Stadt. Die Frauen des königlichen Harems mussten aus den Wagen steigen und zu Fuß weitergehen. Sie bildeten eine lange Reihe gesichtsloser Gestalten, ein Gefolge von Schemen, das sich langsam vorwärts schlängelte, gefolgt von den Leibdienerinnen, die ebenfalls von Kopf bis Fuß verschleiert waren, dann von den zahllosen Sklavinnen und niederen Dienerinnen, die keine Schleier trugen.

Hohe Mauern mit Ornamenten, die Blattwerk, Myrtenfelder und Kletterrosen imitierten, verliefen zu beiden Seiten der Wege und verhießen im Sommer kühlen Schatten, im Winter Schutz vor dem Wind. Diese Wege waren in Wirklichkeit die prächtigen Korridore eines Gebäudes mit Fußböden aus schwarzem Marmor und grüner Jade in reizvollem Schachbrettmuster, die Gänge einer Wohnanlage, ausgeschmückt mit exquisiten Details: ein dreifacher Bogen hier, eine Reihe im Zickzack angeordneter Türen dort, eine Fensteröffnung, deren Sturz durch zarte Säulen aus rotem Marmor gehalten wurde, ein schlanker Windhund aus Onyx in einem Winkel oder ein schneeweißer Schwan im Fluge, der mit ausgebreiteten Schwingen und gerecktem Hals, perfekt in makellosem Marmor gearbeitet, aus der Mauer herauszuwachsen schien.

Versunken in die Betrachtung dieser Wunderdinge, hatten schon nach kurzer Zeit alle Frauen den Schleier von ihren Gesichtern gehoben, sie bewunderten die unvergleichliche Schönheit der Ausstattung und konnten kaum fassen, was sie sahen, ergriffene Seufzer, verblüfftes Murmeln und sogar überraschte Aufschreie entfuhren ihnen. Auch die männlichen Diener und die Eunuchen, von denen viele weibisch und verweichlicht wirkten, zeigten ihre Überraschung durch Gesten und Rufe, führten sich die Hand zum Mund und an die Augen, indem sie die kurzen Schleier der Frauen imitierten, um ihr Entzücken zu zeigen, andere hielten den Atem an, verdrehten die Augen und tuschelten untereinander wie die Klatschweiber auf den Marktplätzen Córdobas, während sie zu ermessen suchten, welche Reichtümer all diese Kostbarkeiten den Kalifen gekostet haben mochten.

Auch Lubna bewunderte in andächtigem Staunen die herrlichen Einzelheiten, die ihr im Vorbeigehen rechts und links des Weges ins Auge fielen, und so erreichten sie die Schwelle des Tores, das auch Verbotenes Tor hieß, weil es zum Palast des Kalifen führte, wo sich der Frauentrakt und der private Harem des Kalifen befanden, den die meisten Frauen nie mehr verlassen würden. Dieses Tor bestand aus grünem nordafrikanischem Marmor und massivem Gold und wurde von einem kleinen Trupp unnahbarer Soldaten bewacht. Daneben rankten sich, ineinander verschlungen und mit zarten Goldringen an der Wand befestigt, täuschend echte Rosensträucher aus Rotgold mit Blüten aus rotem und rosafarbenem Marmor empor, deren Zweige geschmückt waren mit Narzissen aus Jade und Bernstein, mit Lilien aus Malachit und Amethyst; ein Anblick von unbeschreiblicher Harmonie und Schönheit.

An dieser Stelle stiegen die Soldaten von den Pferden, denn niemandem außer dem Kalifen und seinem Sohn, dem Thronerben, war es gestattet, sich innerhalb dieser Mauern auf einem Reittier zu bewegen. Als sie vor dem Tor und den Wachen erneut anhielten, fielen einige Frauen vor Ergriffenheit in Ohnmacht, andere brachen in Tränen aus, so verwirrt waren sie von dem Reichtum und der Pracht, und so tief waren ihre Seelen berührt von dieser Stadt, die als Festung und Palast zugleich einen geheimnisvollen Glanz ausstrahlte, der ohne Zweifel den Geist eines jeden nachhaltig beeindrucken würde, der es etwa wagen sollte, sie unrechtmäßig zu betreten. Lubna trat an den künstlichen Garten aus Edelsteinen neben dem Tor, um mit ihren Fingern die kühlen Rosen und Lilien zu berühren. Sie war versucht, an den glitzernden Narzissen zu riechen, und dachte, dass es keinen schöneren Anblick auf Erden geben konnte als den, den sie gerade sah.

Zayyan blickte auf das ferne Córdoba, das sich im Tal unterhalb der Palaststadt erstreckte, ein entrückter Horizont voller Leben und Bewegung. Still betrachtete sie die Stadt al-Zahra, ließ ihren Blick über die tiefer liegenden Terrassen schweifen mit ihren Kasernen, den Gebäuden der königlichen Beamten und Gewerbetreibenden, durchzogen von labyrinthischen Straßen, an denen Mauern entlangliefen und die untereinander durch Doppeltore verbunden waren. Sie sah einen Teppich, bestickt mit einzelnen Lebenssituationen aus dem Dienste am König und seinem Traum, der einen Versuch darstellte, sich vor der verzehrenden Betriebsamkeit zu schützen, vor der Welt zu verbergen, die Zurückgezogenheit zu suchen. Sein Ziel war, in die Geborgenheit zurückzukehren, in den sicheren Leib der Mutter, zum Geräusch ihres Herzschlags – an den die Schläge an die Tore der Prachtstraßen erinnerten –, zurückzukehren in das Wasser, welches das Ungeborene umgibt – die Brunnen, Teiche und Aquädukte stellten es dar, durch die das Wasser zirkulierte wie durch das Adernetz der Mutter –, der Traum führte zurück zur weichen Mutterbrust wie zu einem dicht belaubten Garten. Der König suchte, die Existenz, vielleicht sogar das Schicksal zu vergessen – ganz so wie sie selbst, wenn sie von einem bescheidenen Heim mit ihrem Geliebten Al-Hakam träumte, auf irgendeinem Landgut außerhalb von Córdoba, fern seiner unerbittlichen Staatspflichten. Sie schloss die Augen und sah das Bett mit grob gewebten Wolldecken vor sich, das Kaminfeuer in der Mitte des Hauses, den kleinen Garten und drei oder vier spielende Kinder.

Vielleicht hatte der Kalif an dieser Gebirgsflanke nichts anderes versucht als das: die Welt zu erbauen, von der er träumte, wenn er die Augen schloss, um Frieden zu finden.

Die Nacht war bereits hereingebrochen, als Lubna und ihre Mutter Zayyan in den neuen Gemächern würdige Unterkunft fanden. Beide legten sich an den Fenstern eines hübschen Schlafgemachs im Obergeschoss des Hauses zur Ruhe, durch die sie in die warme, sternenklare Nacht über Córdoba hinausblickten, hoch über jenem früheren, vergangenen Leben, das im Dunkel der Unendlichkeit verloren war.

Das Haus hatte über eine Rampe unabhängig von den Räumlichkeiten der anderen Frauen und des Harems einen eigenen Zugang. Der Sockel seiner Kalksteinmauern war mit Platten aus Stahl und dunklem Marmor verblendet, was ihm eine schlichte Eleganz verlieh. Sein einziger Schmuck waren mehrere romanische Säulen mit reich verzierten Kapitellen an der Eingangstür.

Es verfügte über einen wunderbar ausgestalteten quadratischen Innenhof mit einem Brunnen aus herrlichem Alabaster, dessen Kacheln die Blätter einer aufblühenden Rose imitierten. Aus drei unterschiedlich hohen Fontänen stieg das Wasser gen Himmel, um dann mit drei unterschiedlichen Klängen auf die Blütenblätter herabzufallen. An den symmetrisch gestalteten Seitenfassaden trugen weiße Marmorsäulen aus Almeria filigran gearbeitete Bögen. Die Wände des Untergeschosses waren mit Gipsplatten verkleidet, die mit Bäumen und Blättern in tausenderlei Formen bemalt waren und den fröhlichen Flug unendlich vieler Schmetterlinge eingemeißelt trugen. Auf einer Seite des Innenhofes schlossen sich die Schlafräume der Dienerinnen an, der Abtritt, eine Küche, ein schlichtes Empfangszimmer und ein kleiner Baderaum mit einem Massagetisch und einer gemauerten Sitzbank, ausgekleidet mit rosafarbenen Marmorfliesen. An mehreren Stellen im Innenhof wuchs wilder gelber Jasmin – Zayyan lächelte still, als sie ihn bemerkte –, außerdem gediehen duftende Narzissen und Levkojen. An einigen Säulen rankten Kletterpflanzen bis zum Obergeschoss empor; schmiedeeiserne Sitzgelegenheiten, Kristalllampen und viele andere Kleinigkeiten, in denen der erlesene Geschmack des Prinzen Al-Hakam zum Vorschein kam, schmückten den kostbaren Innenhof.

Was Lubna am meisten faszinierte, war ein Jadebaum, der Zeichnungen aus orientalischen Büchern nachempfunden war. Er stand in einer Ecke des Innenhofes, die am späten Nachmittag die Sonnenstrahlen auffing, und sein zarter Stamm aus gemasertem Gips sah aus, als sei er aus echtem Holz. Seine Blätter waren aus dunkelgrüner Jade, die Früchte aus Smaragden und Achaten, die im Sonnenlicht funkelten und den ganzen Innenhof mit glitzernden Reflexen erfüllten. Dieser wunderschöne Baum beschäftigte Lubna sehr. Insgeheim wünschte sie sich, selbst so zu glänzen wie dieser Jadebaum.

Im Obergeschoss lagen die Privatgemächer mit einem großen Schlafraum für Zayyan und einem zweiten für ihre Tochter, einem schönen Empfangssaal, einem kleineren Wohnraum, zwei weiteren Schlafzimmern und einer Terrasse mit Blick in den Haremsgarten.

Im Laufe dieses Winters und bis zum folgenden Frühling wurden viele Teile der Stadt in Betrieb genommen. Der Prinz bezog seine neue Residenz mit seinem Gefolge von Kalligraphen, Schreibern, Kopisten, Lektoren und Sekretären. Er war zufrieden und versank oft still lächelnd in den Anblick der einzelnen Verzierungen einer Mauer, eines Tores oder eines Bogens.

Nachdem Al-Hakam Madinat al-Zahra zu seiner offiziellen Residenz erklärt hatte, bezogen auch die Wesire und Kanzler ihre Wohnhäuser auf der mittleren Terrasse. Zugleich wurde am Rest der Stadt weitergebaut, Tausende von Arbeitern waren ununterbrochen an den zahlreichen Gebäuden beschäftigt, die noch nicht fertig gestellt waren, darunter auch das wunderbare Tempelchen mit rosafarbenen Säulen und der goldenen Kuppel, das der Prinz ganz im Geheimen geplant hatte.

Bald erlangten die Reichtümer und Schönheit von Madinat al-Zahra große Berühmtheit. Sie wurden in Versen besungen und von den Reisenden gerühmt, bei denen Al-Hakam im Ruf stand, gelehrt, weise und freundlich zu sein und jeden anzuhören, der mit einem Anliegen bei ihm vorsprach. Tag für Tag wandten sich neue Gläubige der heiligen muselmanischen Religion zu, Christen wie Juden traten gleichermaßen zum islamischen Glauben über, weil Allah sie in ihren Herzen die Wohltaten Seiner Herrlichkeit erkennen ließ, und die neue Generation muselmanischer Kinder wusste nichts von Kriegen. Diese flackerten stets weit von Córdoba und seiner Pracht in ungläubigen Gebieten im Norden auf, wohin der Kalif Al-Nasir jeden Sommer starke Einheiten von Freiwilligen entsandte, die auch die fernsten christlichen Grenzen erreichten und den Feind einschüchterten.

Eine triumphale Eroberung folgte der anderen. Sie brachten dem Kalifen immer neue Reichtümer, die seine Macht und sein Vermögen noch vergrößerten. In al-Zahra atmete man die betörendsten Gerüche des Wohlstands, Al-Nasir war der mächtigste König der Welt und Al-Hakam der gelehrteste Prinz; Sicherheit, Gelassenheit und Vertrauen aus dem Bewusstsein, das Zentrum der bekannten Welt zu sein, prägten die Tage und Nächte von al-Andalus.

Das Jahr 332 nach der Hedschra ging zu Ende. Welche Bedeutung konnte es zwischen so viel Herrlichkeit und Großartigkeit schon haben, dass eine Mutter und eine Tochter sich zum ersten Mal in ihrem Leben voneinander trennen mussten?

VI

Abu Ali al-Qali, der berühmte Grammatiker und Literat, der aus dem Morgenland an den Omaijadenhof gekommen war, hatte die Aufgabe, die Erziehung der Söhne der Königsfamilie zu leiten.

Zu ihnen gehörte der junge Al-Aziz, der zwölfjährige Sohn eines Bruders des Prinzen Al-Hakam, zusammen mit anderen Neffen des Prinzen und einigen Söhnen bedeutender Wesire. Die Schule war schon im Jahr 333 nach der Hedschra fertig gestellt. Ihre Schüler wohnten auch dort, denn diese jungen Menschen waren von Allah auserwählt, eine spezielle und gründliche Ausbildung zu erhalten, und dafür war das Zusammenleben mit den Lehrern unerlässlich. In einem anderen Raum der Schule wurden die erstgeborenen Söhne mehrerer angesehener Heerführer unterrichtet, zusammen mit denen bevorzugter Kammerherren des Kalifen und den jungen, besonders intelligenten Sklaven, welche die arabische Sprache bereits vollendet sprachen und lasen. Insgesamt waren es achtundsiebzig Schüler, die in Geschichte, Philosophie, Kalligraphie, Dichtkunst, Arithmetik und Grammatik unterrichtet wurden, aber vor allem in militärischer Strategie und Treue zu Islam und König.

Der Erbprinz hatte den Gelehrten Al-Qali zum Direktor der Schule ernannt, der nun gleichermaßen die Arbeit der Ausbilder wie auch den Unterricht der Schüler überwachte. Al-Hakam selbst hatte ihn zu seinem persönlichen Lehrmeister erkoren, denn er bewunderte sein Wissen und liebte die endlosen Unterhaltungen, die hochgeistigen Gespräche, die klugen Ratschläge und die geistreichen Bemerkungen, die sie während der langen Tage austauschten, in denen sie in der Palaststadt zusammenarbeiteten.

Da der Kalif den Königspalast von al-Zahra inzwischen bezogen und beinahe sämtliche Beamte mitgebracht hatte, die seinen Befehlen unterstanden, da das Haus der Wesire, das Gericht und die anderen Amtsräume nahezu fertig gestellt waren, konnte sich der Prinz intensiver seiner Lieblingsbeschäftigung widmen, nämlich sich in die Räumlichkeiten seiner Bibliothek zurückziehen. Er mischte sich unter die Kalligraphen, Kopisten und Sekretäre und empfing jene Sendboten, die in seinem Namen durch die gesamte bekannte Welt reisten, um Bücher zu kaufen und zu übertragen. Es verging kein Tag, ohne dass seiner Bibliothek neue Exemplare einverleibt wurden. Sie war in der ganzen mohammedanischen Welt berühmt und wurde ständig durch Geschenke von Werken aller Art und aller Sprachen vergrößert, die ihm aus den verschiedensten Gründen von den unterschiedlichsten Orten gesandt wurden, denn die Begeisterung des Erbprinzen für seine Bücher war weithin bekannt.

Al-Aziz sah man auf den ersten Blick an, dass er ein reinblütiger Vertreter des Omaijadengeschlechts war, denn sein kraftvoller Wuchs und sein stolzer Blick von glasklarem Lapislazuliblau verliehen ihm das Aussehen eines Königs. Mehr als einmal sah sein Onkel Al-Hakam ihm in die Augen und erwog die Möglichkeit, ihn zum Thronfolger zu machen. Allerdings war das nur eine entfernte Möglichkeit, denn Al-Hakam hoffte auf einen leiblichen Sohn, und dies umso mehr, als er sich von dem Glück begünstigt fühlte, im Hintergrund bleiben und die Vorzüge des Friedens genießen zu können. Er hatte wenig Interesse daran, König zu sein. Dennoch behandelte er seinen Neffen stets mit Ehrerbietung, Respekt und aufrichtiger Zuneigung, seit dieser zur Ausbildung in die Palaststadt gekommen war und in den königlichen Gemächern der Kalifenschule lebte.

Wegen Lubna waren in dieser Schule auch Räume für

Frauen vorgesehen. Der durch hohe Säulen aus Byzanz gegliederte Mittelsaal bestand aus drei Trakten von herrlicher Bauart, und einen davon bewohnte das Mädchen, das sich stets hinter einem tragbaren Paravent aufhielt, der immer dort aufgestellt wurde, wo der Unterricht gerade stattfand. Umgeben war sie von einer Zofe, die zu absolutem Schweigen verpflichtet war und die meiste Zeit schlief, einem Eunuchen, dessen Anwesenheit aufgrund der königlichen Herkunft des Mädchens zwingend erforderlich war und der geduldig und reglos Wache hielt, sowie Lubnas Erzieherin namens Hind, eine Tochter des Kalifen Al-Nasir, intelligent, eigenwillig und von fröhlichem Wesen. Hind war um die zwanzig Jahre alt und handelte auf königlichen Befehl, denn nach dem Gesetz des Korans durfte keine Frau dem Unterricht außerhalb ihres Hauses beiwohnen, wenn sie nicht von einer älteren, gelehrten und allein stehenden Frau begleitet wurde.

Hind sorgte immer wieder für Aufregung, oft lachte sie laut heraus und hielt sich nicht an die Etikette. Sie pflegte vergnügt und fröhlich zu sagen, sie wisse ja, was ihr Vater, der Kalif, von ihr halte, er werde gewiss nicht mehr versuchen, sie zu verheiraten, denn schon als er sie als jung, heiratslustig und dumm angeboten habe, seien all seine Bemühungen vergeblich gewesen. Kein Prinz, Wesir oder Bezirksstatthalter hatte sie länger als eine Stunde ertragen, und so dürfe er inzwischen gar keine Hoffnungen mehr haben. Damit sei sie als Prinzessin unwiderruflich und für alle Zeit frei und zufrieden. Mitunter ließ sie, obwohl Erzieherin und Schülerin ein Schlafgemach teilten, mitten in der Nacht ein schallendes Lachen ertönen, weil die Tauben in ihren beiden wunderbar gearbeiteten Käfigen mit Ziergiebeln aus Perlmutt und Türkis zu gurren begonnen hatten.

Lubnas besondere Vorliebe galt der Kunst der Kalligraphie in all ihren Varianten. Sie betrachtete sie als magischen Prozess der Materialisierung des Unsichtbaren. «Die Linien entstehen aus der Tinte, und wenn sie aufs Papier gezeichnet werden», pflegte sie zu sagen, «danken sie sich gegenseitig für ihre Existenz. Aus den Linien entstehen die Wörter, sie sind die Fangschlingen, die wir aus dieser Welt zum Unbekannten hin auswerfen, über die Grenzen des Sichtbaren hinaus, Wörter, die im Geist jene Bilder erzeugen, die notwendig sind, um zu verstehen. Dann kommen die vollständigen Sätze, sie knüpfen aneinander an wie die Perlen einer Kette und fügen sich in einem bunten Mosaik zusammen.»

Oft dachte sie an ihre Patin Azahra und erinnerte sich daran, wie diese ihr beigebracht hatte, zu sticken und das Seidengarn mit der silbernen Nadel zu verhäkeln. Sie hatte ihre Finger gelehrt, magische Zeichnungen, Sternbilder und andere Formen des Weltalls hervorzubringen, die nur darauf warteten, im Bild eingefangen zu werden, damit sich das Auge an ihnen erfreuen konnte. Lubna dachte häufig darüber nach, wie sehr die Kunst der Kalligraphie derjenigen der Handarbeit ähnelte. Der Geist fand in ihr ebenso zur Ruhe und wurde abgelenkt von der düsteren Erinnerung an den Verlust geliebter Menschen, sie bündelte die Aufmerksamkeit von Auge und Denken auf eine einzige Stelle, ließ den Launen des Herzens und des Körpers freien Lauf und rief einen Zustand hervor, in dem man wie im Wachzustand schlief, im Arbeiten Erholung fand. Darüber hinaus ermöglichte diese Kunst ihr aufzunehmen, was andere geschrieben hatten, welche die gleiche Entspannung für den Geist gesucht hatten wie sie.

Daher liebte sie jedes Stadium gleichermaßen, das erste Glätten des Papiers auf der Holzplatte mit einem Eirund aus Kristall oder poliertem Marmor und das Linieren des Blattes mit einem Seidenfaden und dem Lineal, ihrem eigenen Lineal; dann das Vorbereiten der Rohrfedern und der Tinte aus Ruß, schließlich das Schreiben selbst, bis man die vollendete Seite vor sich sah, in der mittels gespitzter und sicher geführter Feder die zuvor unsichtbare Form Leben und Gestalt angenommen hatte.

Sie vertiefte sich hingebungsvoll in den Reiz der Kalligraphie und wurde im Abschreiben von Texten so geschickt und schnell, dass der berühmte Grammatiker Al-Qali sie bei einem seiner Besuche in den Schulräumen, wo er die Fortschritte der Schüler überprüfte, persönlich lobte, was auch dem Prinzen und dem Kalifen hinlänglich zu Ohren kam.

Der heilige Freitag, an dem das Gemeinschaftsgebet abgehalten wurde, war auch der Tag, welcher der Erholung vorbehalten war, und so hatte das Mädchen Lubna die Erlaubnis, nach der vom obersten Imam geleiteten Zeremonie in der Moschee der Palaststadt ihre Mutter Zayyan in deren Haus zu besuchen. Endlich konnten sie sich wieder umarmen und etwas Zeit miteinander verbringen, bevor Lubna am Samstagmorgen in ihre Gemächer in der Schule zurückkehrte und wieder mit Hind zusammentraf, die dann stundenlang plauderte und ihr die Neuigkeiten vom Hofe und aus dem Palast erzählte.

Mit solch strenger Disziplin verlebte Lubna ihr neuntes und zehntes Lebensjahr, erfüllt von freudiger Hingabe an die Herrlichkeiten, die sie durch Bücher und Lehrer entdeckte.

Ihre Mutter rief ihr oft ins Gedächtnis, mit welchem Glück Allah sie beschenkte. Sie erhielt eine außergewöhnliche Ausbildung durch bedeutende Dichter, den Grammatiker Al-Quali, den Biographen Al-Jusani, den berühmten Historiographen Ahmad al-Razi, einen Schützling des Kalifen, und durch den Erbprinzen Al-Hakam selbst, ihren Vater, einen brillanten Denker, der die begabtesten Schüler klar und fundiert in Theologie und Philosophie unterrichtete.

Lubna war sich all dessen bewusst, und dennoch sehnte sie sich stets lebhaft nach dem Freitagnachmittag, nach den Stunden, in denen sie mit ihrer Mutter alleine war und sie einander nahe waren wie Mutter und Tochter, wie Freundinnen und wie

Schwestern. Dieses Zusammensein bis zum Morgen schenkte ihr eine Weisheit, die nicht nur ihrer Ausbildung dienlich war, sondern auch ihre Seele nährte.

Zayyan sehnte den Besuch ihrer Tochter nicht weniger herbei, während sie ihre Tage damit verbrachte, den kleinsten Mädchen im Palast beizubringen, die Suren des Heiligen Buches des Propheten zu singen; ihr Geliebter, der Prinz, kam bis zu vier- oder fünfmal die Woche in ihre Gemächer, schlief bei ihr und genoss ihre Gesellschaft. Ihr Auftritt als Tänzerin war stets der Höhepunkt der Empfänge, die der Thronfolger in seinem Prinzenhaus gab, und bei Versammlungen von bestimmten Wesiren, die eine Vorliebe für die Dichtkunst hegten, wurde sie oft gebeten zu singen – Al-Hakam hatte angeordnet, dass die Politiker Denken und Geist mittels der Dichtkunst schulen sollten. Meist war bei diesen Veranstaltungen auch der Arzt Hasday Ibn Saprut zugegen, ein enger Freund des Prinzen, mit dem dieser erörterte, inwiefern die Gesundheit des Körpers von der Gesundheit der Seele abhängt oder wie die Ruhe des Geistes zur Ruhe des Herzens führt.

Zayyans Auftritte in diesem Rahmen kultivierter Dichtkunst und Gelehrsamkeit wurden hoch gelobt; ihre Schönheit war mit den Jahren noch gewachsen, und im Tanz offenbarte sich die Weisheit ihres Geistes, die sie mit wachsender Lebenserfahrung erworben hatte, sichtbar gemacht durch das Spiel der Musik in ihrem Körper. Man erzählte sich, dass Al-Hakam ihr entzückt zusah und seine Verliebtheit ohne Scham zeigte, indem er unverhüllt lächelte und begeisterte Trinksprüche auf den Schmetterling seiner Sängerin ausbrachte.

Freitagabends tanzte und sang sie im Mondlicht im prächtigen Innenhof ihres Hauses für ihre Tochter. Sie glitt zwischen Rosensträuchern und Myrtenbüschen umher wie das Funkeln der Edelsteine durch die Lichter der Nacht, ihr Gesang verschmolz mit dem Plätschern des Brunnens, und sie unterwies ihre Tochter in der tiefen Kunst, sich selbst innig zu genießen, um dadurch auch ihren Mitmenschen Genuss zu bereiten, denn die größte Freude, die Allah den Sterblichen eingeräumt habe, sei es, zum Glück anderer beizutragen.

Im Tanz, den ihre Mutter ihr beibrachte, schulte Lubna die Anmut und Beweglichkeit ihrer Gliedmaßen und ihr Rhythmusgefühl. Beides kam gleichermaßen in ihrer äußeren Schönheit wie in ihrer intellektuellen Brillanz zur Geltung; sie beherrschte nicht nur die Lehre der Dichtkunst und die Rezitation der Klassiker und verfasste selbst Gedichte, sondern hatte auch die makellose Weiblichkeit ihrer Mutter geerbt, und sie entwickelte sich zu einer prächtigen jungen Frau, strahlend vor natürlicher Schönheit. Ihr reizendes Gesicht, ihre feinen, langen Arme, ihre Taille, die beweglich war wie eine Binse, zeigten in jenem Frühling des Jahres 947 bereits die überschwängliche Frische der Jugend, doch sie kehrte ihre Schönheit nicht hervor, sondern trug sie wie selbstverständlich als Geschenk der Natur, denn sie ging völlig in ihrer Liebe zur Entdeckung des Wortes auf.

Dennoch füllte ihre Schönheit die Räumlichkeiten der Schule von der Bibliothek bis zum Gebetsraum, vom Lehrsaal bis in die Gärten, von den Schlafräumen bis in die Laboratorien für Astronomie, Physik und Medizin und natürlich auch ihre Privatgemächer. Sie bewegte sich auf dem polierten Marmor und zwischen den bemalten Mauern wie der Duft von Weihrauch und der Wohlgeruch von Moschus und Wacholder, und niemandem entging ihr Erblühen.

An einem der gemeinsamen Freitage erzählte Lubna ihrer Mutter vom Alltag zwischen den vielen Wissenschaften, der ihren Lerneifer anstachelte: Ganz besonders gefalle ihr der große lateinische Dichter Ovid, sie studiere sein schönes Werk *Ars Amandi* – nebenbei bemerkt habe der junge Al-Aziz, schon vierzehn Jahre alt, eine ganz ausgezeichnete Aussprache des Griechischen. Ihr Lehrer übersetze ihnen Passagen aus der Dichtung Homers, die sie auswendig lerne – übrigens kenne der junge Al-Aziz die astrologischen Karten sehr gut. Al-Jusani selbst habe sie als Belohnung für ihren Lerneifer mit einem seiner Bücher beschenkt – aber ihr Vetter, der junge Al-Aziz, habe ein ausgezeichnetes Gedächtnis für Arithmetik …

Da fragte die Mutter das Mädchen Lubna, ob sie ihren Vetter, den jungen Al-Aziz, denn recht hübsch und anziehend finde …, woraufhin Lubna errötete wie der Klatschmohn im Frühling oder die Sonne an einem Sommerabend und antwortete:

«Liebe Mutter, mein Vetter gefällt mir ganz und gar nicht.»

~

Als das Jahr 947 zu Ende ging, konnte der Umzug des Hofes nach Madinat al-Zahra als abgeschlossen gelten. Der gesamte Verwaltungsapparat, das Steueramt und die Münzpräge waren nun vor Ort.

Das Militär, das um viele tausend Soldaten vergrößert worden war, bewachte Straßen, Plätze und Stadtmauer. Fast zwanzigtausend Seelen lebten dort rund um die Omaijadenfamilie, und ganz al-Andalus duftete nach dem Jasmin, den Narzissen, Lilien, Rosen und Myrten der Gärten von al-Zahra, nach dem Rauchharz von Amber und Myrrhe seiner Gebetsstätten, nach den mit Mohn und Lavendel bestreuten Räucherkohlen in den Höfen der reichen Häuser und nach der Mischung von Moschus, Aloe, Ingwer und Zimt, die der König so liebte und die sich aus seinen mit Perlen und Elfenbein, mit Rubinen, Gold und Marmor aus Tunis dekorierten Gemächern ins Unendliche erhob. Im Palastkomplex waren über siebentausend Diener beschäftigt, ebenso viele Beamte wimmelten außerhalb der Mauern auf den Verwaltungsterrassen. Auf der unteren Terrasse bewegten sich die einfacheren Leute zu Tausenden, sie lebten in bescheidenen Häusern oder Zelten im Umkreis der

Märkte, Badehäuser und der Moschee. Es herrschte ein brodelndes Durcheinander von Reisenden und fahrenden Händlern, von Soldaten und Söldnern, von Schmieden, Wasserverkäufern, Gerbern, Studenten, Wahrsagern, Prostituierten und Wirten, das einen ohrenbetäubenden und nie endenden Lärm erzeugte. Mit der Betriebsamkeit von Córdoba waren sie über einen direkten Weg durch die Wälder verbunden, der inzwischen von Geschäften und Gasthäusern gesäumt war. Die Tausende von Menschen – und ihre Zahl wuchs täglich – kannten den Kalifen nur vom Hörensagen oder aus ihrer Vorstellung, sie hatten nicht einmal Gelegenheit, ihn zu sehen, denn er betrat die Moschee freitags direkt von seinen Gemächern aus durch den bedeckten Brückengang, vor allen Blicken geschützt, und besichtigte seine Truppen, was eine seiner Lieblingsbeschäftigungen war, von einem Unterstand oberhalb der Hauptmauer des Kasernenhofes aus, einzig und allein von Militärangehörigen umgeben.

Außerhalb der Stadtmauern, in der fruchtbaren Ebene voller Obstbäume und üppiger Felder, in die die eigens für al-Zahra entworfene Wasserkanalisation mündete, hatten viele bedeutende Herren ihre Landsitze oder prächtige kleine Zweitpaläste errichtet. So lebten sie auf halbem Wege zwischen Córdoba – einem Schmelztiegel, in dem sich Gelehrte, Musiker, Dichter, Studenten und Händler aus allen Winkeln der bekannten Welt begegneten – und der Palaststadt, dem unangefochtenen Zentrum der politischen Macht.

Nur zehn Jahre nach Beginn der Bauarbeiten an Madinat al-Zahra war es den Omaijaden gelungen, den Traum von Herrlichkeit, Reichtum und Pracht zu verwirklichen, den selbst die erfindungsreichsten und phantasievollsten Geister für unmöglich gehalten hätten.

Al-Nasir stand auf der Höhe seiner Kraft und seiner Macht, doch er war geradezu besessen davon, die Welt zu beeindrucken. In seinem unersättlichen Wunsch nach unerreichbarer Größe war er nicht zufrieden mit dem, was er vollbracht hatte, nichts konnte seine Verschwendungssucht und seine Vorliebe für das Monumentale dämpfen, und so ließ er neue Wasserbecken bauen, neue Türme, verziert mit gläsernen Fliesen, die im Sonnenlicht glänzten, neue Kuppeln und Paläste von riesigen Ausmaßen, welche die Würde seines Ranges bekunden sollten, und einen großen Empfangssaal, mit dem er all jene blenden wollte, die in den Vorzug kamen, beim großen Kalifen eine Audienz zu erhalten, einen prunkvollen Thronsaal, der in den Seelen von Freund und Feind einen unauslöschlichen Eindruck hinterlassen sollte.

Nachdem die aufrührerischen Vasallen an den Nordgrenzen von al-Andalus niedergeschlagen waren, begann Abd al-Rahman III. mit dem Bau eines neuen Minaretts an der Großen Moschee von Córdoba, das den Ruhm seiner Omaijadenmacht einmal mehr senkrecht zum Himmel emportragen würde. Da er auch in der Gestaltung des Großen Saales kein Detail dem Zufall überlassen wollte, schränkte er seine Audienzen ein, was er zum Vorwand nahm, Kanzler, Militärangehörige und Politiker zu entlassen, denen er nicht gewogen war. Außerdem ließ er mehrere Eunuchen ins Gefängnis werfen und willkürlich Sklaven enthaupten.

Da er mit dem unstillbaren Durst seines Geistes nicht mehr wusste, was er noch wünschen, was er noch erobern sollte, und da er, um seine tiefe Ernüchterung zu lindern, verzweifelt nach neuen Genüssen suchte, bevölkerte er seine königlichen Schlafgemächer und Privaträume nun mit jungen Männern und heranwachsenden Jünglingen in jenem Alter, in dem das Geschlecht noch nicht deutlich ausgeprägt ist. Sie waren alle zwischen neun und dreizehn Jahren, mit sehr heller und zarter Haut, und wurden eigens darin eingewiesen, dem Herrscher und Kalifen Lust zu bereiten. Er hingegen hatte jeden Wunsch nach inniger Zweisamkeit mit seinen Konkubinen verloren und bevorzugte jene Erregung um vieles, welche die Frauen ihm als Opfer verschaffen konnten, und so starben sie von den Händen der Wachen auf den kleinsten Befehl des Königs und vor seinen Augen.

VII

Lubna begleitete ihre Tante Hind in das Badehaus des Harems, in dem den ganzen Tag über Dienerinnen bereitstanden, denn die Frauen des Palastes suchten die Annehmlichkeiten des Bades häufig und gern. Es war der einzige Ort, an dem sie von der Anwesenheit der wachsamen Eunuchen befreit waren, die vor den Türen des Gebäudes zu warten pflegten.

Lubna bevorzugte die Baderäume der Schule, die morgens von den männlichen Schülern genutzt wurden und nachmittags ihr und ihrer Zofe zur Verfügung standen, aber um Hind nicht zu kränken, ließ sie sich von ihr ins Badehaus führen. Es war mit rosafarbenem und weißem Marmor ausgekleidet, mit makellosen Alabasterstatuen von nackten Frauen, Schwänen und Gazellen dekoriert, und in labyrinthischem Aufbau ausgestattet mit Ruhe- und Massagebänken, Schwitzkammern hoher und mittlerer Temperatur, kleinen Nebenzimmern, lauschigen Diwanen und mehreren Hallen mit Schwimmbecken in ungewöhnlichen Formen, die mit weinrotem Marmor, dunkelgrüner Jade oder gemasertem weißem Alabaster ausgekleidet waren. Der größte Saal mit einem Warmwasserbecken in Kleeblattform war ganz in rotem und weißem Marmor gehalten und von einer goldenen Kuppel überwölbt, deren Dachfenster aus rotem Glas den Raum in jene Farbe tauchte, die das Innere eines Herzens hat. Die umherschlendernden Frauen trugen Tücher um die Hüften, die sie zuweilen fallen ließen, um in der sinnlichen Atmosphäre der Wasserdämpfe und der Wohlgerüche aus den Räucherbecken, die von schwarzen Sklavinnen bestückt und mit Rosmarinzweigen angefacht wurden, sorglos ihre Körper zu zeigen. Andere Frauen dösten entspannt am Beckenrand oder saßen auf den Stufen halb im Wasser, wobei sie einander massierten, sich gegenseitig kämmten, sich leise unterhielten oder unauffällig zärtliche Annäherungen suchten.

Lubna beobachtete mit analytischem Verstand, was sie bei sich «das Mosaik der Altersstufen im Leben einer Frau» nannte, denn hier mischten sich junges Fleisch mit altem, bewegliche und matte Körper, runde und eckige Hüften, volle und schon erschlaffte Brüste. All diese Frauen schienen im Halbdunkel des Wassers und im Glanz des Marmors nach etwas zu suchen, vielleicht nach ihrem eigenen Wesen, und die überall offen auf die Schultern fallende Haarpracht, aus der Wassertropfen auf die Rücken perlte, erinnerte an überbordende Gefühle. Lubna spürte, dass dieses Badehaus voller Frauen, die von allen Fesseln befreit mit ihrer nackten Haut in Berührung standen, ein schlafender Vulkan war, dessen Feuer aufbrausen konnte, wann immer Allah es wollte.

Plötzlich schüttelte die Erzieherin Hind Lubna übermütig an den Schultern, um sie aus ihrer Versunkenheit zu reißen, und zog ihr das Badetuch vom Leib, sodass ihre makellose, nackte Schönheit sichtbar wurde. Hind musterte sie von oben bis unten, lächelte bewundernd und sagte: «Liebe Nichte, im Licht der vollkommenen Nacktheit sehen wir einander so, wie wir wirklich sind, und erkennen die Wahrheit. Du bist schön wie der Mond, der sich im Fluss spiegelt, dein Körper würde die Sterne mit Neid erfüllen, wenn sie hier hereinschauen, und die Edelsteine, wenn sie reden könnten.»

Hind stellte ihr ihre Geliebte vor, die Tochter eines Vetters des Kalifen, der im Kampf gefallen war. Beide Frauen waren im gleichen Alter und gemeinsam im Palast aufgewachsen, mit dreizehn war die Leidenschaft zwischen ihnen entflammt. Hind versicherte, ihre Liebe sei so rein wie der Morgentau, und sollten sie einander eines Tages verlieren, so verlöre ihr Leben jeden Sinn.

Lubna entdeckte eine ganz neue Hind, befreit vom Drang, über alles und jeden zu spotten, und während sie sie schweigend und respektvoll beobachtete, erkannte sie, dass ihre Erzieherin die gleiche Angst vor der Einsamkeit in sich trug wie jede andere Frau, die sie kennen gelernt hatte. Sie war verletzlich und zerbrechlich wie jede, die ihre Liebe in einen anderen Menschen gesetzt hat, doch das war ein Grund zur Freude, denn Hind wusste um das Wichtigste im Leben, nämlich wo sie ihr Glück fand. Während Lubna ihrer Erzieherin lauschte, die mit leuchtenden Augen redete, sich berauscht von den Dämpfen und schweren Wohlgerüchen dem schwebenden Behagen des Wassers überließ und ihre Gliedmaßen unter der Massage einer kundigen Dienerin entspannte, konnten Lubnas Gedanken sich vom süßen Bild des jungen Al-Aziz lösen.

Das Mädchen war inzwischen zwölf Jahre alt, und ihre Lehrer schätzten sie vor allen anderen. Besonders der berühmte Al-Qali betrachtete sie als einen der kundigsten seiner Schützlinge, und jedes Mal, wenn er die Schule von al-Zahra besuchte, verlangte er, die Arbeiten des Mädchens zu sehen.

Während einer Unterrichtsstunde in Dichtkunst, in der Al-Qali besonders schwierige Aufgaben stellte, tat sich Lubna hinter dem Paravent durch ihre klugen und treffenden Antworten hervor. Die anderen Schüler konnten an ihre Schnelligkeit und Perfektion in der vom Lehrer vorgegebenen Metrik nicht heranreichen. Nach mehreren Stunden solch ungewöhnlichen Dialogs, in dem der Lehrer Vorgaben machte und die Schülerin sie in komplizierten Versen improvisierter Dichtung löste, sprang Al-Qali auf und befahl dem Eunuchen, den Sichtschutz zu entfernen, denn er wolle das Antlitz einer so klugen und außergewöhnlichen Schülerin sehen. «Dem Kalifen werde ich meine Gründe später erläutern», bestimmte er energisch, «und ich werde eine Sondererlaubnis erteilen lassen, damit die Herrin Lubna gemeinsam mit den anderen Schülern und mit unverschleiertem Gesicht an meinem Unterricht teilnehmen kann. Doch jetzt befehle ich als Lehrer, dass dieses Mädchen unverzüglich zu mir gebracht wird.»

Der Eunuch tat, wie ihm geheißen, und Lubna kniete vor ihrem verehrten Mentor nieder und nahm sich den Gesichtsschleier ab.

«Für mich, verehrter Lehrer», murmelte sie verwirrt, «ist es das größte Gut, mit dem Allah mein bescheidenes Dasein beschenkt hat, von Euch unterrichtet zu werden und solch hochgelehrte Unterweisungen zu erhalten, und wenn Ihr es befürworten könntet, so wäre es mein sehnlichster Wunsch, Euch als kundiger Grammatiker und Kalligraph nachzufolgen.»

«Große Tugenden zieren Euch als Frau und als Mensch, junge Lubna», antwortete Al-Qali. «Auch ich danke Allah, dass er mir eine so edle Nachfolgerin in der schwierigen Kunst des geschriebenen Wortes geschenkt hat, und ich versichere Euch hier und heute, dass es mein fester Wille ist, Ihn zu ehren, indem ich Euch zu einer berühmten Kalligraphin und zu einer Expertin in Metrik und Grammatik mache.»

Der junge Al-Aziz, der kurz vor seinem achtzehnten Geburtstag stand, erblickte Lubnas Antlitz zum ersten Mal und verliebte sich sofort in sie. Er begann stumm um sie zu werben, mit innigen Blicken aus seinen klaren blauen Augen. Doch Lubna senkte die Lider, verwirrt davon, dass sie in seinen Augen süßere Worte als im schönsten Gedicht las, tiefsinnigere Seiten als in den gelehrtesten Abhandlungen fand, farbenfrohere Träume als im hoffnungsvollsten Buch der Wissenschaften erblickte. All das war ohne Zweifel auch ein Widerschein ihres eigenen Begehrens.

Eines Tages wies ein Lehrer die Schüler an, Kapitel aus dem Werk des Aristoteles zu übersetzen, jenes gelehrten Griechen, den die Araber so schätzten. Er ließ Zweiergruppen bilden, und Allah wollte es, dass er den jungen Al-Aziz zu Lubna schickte, was ihm angemessen schien, da sie ja Vettern waren.

Fortan verbrachten sie mehrere Stunden täglich zusammen

und tauschten sich über die Geheimnisse der Übersetzung und die Gedanken des Gelehrten aus, wodurch es ihnen im Lauf der Tage allmählich gelang, trotz der Nähe des anderen mit ruhiger Stimme zu sprechen. Schließlich konnten sie sich einander sogar direkt zuwenden, ohne tief zu erröten. Mitunter berührten sich ihre Finger, wenn sie auf ein schwieriges Wort deuteten, oder ihre Rohrfedern gerieten unter die Sachen des anderen. Oft lachten sie gemeinsam über eine entschlüsselte Zeile voller Ironie und klugem Humor. Eines Tages ließ Al-Aziz ein an Lubna gerichtetes, von eigener Hand geschriebenes Briefchen zwischen die Unterlagen des Mädchens gleiten, in dem er ihr seine Liebe erklärte, die er nicht länger bezwingen könne. Er sei Tag und Nacht von ihrer Schönheit bezaubert und ganz und gar von der Hoffnung besessen, sie eines Tages lieben zu dürfen. Diese Beteuerung wiederholte er täglich, mehrere Monate lang; er schrieb Lubna wunderschöne Gedichte, in denen er ihren Liebreiz besang und Gott dankte, dass sie einander begegnet waren, oder Briefe voller subtiler Andeutungen, in denen er ihr den innigsten Wunsch anvertraute, ihre Küsse zu kosten. Bis sie ihm eines Tages auf die gleiche Weise antwortete, auf Papier mit ihrem persönlichen Briefkopf und Emblem, und ihm mit vortrefflich gesetzten Worten sagte: «Mein edler Herr und Gebieter Al-Aziz, der Ihr meine Träume und mein Erwachen begleitet, meine Seele zappelt und gurrt wie eine Taube, wenn die Stunden näher rücken, in denen ich Euch sehe, denn auch ich liebe Euch, mit Allahs Erlaubnis und weil Er Euch zu mir führte … Doch einstweilen verlangt Er, dass wir eifrig lernen, denn ein großes Geschick als Statthalter von al-Andalus erwartet Euch, während unser Gott mir befohlen hat, Dichterin, Grammatikerin und Kalligraphin zu werden, und mit der Zeit auch Expertin in Arithmetik.»

Indem sie ihre Liebe in Briefen teilten, erlebten die beiden jungen Leute köstliche Tage, während sie sich gemeinsam im Vermächtnis der Gelehrten unterweisen ließen.

Mit der Aristoteles-Übersetzung war ihnen eine ausgezeichnete Arbeit gelungen, weswegen beide einer Gruppe von einhundertachtzig Übersetzern, Gelehrten (darunter viele Ärzte und Botaniker) und Kalligraphen zugeteilt wurden, die unter der Leitung von Hasday Ibn Saprut die berühmte *Materia Medica* des Dioskurides ins Arabische übersetzen sollten. Das Buch war als Geschenk des Kaisers von Byzanz an den Kalifen Al-Nasir nach Córdoba unterwegs, was den Erbprinzen mit ganz besonderer Freude erfüllte.

Die Abgesandten des Kaisers Konstantin wurden mit großem Prunk empfangen, üppig bewirtet und vom Kalifen mit reichen Geschenken bedacht, aber auch der Prinz wollte sie in seiner Residenz begrüßen und war bereit, zu diesem Anlass den größten Schatz zu zeigen, der seinen Reichtum krönte, seine Geliebte Zayyan.

Diese hatte ihn gebeten, bei dem öffentlichen Empfang der byzantinischen Gesandtschaft bei Hofe zu seinen Ehren tanzen zu dürfen, und ihm für die Nacht, wenn sie wieder unter sich wären und er sie in seine Prinzengemächer holen ließe, ein unvergleichliches Geschenk versprochen.

Hinter dem Sichtschutz nahmen mehrere Hauptfrauen, geladene Verwandte Al-Hakams, am Empfang teil. Lubna hielt sich mit Sondererlaubnis des Kalifen zusammen mit ihren Lehrern bei der Gruppe von Gelehrten auf, die mit der Arbeit an den Abhandlungen des Dioskurides betraut war, dessen Name im Empfangssaal in aller Munde war, ganz als sei er ebenfalls anwesend. Es wurde sogar überschwänglich auf ihn und sein Vermächtnis angestoßen, das für die Menschheit ebenso wichtig sei wie das des griechischen Arztes Galenus, wie Hasday mit leuchtenden Augen erklärte, indem er die Hände seines Freundes, des Prinzen, küsste. Er berichtete von seiner

Forschung nach den Bestandteilen des Theriak, jenes berühmten Trankes, mit dem die Ärzte der Antike die schlimmsten Krankheiten kuriert hatten, und sagte, er hoffe, die fehlenden Substanzen in jenen Texten zu finden, die ihm nun endlich zugänglich waren.

Die Abgesandten aus Byzanz saßen auf einer Seite des Empfangssaales bequem auf goldbestickten Kissen, üppigen Seidenpolstern und fellgepolsterten Stufen, an denen man sich anlehnen oder die Ellenbogen abstützen konnte, während ausgesucht schöne Sklavinnen ihre Wünsche erfüllten und ihnen auf Silbertabletts die erlesensten Speisen servierten. Die besten Mundschenke füllten die edelsteinbesetzten Becher mit den wohlschmeckendsten Weinen und den delikatesten Likören.

Al-Hakam saß auf der obersten von drei Stufen und hatte die Beine auf einen kleinen Ebenholzschemel mit perlenverzierten Elfenbeinschnitzereien gelegt. Neben ihm saßen über die Stufen verteilt mehrere seiner Brüder, Kammerherren, Botschafter und sein Freund, der Hofarzt Hasday Ibn Saprut. Der Klang eines Orchesters von vierundzwanzig Frauen mit Lauten, Harfen, Flöten, Schalmeien und Schellentrommeln füllte den Raum und gemahnte an ferne Länder, denn zu Ehren der Gäste spielten sie byzantinische Weisen, und der Abendwind brachte Düfte vom Herbst und von reifen Trauben.

~

Zayyan tanzte vor der versammelten Gesellschaft zum Ruhme Allahs und ihres Herrn Al-Hakam, und aufgrund der vollendeten Eleganz ihrer Bewegungen, ihrer rhythmischen Übereinstimmung mit der Musik und der unermesslichen Schönheit ihres Körpers, dessen Reize sich durch die größere Reife zum Höhepunkt gesteigert hatten, rief ihre Darbietung erhabene

Empfindungen von Bewunderung und Staunen wach. Allen Poren ihrer Haut entströmte Glück und Fülle, und sie schien sich in einem Strahlen von erfüllter und ungehemmter Weiblichkeit über ihre Schleier und Tücher hinaus auszudehnen. Ihr Antlitz war der reine Ausdruck der Ekstase des Lebendigen, und ihr Leib, mit einer Goldkette geschmückt, von der kleine Sterne aus Perlen und Diamanten herabhingen, glänzte im roten Licht der vergehenden Sonne, er vibrierte wie ein eigenes Lebewesen, und von seiner Mitte schienen goldene Lichtstrahlen auszugehen.

Andächtige Stille erfüllte den Saal beim Anblick der makellosen Schönheit der Tänzerin, die mit ihren zweiunddreißig Jahren die höchste Beherrschung ihrer Kunst erreicht hatte und tanzte, besessen vom einzigen Gott, ihrer Liebe, mit Erlaubnis Allahs, des Allmächtigen, und zu Seinem Ruhm. Es war ein großartiges Geschenk an die Abgesandten des byzantinischen Kaisers, die in ihre Heimat zurückkehrten und dort von der Pracht und dem Luxus des andalusischen Hofes berichteten. Ihre Truhen waren gefüllt mit zahlreichen großzügigen Geschenken zum Dank für die Abhandlung des Dioskurides, Gelehrte, Ärzte und Botschafter aus al-Andalus begleiteten sie zum Austausch von Wissenschaft und Kenntnissen, doch vor allem waren ihre Sinne geblendet und ihre Seelen bereichert von dem einzigartigen Erlebnis, einen Engel tanzen gesehen zu haben, der ihnen in al-Zahra erschienen war.

Alleine mit dem Prinzen, schenkte Zayyan ihrem Geliebten im nahenden Morgengrauen das, wonach er sich schon lange gesehnt hatte: Sie war wieder schwanger.

In jenem Monat, den die Sterne mit dem Stier zeichnen, in dem die Kastanien blühen, die Quellen am üppigsten fließen, die Sonne am reinsten strahlt und das Blau des Himmels am tiefsten ist, würde sie mit der Frucht ihres Leibes niederkommen, dank Allahs Gnade und dank seiner, Al-Hakams, Liebe, dem sie ihr Glück zu Füßen legte.

Al-Hakam fiel auf die Knie und neigte den Oberkörper zum Zeichen seiner Demut, er vergoss Tränen des überwältigenden Glücks, dankte seinem Gott für die großen Freuden dieses Tages und küsste Zayyans Leib, ihre Augenlider und ihren Mund.

Diesmal war er es, der um den Pakt bat, den ihm seine Geliebte vor Jahren bei ihrer ersten Schwangerschaft vorgeschlagen hatte. In aller Offenheit und mit aufrichtiger Sehnsucht, mit großer Liebe für sie im Herzen, bat er sie, seine Frau zu werden, wenn sie einen Sohn gebären würde, der dann als Thronfolger, Enkel des Kalifen und künftiger Erbe des Omaijadengeschlechtes erzogen werden solle. Dafür dürfe sie die Frucht ihres Schoßes, wenn es eine Tochter sei, abermals behalten und als Unverheiratete nach ihrem freien Willen erziehen wie ihre Tochter Lubna.

Zayyan, die ihrem Geliebten nichts abschlagen konnte, willigte ein.

Noch am selben Freitag, nach der feierlichen Predigt in der Moschee von al-Zahra, erwartete Zayyan wie jede Woche Lubnas Besuch in ihrem Haus des Jadebaumes.

Die Zweige der Zypressen und Olivenbäume wiegten sich im Wind, der Gerüche von zaghaften Regenschauern und feuchter Erde mit sich brachte. Sie vermischten sich mit den wohlriechenden Räucherungen, die zu Abend in den Häusern entzündet wurden.

Zayyan empfing ihre Tochter in einem besonders schönen Gewand in ihrem gemütlichsten Zimmer, in dem sie unzählige Abende miteinander verbracht hatten und das über eine kleine überdachte Terrasse verfügte, auf der sich der Mond niederließ, indem er an den spitzen Zacken der steinernen Bögen hängen zu bleiben schien.

Das Mädchen betrachtete seine Mutter aufmerksam, konnte jedoch zunächst nicht herausfinden, warum sie so ungewohnt aussah, bis ihr auffiel, dass ihr Hals nackt war: Ihre Mutter hatte den Schmetterlingsanhänger aus Rosenquarz abgenommen.

Zayyan hielt den Anhänger in den Händen und betrachtete ihn liebevoll. Es schien, als hätten die Flügel des Schmetterlings ein Eigenleben und würden sich freudig bewegen.

«Sieh nur, wie zufrieden er ist», sagte sie zu ihrer Tochter, «er weiß, dass er heute eine neue Herrin bekommt, denn der Zeitpunkt ist gekommen, an dem dieses Erbe deinen Hals zieren soll, liebe Tochter, und dass seine Farben künftig deine Schritte durch das Leben führen.»

Lubna spürte, wie ihre Kehle eng wurde.

«Allah beschenkte mich mit der Gunst, deine Mutter zu sein», fuhr Zayyan ruhig fort, «dies ist mein höchstes Glück, kein anderes kann mir ebensolche Freude bereiten. Doch nun ist es Allahs Wille, dass mein Leben eine neue Richtung einschlägt, und ich nehme mein Geschick bereitwillig an. Ich weiß mit der Gewissheit einer Frau, dass mein Leib einen Sohn trägt, und vor langer Zeit habe ich ein Versprechen gegeben, liebe Tochter, das ich nun einlösen werde. Von heute an soll dieser Schmetterling, der die freie Seele der Frau darstellt, deinen Hals zieren, damit sein hoffnungsvoller Flug weitergeht, bis eines Tages die wahre Schönheit offenbar wird, die in seinem Kokon schlummert.»

Lubna starrte ihre Mutter wie gebannt an, doch plötzlich fühlte sie einen seltsamen Schwindel, ein grünes Funkeln wie von den Smaragden des Jadebaumes, und sie warf sich ihrer Mutter in die Arme. Ihre Augen schwammen in Tränen, sie wusste nicht recht, warum sie ihre Seele zerbrechen fühlte, wovon ihre Mutter Abschied nahm und wovon sie selbst, warum sie im Geiste plötzlich, während sie das Gesicht im Schoß ihrer Mutter verbarg, das wunderschöne Lächeln ihres Geliebten Al-Aziz sah, vermischt mit Kindheitserinnerungen an die Gesänge im Alcázar in Córdoba oder mit dem düsteren und bedrohlichen Bild eines schwarzen Vogels, das sie schon in den letzten Nächten aus dem Schlaf gerissen hatte.

(Sie hatte Albträume von einem fremdartigen, glänzend schwarzen Vogel, der durch den tiefblauen Himmel flog und in seinem großen, orangefarbenen Schnabel eine rote Kirsche trug, aus der Blutstropfen quollen.)

Sie war dreizehn Jahre alt, voll glühendem Lerneifer und voll dumpfer, bitterer Angst davor, zu leiden. Doch sie brachte kein Wort heraus und ließ sich von ihrer Mutter Zayyan die feingliedrige Silberkette mit dem schönen Rosenquarzschmetterling um den Hals legen, der perlmuttene, violette oder tiefrosa Farbtöne annahm, die den Empfindungen und der Hautwärme seiner Trägerin entsprachen, und dessen Anblick schon mehr als einen Betrachter in den Bann geschlagen hatte.

Lubna spürte die sanfte Kühle des lebendigen Steines, der in der Atemkuhle ihres Halses ruhte.

~

In den Tagen, als die Erde ihre größte Kraft entfaltete, gebar Zayyan im Zeichen des Stiers einen Sohn, der die Seele des Prinzen mit überbordender Freude füllte. Der Kalif, der die Thronfolge weitergeführt und damit seine innigsten Wünsche erfüllt sah, gab dem Kind seinen eigenen Namen, Abd al-Rahman.

Zayyan vollendete ihr dreiunddreißigstes Lebensjahr, während sie ihren offiziellen Wohnsitz als Sklavin und Gemahlin in den Palast des Prinzen verlegen ließ, ohne etwas von ihrem Besitz mitzunehmen.

Sie überschrieb das Haus des Jadebaumes und ihr ganzes Vermögen ihrer Tochter Lubna, um zurückgezogen in den Privatgemächern ihres Gemahls zu leben. Ihr einziger Kontakt waren die Dienerinnen und königlichen Ammen, die das Neugeborene aufzogen, und wie das Gesetz es verlangt, akzeptierte sie das Verbot, die Palastmauern zu verlassen.

Von Stolz und Zufriedenheit erfüllt, ließ der Kalif Al-Nasir eilig das prächtige Minarett der großen Aljama-Moschee in Córdoba fertig stellen, gleichsam als Banner des Islam des Okzidents und zur Besiegelung der Oberherrschaft Córdobas als Hauptstadt des Kalifats über andere andalusische Städte. Er befahl die Ausweitung des Außenhofes der Moschee durch neue Teiche und Olivenbäume, damit die Waschungen mit Wasser, die der heilige Koran vorschrieb, von den Hunderttausenden von Gläubigen, die sich zum Beten versammelten, ohne Gedränge vollzogen werden konnten.

Córdoba beging die Geburt des kleinen Thronerben mit großen Feierlichkeiten, und Al-Hakam, gelobt sei sein Name, weihte ihm zu Ehren die Schule für Astronomie von Córdoba ein, die zu großer Berühmtheit gelangen sollte.

Der Junge war kaum ein Jahr alt, als der Prinz, der inzwischen siebenunddreißig war, anordnete, sein erstgeborener Sohn solle bei allen offiziellen Anlässen zu seiner Rechten sitzen. Glück überstrahlte sein Leben, und er dankte Allahs Vorsehung für die Freude und das vollkommene Dasein, mit dem sie ihn beschenkt hatte.

VIII

Der kleine Abd al-Rahman war ein ausgesprochen hübsches Kind mit kristallklaren Augen wie die Spiegelungen des Mittagshimmels im Quellwasser, die stark an die Augen seiner Mutter Zayyan erinnerten. Die goldblonden Locken quollen unbändig unter der kegelförmigen Samtmütze hervor, die der Prinz ihn tragen ließ wie einen Erwachsenen, denn so war es unter den adligen Männern üblich, wenn sie das Haus verließen.

Der Dreijährige entzückte mit seinem lebhaften und aufgeweckten Wesen alle, die mit ihm zu tun hatten, Mentoren, Lehrer, Ammen und Diener, denn er zeigte eine natürliche Eleganz des Denkens und vor allem die Neugier, die jene auszeichnet, die zum Herrschen geboren sind.

Nur ein kleiner Makel trübte sein Firmament, als flöge ein Vogel vor der Sonne vorbei und streife mit seinem Schatten die Brust des Jungen: Er litt von Geburt an unter heftigen asthmatischen Beschwerden, die stets völlig unerwartet auftraten und ihm Luft und Atem nahmen. Aus diesem Grund waren seine Räumlichkeiten stets von Wasserdämpfen und dem Duft von Eukalyptus, Rosmarin, Thymian und Lavendel erfüllt. Außerdem wurde strengstens darauf geachtet, dass er sich in keiner Weise anstrengte. Der Leibarzt des Kalifen und persönliche Freund des Prinzen, Hasday, verlegte seinen Wohnsitz in den Kalifenpalast von al-Zahra, damit er sich ständig um den kleinen Abd al-Rahman kümmern konnte.

Der Junge war früh von seiner Mutter getrennt und umgeben von Lehrern, Aufsehern, Gelehrten und Dienern in der Privatresidenz des Kalifen untergebracht worden, um so erzogen zu werden, wie es einem Thronfolger gebührt. Er war von rascher Auffassungsgabe und übernahm wie selbstverständlich die Verantwortung seines Ranges, als habe er schon begriffen, dass er dazu berufen war, König zu sein.

Der Kalif war mit seinen zweiundsechzig Jahren sichtlich gealtert, doch er genoss das aufgeweckte Wesen seines Enkels sehr. Er machte es sich zur Gewohnheit, die Arbeiten am großen Thronsaal täglich in Begleitung des Jungen zu kontrollieren. Er ließ ihn zwischen den Maurern und den Baumeistern umherrennen und war stolz darauf, dass der kleine Abd al-Rahman die Namen sämtlicher Edelsteine, mit denen der Thron geschmückt wurde, genau kannte. Was den Jungen jedoch am meisten faszinierte, war der Brunnen aus grünem Marmor im Innenhof mit seinen zwölf rotgoldenen, mit Juwelen und Perlen verzierten Wasserspeiern. Der Kleine liebte es, um ihn herumzulaufen und die dargestellten Tiere zu benennen: Löwe, Antilope, Krokodil, Adler, Drache, dann Taube, Falke, Gans, Huhn und Hahn, Milan und Geier.

Wenn sie die Arbeiten am Empfangssaal und den angrenzenden Amtszimmern inspiziert hatten, wanderten die beiden, in einiger Entfernung von Eunuchen und Dienern gefolgt, durch die weitläufigen Gärten des Kalifenpalastes und besuchten das prächtige Wildgehege, auf das der König sehr stolz war. Alle Arten von seltenen Tieren aus fernen Ländern waren im Palastgarten in wunderschönen Käfigen versammelt, teils aus Silber, teils aus bemaltem Eisen oder aus anderem Material, welche die königlichen Schmiede eigens hergestellt hatten. Die besondere Vorliebe des Kalifen galt der beeindruckenden Sammlung von Vögeln aus dem In- und Ausland. Zu Tausenden erfüllten sie die Luft mit ihrem Trillern, Girren und Singen, Turteltauben, Ringeltauben, Sperlinge und Adler saßen in kostbaren, perlenverzierten Vogelbauern, Stare, Kraniche, Amseln und Sperber lärmten, und dazwischen erklang die Stimme der Nachtigall, die als Einzige frei in den Zweigen umherfliegen durfte, damit sie besser sang.

Lubna hatte sich inzwischen einen Ruf als hervorragende Kalligraphin erworben und die Marmorsteine, Pfeiler, Säulensockel und Kapitelle des Thronsaales von Abd al-Rahman III. mit den schönsten Inschriften und vollkommensten Lobesversen an Allah und den Fürst der Gläubigen verziert; sie trug, obwohl sie erst siebzehn war, den Titel der Sachverständigen in Grammatik, Meisterin der Kalligraphie und Dichtkunst, und ihre Arbeit in der Bibliothek des Prinzen wurde hoch geschätzt. Sie hatte sogar von Al-Hakam die Erlaubnis erhalten, einen detaillierten Katalog seines ins Unermessliche gewachsenen Bücherbestandes anzufertigen – und doch wurde Lubnas Seele von einer tiefen Ruhelosigkeit heimgesucht. Sie löste ihre Hand kaum noch von dem Quarzschmetterling an ihrem Hals, fühlte eine ständige Beklemmung in der Brust und atmete schwer wie der kleine Abd al-Rahman von April bis zu den Herbstregen.

Hind erklärte ihr jedoch, diese Symptome rührten nicht von einem körperlichen Leiden her und ebensowenig von Asthma, wie es den kleinen Erbprinzen quäle und ersticke, sondern hingen vielmehr mit der Sehnsucht nach dem Geliebten zusammen. Sie selbst kenne diese Beklemmung und diesen ungerechtfertigten Drang zu weinen, beide träten immer dann auf, wenn einem das fehle, was man liebe, aber sie würden sich noch verschlimmern, wenn die Monatsblutung näher rücke. «Der Leib und der Geist sind in dieser Zeit empfindsamer», wiederholte sie wie eine Litanei, «alles Schöne scheint schöner, alles Hässliche hässlicher, alles Fröhliche fröhlicher, alles Traurige trauriger. Genauso sehnt man sich nach allem Ersehnten umso mehr und liebt man das Geliebte stärker, du wirst dir über Dinge klar, die dein Körper lange wusste, dein Geist aber nicht. Deine Beschwerden bedeuten, dass deine Sinne die Gegenwart deines Vetters vermissen, ja mehr noch, sie fordern seine Nähe.»

Hind, die sie aufrichtig liebte, riet ihr, sich vorerst einfach auszuruhen, zur Rohrfeder zu greifen und dem jungen Al-Aziz in einem Liebesbrief ihre Sehnsucht anzuvertrauen. Das werde sie beruhigen und ihm große Freude bereiten.

Die junge Gelehrte Lubna hatte ihren Wohnsitz auf Erlaubnis des Prinzen zusammen mit ihrer Tante und mehreren Dienerinnen im Haus des Jadebaumes genommen, seit ihre Mutter ihr alle Besitztümer überschrieben hatte. Obwohl sie selbst Sklavin und Tochter einer Sklavin war, verfügte Lubna über ein bedeutendes persönliches Vermögen. Das Vermächtnis von Azahra und das, was ihre Mutter ihr vererbt hatte, wurden durch ihre eigenen Einkünfte aus der Arbeit als Kalligraphin und Sachkundige in Grammatik vermehrt, deren Qualität trotz ihres jugendlichen Alters als herausragend galt.

Einmal monatlich durfte sie ihrer Mutter Zayyan einen Besuch abstatten, die langsam dahinwelkte, weil sie sich nach ihrer Unabhängigkeit zurücksehnte. Zayyan saß stundenlang im Garten des Prinzenhauses am Teich, dessen Wasser durch unterirdische Zuleitungen ständig erneuert wurde und in dem sich bunte, glänzende Fische tummelten. Sie las oder webte Tücher aus Seidengarn, wie sie es in ihrer Jugend bei ihrer lieben Freundin Azahra gesehen hatte, oder sie beobachtete, wie der Abend hereinbrach und der Himmel sich hinter den immergrünen Baumwipfeln verfärbte.

Lubna vertraute ihrer Mutter errötend an, dass sie den jungen Al-Aziz von ganzem Herzen liebte und dass der junge Neffe des Prinzen ebenfalls in Liebe zu ihr entbrannt war.

«Aber ich verspüre eine seltsame Angst, liebe Mutter», klagte Lubna. «Ich betrachte die Schönheit meines Vetters und genieße es, ihn von Politik und Dichtkunst sprechen zu hören, ich träume davon, dass er im kühlen Nachtwind seine Arme um mich legt, ich sehne mich nach der süßen Leidenschaft, die meinen Mund drängt, seinen Mund zu küssen, aber all das steht mir vor Augen wie ein gähnender Abgrund, dessen Leere mich verschlingen wird, wenn ich einen Schritt weiter gehe, oder wie ein finsterer Wald, in dem ich mich verirren werde, wenn ich ihn betrete.»

«Deine Angst ist die Angst vor dem Schmerz zu lieben, meine Tochter», antwortete Zayyan. «Aber zu lieben ist ein Privileg; nur indem du dich der Liebe überlässt, kannst du das Leben begreifen und deinen Gott ehren. Die Liebe befreit die Herzen vom Hochmut und lässt die Menschen langmütig werden, sie ist der beste Balsam für alle Wunden und die höchste Weisheit, die uns zugänglich ist. Doch zu lieben ist die anspruchsvollste Kunst der Welt, meine schöne Tochter, sie verlangt allen Mut und alle Tapferkeit, denen wir fähig sind.»

Die Mutter schwieg einen Moment, vielleicht um ihr Spiegelbild in den Augen ihrer Tochter zu betrachten.

«Wage es, deinen jungen, schmucken Al-Aziz zu lieben, denn die Liebe deines Geliebten ist das Schönste, was das Leben dir bieten kann, und ein wunderbares Geschenk Allahs. In der Verletzlichkeit, mit der du spürst, dass du liebst, findest du auch die Kraft auszuhalten, dass du geliebt wirst. Hab keine Angst, auch wenn du vielleicht leiden wirst, meine Tochter, denn die Angst macht dich nicht glücklich und schützt dich nicht vor dem Schmerz.»

Die Stunden in Gesellschaft ihrer Mutter vergingen wie im Flug, doch bevor sie ging, wollte Lubna noch von einer Tätigkeit erzählen, der sie aus eigenem Antrieb und nur zum Vergnügen in jenem Raum nachging, der ihr in der Bibliothek des Prinzen zur Verfügung stand. Sie schrieb kalligraphisch ein Märchen syrischer Herkunft auf, sehr geistreich und mit musterhaften Lehren, das von einem Seefahrer namens Sindbad handelte und das sich einige Dienerinnen, die von Sklaven aus jenem Land abstammten, untereinander erzählten. «Sie kennen noch viele andere Geschichten», berichtete Lubna, «Fabeln von Brüdern, Palästen, Wesiren und sprechenden Tieren, von Geistern, Riesen und anderen Märchenwesen, von Dieben,

Liebhabern und Pilgern, und sie alle gehören zur Geschichte einer Jungfrau namens Scheherazade, die ihr Leben rettet, indem sie dem König Shariyar von Bagdad diese und noch viele andere Märchen erzählt. Die Dienerinnen kennen die Geschichten, ihre Mütter kannten sie und ebenso die Mütter ihrer Mütter, und ich will sie alle sammeln, deshalb lasse ich die Frauen an vielen Abenden zu mir kommen, um ihnen zuzuhören, und danach schreibe ich ihre Erzählungen nieder.»

«Ich möchte, dass du auch mir im Lauf deiner Arbeit diese Märchen erzählst», antwortete Zayyan, «denn meinen Ohren wird wenig Abwechslung zuteil. Doch nun», bat sie mit gesenkter Stimme, «erzähle mir von Al-Nasirs neuem Thronsaal.»

Lubna schilderte der Mutter den Großen Thronsaal, das schönste Schmuckstück von al-Zahra, in allen Einzelheiten. Er hatte acht Türen aus Gold und Ebenholz, seine Säulen bestanden aus edlem Marmor und durchsichtigem Kristall, der das Sonnenlicht an Wände und Decke warf, sodass die Augen geblendet wurden.

Bögen, Fenster und Säulen waren mit den prächtigsten Ornamenten versehen, doch das bedeutendste Stück des Saales, das die Seelen jener tief beeindruckte, die den Vorzug genossen, zu den prunkvollen Empfängen in Madinat al-Zahra geladen zu sein, war ein großes Becken voller Quecksilber in der Mitte des Raumes. Mit einem unmerklichen Zeichen an einen seiner Sklaven ließ der Kalif die Flüssigkeit in Bewegung versetzen, und sogleich schien es, als sei der ganze Raum von aufblitzenden Lichtstrahlen erfüllt, als folge er der Wanderung der Sonne. Die Anwesenden begannen dann zu zittern, denn sie spürten in ihren Herzen, wie der Saal sich ausdehnte und die Gestalt des Kalifen sich gleichmütig über ihre Köpfe erhob, und alle stimmten darin überein, dass sie niemals etwas Großartigeres gesehen hatten. Zurück in ihren Heimatländern und -gegenden erzählten sie, was ihre Augen gesehen und ihre Seelen empfunden hatten, und berichteten von den Herrlichkeiten, die in al-Zahra versammelt waren, von der unanfechtbaren Macht der Omaijadendynastie, die, nachdem sie die Gebiete unter ihrer Vorherrschaft befriedet hatte, den Respekt und die Achtung ihrer Feinde ebenso erworben hatte wie den Neid ihrer Freunde.

«Man sagt, unter allen Geschenken», so berichtete Lubna weiter, «welche die Adligen und fremdländischen Gesandten dem König zur Einweihung seines prunkvollen Thronsaales überreichten, habe ihm eines am besten gefallen: ein großer schwarzer Vogel mit orangefarbenem Schnabel, der aus fernen Ländern jenseits der Meere stammt ...»

Sie verstummte, als sie den erschütterten Gesichtsausdruck ihrer Mutter sah, die dreinblickte, als sei ihr ein eiskalter Wind um den Leib gestrichen. Beunruhigt erklärte Zayyan ihrer Tochter, dass in ihren Träumen schon seit einiger Zeit das Bild eines unheimlichen schwarzen Vogels mit glänzendem Schnabel auftauchte, der ihr im Auffliegen einen Rubin aus ihrer Halskette riss, aus dem dicke Blutstropfen quollen, während kalte Tränen ihr die Sicht nahmen.

Lubna erinnerte sich an ihren eigenen Traum, den sie vor Monaten gehabt hatte, aber sie wollte die Besorgnis ihrer Mutter nicht vergrößern. Stattdessen beruhigte sie sie, indem sie sagte, das sei vermutlich nur ein wirrer Traum ohne jede Bedeutung.

~

Soeben zurückgekehrt von seiner letzten Reise im Auftrag des Kalifen als Kanzler und Abgesandter für politische Abkommen mit Tanger in Nordafrika, die ihn beinahe vier Monate von Madinat al-Zahra fern gehalten hatte, erhielt der junge Al-Aziz in seinen Privatgemächern in den Heeresunterkünften einen Brief in vollendeter Kalligraphie auf safrangefärbtem Papier, den ihm eine von Hinds vertrauenswürdigsten Dienerinnen überbrachte. Darin hieß die gelehrte Lubna ihn willkommen, indem sie seine Rückkehr mit dem kühlen Morgenwind verglich, der die Myrtensträucher und Tamarisken gegen Ende dieses heißen und drückenden Sommers labte, in dem ihre Tage seiner anregenden Gegenwart beraubt gewesen waren. Sie bat ihn, ihr zu jener Stunde, wenn sich die Glieder nach Ruhe sehnen und die Vögel sich in ihren Nestern niederlassen, einen Besuch abzustatten, um ihre Gesellschaft zu genießen, und verhieß ihm, dass zwischen den Hennasträuchern und Lilien seine Lippen alten Wein trinken würden und dass sie mit Freuden jene Worte von ihm hören würde, die er vor langer Zeit aussprechen zu dürfen gebeten hatte.

Als die Nacht und die verabredete Stunde herangerückt waren, hatte sich Lubna mit leichten, edlen Gewändern geschmückt und sich das geflochtene Haar um den Kopf gewunden. Getrocknete Früchte, Likör und Schalen mit Rosenblättern standen bereit, es duftete nach Myrrhe und Aloe. Im Innenhof plätscherte der Brunnen, die Tauben gurrten in ihren Käfigen, als plötzlich ein leichter Wind die Palmen und Weinranken bewegte und verkündete, dass der Vetter gekommen war. Lubnas Herz schlug schneller – und der Schmetterling an ihrem Hals mit ihm. Al-Aziz betrat lächelnd das private Empfangszimmer des Hauses, in dem Lubna früher, in ihrer Jugend, mit der geliebten Mutter Vertrauliches und Lehrreiches geteilt hatte, und seine männliche Schönheit nahm ihr den Atem. Sie trat vor ihn hin, blickte ihm tief in die Augen und strich ihm andächtig über das volle Haar, während auf ihrem Gesicht ein bezauberndes Lächeln erblühte. Ihr Mund erbat den Kuss nicht, sondern ihre Lippen nahmen ihn einfach von den seinen entgegen.

Als zwischen ihnen wieder Raum für Worte war, erklärten sie einander ihre tiefe Liebe und gestanden einander die Sehnsucht, die ihre Herzen verspürten, wenn sie einander fern waren. Al-Aziz erklärte, er wolle sie zur Frau nehmen und sogleich die Vermählung ausrichten, sie solle auf Befehl seines Herrn, des Kalifen, als Gemahlin des Statthalters mit ihm gehen, denn für ihn war bereits eine bedeutende politische Zukunft vorgesehen. Er wolle mit ihr in einem Ehevertrag vor dem Kadi festlegen, dass sie ihre Besitztümer behalten und dass er keine anderen Frauen in sein Bett nehmen würde, weder als Gemahlinnen noch als Konkubinen, denn ihre Liebe allein genüge ihm und sei das, wonach er sich von ganzem Herzen sehne. Lubna antwortete ihm liebevoll, er solle seine politische Laufbahn nur einschlagen, sie aber werde ihre gelehrte Laufbahn einschlagen, «... hier am Hofe von Madinat al-Zahra, bei meiner Mutter und bei meinen Büchern. Ich werde stets sehnlich auf Euren Besuch warten, mein Liebender und Geliebter, wie der Mond allnächtlich auf den Augenblick wartet, in dem seine Schönheit mit größerer Kraft scheinen kann, bekleidet nur mit diesem Schmetterling und mit meinem Verlangen.»

Sie besänftigte die Proteste ihres Vetters schließlich mit einem süßen Versprechen:

«Ich gelobe Euch, mein schöner Al-Aziz, dass auch ich das Lager mit keinem anderen Mann teilen werde, denn in Eurer Liebe liegt meine Bestimmung.»

Als der Frühling des Jahres 956 das prächtige Winterkleid von kräftigen Ockerfarben gegen die leichten weißen Sommergewänder und kühlen Leinenstoffe tauschte, vollendete der kleine Abd al-Rahman, Sohn des Erbprinzen des Omaijadenthrones, sein sechstes Lebensjahr. Seine Krankheit hatte sich verschlimmert, und in den Frühsommermonaten, in denen die Luft voller Pollen und das Klima sehr trocken war, litt er besonders.

Der kleine Erbe wurde von heftigen Hustenanfällen und beängstigender Atemnot heimgesucht, die ihn entkräfteten und den Ärzten den Schlaf raubten, weil sie nichts dagegen tun konnten. Der ganze Hofstaat war beunruhigt, und die Seele seiner Mutter war tief betrübt.

Wegen der ständigen Sorge um seinen Sohn hatte sich Al-Hakams Miene verdunkelt. Er war sichtlich schwermütig, weigerte sich, an den Empfängen ausländischer Delegationen teilzunehmen, und hatte mehrere Vorhaben, die ihm einstmals sehr lieb gewesen waren, beiseite gelegt, ohne daran zu arbeiten. Die Diener tuschelten untereinander, der Prinz wache des Nachts schweißgebadet auf, aufgeschreckt durch düstere Träume, und ziehe es mitunter vor, gar nicht erst schlafen zu gehen.

Der Kalif Al-Nasir ließ seinen Enkel bei den Empfängen im Palast nicht mehr zu seiner Rechten sitzen, damit die Höflinge den Kleinen nicht krank sahen und um Gerüchte über die schlechte Gesundheit des Kindes zu vermeiden. Der Unmut des Königs wuchs mit jedem Tag. Sein allgemeines Misstrauen hatte sich so gesteigert, dass er alles, was er aß oder trank, zuvor bis zu fünf- oder sechsmal von seinen Eunuchen vorkosten ließ, und er akzeptierte nur die Prophezeiungen, in denen seiner Dynastie eine mindestens tausendjährige Regierungszeit vorausgesagt wurde, alle anderen lehnte er ab, ja er ließ sogar zwei Astrologen hinrichten, weil sie zu behaupten gewagt hatten, sie hätten in den Sternen gelesen, das cordobesische Kalifat würde in weniger als fünfzig Jahren untergehen.

Hasday Ibn Saprut musste als Botschafter des Kalifen in das christliche Navarra reisen, gegen den Wunsch seines engen Freundes Al-Hakam, der großes Vertrauen in die Pflege setzte, die der Arzt seinem kleinen Sohn angedeihen ließ, gegen den Rat der anderen Palastärzte, die wussten, dass der jüdische Arzt bei der Königsfamilie in besonderer Gunst stand, und sich ohne ihn unsicher fühlten, und auch gegen seinen eigenen Willen, denn der Auftrag, mit dem er entsandt wurde, war sehr unklar. Doch Allah regiert das Geschick der Menschen, Hasday musste gehorchen und bereitete seine Abreise für den Herbstanfang des laufenden Jahres vor.

Am ersten Tag des Jahres 957 nach christlicher Zeitrechnung war Abd al-Rahman III. Al-Nasir, der Omaijadenkalif von Córdoba, ungehalten und reizbar, denn er fühlte sich den Quacksalbern preisgegeben, die sich Ärzte schimpften. Sie redeten alle zugleich auf ihn ein, und statt seinen Kopfschmerz zu lindern, verschlimmerten sie diese unerträgliche Migräne damit noch, die ihm die Sinne schwinden ließ. Er war wegen Hasday Ibn Sapruts Abwesenheit ruhelos und launisch, obwohl dessen Mission ihm die endgültige Unterwerfung der christlichen Fürstentümer Navarra und Kastilien einbringen sollte.

Dem Kalifen machten seine sechsundsechzig Jahre zu schaffen, besonders im Winter, wie er dem inzwischen zweiundvierzigjährigen Prinzen Al-Hakam gegenüber bemerkte, als die beiden während der milden Mittagsstunden in warmen Mänteln in den königlichen Gärten spazieren gingen.

«Allah beschenkt meine Tage nicht mit der Neugier, die das Leben würzt», vertraute Al-Nasir seinem Sohn an. «Vielleicht genügt meinem Gott das Reich, das ich für ihn erobert habe, aber diese Ruhe quält meine Seele, denn der stillste Feind ist der schlimmste, er lauert ohne Hast, bis er sich auf dich stürzt und dich besiegt.»

Er seufzte.

«Ich vermisse das Drängen der Leidenschaft, das auch alle anderen Dinge mit Leben erfüllt. Ich kann mich nicht entsinnen, was mir die Kraft verlieh, Madinat al-Zahra aus dem Nichts zu erschaffen, und das erschreckt mich. Mein Eroberungsdrang ist erloschen, aber mein Herz denkt dennoch nur an das, was ich nicht bekommen habe.»

«Gebe Gott, dass es Euch gelingen möge, Ihn in der natürlichen Einfachheit der Dinge zu lieben, mein Vater», antwortete der Prinz. «Es gibt noch eine größere Macht als den Eroberungsdrang», fuhr er fort wie zu einem Kind, «nämlich das eigene Leben zu lieben und hinzunehmen, dass eine Hand Euer Geschick leitet, die stärker ist als Eure.»

Als Al-Nasir seinen Sohn nun betrachtete, fühlte er womöglich das Einzige, was er niemals einem anderen Menschen gegenüber gefühlt hatte, einen heimlichen, dumpfen Neid, denn sein Sohn besaß etwas, das er selbst in seinem ganzen Leben nicht erreicht hatte: die Fähigkeit, mit sich selbst im Einklang zu sein.

Der Kalif seufzte erneut. Dann brachte er das Gespräch auf die Palaststadt, das Symbol seiner Omaijadenmacht, und verkündete dem Prinzen, diese wunderschöne Perle des Okzidents liege nun in dessen Händen, damit er sie nach seinen eigenen Vorstellungen fertig erbaue, denn er selbst werde seinen Herrscherpalast nicht mehr verlassen.

Darauf verlangte er nach Wein und Musik und ließ seinen Enkel, den kleinen Abd al-Rahman, rufen; er befahl, Baldachine aufzustellen und Speisen in den Garten zu bringen, trotz der strengen Januarkälte. Er hieß auch Lubna kommen, damit sie ihm eines der persischen Märchen erzähle, die sie so unterhaltsam vorzutragen verstand und die sie aufzeichnete, damit sie nicht vergessen wurden. «Meine Berater sagen», so bemerkte er zu seinem Sohn, «viele dieser Geschichten handeln von dem großen persischen Kalifen Harun al-Raschid, dem Herrscher von Bagdad, der mir in vielen Punkten ähnlich ist und dessen Hof zu jener Zeit der mächtigste und blühendste der Welt war.»

IX

Den Tag, den die Sterne als Frühlings-Äquinoktium kennzeichneten, hatte der Kalif gewählt, um seiner Familie jenen exotischen Vogel zu zeigen, den ihm ein fremdländischer König als Geschenk überreicht hatte und der seine umfangreiche Sammlung seltener Vögel um ein besonders prächtiges Exemplar bereicherte. Die erfahrensten Handwerker hatten einen goldenen Käfig gebaut, der einen beeindruckenden Gegensatz zu dem glänzend schwarzen Gefieder bildete.

An einer sorgfältig ausgewählten Stelle des Gartens, zwischen Palmen und blassrot blühenden Bäumen aus dem fernen China, war auf einem Untergestell von grünem Marmor mit einem Sockel aus Onyx der Käfig aufgestellt, verhängt mit einem bunten Seidentuch. Seinen knapp siebenjährigen Enkel an der Hand, umgeben von Vertrauten, Frauen der Familie, Chronisten und mehreren Wesiren aus dem Geschlecht der Omaijaden, gab der Kalif voll Stolz das Zeichen, das Tuch von dem kolossalen Käfig zu entfernen, in dem man den durch die Dunkelheit verwirrten Vogel unruhig krächzen hörte.

Ein Diener entfernte das Tuch und enthüllte den gigantischen Vogel, dessen Gefieder tiefschwarz war wie eine mondlose Nacht im Wald. Als er seinen riesigen orangeroten Schnabel öffnete und ein halb erschrockenes, halb zorniges Krächzen ausstieß, wichen alle Anwesenden staunend und verängstigt zurück, obwohl der Vogel im Käfig gefangen war, denn sein Aussehen war wie eine düstere Drohung.

Da überkam den kleinen Abd al-Rahman, der vom Anblick des Vogels sehr aufgeregt war, einer seiner Hustenanfälle, der alle Familienangehörigen, Diener und Ärzte, die den Jungen ständig begleiteten, in Aufruhr versetzte. Sie eilten herbei, um ihm beizustehen, und wandten ihre Aufmerksamkeit vom Käfig ab, in dem der unselige Vogel so heftig mit den Schwingen schlug, dass die feine Goldschließe unter dem wütenden Drängen nachgab, woraufhin er ungelenk flatternd aus dem Käfig entkam und sich unter den panischen Schreien der Anwesenden drohend dem kleinen Abd al-Rahman näherte. Er schlug mit den dämonischen Schwingen, fixierte den Jungen mit den rot geränderten Augen, warf sich mit einem schauerlichen Schrei gegen die Brust des Kleinen und riss ihm die Rubinkette vom Hals, die seine wertvolle Tunika zierte.

Mit der roten Kette im Schnabel schwang er sich schwerfällig in die Luft und kreiste über den Häuptern der entsetzten Anwesenden, bis die königlichen Bogenschützen ihn auf den hastigen Befehl des Kalifen hin mit vielen Pfeilen beschossen. Endlich stürzte er getroffen zu Boden, wo er in einer zähen Blutlache schauderhaft krächzend liegen blieb, unbeachtet, denn alle starrten auf den Jungen, der verzweifelt nach Luft rang, während ihm schaumiges Blut aus dem Mund quoll und der gesamte Hofstaat laut schluchzend zu Allah flehte, Er möge ihn aus diesem Unglück erretten.

Doch der Junge starb an Ort und Stelle, unter den Augen der Ärzte und des fassungslosen Kalifen, der den leblosen Jungen in den Armen hielt und, vom Schmerz übermannt, herzzerreißend zu schreien begann, sein Leben verfluchte, alle Schätze seines Reiches verwünschte, selbst zu sterben verlangte und forderte, Allah möge dem Jungen den Atem wiedergeben. Er presste den blutüberströmten Kleinen verzweifelt an seine alte Brust und ließ den Tränen freien Lauf.

Erst nach vielen Stunden, mitten in der schwärzesten Nacht seiner gesamten Regierungszeit, konnte man den Kalifen vom erschlafften Körper des Kindes trennen, doch er hörte erst auf zu klagen, als die Ärzte ihm starke Schlafträнke verabreichten, durch die er das Bewusstsein verlor. In ganz Córdoba läuteten die christlichen Totenglocken, in den Synagogen wurden Gebete für den kleinen Abd al-Rahman gesprochen, die Klagen der Muezzins über das Unglück des künftigen Prinzen von al-Andalus schallten von den Minaretten, die Moscheen füllten sich mit Hunderttausenden von Muselmanen, die zu Allah beteten, und alle verfügbaren Boten wurden entsandt, um die mit dem Kalifen von al-Andalus befreundeten Könige von dem Verhängnis in Kenntnis zu setzen.

Der Erbprinz Al-Hakam ließ eine Bekanntmachung verfassen, in der er den Tod seines Erstgeborenen offiziell bestätigte und erklärte, er unterstelle sich demütig dem Ratschluss Allahs, er sei gewiss, dass die Seele seines kleinen Sohnes, rein wie Quellwasser, nun zu Dessen Rechter ruhe, er bitte die Einwohner Córdobas und alle Gläubigen des Islam, für den dahingegangenen Erben zu beten, und verspreche, es werde ein neuer Thronfolger der Omaijadendynastie geboren werden.

Doch auch Al-Hakam konnte seine Tränen nicht unterdrücken. Gemeinsam mit seiner geliebten Zayyan weinte er bitterlich, ihre Seelen waren voller Verzweiflung, und beide wussten in ihrem tiefsten Inneren, dass im Geschick des Reiches von al-Andalus eine düstere Wendung eingetreten war.

Für den verstorbenen Jungen wurde eine prächtige Totenfeier abgehalten, das Weinen der Klageweiber und die Prozessionen dauerten zehn Tage. Danach verfiel der Kalif in tiefe Schwermut, aus der er nur erwachte, um alle, die um ihn waren und nichts für ihn tun konnten, als bei ihm zu sein, zu beschimpfen und zu misshandeln. Er suchte Vergessen im Alkohol und machte es sich zur Gewohnheit, des Abends jungfräuliche Mädchen von kaum neun oder zehn Jahren zu sich kommen zu lassen, die ihm in seinen unkontrollierten Trieben und plötzlichen Anwandlungen von Raserei verängstigt zu Willen waren und unter denen er eines auswählte, mit dem er sich die Zeit bis zum Morgengrauen vertrieb – vielleicht um es dem König Shariyar aus jenen persischen Märchen gleichzutun, die in Madinat al-Zahra gerade so beliebt waren. Oft geschah es, dass ihm mitten in einem Trinkgelage plötzlich das Herz zerbersten wollte, dann brach er in unstillbares Weinen und Klagen aus, flehte Gott an, die Zeit zurückzudrehen, bat ihn um Vergebung für alle Anmaßung in seinem Leben und schwor, künftig stets sanftmütig und gehorsam zu sein, wenn Er dafür nur den Toten wieder zum Leben erweckte.

Zayyan zog sich trostlos und ohne Hoffnung endgültig in ihre Privatgemächer zurück. Drei Monate nach dem Tod ihres kleinen Sohnes, der wenig später den siebenten Geburtstag gefeiert hätte, war sie vierzig geworden.

An einem nicht sehr heißen, aber drückenden Sommertag des Jahres 957 rief sie Lubna ein letztes Mal zu sich.

Sie erzählte, wie ihre Mutter, jene Frau aus dem heidnischen Norden, ihren Tod gespürt hatte, nachdem ihr Sohn gestorben war. Da sie dieses Vermächtnis in sich trug, wusste Zayyan, dass ihr eigener Tod nahe war; sie wollte alle Liebe ausdrücken, die ihre Seele spürte, und Allah danken für das Glück, mit dem er sie bis zu diesem Tag bedacht hatte.

«Du, meine geliebte Tochter Lubna, bist die schönste Gnade, mit der Allah mein Dasein ausgezeichnet hat, ich blicke voller Stolz auf die Tage und Stunden, die ich um deinetwillen gelebt habe. In all diesen Jahren habe ich meinen Körper fünfmal täglich zum Gebet niedergeworfen, und jedes Mal dankte ich Allah für die Liebe, die dein Vater, mein geliebter Prinz Al-Hakam, mir entgegenbringt, dessen Geschick ich annahm und zu meinem machte. Ich lege mein Schicksal in Seine Hände und rühme Seine Herrlichkeit, Er schenkte mir diese sieben zusätzlichen Jahre, in denen mein Sohn lebte, denn als ich ihn zur Welt brachte, wusste ich bereits, dass mein Leben mit dem seinen verbunden war und sein Tod auch der meine sein würde.»

Lubna wollte nicht glauben, was sie hörte, in ihren Augen standen Tränen, und die Gelassenheit ihrer Mutter ließ sie aufbegehren. Doch Zayyan sprach ruhig weiter.

«Hier und jetzt nehmen wir Abschied voneinander, liebe Tochter. Kämpfe nicht gegen dein Geschick und leide nicht um meines; wehre dich nicht dagegen zu lieben, und wehre dich nicht dagegen zu leiden, denn alles im Leben ist eins. Beschreite deinen Weg, meine geliebte Tochter Lubna, frei von allen Fesseln. Ich werde immer bei dir sein …»

~

So geschah es, dass Zayyan an einem Morgen jenes ausgehenden Sommers, als sie das Wasser des Teiches betrachtete, in dem sich unzählige bunte Fische tummelten, in der Gewissheit, dass sie das Ende ihres Weges erreicht hatte, still und plötzlich verstarb. Ihr Herz hörte einfach auf zu schlagen.

Mutter und Sohn hatten den Familienfriedhof der Omaijaden in Madinat al-Zahra an einer geschützten Stelle des Palastgartens eingeweiht. Dort fand Hasday, als er an einem Wintermorgen beinahe ein Jahr nach seiner Abreise zurückkehrte, seinen Busenfreund, den Erbprinzen Al-Hakam, vor den flachen Erdhügeln zwischen Kamillen, Narzissen und gelben Levkojen am Boden kniend, untröstlich weinend, starr vor Kälte, gealtert und entkräftet. Mit hängendem Kopf vertraute der Prinz ihm an, dass er seit dem Hinscheiden seiner Gemahlin Allah täglich anflehe, Er möge ihn tot umfallen lassen, er könne die Einsamkeit ohne sie nicht ertragen, doch Allah, sein Gott, habe ihn vergessen, denn er sei noch immer am Leben und finde weder in Gebeten noch in der Gelehrsamkeit Trost.

Al-Hakam suchte Zuflucht in seinen Büchern, verlor jedes Interesse an der Welt und an den Belangen des Hofes und verbrachte die meiste Zeit in seiner Privatbibliothek. Lubna erteilte ihrem Herzen und ihrem Geist den eisernen Befehl, den Schmerz so schnell wie möglich zu vergessen, und widmete sich ununterbrochen und ohne Ruhepause ihrer Arbeit als Übersetzerin, Kalligraphin und Kopistin in der königlichen Bibliothek.

So wurde die Beziehung zwischen Vater und Tochter enger. Sie verbrachten viele Stunden gemeinsam, in denen sie mehr teilten als die ausgeprägte Liebe zu den Büchern, nämlich den verzweifelten Willen, weiterzuleben. Oft wurden sie bei ihren gelehrten Gesprächen über die Klassiker, über Dichtkunst, Politik, Philosophie oder Theologie von der Nacht und sogar vom Morgengrauen überrascht, doch beide schwiegen über die Qual ihrer Seelen, die sich hilflos nach Zayyan sehnten. Der Prinz lernte Lubnas Meinung und Rat schätzen, denn trotz ihrer Jugend – sie war kaum einundzwanzig – und trotz des übermächtigen Schmerzes in ihrem Herzen gewann sie Tag um Tag an Verstandesschärfe und Weisheit.

~

Indessen entwickelte sich Al-Aziz zu einem bedeutenden und geschickten Diplomaten im Dienste des Königs. Seine erfolgreichen Missionen als Statthalter der nordafrikanischen Provinzen brachten ihm großes Ansehen ein, aber sie hielten ihn vier oder fünf Monate im Jahr von Madinat al-Zahra fern.

Lubna und er unterhielten eine leidenschaftliche Liebe, die allgemein bekannt war und die gleichermaßen von der Nähe wie von der Entfernung genährt wurde und mit dem Verstreichen der Zeit noch wuchs.

In ihm fand die junge Lubna Unterstützung und Trost, allmählich keimte sogar neuer Lebensmut in ihr, indem sie ihn hingebungsvoll, mit aller Kraft liebte und für den Rest ihres Daseins dort zu leben wünschte, wo immer er sie hinführen würde, so wie es ihre geliebte Mutter Zayyan gehalten hatte.

Seit den düsteren Ereignissen, die der Omaijadendynastie ihren Thronfolger geraubt hatten, waren zwei Jahre vergangen. Das Jahr 960 stand bevor. Lubna eröffnete mit Erlaubnis und Unterstützung ihres Gebieters, des Prinzen Al-Hakam, eine Schule für Grammatik und Kalligraphie im Haus des Jadebaumes.

Sie trug den Titel Oberste Lehrmeisterin des Hofes und unterrichtete die künftigen Amtsschreiber – nur junge Menschen aus gutem Hause – in Kalligraphie. Später wurden deren Niederschriften von Gesuchen, Anträgen, Eingaben und Tagesberichten im Haus der Wesire von Madinat al-Zahra überprüft. Lubna arbeitete unermüdlich, sie tat das, was sie am meisten liebte, nämlich schreiben, und verwaltete ihre Schule auch selbst; außerdem leitete sie die Arbeiten der Katalogisierung der königlichen Bibliothek und war als Übersetzerin und als Beraterin des Prinzen Al-Hakam tätig. Ihr Ruf als überaus geistreiche Denkerin und Gelehrte wuchs in al-Zahra ins Unermessliche, sie wurde sehr geschätzt und bewundert.

Ihr berühmter Lehrer Al-Qali legte ihr nahe, einen stillen Jungen mit honigfarbenen Augen in ihre Schule aufzunehmen, der Muhammad Ibn Abi Amir hieß, kaum neunzehn Jahre alt war und der altstämmigen arabischen Amir-Familie angehörte. Der Junge war klug und in Philosophie, Theologie und Literatur bewandert, offenbar strebte er nach einem bedeutenden Posten am andalusischen Hofe.

Lubna stellte fest, dass Muhammad Ibn Abi Amir tatsächlich ein brillanter, wenn auch sehr zurückhaltender Schüler war, dass er äußerst sorgfältig arbeitete und jeden Lernstoff offen und neugierig aufnahm, sowohl den der Bücher als auch den des Lebens. Er war ein guter Beobachter und verstand es, sich beliebt zu machen; er war hoch gewachsen und gut aussehend, und sein dunkles, gelocktes Haar verlieh ihm etwas Geheimnisvolles.

Seit etwas über einem Jahr besuchte er nun Lubnas Schule und gehörte immer zu den Letzten, die gingen, stets bestrebt, seine Aufgaben fertig zu stellen, und stets begierig nach noch mehr Zeit.

(Da er mitunter erst gegen Abend ging, sah er häufig den Omaijadenstatthalter Al-Aziz über die Türschwelle des Hauses seiner Lehrerin treten und nach Hinds herzlicher Begrüßung strahlend vor Glück in die Privatgemächer hinaufsteigen. Dann hörte man Lubnas freudige Stimme, Lachen, Gläserklirren und Kosen, schließlich verstummten die Stimmen, und es wurden zwei oder drei Kerzen entzündet.)

Muhammad begleitete eine Delegation Al-Hakams als Kopist nach Bagdad oder suchte im Auftrag des Prinzen in den Bibliotheken Konstantinopels nach einem Buch, bis ihn schließlich der Oberste Kadi von Córdoba wegen seiner ausgezeichneten Referenzen als Schreiber in seine Dienste nehmen wollte. Al-Hakam sandte dem jungen Mann persönlich ein Geschenk und versicherte ihm, die Tore von Madinat al-Zahra stünden ihm immer offen, und Muhammad murmelte: «Wenn Allah es so will.»

Mit zitternden Händen und Lippen und einer seltsamen Kälte in der Seele verabschiedete sich Lubna in jener Nacht von ihrem Geliebten Al-Aziz, der im Morgengrauen wieder nach Nordafrika aufbrechen musste. Obwohl ihr Beisammensein überaus süß und genussvoll gewesen war, obwohl er versprach, ihr bei seiner Rückkehr wundervolle Geschenke und Tausende von Küssen mitzubringen, wie er es immer tat, verblasste der Quarzschmetterling an Lubnas Hals, sein Gewicht wog schwer, und sie wollte die Umarmung nicht lösen.

Als sich die zaghafte Sonne des Februaranfangs im Jahre 961 über den Horizont schob und die fernen Christenglocken läuteten, um die Bauern auf die Felder zu rufen, verabschiedete sich Al-Aziz mit einem zarten Kuss von seiner Geliebten. Sie öffnete jedoch die Augen nicht und gab vor zu schlafen, um ihn nicht einmal mehr gehen zu sehen und ihm nicht Lebewohl sagen zu müssen.

Die Tage vergingen, und der März brach an, der dem Hof und Lubnas Herz traurige Erinnerungen brachte. Da fiel ihr auf, dass ihre Monatsblutung ausgeblieben war, und sie spürte, dass ihr Leib sich ausdehnen wollte, dass die Haut über ihrem Bauch sich ganz allmählich spannte, dass all ihre Sinne sich nach innen wandten und dort einen anderen Widerhall fanden als gewohnt. Sie erriet, dass sie den Samen ihres Geliebten Al-Aziz in sich trug, und ihre Seele füllte sich mit großer Freude. Sie stellte sich darauf ein, offen zu ihrer Schwangerschaft zu stehen, obwohl es Gerede geben würde, da sie unverheiratet war, und erwartete Al-Aziz' Rückkehr freudiger denn je.

Die Beziehungen zu den Christen waren entspannt, die letzten Aufrührer hatten sich dem Kalifen schon vor zehn Jahren unterworfen, sodass dieser seinem Sohn Al-Hakam eine ruhige Regierungszeit vorhersagte, jetzt, wo er sein siebzigstes Lebensjahr vollendete und ein alter Mann war, dessen Augen spürten, dass sie bereits alles gesehen hatten.

Doch der Prinz weigerte sich zu denken, was sein Innerstes schon wusste, und redete dem Vater zu, König zu bleiben, indem er sagte:

«Lieber Vater, ich bin ein guter Prinz, aber Ihr seid der bessere König. Allah gefiel es, dieses andalusische Reich so groß werden zu lassen, dass zwei Kräfte notwendig sind, um es zu regieren, die Kraft Eurer Leidenschaft und die Kraft meiner Besonnenheit. Denn es ist Euer Herz, das befiehlt, und es ist mein Kopf, der alles ordnet, mein Herrscher und Vater, und mit Allahs Gnade kann das noch fünfzehn oder zwanzig Jahre so bleiben. Immerhin sind aus abgelegenen Gegenden in den Bergen viele Fälle der Langlebigkeit bekannt.»

Der Kalif verharrte schweigend, als betrachte er den Wind über den Terrassen von Madinat al-Zahra.

In der Nacht des Frühlings-Äquinoktiums setzte sich Al-Nasir in einem Anfall von Schwermut, welcher ihn weinen und klagen ließ in Erinnerung an den toten Enkel, der in diesem Jahr 961 der Christen elf Jahre alt geworden und bereits zum Erben und Nachfolger seines Vaters, des Prinzen, ernannt worden wäre, auf ungebührliche Weise dem eiskalten Wind von den Bergen aus. Er wies Mantel und Decken zurück und schlug blind nach den Dienern, die ihn in seine Gemächer führen wollten. Schluchzend und schreiend, nur mit einem Hemd und einer leichten Tunika bekleidet, blieb er lange Zeit unter freiem Himmel, und die Luft verwandelte seine Schreie in eisige Atemwolken.

Er wurde sehr krank und musste mehr als drei Monate das Bett hüten, doch schließlich genas er dank der Heilkunst des weisen Hasday, der unermüdlichen Gebete des Prinzen Al-Hakam und seiner eigenen körperlichen Stärke. Noch vor dem Spätsommer jenes Jahres war er wieder in der Lage, den Vorsitz eines jener dichterischen Wettstreite zu übernehmen, die am Hofe so beliebt waren.

Bei dieser Gelegenheit bemerkte er Lubnas fortgeschrittene Schwangerschaft, obwohl sie sich bemühte, ihren Zustand unter Schleiern und üppigen Tüchern zu verbergen. Er rief den Prinzen zu sich und ließ ihn wissen, dass er sich für diesen Urenkel, der ihm da geboren werden sollte, sehr interessiere.

«Das Kind, das diese Dichterin, deine Tochter, unter dem Herzen trägt», sagte er, «verkörpert das edelste Erbe der andalusischen Omaijadendynastie, denn es verbindet dein Erbprinzenblut mit dem Blut eines weiteren Prinzen, dem deines Bruders, des Vaters von Al-Aziz. Gib bekannt: Wenn es ein Junge wird, ordne ich an, dass er als Thronfolger behandelt und zwecks seiner Erziehung unter dem Siegel des Kalifen an den Königshof gebracht wird.»

Bald darauf, Anfang Oktober desselben Jahres, in dem es früh kalt geworden war, schreckte Al-Nasir mitten in der Nacht hoch. Traumbilder von einem stürmischen Meer und hilflos treibenden Schiffen verfolgten ihn, er war voller Angst, denn er fühlte sich vom Chaos der tosenden Wellen erfasst und sah sich selbst mit der Schiffsbesatzung ertrinken. In seinem Wahn befahl er, die Türen und Fenster seines Schlafgemachs weit zu öffnen, und schleppte seine müden siebzig Jahre auf den Balkon, wo der Vollmond leuchtete und ein schneidend kalter Wind wehte.

Daraufhin erkrankte der Kalif erneut an hohem Fieber und quälendem Husten. Hasday wich nicht von seinem Bett, um jede Regung zu überwachen. Al-Hakam war diesmal tief beunruhigt, denn er ahnte, dass seines Vaters Ende gekommen war. Er rief Wesire, Kammerherren und Militärbefehlshaber zusammen, damit sie sich bereit hielten, setzte auch den Rest des Hofstaates und seine Brüder in Kenntnis und ließ den Imam der Moschee kommen, damit er für den Herrscher bete.

An einem Abend Mitte Oktober traf im Palast, der ganz von der Sorge um das Leben des Kalifen erfüllt war, ein Eilbrief ein, in dem mitgeteilt wurde, die Gesandtschaft unter dem Befehl des Wesirs Al-Aziz, Statthalter der nordafrikanischen Provinzen, habe in den Gewässern der Meerenge auf dem Rückweg nach Córdoba Schiffbruch erlitten. Alle Schiffe seien auf hoher See untergegangen, weder Besatzung noch Fracht seien gefunden worden.

Lubna erhielt die Nachricht durch einen privaten Boten. Sie traf mit der Gewalt einer stählernen Lanze in ihr Herz, geschleudert aus dem Nichts. Plötzliche Übelkeit krampfte ihren Magen zusammen, eine Woge von Hass auf das Leben überflutete ihre Seele, ein stechender Schmerz zerriss ihren Leib, und sie spürte, dass sich etwas unter ihr ergoss wie blutroter Wein aus einem berstenden Gefäß. Ihre Beine versagten den Dienst, in unerträglichem Schmerz klammerte sie sich an Hinds Kleider. Hind konnte den zusammensackenden Körper nicht halten und rief gellend durchs Haus, bei der Herrin, der Grammatikerin Lubna, hätten die Wehen eingesetzt, es sei lange vor der Zeit, man solle einen Aderlass vorbereiten, die Hebamme und den Arzt Hasday rufen, denn ihre Tochter Lubna wolle sterben, um bei Allah den Tod ihres Gemahls zu vergessen.

In Tränen aufgelöst, mit eilig herbeigeschafften Leintüchern über den Armen, flehte Hind zu Gott, dem Unglück ein Ende zu setzen und ihrer geliebten Lubna den Lebensatem zu erhalten, denn nun gebäre sie doch ein Kind, das keinerlei Schuld auf sich geladen habe und seine Mutter brauche.

Allah erhörte ihre Bitten, Lubna entband ohne besondere Schwierigkeiten im Morgengrauen des fünfzehnten Tages des Monats Oktober im Zeichen der Waage, die von Venus beherrscht wird, ein gesundes Mädchen mit lapislazuliblauen Augen und goldblondem, lichtglänzendem Haar. Hind lachte und weinte zugleich, während sie ihrer schönen Lubna die Stirn kühlte, ihr die neugeborene Tochter in die Arme legte und sie drängte, frisches Wasser zu trinken und dieses wunderschöne Wesen zu betrachten, das Allah ihr durch die Liebe ihres Al-Aziz geschenkt hatte, die damit für alle Zeit unsterblich geworden war.

«Dieses Kind», sagte Hind inständig zu Lubna, damit diese ihr trotz der unstillbaren Tränen zuhörte, «ist ein Zeichen, dass dein Geliebter immer bei dir sein wird, meine Tochter. Sieh es an, du hältst die lebendige Erinnerung an seine Liebe in den Armen, so ist es Allahs Wille, denn nach all den düsteren Tagen der letzten Zeit ist dieses Kind das Licht, das Er uns gesandt hat.»

Am nächsten Tag teilte Hasday dem Kalifen mit, Allah habe es gefallen, dass das Kind der Dichterin ein Mädchen sei. Al-Nasir verzog leicht den Mund, versuchte, sich auf dem Bett umzuwenden, und Allah wollte es, dass er daselbst verschied, inmitten all seiner Söhne und mit Al-Hakam am Kopfende seines Bettes, der um den verstorbenen Kalifen aufrichtige Tränen weinte.

Allah gefiel es, dass der Verlust des größten andalusischen Kalifen jenen Herbst und den ganzen Winter hindurch in zahlreichen tagelangen Totenfeiern betrauert wurde, Allah gefiel es, dass Lubnas Tochter bald das normale Gewicht und die normale Gesundheit eines Neugeborenen erlangte, obwohl ihr beinahe ein Monat im Mutterleib fehlte. Sie gaben ihr den Namen Nur, was Licht bedeutet.

Und Allah gefiel es, dass diese Nur ich war.

Teil drei

I

Wenn ich an meine Kindheit zurückdenke, erinnere ich mich an grüne und goldene Bilder aus dem Innenhof des Hauses meiner Mutter, der kundigen Kalligraphin und Grammatikerin Lubna, an den Duft von Sandelholz und Weihrauch aus den Räucherbecken im ersten Stock, an die volkstümlichen Lieder der Dienerinnen im Waschraum und an unsere sangeslustige Tante Hind, die ständig putzte, die bestickten Vorhänge an den Fenstern zum Hof ausschüttelte oder die schwachen Flammen der Lampen schürte. Mit hoher Stimme rief sie meinen Namen, als hätte einer der Distelfinken in den Baumwipfeln von al-Zahra ihn nachzuahmen gelernt und rufe ihn nun ein ums andere Mal mit trillerndem Zwitschern. Dann sprang ich auf, wie eine Flachsblüte oder ein Gänseblümchen aufblüht, egal wo ich gerade war, und eilte durch das Haus zu ihr. Meist fand ich sie neben dem Brunnen im Hof sitzend, wo sie Vorhänge für die Sichtschutze bestickte, Bohnen ausschalte oder die abgefallenen Blütenblätter der Rosen in Alkohol einweichte.

Sie kümmerte sich nicht nur um mich, sondern auch um meine Mutter, denn Lubna war voller Schmerz und Zorn über das Leben und hatte die Pforten ihres Herzens trotzig gegen jedes Wiederaufkeimen der Liebe verschlossen.

Hind erklärte mir oft, wie wichtig das Amt meiner Mutter als kundige Kalligraphin und königliche Beraterin sei, dafür habe Allah sie in die Welt gebracht, ich solle mich nicht grämen, dass sie so wenig Zeit mit mir verbringe – selbst zu Hause war sie meist in ihre Lektüre vertieft oder schrieb Verse –, denn im Grund ihres verbitterten Herzens liebe sie mich zutiefst. Ich hatte mich von klein auf daran gewöhnt, auf einem Teppich in Lubnas Gemächern zu sitzen und mich still an ihrer

Anwesenheit zu freuen, während sie das tat, was sie am meisten im Leben liebte, nämlich unermüdlich zu schreiben, aus schwungvollen Federzügen Gedichte entstehen zu lassen, mit größter Perfektion jene Texte in Schönschrift zu übertragen, die ihr kenntnisreicher Geist übersetzt hatte. Auf diese Weise kam ich oft in den Genuss des zarten Duftes nach Flieder und Safran aus ihrem Haar, das sie stets im Zopf trug.

Täglich begleitete ich Hind bei verschiedenen Besorgungen außerhalb des Hauses, und beide liebten wir es am meisten, den Stoffmarkt aufzusuchen, wobei wir so taten, als seien wir einfache Sklavinnen. Trotz ihrer hohen Abstammung und ihres Alters von beinahe vierzig Jahren hatte Hind sich der Strenge ihres Ranges nicht gebeugt und liebte es, leichte Tuniken und Fußkettchen zu tragen wie eine Sklavin und hinter dem Rücken der wachsamen Diener und Eunuchen die Märkte von Madinat al-Zahra zu besuchen.

Der Markt war ein Durcheinander von Tausenden lärmender Seelen, das sich über die unterste Terrasse ausdehnte bis ans Nordtor der Stadtmauer, auf deren anderer Seite der Warenaustausch weiterging bis Córdoba.

Vom Tagesanbruch bis zur Dunkelheit bedienten Duftstoffhändler, Wasserverkäufer, Obsthändler, Wahrsager, Barbiere, Fleischer und Schneider unermüdlich ihre Kunden, die sich zwischen den Ständen hindurchschoben. Es wurde verhandelt und gefeilscht, in einem Sprachengewirr aus Arabisch, Spanisch, der klangvollen und unverwechselbaren Verschmelzung beider, den nordafrikanischen Dialekten des Arabischen, im arabisierten Hebräisch der gebildeten Juden oder in den orientalisch klingenden Sprachen der fahrenden Händler. Die Luft war erfüllt von Gerüchen nach Leder, glühendem Eisen, Schwefel, Kräutern, Öl, Aromen, Rauchharzen und Räucherkohle, die sich in unserer Kleidung festsetzten. Auf den Straßen rund um den Marktplatz hatten die Handwerkszünfte ihre

Stände, es war ein Gemenge von Menschen und Gewerben, in dem man sich leicht verirren oder ausgeraubt werden konnte.

Genauso plötzlich, wie der Lärm in den ersten Morgenstunden begann, verstummte er des Abends, wie eine Kerzenflamme erlischt. Dann breitete sich eine rosafarbene und goldene Decke von Stille aus, die dem Raunen der Zweige und dem Plätschern der Brunnen wieder Raum ließ.

Dieses geräuschvolle Leben endete vor den Mauern des Kalifenpalastes, der mit seinen Nebengebäuden wie eine Festung wirkte. Die ganze Anlage schien in einer anderen Zeit, in einer anderen Welt und nach einem anderen Rhythmus zu leben, ihre Schönheit und ihr Reichtum waren von den Belangen des Alltags isoliert und versanken langsam in den düsteren Wassern der Schwermut Al-Hakams.

Unser Haus lag ganz für sich an der Zugangsrampe zur obersten Terrasse. Es war durch eine schmale, wunderschöne Gasse, in der es stets grünte und blühte, mit dem Prinzenhaus verbunden, Al-Hakams einstiger Residenz, die inzwischen leer stand.

Aufgrund unserer Abstammung war es Hind und mir gestattet, die königlichen Gärten jederzeit zu betreten. Wir unternahmen lange Spaziergänge zum künstlichen Teich auf einer Lichtung des prächtigen Waldes aus Tamarisken, blühenden Mandelbäumen, Kirschbäumen, Palmen, Pappeln, Maulbeerbäumen, Silberfeigen, Oleander, Zypressen und anderen, von Spezialisten sorgfältig gepflegten exotischen Bäumen aus fernen Ländern. Das sanfte Wiegen des Waldes berührte mich wunderlich und trug mich in ferne, prunkvolle Welten, wie sie in den persischen Märchen und Gedichten beschrieben wurden, die ich aus dem Mund meiner Mutter hörte, während sie sie auf Papier niederschrieb, das sie selbst sorgfältig geglättet hatte.

Hind sprach liebevoll und gut vom Kalifen Al-Hakam,

ihrem Bruder, der bei seiner Ernennung den Namen al-Mustansir Billah angenommen hatte, welcher bedeutet: «Der die siegreiche Hilfe Gottes sucht».

Sie erzählte mir von der leidenschaftlichen Liebe zwischen Al-Hakam und meiner Großmutter Zayyan sowie andere Geschichten aus der Omaijadenfamilie und erklärte mir, dass ich als Junge der nächste Kalif des andalusischen Reiches geworden wäre.

Als ich dem Kalifen Al-Hakam zum ersten Mal begegnete, war ich vier Jahre alt, und in jenem Jahr 965 war gerade sein Sohn Hisham geboren worden.

Dieser Mann mit den grünen Augen und dem gefassten, aber traurigen Blick war also der König. Er war fünfzig; sein schmales Gesicht war vom ergrauten Haar und dem rötlichen, gestutzten Bart eingerahmt. Schlicht gekleidet, saß er auf einem Thron aus Gold und Edelsteinen, auf dessen breitem Treppenpodest seine Brüder und die Hofwesire neben ihm standen, angeführt vom Großwesir Al-Mushafi. Dann kamen die Kammerherren und die Heerführer, darunter General Galib, der oberste Richter von al-Andalus, und verschiedene Botschafter aus christlichen Königreichen und aus dem Morgenland. Weiter außen saßen die Eunuchen, Anführer der Palastwache, die Getreuen Faiq al-Nizami und Chawdar, der Falknermeister, der Freigelassene Chafar, der die Fertigstellung des Mihrab der Großen Moschee von Córdoba geleitet hatte, sowie die engsten Berater des Kalifen wie Hasday Ibn Saprut, der jüdische Arzt, und meine Mutter Lubna, die einzige Frau, die das Sonderrecht besaß, offen unter den Würdenträgern des Hofes zu verkehren.

Wie ich später erfuhr, befand sich auch der Kalligraph Muhammad Ibn Abi Amir unter den Würdenträgern, ein ehemaliger Schüler Lubnas, der vor kurzem als Verwalter in den Palast von al-Zahra berufen worden war.

Hinter dem Sichtschutz warteten wir Frauen, Verwandte des Königs und andere Bevorzugte.

Wir feierten die Geburt des Erben Hisham. Der ganze Hof dankte dem allmächtigen Allah, denn der Kalif hatte bereits gefürchtet, Gott werde ihm keinen Thronerben schenken – wenn auch manche behaupteten, das habe ihm in Wirklichkeit gar nicht viel bedeutet. Wie auch immer, die Hofdichter, unter ihnen der bedeutende Al-Ramadi, besangen das hohe Geschick des vor kurzem geborenen Kindes Hisham und lobten Allah. Die Vorbeter aus der Großen Moschee von Córdoba und die Koranrezitatoren aus der Moschee von Madinat al-Zahra zelebrierten feierliche Gebete zu Ehren des Kalifen und seines Erben und zum Ruhme Allahs.

Es wurde musiziert und getanzt, Süßspeisen wurden gereicht, die Frauen amüsierten sich hinter dem Sichtschutz, obwohl sie verschleiert bleiben mussten und die Stimme nicht erheben durften.

Da Al-Hakam meine Mutter bat, mich zu ihm zu bringen, holte man mich hinter dem Ebenholzgitter hervor und befahl mir, zum Thron des Königs hinaufzusteigen. Er nahm mich in die Arme und lächelte herzlich wie lange nicht mehr. Mit warmer Stimme sagte er vor allen Anwesenden, meine Gestalt habe viel von der Schönheit meiner Großmutter Zayyan, und er wünsche mir, dass die Ähnlichkeit unserer Seelen ebenso groß sei.

Diese Geste des Kalifen wurde respektvoll aufgenommen, nur Subh, die Mutter des neuen Thronerben, war sichtlich brüskiert und verließ ihren Ehrenplatz hinter dem Thron des Königs.

Der Wesir Al-Mushafi hatte die Mutter des kleinen Hisham, allgemein «die Baskin» genannt, aus dem Bestand von Sklavinnen des vorherigen Kalifen als Konkubine für Al-Hakam ausgewählt, weil sie seiner unvergessenen Geliebten Zayyan ähnelte. Sie hatte ebenfalls langes blondes Haar und Augen von durchscheinendem Blau. Die Thronfolge war noch nicht gesichert, das andalusische Reich brauchte dringend einen Erben, und Subh war, so die Gedanken des Wesirs, jung genug, um mit Leichtigkeit den Sohn zu gebären, den das Königreich benötigte.

Meine Tante Hind behauptete allerdings, Subh habe gar nichts von meiner Großmutter Zayyan. Ihr Blick war kalt, ihr Auftreten sogar dem König gegenüber hochmütig. Sie wusste, warum und wozu sie ausgesucht worden war, und nutzte ihre Stellung weidlich aus.

Außerdem hatte Al-Hakams offene Gleichgültigkeit ihr gegenüber sie enttäuscht und gekränkt; der König war an Leib und Seele leidend, seit die Verantwortung des Regierens auf ihm lastete, und war, als er sie zur Konkubine nahm und das Lager mit ihr teilte, lediglich dem politischen Rat seines Wesirs gefolgt. Man erzählte sich, in der Nacht, in der Subh in seine Gemächer gebracht wurde, habe der Kalif, durch die Umstände angeregt, aber ohne echte Lust, die Konkubine um Verzeihung gebeten und ihr erklärt, es handele sich um einen rein politischen Akt und er hoffe, sie nicht zu beleidigen, wenn er die Augen schließe und den Funken der Leidenschaft in der Erinnerung suche. Es gehe ihm einzig und allein darum, dem Reich einen Erben zu schenken, so es Gott gefalle. Sie antwortete mit harter Stimme, ihren verletzten Stolz hinunterschluckend, ihr Herr und Gebieter, der Kalif, möge beruhigt sein, auch sie wünsche nichts sehnlicher, als einen Thronfolger zu gebären. Den Rest der Nacht wie auch die meisten anderen Nächte habe der Kalif damit verbracht, seine Bücher zu studieren und seine Gedanken über Politik, Philosophie, Macht und Schicksal niederzuschreiben.

Nachdem Al-Hakam den kleinen Hisham zum Prinzen ernannt und ihm eine Staatsrente, Besitztümer und Vorrechte überschrieben hatte, ließ Subh sich «königliche Mutter des Thronerben» nennen, berief eigenmächtig Sekretäre, die ihr genehm waren, und ernannte ihren Schützling Muhammad Ibn Abi Amir zum Vermögensverwalter des Prinzen. Außerdem verschaffte sie sich luxuriöse Reichtümer für ihren privaten Gebrauch, und obwohl der König nach der Geburt des Prinzen nie wieder nach ihr verlangte, um das Lager mit ihr zu teilen, prahlte sie mit ihrem Konkubinat. Sogar innerhalb des Palastkomplexes ließ sie sich in einer Sänfte tragen, nahm unter dem Vorwand, sie wolle über die Rechte des Prinzen wachen, an den Beratungen der Wesire teil und verlangte von den Frauen des Harems, sie zu hofieren und zu grüßen wie eine Königin. In ihrem Ehrgeiz verstieg sie sich sogar zu dem Wunsch, zur Gemahlin des Kalifen zu werden, doch das erreichte sie niemals.

~

Als Schwester des Königs war Hind verpflichtet, der Mutter des Thronerben offizielle Besuche abzustatten. Häufig besuchten wir sie gemeinsam, was meiner Tante stets große Genugtuung bereitete, denn wenn Subh mich sah, verzerrte sich ihr Gesicht, sie konnte ihre Abneigung nicht verbergen. Sicher musste sie bei meinem Anblick an meine Großmutter Zayyan denken und war eifersüchtig auf jene, die die Liebe des Königs besessen hatte und auch im Tode noch immer besaß.

«Dies ist der wahre Reichtum», erklärte mir Hind des Nachts, wenn wir in unserem Haus alleine waren, «zu spüren, dass du von dem Menschen geliebt wirst, den du liebst. Subh strebt nach einem Reichtum, den sie nicht besitzen kann. Ihr Geld füllt zwar viele Schatullen, doch es ist nicht mehr wert als der billige, funkelnde Glasschmuck der fahrenden Tänzerinnen, der Juwelen und Edelsteine imitiert, dem aber die wahre Herkunft aus dem lebendigen Schoß der Erde fehlt. Sie kann nicht geliebt werden, weil sie selbst nicht liebt. Niemals wird sie die Macht besitzen, nach der es sie verlangt, selbst wenn es ihr gelingt, andere nach ihrem Belieben zu beeinflussen.»

Damals war ich sechs Jahre alt, und obwohl ich nicht so recht begriff, wovon Hind sprach, verstand ich doch, was sie meinte, wenn ich dem Verwalter Muhammad aus der Amir-Familie ins Gesicht blickte. Oft kreuzten sich meine Schritte mit den seinen, wenn er der Konkubine Subh des Abends seinen Besuch abstattete und sie dreist umwarb, ohne sich von unserer Anwesenheit stören zu lassen. In seinen Augen konnte ich lesen, dass er eine Hingabe vorspielte, die er nicht empfand.

Muhammad war ein schlanker, hoch gewachsener und, wie die Frauen des Palastes fanden, gut aussehender Mann. Er kleidete sich elegant, doch etwas in seiner Art, sich zu bewegen, in seinem Auftreten oder in seinem Gang wirkte linkisch oder ungelenk. Vielleicht war es eine gewisse Unsicherheit, die er mit steifen und gekünstelten Gesten und einer sehr leisen Aussprache zu überspielen suchte, was alle anderen zwang, ihm ihre ungeteilte Aufmerksamkeit zuzuwenden, um ihn überhaupt zu verstehen. Seine Augen waren unstet und ruhten selten an einer Stelle, er beobachtete alles, was um ihn herum vorging, als sei er übertrieben misstrauisch. Niemals sah er seinem Gegenüber direkt in die Augen, nicht einmal der Konkubine Subh, die er mit großer Vertraulichkeit behandelte und offen anlächelte. Die Baskin begrüßte ihn stets überschwänglich mit schriller Stimme, streckte einen Arm nach ihm aus, ließ ihn vor ihrem Diwan niederknien, nahm ihm die Kappe ab, die er zu tragen pflegte, wie es unter den Rechtsgelehrten in Córdoba

Mode war, um einen würdigeren Eindruck zu machen, und strich ihm über das Gesicht und das kupferfarbene Haar.

Er war sechsundzwanzig Jahre alt, sehr bewandert in Sachen Recht und politischen Strategien, und er war der Vermögensverwalter des Prinzen Hisham, den er jedoch nicht mit dem gebührenden Respekt behandelte, sondern mit dem offensichtlichen Bestreben, das Kind einzuschüchtern und zu verängstigen, sodass dieses in seiner Gegenwart meist bald in Tränen ausbrach. Die Mutter des Thronerben dagegen überschüttete er mit teuren Geschenken und schmeichelte ihr ohne jede Scham. Er küsste ihr die Füße, schenkte ihr eigenhändig Wein ein, gab ihn ihr selbst zu trinken und wischte ihr dann mit seinem bestickten Taschentuch die Lippen ab.

Subh war vom zuvorkommenden Verhalten des Verwalters geradezu bezaubert und genoss es, den Neid ihrer Dienerinnen und der weiblichen Verwandten des Königs zu erregen, denn viele seufzten sehnsüchtig unter den Schleiern, und einigen schlug das Herz schneller beim Anblick seiner geschmeidigen Bewegungen und eindeutigen Annäherungen, einige wurden sogar ohnmächtig vor Aufregung über die intimen Vertraulichkeiten zwischen den beiden, die ohne Zweifel ein Verhältnis miteinander hatten.

Damit ich noch etwas anderes kennen lernte als die offensichtliche Gefühlskälte zwischen dem Verwalter und der Baskin, die nur durch finstere und eigennützige Interessen verbunden waren, erzählte Hind mir oft von der großen Liebe meiner Mutter zu Al-Aziz und erklärte, die Liebe der Seelen kenne keine Grenzen, und wenn es ihr gelinge, durch die Liebe der Körper hindurchzuscheinen, dann sei dies die wertvollste Art, Gott zu rühmen.

Ich hingegen konnte mir kaum vorstellen, dass meine Mutter einst verliebt gewesen war und sich dem Genuss hingegeben hatte, denn selten hatte ich sie warmherzig lächeln sehen.

Ich selbst fühlte mich nicht als die Frucht einer liebenden Vereinigung, wie Hind es beschrieb, sondern wie eine Blüte, die der Wind von den Zweigen abgerissen hat, die nun am Boden liegt und den Baum von dort aus beobachtet.

«Allein, was mit liebender Absicht gezeugt wurde, ist es wert, das Erbe der Eltern zu tragen», fuhr Hind fort, «denn die Liebe weiß und wählt, wo sie weiterlebt, ob in einer Erinnerung, einem Buch oder in einer Tochter wie dir, Nur. Wenn Allah es anders bestimmt hätte, wärst du Königin, denn niemals gab es in meiner Familie einen reineren Omaijaden-Diamanten, und du wirst leuchten wie das Licht, wenn auch im Verborgenen, so wie das Herz in uns schlägt, ohne dass wir es sehen, obwohl es das wichtigste Organ unseres Körpers ist. Vielleicht bist du wie die Stadt Madinat al-Zahra aus einem Traum geboren, strahlend und makellos, ohne Vergangenheit, ohne Erinnerungen, ohne Sehnsüchte und ohne Fehl, vielleicht ist dein Leben das Leben von al-Zahra selbst, kleine Nur. Darum prophezeie ich dir Tage voll ungetrübten Glanzes, denn diese Stadt ist das größte Wunder, das Menschenhand mit Allahs Hilfe vollbracht hat, und deine Augen sehen nichts als Schönheit.»

Doch ich trug eine seltsame Einsamkeit in der Seele, die Einsamkeit des Jadebaumes in einer Ecke unseres Innenhofes, dessen künstliche Zweige mit lebenden Kletterpflanzen bedeckt waren, die sich ihren Platz zwischen den funkelnden Smaragden und Achaten gesucht hatten, er war ein stiller Beobachter des Lebens und hatte nicht daran teil. Plötzlich befiel mich großes Unbehagen, ich wünschte mir, Erinnerungen zu besitzen, die mich begleiten könnten, und fürchtete mich, weil ich keine Zukunft für mich sah, und auch nicht für al-Zahra.

Muhammad dagegen schien etwas von mir zu wissen, was ich selbst nicht wusste. Er sah mich oft unverwandt an und bohrte seine Augen von der Farbe hellen Ebenholzes in meine, vielleicht um in mir die gleiche Angst zu wecken, die den Thronerben Hisham, der stets an seiner Mutter hing, zum

Weinen brachte. Aber ich senkte meine Augen nicht, ich hielt seinem Blick stand, nicht um ihm zu trotzen oder die Stirn zu bieten, denn ich wusste noch nichts von der Angst, sondern weil ich herausfinden wollte, was er über mich wusste, weil ich in seinem dunklen Blick jenes Geheimnis in mir erkennen wollte, das meinen eigenen Augen verborgen war, vielleicht wollte ich meine Seele in seinen Augen gespiegelt sehen. Im Lauf der Zeit bemerkte ich, dass er meinen Blick zwischen den Gesichtsschleiern der Haremsfrauen suchte wie eine Herausforderung. Seine kalt funkelnden Augen übermittelten mir immer nachdrücklicher eine monotone, gewalttätige Botschaft, die nur er und ich verstanden und die nicht in Worte zu fassen war.

Eines Morgens nahm ich zusammen mit Hisham, der sich wie immer weinerlich und verschüchtert an die Röcke seiner Mutter klammerte, die bei jedem Aufweinen des Kindes triumphierend lächelte, und mehreren Söhnen von Würdenträgern in den Räumen des Palastharems an einer Unterweisung über das heilige Buch Koran teil. Plötzlich packte Muhammad mich am Arm, näherte sein Gesicht dem meinen und murmelte mit belegter Stimme: «Du glaubst zu wissen, was meine Seele verbirgt, kleine Blume der Omaijaden. Vielleicht siehst du tatsächlich weiter, als meine Augen sehen, aber auch du wirst meiner Macht nicht entgehen, ich werde deinen Stängel abschneiden, und du wirst mitsamt dem Rest des Gartens die Vasen meiner Gemächer schmücken. Deine edle Abstammung wird dir nichts nützen, denn ich werde sie in meine Dienste stellen und damit tun, was mir beliebt.»

Ich verstand die Worte des Verwalters zwar nicht, doch ich begriff, dass seine Nähe mir nicht zuträglich war, und wollte nicht mehr an den Koranunterweisungen teilnehmen, um ihm zu entgehen. Außerdem war mir die seltsame Stimmung in den Unterrichtsstunden zuwider, die strengen Blicke der Baskin, das lästige Weinen von Hisham und die linkische, affektierte Art der anderen Adelssöhne, die unter dem Einfluss der mächtigen Subh standen und denen ich mich nicht zugehörig fühlte.

Also gab mir meine Mutter Lubna an den Abenden, wenn sie in unserem Hause an Gedichten und Texten arbeitete, eine Rohrfeder und die Tafel mit geglätteten Papierbögen in die Hand und forderte mich freundlich und nicht ohne Zuneigung auf, ihre Kalligraphie zu imitieren, nur zum Vergnügen. Ich solle liebevoll mit den Wörtern spielen, alles andere komme, wenn es denn kommen solle, schon von alleine.

Ich erhielt die Erlaubnis, in Hinds Begleitung hinter den Vorhängen des privaten Empfangssaales der Kalifen an den beinahe jeden Abend stattfindenden Gesprächskreisen des Kalifen Al-Hakam teilzunehmen. In seinem unersättlichen Wissensdurst hatte er Gelehrte, Weise, Philosophen, Wissenschaftler, berühmte Dichter und Literaten, allesamt große Denker und illustre Geister, um sich versammelt wie kein anderer König vor ihm. Zu diesem Kreis gehörte als eine der Brillantesten auch meine Mutter Lubna, die dem Kalifen in seelischer Verbundenheit und gemeinsamen Ansichten sehr nahe stand.

Es war der Spätsommer des Jahres 969, und Madinat al-Zahra strahlte wie das reine Leuchten des Diamanten. Auf Befehl des Kalifen wurde immer noch gebaut, um bereits bestehende Gebäude zu verbessern oder ihre Pracht noch zu steigern, womöglich gar um die Schönheit als solche zu formen, in dem immer währenden, unermüdlichen Versuch, ihr Wesen zu finden, den Funken des Göttlichen zu materialisieren, die Ästhetik so lange zu verfeinern, bis die höhere Seele der Dinge für die Augen sichtbar wurde. Indessen war der Frieden mächtig und allgegenwärtig. Die islamischen wie auch die christlichen Gebiete erblühten unter der Herrschaft des Kalifen in einer Ruhe, die nicht durch Drohungen und Unterwerfung aufrechterhalten wurde, sondern durch Zufriedenheit. Zudem waren sie dadurch geschützt, dass Al-Hakam ein Leben in Frieden vorzog, denn er suchte stets eher die Einigung als den Streit.

Herbst und Winter vergingen, es kam der Frühling des Jahres 970, dann ein neuer Sommer mit seinem warmen Licht und seinen kühlen Abenden im Schatten der Gärten. In jenen Tagen beging man den fünfundfünfzigsten Geburtstag des Kalifen, der gezeichnet war von jener besonderen Schönheit, die ihn seinem Gott nahe rückte. Er schien in ein Mysterium eingeweiht, das mehr und mehr aus seinem Blick strahlte.

Während ich einen jener friedvollen und harmonischen Nachmittage genoss, begriff ich unversehens, was es bedeutete, glücklich zu sein. Ich spürte den Ruf der Kenntnisse, die in mir erwachen wollten, und tiefe Liebe in der Bewunderung für meine Mutter, die stattlich war mit ihren dreiunddreißig Jahren, schön und stark in ihrer Weisheit und empfindsam in ihrem Herzen.

Ich wusste, wie es die fallenden Blütenblätter einer Rose wissen, dass diese wunderbare Kinderzeit als Erinnerung in meiner Seele eines Tages meine Sehnsucht nähren würde.

Genauso jäh und unvermittelt begriff ich im Morgengrauen der gleichen Nacht, welche Zerbrechlichkeit dem Glück innewohnt. Ich begriff es mit dem strahlenden Blitz, der den Himmel zerriss und ihn mit grollendem Donner und dicken, schwarzen Wolken füllte; ich spürte, wie unermesslich die verborgene Wirklichkeit des menschlichen Daseins ist, ich erkannte, dass der Diamant seinen Riss in sich trägt, dass das Leben selbst seinen Todessamen birgt, dass der Vollkommenheit tief im Inneren das Erbe der Unvollkommenheit innewohnt. Es regnete den ganzen Tag, und ich begriff, dass ich meine Kindheit hinter mir gelassen hatte.

II

Wer entscheidet darüber, welche Gestalt das Schöne haben muss? Wenn sowohl die Reinheit des Smaragdes als auch der Klang einer ausgebildeten Stimme es vermögen, meine Seele zu Tränen zu rühren, sowohl die Gedichte der Klassiker als auch ein Hirschgericht mit Rosinen und Datteln, sowohl der Tagesanbruch im Regenschleier als auch das bescheidene Geschenk eines Handwerkers, der die Weidenruten flicht und dabei an mich denkt, so zieht mein Geist daraus den Schluss, Schönheit ist das, was mein Herz beeindruckt und mit der Welt versöhnt. Schön ist das, was das Gute in mir aufruft, sodass es hervorkommt und voller Freude Allahs Wunder besingt, denn Er stellte all das vor meine Augen, damit sich meine Sinne und mein Geist ergötzen, und all das stellte Er auch vor deine Augen, Nur, die du lieblich bist wie eine kleine goldene Lampe, damit du dich daran erfreust.»

Al-Hakam sprach mit ruhiger, sanfter Stimme und genoss den Augenblick, wie man einen guten Wein genießt.

«Mein ganzes Leben war eine einzige Suche, kleine Perle von al-Zahra, und wenn Allah mir etwas zu finden vergönnte, so waren das noch mehr Suchen, noch mehr Fragen, noch mehr Wissensdurst.»

Der jüdische Arzt Hasday Ibn Saprut, enger Freund des Kalifen schon seit dessen Prinzenzeit, Botschafter des Imperiums von al-Andalus geworden, weil er die Sprachen der Menschen ebenso gut beherrschte wie die Sprache der Seele, war in jenem Jahre 970 verstorben und hatte im Herzen des Kalifen eine große Lücke hinterlassen.

«Gelobt sei Gott», sagte Al-Hakam zu mir, «meine Seele sehnt sich sehr nach ihm, und nur in dir, kleine Nur, kommt mein Geist zur Ruhe. Da ich weiß, was ich weiß, bedeuten mir auf dieser Höhe meines Lebens die Bemerkungen der Eunuchen, Kanzler und Wesire wenig. Sie sind insgeheim sehr erfreut darüber, dass ich sie regieren lasse. Wie alle alten Männer ziehe ich die Gesellschaft meiner Enkelin vor.»

Tatsächlich erlangte ich nach einem seltsamen Geschehnis die besondere Gunst des Königs.

Eines Nachts nämlich hatte der Kalif Al-Hakam einen Traum, der ihn nachhaltig beschäftigte, und um seine verborgene Botschaft zu entschlüsseln, erzählte er ihn in allen Einzelheiten bei einer Zusammenkunft der Gelehrten, die mit ihm gerade das großartige *Planisphairion* des Ptolemäus studierten. Unter ihnen befand sich meine Mutter Lubna, ich war ebenfalls zugegen – wie ich bereits erwähnte, nahm ich mit anderen gelehrten Frauen, Kopistinnen, Chronistinnen, Schreiberinnen und Dichterinnen, die die Ansichten und Entscheidungen des Kalifen besangen, hinter dem Sichtschutz an diesen Veranstaltungen teil –, und so hörte auch ich, wie der König seinen Traum erzählte:

> Vor ihm stand eine rote Sonne mit sechs spitzen, leuchtenden Strahlen, er blickte hinein und sah sein Gesicht wie in einem Spiegel aus Rubin, aber mit unbeweglicher Miene und starren Augen. Dann war er von reichlich blauem und rotem Feuer umgeben, und die Strahlen begannen zu verlöschen wie heruntergebrannte Kerzen, bis sie nur noch als dunkle Schatten zu sehen waren. Dies geschah erst mit einem, dann mit einem weiteren, und so fort, bis alle sechs verloschen waren, aber dies verursachte in der Brust des Kalifen weder Schmerz noch Freude, nur Neugier. Dann verhüllte dichter Rauch den perlmuttfarbenen Kreis der strahlenlosen Sonne, aus dem ihn noch immer seine eigenen, starren Augen anblickten, bis Dunkelheit den Traum verschlang, weil sich die Lider schlossen.

Daraufhin war der Kalif Al-Hakam II. schweißgebadet aus dem Schlaf hochgefahren. Den ganzen Tag waren ihm diese Bilder nicht aus dem Sinn gegangen, darum bat er seine Vertrauten um Rat.

Die Erzählung rief erst erstauntes und bewunderndes Gemurmel hervor, dann Schweigen. Der Astronom wollte in der Sonne das Symbol des Kalifen selbst sehen, denn dessen Geburtstag lag in dem Monat, in dem das Königsgestirn am hellsten strahlt. Er riet, den Tag und die Stunde des Traumes zu notieren, um in der Schule für Astronomie Untersuchungen anstellen zu lassen …, doch mehr wagte er nicht zu sagen. Einer der anwesenden Dichter sah den Traum als Vorzeichen für einen Raub und stammelte ein Gebet, andere dachten an eine drohende Epidemie und begannen vor Angst zu zittern. Der Oberhofmeister Faiq al-Nizami murrte etwas erzürnt, als könne er den Traum damit verscheuchen, dass man diesem einfach zu viel Aufmerksamkeit widme, nicht jeder Traum enthalte unbedingt tiefe Weisheit, wie es die Wahrsager und Sterndeuter behaupteten, denn das Träumen sei nur eine Zerstreuung des Geistes im Schlaf. Der Falknermeister Chawdar, der mit dem König auf vertrautem Fuße stand, gab Faiq Recht, und auch andere Wesire und Gelehrte schwiegen zunächst, beteiligten sich dann aber an der aufflammenden Diskussion, die den Raum mit Spannung und Beunruhigung erfüllte.

Mitten im Stimmengewirr, als Faiq bereits nach den Tänzerinnen verlangt hatte, damit sie die Laute schlugen und mit ihrer Musik und dem Klingeln ihres Schmucks die erregten Geister der Gelehrten rund um den betretenen Al-Hakam beruhigten, wagte ich es, hinter dem Sichtschutz hervorzutreten, ohne um Erlaubnis zu bitten. Das allgemeine Durcheinander nutzend, lief ich zu Lubna, die die Szene schweigend beobachtete, um ihr zu sagen, dass ich wusste, was der Traum des Kalifen bedeutete, weil etwas in meinem Inneren mir seine Sätze und Wörter enthüllt hatte. Ich könne den Traum deuten und die Besorgnis des Königs lindern.

Ihr wich alle Farbe aus dem Gesicht, doch bevor sie antworten konnte, hatte Al-Hakam mich schon gesehen und befahl mir zu sprechen, woraufhin endlich alle verstummten und ich ohne Zögern das Wort ergriff.

«Die Sonne ist ein Ich, das im Inneren des Kalifen wohnt und beobachtet, was in ihm und außerhalb von ihm geschieht. Sie ist das Herz des Königs und auch das Herz jenes Feuers, das ihn beseelt. Ihre rote Farbe ist das Leben, ihre Strahlen sind die Lebensjahre des Kalifen. Er beobachtet, wie eines der sechs Jahre nach dem anderen in der blauen Flamme der Weisheit und der roten Flamme der Leidenschaft verglüht. Die in Rauch gehüllte Sonne wird zum Mond werden, sein Herz wird schlagen, aber sein Antlitz wird sich nicht bewegen können, seine Augen werden sprechen, doch sein Mund nicht.»

Respektvoll und staunend lauschten die Anwesenden den Worten, die über meine Lippen strömten, obgleich ich sie vorher gar nicht gekannt hatte, meiner Mutter standen Tränen in den Augen, und sie brachte kein Wort hervor.

Erst nach langem Schweigen ergriff der König das Wort, er hieß mich zu seiner Rechten auf seinem eigenen Polster Platz nehmen und sprach in bewegtem, aber freudigem Ton.

«Der Erzengel Gabriel hat die Botschaft, auf die meine Seele wartete, durch meinen Traum und durch Nurs Stimme gesandt. Ich gewähre dieser königlichen Sklavin vom heutigen Tag an eine bevorzugte Behandlung im Palast, denn ihre Deutung hat meinem Geist sehr geholfen, und ich ernenne sie zu meiner persönlichen Begleiterin. Viele andere werde ich entlassen, denn meine Tage in dieser Welt sind gezählt, und ich möchte sie nicht verschwenden. Die königlichen Schreiber und Sekretäre mögen meine Worte aufzeichnen. Jetzt ziehe ich mich zurück, um zu ruhen und nachzudenken, und nach dem Morgengrauen werde ich verkünden, welche Entscheidungen ich getroffen habe.»

Von diesem Tag an überließ er die Politik seinen Kammerherren, möge Allah ihnen ihre Sünden vergeben, und widmete sich nur noch der Eröffnung von Schulen in Córdoba sowie wohltätigen und barmherzigen Werken und der weiteren Verschönerung von Madinat al-Zahra. Er legte ein Datum fest, an dem er sein Werk für vollendet erklären und das prachtvolle Tempelchen einweihen würde, das auf einer künstlichen Anhöhe genau in der Mitte der Stadt stand, auf der sich zu einer bestimmten Stunde des Tages das Licht der Sonne und das Licht des Mondes trafen.

Er ließ seine Sekretäre die Aufteilung seiner Gelder und seines persönlichen Besitzes nach seinem Tode festhalten, damit die Wissenschaften und Künste und die Studien der Gelehrten weiter unterstützt wurden, vor allem aber, damit seine umfangreiche Bibliothek unabhängig vom staatlichen Rechnungswesen verwaltet wurde und so ihre Pflege und ihr Weiterbestehen gesichert waren. All seine Beschlüsse wurden genauestens schriftlich festgehalten, sorgfältig versiegelt und verwahrt, denn sie sollten geheim bleiben. Er bestimmte auch, dass seinen Palastsklaven die Freiheit geschenkt werden solle, zu denen auch meine Mutter, die Grammatikerin und Dichterin Lubna, gehörte und damit auch ich selbst, und dass die Freilassung am Tag nach seinem Hinscheiden in Kraft treten solle. Die Sklaven würden ihre Ämter und Gehälter behalten und das Recht auf Güter und Besitz erwerben. All das blieb noch geheim, vorerst diente es nur dazu, den Geist des Kalifen von dringlichen Angelegenheiten zu befreien, damit er sich seinen Betrachtungen und seiner Forschung widmen konnte.

Er machte es sich zur Gewohnheit, mich beinahe täglich zu sich zu rufen, um mit mir zu plaudern.

Dabei erzählte er mir aus seinem Leben, aus der Geschichte von al-Andalus, aus seiner Zeit mit Zayyan, und er schilderte mir seine Träume, die nächtlichen ebenso wie jene, die sein Leben mit Hoffnung erfüllt hatten. Die ersten riefen in meinem Geist ausführliche Deutungen hervor, denen er sehr aufmerksam zuhörte, die zweiten offenbarten mir die unendliche Güte und innere Größe des Königs.

Ein andermal erklärte er mir, was er über das Leben und über die Liebe dachte, über das Verlangen, die Angst und das Schicksal, über die Ordnung des Lebendigen und den Zufall, über die Seele, die Leidenschaft und die Zeit. Während dieser langen Gespräche im privaten Empfangssaal des Königs waren stets mehrere Schreiber und Chronisten zugegen, die eifrig Notizen machten und aufzeichneten, was sie hörten, um Al-Hakams Erinnerungen zusammenzustellen – wenn sie auch hinter dem Sichtschutz verborgen bleiben mussten, als seien sie Sängerinnen oder Frauen der Familie, weil er mit mir ungestört sein wollte. Es war seine königliche Absicht, künftigen Generationen das Vermächtnis seiner Weltsicht schriftlich zu hinterlassen, indem er auf meine Fragen antwortete und seine Seele in meiner Gesellschaft ausruhen ließ.

«Unser Leben ist weniger als ein winziger Stern am unendlichen Firmament, und selbst dessen Platz ist vom Gesetz des Schicksals bestimmt», sagte Al-Hakam II. eines Tages zu mir. «Ich habe mein ganzes Leben damit verbracht, nach dem vollständigen und vollkommenen Wissen zu suchen, bis ich begriffen habe, dass dergleichen nicht existiert. Das Verlangen selbst ist das Vollständige, das Ermöglichende, das Vollkommene, denn aus ihm entsteht die Idee des Ersehnten, die von der Wirklichkeit niemals überboten werden kann. Das Verlangen ist das, was wir unermüdlich erstreben und nie befriedigen, und das ist gut so, denn wenn es uns gelingen würde, unsere Sehnsucht zu verwirklichen, würden das Drängen und die Neugier unserer Seele sterben und damit das, womit sie uns am Leben erhält. Das Verlangen selbst würde sterben und deshalb auch wir, denn das Verlangen, und nichts sonst, ist das Wesen des Menschen.»

Ich vertraute ihm an, was ich bisher niemandem gestanden hatte: Gelegentlich sah ich im Geiste ganz unvermittelt Bilder und unbekannte Gesichter, die in diesem Augenblick nicht gegenwärtig waren, aber doch völlig wirklich. Klare Stimmen sprachen zu mir und enthüllten mir die Zukunft.

In jenen Tagen hatte ich eine beunruhigende Vision: Ich sah mich selbst als erwachsene Frau in einem weißen Gewand. In den Armen trug ich ein Mädchen namens Andromeda, dessen Haar voller Sterne war. Es starb, und ich starb mit ihm. Ferner Widerhall von schrecklichem Weinen und Schreien umgab mich, aber ich konnte nichts tun.

Diese Bilder erschöpften und verwirrten mich, ich spürte, dass ich dem König davon erzählen musste.

Al-Hakams Miene verdüsterte sich, und er schwieg.

Schließlich schickte er die Schreiber hinaus, um ganz alleine mit mir zu sein, und enthüllte mir dann die verborgene Idee, die ihn beim Zeichnen der geheimen Pläne von al-Zahra geleitet hatte:

«Ich wollte die menschliche Seele als Widerschein des Göttlichen gestalten, einem irdischen Werk ermöglichen, unsterblich zu sein, erlöst von den Fesseln der Zeit, deren finstere Bestien ich endlich besiegt glaubte. Ich wollte die Schönheit erschaffen und der Vollkommenheit Gestalt verleihen, und so wurde Madinat al-Zahra geboren. Vielleicht fühlte sich mein Gott in seiner Herrlichkeit herausgefordert, vielleicht hatte mein Stolz mich blind gemacht; vielleicht war mein Verlangen nur ein unbedeutendes Werkzeug in den Händen einer Vorsehung, die mein Geist nicht zu begreifen in der Lage ist.

Madinat al-Zahra wäre niemals an einem andern Ort erbaut

worden, als Oase in der Wüste, als Vollmond in der dunklen Nacht oder als Rose unter Dornen. Doch deine Fähigkeit, in die Zukunft zu sehen, lässt mich begreifen, dass nicht nur der Anfang festgelegt ist, sondern auch das Ende. Fürchte dich nicht, kleine Nur, du wirst die Bedeutung deiner Vision und meiner Worte bald verstehen. Ich werde einen Pfad von Zeichen für dich legen, um dir dabei zu helfen.»

Jahre später erinnerte ich mich an die Sätze des großen Kalifen Al-Hakam, und wenngleich sie mir nicht den ersehnten Trost schenkten, so erhöhten sie doch die Bewunderung und die Liebe, die meine Seele stets für ihn empfand, seit jenen glücklichen Tagen, die so leicht und still verstrichen wie der lang ersehnte Kuss zweier Liebender, die vom ersten Augenblick an wissen, dass ihre Begegnung nichts ist als ein Abschied.

Indes wurde das Palastleben zunehmend lasterhaft und korrumpiert, doch der Kalif wusste es nicht oder wollte es nicht wissen.

Im Jahre 972 war der Prinz Hisham schon sieben Jahre alt, und die Dienerinnen litten unter den ständigen Wutanfällen des Jungen, die von der Mutter noch gefördert wurden, denn sie benutzte ihren Sohn, um Zofen, Eunuchen und das gesamte Palastpersonal zu schikanieren. Sie bestrafte ihn willkürlich und auf demütigende Weise, um deutlich zu machen, dass sie diejenige war, die Macht über ihn besaß und darum auch über alle anderen. Die Baskin war etwa fünfundzwanzig Jahre alt und hübsch, doch obwohl sie viele Schmeicheleien und Lobreden zu hören bekam, wurde sie niemals als schön bezeichnet, denn man spürte deutlich, wie verunsichert sie in ihrer Weiblichkeit war, und ihr angenehmes Äußeres wurde besudelt von einem Hochmut, der eher Zorn ausstrahlte als Stolz.

Allmählich verschaffte sie sich immer größeren Einfluss in der Politik und der Hofverwaltung. Zusammen mit dem Wesir Al-Mushafi und dem Verwalter Ibn Abi-Amir, ihrem Liebhaber, zog sie die Fäden der Macht nach ihrem Belieben. Umso freier, als der Kalif Al-Hakam II. al-Mustansir beschloss, wieder in seine Privatgemächer im Alcázar von Córdoba zu ziehen, denn er war des Hofes müde geworden und suchte die Nähe seiner letzten Ruhestätte, des Familienfriedhofs der Omaijaden in Córdoba. Außerdem wollte er, da ihm laut der Prophezeiung nach seinem Traum noch etwa vier Jahre zu leben blieben, seine berühmte Bibliothek im Palast am Guadalquivir unterbringen und öffentlich zugänglich machen, damit Gelehrte aus aller Welt auf die Geheimnisse zugreifen konnten, die in den Büchern enthalten waren.

Das Volk und der Hof nahmen diese Beschlüsse mit Beunruhigung auf, man fürchtete wohl, die Nachfolge des Kalifen sei verflucht, denn Hisham war nicht nur ein Kind, sondern zeigte auch wenig Persönlichkeit und noch weniger Größe, und ganz al-Andalus machte sich Gedanken darüber, wer regieren sollte, wenn Al-Hakam tatsächlich starb.

Die Baskin machte keinen Hehl daraus, welchen Widerwillen ihr meine Gegenwart verursachte. Wenn sich im Vorraum des königlichen Empfangssaales unsere Blicke trafen, starrte sie mich mit ihren kalten blauen Augen an, als sehe sie in mir das Symbol dafür, dass es noch etwas gab, worin die Macht des Königs ihre eigene überflügelte.

Mit der Unterstützung des Wesirs Al-Mushafi und des Heerführers Galib gelang es ihr, ihren Liebhaber Muhammad zum Hadschib ernennen zu lassen. Damit bekleidete er nun das höchste Amt des Staates und war Befehlshaber der königlichen Garde. Ihm unterstand also das Wohl des Kalifen und die Führung der politischen Wacheinheit der Stadt, was ihn mit seinen zusätzlichen Ämtern als Vorsteher der Münzanstalt und als

Vermögensverwalter des Prinzen zum mächtigsten Mann des Reiches nach dem Kalifen machte.

~

Als sie mit ihrem Liebhaber alleine war, hieß die Baskin ihn niederknien und ihr zum Zeichen seiner Unterwerfung Füße und Beine küssen, doch Muhammad weigerte sich, packte sie stattdessen an den Handgelenken und zwang sie trotz ihrer wütenden Gegenwehr und zornigen Schreie, ihrerseits zu Boden zu sinken und ihm die Sandalen zu küssen.

Er ohrfeigte sie, hielt sie mit den Knien zu Boden und stieß mit hasserfülltem Blick hervor, dass sie es niemals mehr wagen werde, in irgendeiner Weise Unterwerfung von ihm zu verlangen. Daraufhin verkündete er, von diesem Augenblick an trage er den Namen Al-Mansur, der Siegreiche.

«Ich verlange, dass mich deine Lippen künftig mit dem Namen Al-Mansur anflehen und dass dein ganzes Wesen meinem Rang die gebührende Huldigung erweist», murmelte er.

Subhs Dienerinnen kamen herein, beunruhigt durch das schmerzliche Schluchzen ihrer Herrin, doch die Baskin schickte sie barsch hinaus, indem sie keifte, es sei nichts geschehen, dass sie geschrien habe, sei eine Lüge, sie seien nur Faulenzerinnen und Spitzel, und sollten sie herumerzählen, was sie noch nicht einmal gesehen hätten, so würden sie ausgepeitscht. Auf der Stelle sollten sie das Schlafgemach verlassen.

Die Frauen gingen verdrossen davon, während sich die Baskin die aus Al-Mansurs Griff befreiten Handgelenke rieb. Kaum hatten die Dienerinnen den Raum verlassen, kniete er vor Subh nieder, blickte ihr tief in die Augen, presste seine Lippen in einem zornigen Kuss auf die ihren, und bald wälzten sich beide am Boden umher. Während er hastig Schließen und

Knöpfe ihrer Gewänder öffnete, murmelte er, bald werde er der mächtigste Mann von al-Andalus sein, der künftige Kalif werde ein Spielzeug in seinen Händen darstellen, ja, bald werde er selbst zum Kalifen ernannt werden, den schwächlichen Hisham vom Thron stürzen und in al-Andalus eine neue Dynastie begründen, die der Amir-Familie.

Die Baskin ließ ihn gewähren, antwortete jedoch, er dürfe nicht vergessen, dass er all dies ihr zu verdanken habe, sie sei es gewesen, die ihn gewählt habe, weil er jung und gut aussehend sei und einen wohlgestalten Körper habe, sie sei es gewesen, die ihm zur Macht verholfen und die Posten und Vergünstigungen für ihn erwirkt habe.

«All diese Vergünstigungen hätten einem Faulenzer und Dummkopf nichts genützt», entgegnete Al-Mansur, «und das ist mein größtes Verdienst.»

Subh lachte lauthals und entgegnete schnippisch:

«Wenn ein so kluger Mann wie Ihr bei Hofe in Ungnade fiele, dann hätte sein Kopf für ihn keinerlei Nutzen, es sei denn, er wolle ihn verlieren, mein Freund, und das liegt glücklicherweise in meiner Hand.»

«Wenn man bei Hofe aus sicherer Quelle wüsste», antwortete er im gleichen Tonfall, «dass die Konkubine des Königs und Mutter des Prinzen einen Liebhaber hat, würde man sie mit dem Tode bestrafen, und dies, verehrte Subh, liegt in meiner Hand. Wenn nötig, könnte ich es selbst verbreiten, einen Wacheunuchen beschuldigen und deiner und seiner Hinrichtung zusehen, ohne mit der Wimper zu zucken.»

Erzürnt über diese Dreistigkeit begann die Baskin zu brüllen wie ein wildes Tier, mit den Fäusten auf Brust und Gesicht ihres Liebhabers einzuschlagen und das Gesetz des Propheten zu verwünschen, möge Allah ihr vergeben. Sie schrie, die Königin sei schließlich sie, sie habe ihn aus einer Laune heraus emporgehoben, um ihre Macht zu demonstrieren, und wenn das Gesetz des Islam es nur gestatte, dann würde sie selbst nach dem Tode des Kalifen regieren und ihn überhaupt nicht brauchen, weder auf ihrem Thron noch in ihrem Bett.

Er lächelte boshaft und starrte sie schweigend unverwandt an, bis sie sich beruhigt hatte. Dann begann er sie auf die Stirn und das ganze Gesicht zu küssen, indem er ihr sagte, er liebe sie, und wenn er erst Kalif sei, werde er sie zu seiner Gemahlin machen, und sie würde Königin sein. Wenn nötig werde er sogar die Gesetze des Propheten ändern, der Macht Abd al-Rahmans III. habe auch nichts widerstehen können, und so werde sich auch ihm nichts in den Weg stellen, alles werde er sich unterwerfen und danach ihr zu Füßen legen.

«Bis dahin wird es nicht mehr lange dauern», schloss der Verwalter, «es wird nicht einmal notwendig sein, den König zu vergiften, er stirbt schon von alleine, Tag für Tag ein bisschen mehr, und so wird die Prophezeiung aus seinem Traum eintreten. Ihr, meine Herrin, solltet Euch nur von mir lieben lassen, denn ich kenne Eure geheimsten Wünsche besser als jeder andere.»

~

Im Herbst des Jahres 973, als ich mein zwölftes Lebensjahr vollendete, sah ich eines Morgens, dass ich meine Bettlaken über Nacht mit Blut befleckt hatte. Die Frauen im Hause, meine Mutter, meine Tante, die Dienerinnen und die Schülerinnen meiner Mutter, wollten ein großes Fest anberaumen, um mein erstes Monatsblut zu feiern, das wunderbare Zeichen dafür, dass mich das Leben als Frau anerkannte und sich das Schicksal meiner Weiblichkeit auftat wie die Rosen im April, wie die Jasminblüten am Jadebaum im Hof, so, wie sich auch die Dichtkunst vor mir auftat.

III

Al-Hakam war sichtbar krank, er hatte mehrfach plötzliche Attacken erlitten, die ihm die Hälfte des Gesichtes oder die Beine lähmten, und es dauerte Tage, bis die Lähmungen nachließen.

Gemäß der Vorhersage blieb ihm noch ein letztes Jahr zu leben. Er kleidete sich schlicht und glich mit seinen Leinengewändern ohne Edelsteinschmuck oder bunte Borten den Sufis, jenen Mystikern, die sich der Verehrung des Göttlichen widmeten, einfache Wolltuniken trugen und sich häufig zurückzogen, um abgesondert in den Bergen zu leben, ganz der Meditation hingegeben. So weit ging Al-Hakam nicht, doch er hielt sich vom höfischen Leben und sogar von den Festlichkeiten fern, die seine Wesire ihm zu Ehren organisierten. Sein Geist fand Trost in der Dichtung der Klassiker, und oft äußerte er, es sei nun seine Aufgabe, Gott zu ehren, ohne in den Lauf der Geschichte einzugreifen. Er werde seine Pflicht weiterhin erfüllen, zwar noch kurze Zeit, aber bis zu seinem letzten Tag, und die bestünde darin, dazu beizutragen, dass der Friede geliebt werde.

Den cordobesischen Rechtsgelehrten als Hütern des Gesetzes des Propheten, der Vorschriften des Korans und der heiligen Religion des Islam missfiel diese Einfachheit des Königs. Sie warfen Al-Hakam vor, er lasse sich in seinen Ansichten zu sehr von heidnischem Denken beeinflussen, seine Studien antiker Kulturen und Wissenschaften führten ihn weg von der Orthodoxie der Gesetze des Korans.

(In den letzten Jahren von Al-Hakams Regierungszeit nahm solcher Tadel zu, denn die mächtigen Rechtsgelehrten fanden Gehör bei Al-Mansur, der sie begünstigte und sie wissen ließ, er selbst sei für größere Strenge bei der Auslegung der Gesetze des Korans.)

Mit heiterer Gelassenheit, strahlend vor innerer Freude, die sein Gesicht jung wirken ließ, leitete der König das letzte große Ereignis seiner Regierungszeit am letzten Tag des Jahres 975. Er verkündete das Ende der Bauarbeiten an der Palaststadt Madinat al-Zahra, und den Augen der anwesenden Sterblichen wurde das herrlichste Monument enthüllt: Auf einem runden, dreistufigen Podest, dessen Sockel einen neunstrahligen Stern imitierte, erhob sich ein Pavillon mit einer spitz zulaufenden Goldkuppel, die sich kühn ins Himmelsblau reckte. Das Monument war umgeben von einer doppelten Säulenreihe von nie gesehener Schönheit, teils aus Rosenquarz, teils aus Onyx gefertigt. Jedes Kapitell war anders gestaltet, sie zeigten eine unendliche Vielfalt lieblicher Motive oder solche, die für den Kalifen besondere Bedeutung besaßen und die er persönlich ausgewählt hatte.

Alle Einwohner, die dort versammelt waren, und viele andere Untertanen aus Córdoba, Sevilla, Malaga, Almeria und sogar aus Toledo und Elvira knieten vor diesem Wunder nieder, voller Staunen und voller Ehrfurcht, denn sie spürten, dass dieses Gebäude weitaus mehr war als nur ein Monument. Doch die Rechtsgelehrten und Gesetzeskundigen aus Córdoba empörten sich, weil sie es als Herausforderung betrachteten, als Provokation, als Anmaßung, als heidnischen Tempel, als ein Sakrileg und eine schwere Beleidigung für die Gesetze des Korans. Al-Hakam jedoch lächelte unbeirrbar und hielt eine Rede, in der er tiefgründige Geheimnisse enthüllte und wichtige Weisheiten aussprach. Jedes einzelne seiner Worte war wie beißende Säure auf der Haut der orthodoxen Rechtsgelehrten.

Das Schönste war ohne Zweifel ein majestätischer Altar aus weißem Marmor im Inneren des Tempels, der auf sechs Stufen stand und eine schlafende Schwangere zeigte. Ein Schmetterling flatterte um ihren Kopf, und in den Sockel waren Worte eingraviert, die der Kalif selbst diktiert hatte. All dies empörte die Gesetzeskundigen aufs höchste, sie waren der Meinung, der

König habe aufgrund seiner Krankheit und seines Alters den Verstand verloren und darum sei es wünschenswert, dass sein Ende möglichst bald eintrete. Wie es der Kanzler Al-Mansur ausdrückte: «Sicher wird er bald sterben, unsere Geduld wird nicht mehr lange beansprucht werden, dann werden die Dinge sogleich wieder ihren rechten Lauf nehmen.»

Nach dieser Amtshandlung, zu Beginn des Jahres 976, wies der Kalif seine Sekretäre an, sein Testament zu vollstrecken, wie er es festgelegt hatte. Er verabschiedete sich persönlich von jedem Einzelnen der befreiten Sklaven, der vertrauenswürdigen Politiker und der Dichter und Gelehrten, die aus seinem Vermögen unterstützt wurden. Darüber ging der Frühling zu Ende, und schließlich rief er als Letzte Lubna zu sich.

Der Kalif sprach langsam und musste immer wieder innehalten, um Atem zu holen oder Wasser aus dem Glas zu trinken, das ihm eine Dienerin an die Lippen führte. Er schloss die Augen und genoss die Luft von den großen gefiederten Fächern, die sich in einschläferndem Rauschen über ihm bewegten.

«Ich habe meiner Bestimmung gehorcht und alles gewürdigt, was Er in meine Reichweite legte. Als Er es mir wieder nahm, tröstete ich mich damit, dass Er die Labyrinthe des Waldes überblickt, während ich nur in der Lage bin, einen einzigen Baum zu berühren, und ich vertraue darauf, dass Er den Lauf der Geschichte ebenso lenkt wie unser Leben.

Allah wollte es, dass du, geliebte Lubna, nicht der Sohn warst, den mein Kalifenthron brauchte, dir waren andere Werke bestimmt, und für al-Andalus steht eine andere Zukunft geschrieben; durch deine schöne Mutter Zayyan lernte ich die Liebe der Seele und des Körpers kennen, später die Liebe des Geistes, die Hoffnung und die Kraft des Unerbittlichen, indem ich sie weiter liebte, über die Grenzen des menschlichen Daseins, über den Tod hinaus.

Allah befiehlt, dass ich in diesen letzten Tagen meines Lebens alles um mich her mit offenen Augen betrachte, denn mein Gesicht ist ebenso gelähmt wie meine Seele. Ich kann in keiner Weise eingreifen, und so ist es Gottes Wille. Ich kämpfe gegen die vergebliche Angst, die meinen Geist beschleicht, denn alles, was geschieht, kommt von Ihm. Mein Gesicht ist Zeuge der Geschichte wie die rubinrote Sonne aus meinem Traum, und ich flehe zu Gott, dass Er meine Lider bald schließt und mich ruhen lässt …

Nichts werde ich mitnehmen, wenn ich gehe. Nur eine weiße Leinentunika wird meinen Körper bedecken, wenn er in den Mutterleib der Erde zurückkehrt, meine Kenntnisse werden ebenso belanglos sein wie meine Erinnerungen. Der Gang des Menschen durch das Leben ist so flüchtig, dass ich Allah oft fragte, warum Er meiner Seele den Wunsch einhauchte, Madinat al-Zahra zu erbauen, ihn sogar mit dem Ehrgeiz meines Vaters bestärkte, und oft frage ich Ihn noch, warum genau in dem Augenblick, als der Aufbau abgeschlossen war, die Zerstörung begann … doch Allah schenkt mir das Glück Seiner Antwort nicht, Er schweigt, wie der Garten schweigt vor dem Klagen der Rosen im Wind.»

Er verstummte und ruhte eine Weile aus, dann fuhr er mit einer Angelegenheit fort, über die er bisher mit niemandem gesprochen hatte: Bald würden schlimme Dinge geschehen, tiefe Umwälzungen würden das Ende seiner Dynastie herbeiführen, das habe er in einem Traum gesehen, und seine Enkelin Nur habe in Worten zu ihm gesprochen, die klar und eindeutig zu verstehen waren.

«Viele harren auf meinen Tod wie die Geier, die über dem Sterbenden kreisen, und mein Tod ist so vorhersehbar, dass mir wenigstens das Glück zuteil wird, ihn in Frieden in meinem Bett zu erwarten, umgeben von den Menschen, die ich liebe. Du musst wissen, Prinz Hisham besitzt weder vom Alter noch von seinen Anlagen her den Mut und den Scharfblick, die das

Herz eines Anführers benötigt, so will es seine Bestimmung.» Er holte Atem, denn seine Stimme wurde brüchig. «Meine Augen füllen sich mit Tränen, ich weiß nicht, ob aus Trauer über das, was sie sehen, oder aus Freude darüber, dass sie vieles nicht mehr sehen werden, denn nach meinem Tod will Hishams Mentor, der Verwalter Al-Mansur, meinen Thron besteigen. Ich behaupte, seine Intelligenz ist zwar brillant, aber was ihn antreibt, ist nichts als verirrter Ehrgeiz. Er begreift nicht, dass er alle Kraft in den Dienst des Reiches stellen muss, zum Ruhme Allahs, nicht seiner selbst. Er wird al-Andalus ins Unglück stürzen, denn Macht ohne Weisheit und ohne Bündnis mit der Bestimmung bringt Verderben, sie sucht sich der Welt zu bemächtigen, um sie zu zerstören, nicht um sie wertvoller zu machen.

Du musst wissen, Lubna», fuhr der Kalif schwer atmend fort, «meine Sklaven Faiq und Chawdar wollen Al-Mansurs Absichten durchkreuzen; sie rechnen mit weiteren Verbündeten und wollen einen meiner Brüder zum Kalifen machen, bis der Prinz das regierungsfähige Alter erlangt hat, nämlich meinen jüngsten Bruder Al-Mughira, der beschaulich auf seinem Landsitz an den Ufern des Guadalquivir lebt und niemals die Absicht hatte zu herrschen. Er weiß, dass sein Leben tausendmal geruhsamer und freudvoller ist als das eines Königs. Doch leicht wird es für niemanden sein, ein unheilvolles Ereignis wird dem anderen folgen. Du musst stets wachsam sein, um dein Leben und das deiner Familie zu schützen, und traurige Stunden ertragen, die kommen und gehen werden. Lubna, meine Tochter, gedenke meiner Worte, sie werden vorübergehen. Für dich habe ich zu Allah gebetet, geliebte Lubna, vom ersten Tag nach deiner Geburt an, ich habe unsere parallelen Wege akzeptiert, dich aus tiefster Seele geliebt, mich in dir wiedergefunden und mich mit dir gefreut …»

Sie nahmen Abschied, und Al-Hakam überreichte meiner Mutter Lubna ein Schriftstück, mit dem er ihr die Freiheit schenkte.

Gemäß der Erbschaft, die der Kalif Al-Hakam II. ihr überschrieben hatte, war Lubna die neue Besitzerin des Prinzenhauses, jenes wunderschönen Wohnsitzes, der einst ihm gehört hatte und der eine reichhaltige Sammlung von über fünfzigtausend Büchern enthielt, mit herrlichen Werken und den ersten Abschriften der wichtigsten Texte aus der Hauptbibliothek des Kalifen. Außerdem hatte er ihr Diener und Wachen gewährt, eine lebenslange Rente, einen Adelsbrief und ein Landgut, das von einer Bauernfamilie bewirtschaftet wurde, die ihr Rechenschaft über die Ernten ablegen würde, bis sie es selbst in anderer Weise zu nutzen wünschte.

Nach einem ungewöhnlich regnerischen Sommer erreichte uns die Nachricht, das Ende des Königs sei nah. Ich solle mich bereit machen, ihn zu besuchen, denn er verlange in den letzten Augenblicken seines Lebens nach meiner Gesellschaft.

~

Meine Mutter Lubna verfiel in schwermütige Stimmung und fühlte sich seltsam in ihrem Körper, ungewohnt empfänglich für eine Welt von Empfindungen, die sie sich in all jenen Jahren versagt hatte. Aus diesem Grund wollte sie, dass wir uns um die Mittagsstunde, bevor ich mich fertig machte, miteinander unter die Weinranken setzten, die den Innenhof beschatteten und das Licht, das durch ihre Reben fiel, golden färbten.

Im kommenden Winter würde sie vierzig Jahre alt werden und so das Alter erreichen, in dem ihre Mutter Zayyan gestorben war; vielleicht wegen dieser Erinnerung, vielleicht wegen einer unerklärlichen Vorahnung füllten verworrene Wahrnehmungen ihre Brust mit der Gewissheit von Abschied und Veränderung. Etwas in ihrer Seele drängte sie, mir in die Augen zu sehen und alle Liebe auszudrücken, die sie für mich empfand, nachdem sie sie so lange verborgen hatte, wie einen Korb, den man in einem entlegenen Winkel des Hauses aufbewahrt. Eine Liebe, die ihren Körper vom Leib bis in die Kehle durchströmte, die sie all diese Jahre zurückgehalten und in ihrer Größe verschwiegen hatte, weil sie fürchtete, gerade das zu verlieren, an dem ihre Seele so hing.

«Geliebte Tochter», begann sie, «mein Leben ist gezeichnet von schmerzlichen und unfassbaren Verlusten, den meiner geliebten Patin Azahra, meiner verehrten Mutter Zayyan, dann der von Al-Aziz, meinem einzigen Geliebten. Voller Schmerz über so viel verstümmelte Liebe hielt ich mein Herz zurück, als es mich drängte, erneut zu lieben, denn ich fürchtete, es würde einmal mehr zerbrechen. Nichts macht einen Menschen verletzlicher als die Liebe, aber ich habe begriffen, dass sie dennoch das Einzige ist, was es einem ermöglicht zu leben. Meine Seele kann ihr Glück darüber, dass ich dich habe, meine Tochter Nur, nicht mehr unterdrücken, und ich möchte dir sagen, dass kein Reichtum der Welt mit der Freude vergleichbar ist, die mein Herz überwältigt, wenn ich dich ansehe und dich meine Tochter weiß. Meine Angst vor dem Lieben ist so groß, dass das Weinen, das sich in meiner Kehle staut, meine Stimme zittern lässt. Ich bete zu Allah, dass dir nichts Böses oder Gefährliches widerfahren möge, denn in deinem Wohlbefinden ist mein Glück enthalten.

Ich nehme in Demut hin, was geschehen muss, aber ich klammere mich an die Worte unseres Herrn, des Kalifen, der mir versicherte, dass die Zeiten der Ungewissheit vorübergehen und dass die Trauer, die kommt, auch enden wird.»

Lubna löste den Rosenquarz-Schmetterling, der an ihrem Hals vibrierte, küsste ihn, legte ihn mir um und schloss die Silberkette in meinem Nacken. Sie verschränkte die Arme auf der Brust, sah mich liebevoll an und sagte, ich sei eine wunderbare

Frau, innerlich wie äußerlich, und ich berge das edelste Erbe aller Zeiten in mir, den glorreichen und unverfälschten Glanz von al-Andalus.

Herzlich, wie ich sie noch nie erlebt hatte, erzählte sie mir von schönen Erinnerungen aus ihrer Kindheit und von meinem Vater Al-Aziz, aus dessen Liebe ich geboren wurde.

«Nur, strahlendes Licht, dein Leben ist aus dem meinen hervorgegangen als ein Wunder. Nun ist es an dir, deine Schmetterlingsflügel auszubreiten.»

Ich erschauerte von Kopf bis Fuß. Meine Augen erblickten meine schöne Mutter zum ersten Mal ohne ihren Schmetterling aus Rosenquarz, und ich sah sie als junges Mädchen, das vor überwältigender Liebe zittert. Ich umarmte sie und suchte in meinen eigenen Armen, die sich fremd anfühlten, und im Haar meiner Mutter, in das ich mein Gesicht schmiegte, nach meiner Jugend. Nun fühlte ich mich nicht mehr verletzlich oder verzagt, ich akzeptierte meine Bestimmung, welche auch immer es sein mochte, denn die unendliche Liebe zum Leben, die ich von den Frauen meiner Familie geerbt hatte, und die allumfassende Hingabe an das Schicksal, die ich von meinem Lehrer Al-Hakam gelernt hatte, ließen mich begreifen, dass es meine einzige Pflicht war zuzulassen, dass sich die Geschichte durch mich ungestört vollziehen konnte.

~

Hind wusch mir die Füße, parfümierte mir Arme und Schultern, kleidete mich in prachtvolle Gewänder, bürstete mir das offene Haar und krönte mein Haupt mit einem Saphirdiadem aus ihrem eigenen Besitz.

Mehrere Palasteunuchen kamen, um mich zu holen und zum königlichen Schlafgemach zu geleiten, wo der todgeweihte Kalif mich ebenso erwartete wie sein Ende.

Bevor ich ging, sah meine Mutter Lubna mir noch einmal fest in die Augen und sagte:

«Deine Seele kennt die Träume unseres Herrschers Al-Hakam; sage mir deine Gedanken zu einem Bild, das mich schon seit Tagen im Morgengrauen aus dem Schlaf reißt und sich gerade jetzt in mein Bewusstsein drängt: Ein wunderschöner Schmetterling mit Flügeln so gelb wie die Sonne, er trägt sie an den Körper gefaltet, er ist reglos und wie tot, ich sehe ihn hinter einer Glasscheibe, er atmet sehr langsam.»

«Dieser Schmetterling wartet nur, Mutter», antwortete ich. «Damit er fliegen kann, muss es zuvor aussehen, als sei er tot.»

Ich sah sie an und versuchte, mir ihre Gestalt und ihren Duft einzuprägen, in ihren stillen Tränen strömte mir all ihre Liebe zu. Keine von uns ahnte, was am folgenden Tag geschehen sollte.

Der große Kalif Al-Hakam II. al-Mustansir Billah, möge Allah sich seiner Erinnerung erfreuen, starb, wie er es vorausgesagt hatte, in seinem Bett, umgeben von treuen Eunuchen und Vertrauten, ohne Groll auf das Leben und im Frieden mit seinem Schicksal in seinem einundsiebzigsten Lebensjahr im Oktober des Jahres 976, fünfzehn Jahre nach dem Tod seines Vaters Abd al-Rahman III. und meiner Geburt; er starb, nachdem sein Körper tagelang vollständig gelähmt gewesen war und nur seine Augen, deren Lider starr offen standen, noch gesehen hatten, bis sie sich schlossen, erloschen und voller Wasser, von dem viele sagten, es seien Tränen.

Chawdar entsandte einen Boten mit der traurigen Nachricht, damit ganz al-Andalus von der Todesstunde dieses verehrungswürdigen Königs erfuhr, aber kaum hatte der Bote die Privatgemächer des verstorbenen Kalifen verlassen, da erscholl ein mächtiger Lärm von Lanzen, Schilden, Schreien und zuschlagenden Türen, in Missachtung unseres Schmerzes, die wir den letzten Atemzug des Königs begleitet hatten. Die Lampen erloschen, man hörte Al-Mansur mit lauter Stimme befehlen, die Palasttore zu schließen und uns alle, die wir im Schlafgemach des Kalifen versammelt waren, zu verhaften. Eine dichte Barriere von Soldaten werde rund um die Palastmauern aufgestellt und solle jeden töten, der versuche, durch die Tore zu gelangen. Al-Mansur selbst werde sogleich mit seinem Heer zum Landsitz Al-Mughiras, des jüngsten Bruders des verstorbenen Kalifen aufbrechen, den er ohne jede Rücksicht opfern werde – wie auch jeden anderen, der dies zu verhindern suche –, um die dreiste Verschwörung, welche die Palasteunuchen gegen ihn angezettelt hätten, gründlich auszumerzen. Er drohte noch, bei seiner Rückkehr werde er uns mit einer angemessenen Strafe belegen.

Die Befehle des Hadschib wurden sogleich ausgeführt. Während die Diener, denen es oblag, den König in sein Leichentuch zu hüllen und für den Trauerzug vorzubereiten, in seinem Gemach blieben, wurden wir anderen, die bei seinem Hinscheiden zugegen gewesen waren, in ein finsteres Verlies gebracht, wo wir endlose Stunden ausharrten und nichts anderes tun konnten, als zu Allah zu beten und Ihn um unser Leben zu bitten, das in Al-Mansurs Händen lag und nur an einem seidenen Faden hing.

Wir hörten den Hufschlag von galoppierenden Pferden und in der Ferne die Stimmen der Muezzins, die zur Trauer aufriefen, vermischt mit den schrillen Gesängen der Juden und dem Läuten der Christenglocken, das Weinen der Klageweiber und die Schreie von Sklaven, die mit Schwerthieben hingerichtet wurden, weil sie der Verschwörung gegen den neuen Kalifen Hisham II. bezichtigt wurden.

Mit Lanzen bewaffnet eilten die Soldaten auf der Suche nach Verrätern durch die Straßen, und in den Menschenmassen, die die Stadt überschwemmten, töteten sie viele aus reiner Verwirrung, mehr aus Angst als aus Überzeugung, vielleicht nur um die eigene Haut zu retten, bis die düstersten Stunden jener unheilvollen Nacht endlich vorüber waren. Alles schien sich augenblicklich zu beruhigen, als Al-Mansur im Morgengrauen zurückkehrte. Er schien trunken von der neuen Macht und schrie wie ein Besessener, Al-Mughira, dieser Verräter, habe sich zum Kampfe gestellt und sei von den Händen seiner eigenen Komplizen erbärmlich gefallen. Die Söhne, die aufbegehrt hatten wie schmutzige Giftschlangen, habe er eigenhändig hingerichtet, und Allah selbst habe dabei seine Hand geführt.

Am folgenden Tag wurde die Inthronisierung von Hisham II. zelebriert, dem elfjährigen Kalifen, der wimmerte, weil er sich in seinem Prunkgewand unwohl fühlte, weil die Sonne ihn blendete und die Menschenmenge, die sich im Kasernenhof von Madinat al-Zahra drängte, ihn ängstigte. Er wurde flankiert von seinem Mentor Al-Mansur zur Rechten und dem Wesir Al-Mushafi zur Linken, welcher öffentlich verkündete, es seien zweihundertneunzig Verräter des Thronfolgers hingerichtet worden, darunter auch jene, die beim letzten Atemzug des Kalifen zugegen gewesen seien.

Hisham II. nahm den Namen al-Muayyas Billah an, «Dem Gottes Hilfe zuteil wird», und sogleich wurde ein Regentenrat gebildet, der aus dem Hadschib Muhammad Ibn Abi-Amir Al-Mansur, der Mutter Subh und ihm selbst bestand. Dann begann die Trauerprozession für den verstorbenen Kalifen.

~

Wir warteten in den Verliesen, davon überzeugt, dass uns ein tragisches Ende bevorstand. Ich konnte keine Tränen vergießen wie einige andere um mich herum; vielmehr dachte ich ständig daran, wie verzweifelt meine Mutter Lubna sein musste, und betete inbrünstig zu Allah, dass es ihr gelingen möge, in ihrem Urteil gerecht zu bleiben und ihr Herz vor Schaden zu bewahren.

Den Anweisungen von Al-Mansur entsprechend wurden nach einem Zeitraum, dessen Länge ich nicht zu ermessen vermag, zuerst die Leibärzte Al-Hakams und die vertrautesten Haushofmeister hingerichtet. Dann kam der Chronist an die Reihe, der seine Erinnerungen verfasste, ein Musiker, der bis zum letzten Augenblick seine Lieblingsmelodien auf der Laute gespielt hatte, sechs Militärangehörige, die Wache gehalten hatten und zur privaten Leibgarde gehörten, gefolgt von mehreren Dienerinnen, die nur zugegen gewesen waren, um die Vorhänge des königlichen Schlafgemachs zu öffnen und zu schließen.

Noch heute schmerzt meine Seele, wenn ich an jene schauerlichen Ereignisse denke. Zu meinem Entsetzen musste ich die Hinrichtung der Unglücklichen erleben, die mit mir um Al-Hakam trauerten. Sie fanden in der gleichen Zelle statt, in die sie uns in jener unheilvollen Nacht mit Stockhieben hineingetrieben hatten, die abgeschlagenen Köpfe und die schlaffen Körper ließen sie direkt dort liegen, in den Blutlachen, die sich mit dem Kot und dem Erbrochenen der Überlebenden vermischten. Täglich brachten sie zwei oder drei von uns um, bis nach vierzehn schrecklichen Tagen des Grauens und des Wahns nur noch ich am Leben war und die Wachen selbst sich so vor dem unsäglichen Gestank in der Zelle ekelten, dass sie beschlossen, neue Befehle von Al-Mansur zu erbitten und mich jedenfalls am folgenden Tag hinzurichten, denn sie wollten das Verlies anzünden und mit allen Leichen und allem Unrat verbrennen.

Al-Mansur ordnete an, meinen Namen auf die Liste der zum Tode Verurteilten und Hingerichteten zu schreiben, mich selbst jedoch als Gefangene in seine Privatgemächer zu bringen. Bis zu einem anders lautenden Befehl war es mir unter Androhung der Todesstrafe verboten, die Palastgebäude zu verlassen. Er befahl den Dienerinnen, meinen Körper zu waschen und mir zu essen und zu trinken zu geben; seinen Leibarzt wies er an, meine Wunden zu versorgen und mir Arznei sowie ein Schlafmittel zu verabreichen, denn er wusste, dass ich in den letzten Wochen kaum gegessen und kaum geschlafen hatte.

Ich wurde in ein anderes Verlies gebracht, wo Al-Mansur mich abholte. Er sagte, der Titel einer Prinzessin, den mir der letzte König verliehen habe, könne mir nicht mehr nützen, denn jetzt unterstünde ich seinem Befehl, mein Leben liege in seiner Hand. Er habe meinen Tod bekannt gegeben, meine Mutter, meine Tante Hind und die anderen Frauen aus meinem Hause beweinten mich, und er hoffe, dass mein Stolz nach der Gefangenschaft in den dunklen Verliesen gebrochen sei und ich ihn nun weniger hochmütig betrachte, denn er wolle mich für sein Bett und für seinen persönlichen Genuss.

Mit der Gelassenheit der Verzweiflung antwortete ich ihm, wenn ich für die Menschen, die mich liebten, schon tot sei, bedeute es mir wenig, was tatsächlich mit mir geschehe, doch bevor ein einziges meiner Haare auch nur eine Minute seines Lebens mit Freude erfüllen werde, bäte ich Gott um meinen wirklichen und endgültigen Tod.

Da nahm Al-Mansur mein Gesicht mit solcher Kraft in seine Hände, dass ich glaubte, er werde mir den Schädel zermalmen; doch weit entfernt, er zog meinen Mund an seinen und küsste mich voller Gier und voller Zorn. Dann stammelte er, er sehne sich seit den Tagen meiner Kindheit danach, das Geheimnis zu besitzen, das in den tiefsten Tiefen meines Wesens verborgen liege. Er habe mich heimlich beobachtet, wie ich beim Reden meine Arme bewegte oder wie sich meine Lippen strafften, wenn ich still lächelte. Die Unruhe, die mein Geheimnis in ihm wecke, raube ihm den Verstand, möglicherweise werde es ihm nicht gelingen, es zu ergründen, doch er werde es zumindest besitzen, denn nun sei er der Herrscher über ganz al-Andalus.

Nach wenigen Tagen brachten sie mich in eine neue Zelle, die der Regent für mich ausgesucht hatte: Ich wurde in seinem privaten Schlafgemach innerhalb seiner persönlichen Räumlichkeiten untergebracht, abgesondert von den anderen Frauen seines Harems. Auch wenn ich zunächst nicht in seinem Bett schlafen werde, sagte er, sei dies meine Wohnstatt, denn er wolle mich jeden Tag und jede Nacht dort sehen.

Er ließ alle wissen, Muselmanen, Christen, Juden, Berber und Ausländer, die ihren Fuß auf andalusischen Boden setzten, dass er der alleinige Herrscher sei und nichts ohne seinen Befehl geschehe. Córdoba zitterte unter den Horden seiner berittenen Soldaten, die vom Abend bis zum Morgen durch die Stadt patrouillierten, ihr Gesetz mit dem Säbel erzwangen und jeden meuchelten, der ihnen verdächtig schien. Madinat al-Zahra schloss seine Tore für den Handel und die Außenwelt und wurde für seine Bewohner zum Gefängnis. Einzig und allein Militärangehörige mit konkreten Befehlen durften die Stadt verlassen, bis die Regierung umgestaltet und die politische Kontrolle gesichert war.

Wie eine schwarze Decke senkte sich der Herbst über Córdoba und die Palaststadt und brachte so viel Regen und Wolken, dass sich nicht einmal die Ältesten an dergleichen erinnern konnten. Der Winter setzte ein mit Nebel und feuchter Kälte, die keine Möglichkeit ließ für Feste auf offener Straße, wie sie in al-Zahra so häufig stattgefunden hatten. Nicht einmal Nayruz, der Wechsel ins christliche Jahr 977 oder das Ende des Ramadan wurden gefeiert, obwohl die Kälte inzwischen nachgelassen hatte. Die Menschen wagten es nicht, am helllichten Tag ihre Freude zu zeigen, und trauerten noch immer um ihren letzten König, vielleicht auch um ihr früheres, freudvolles Leben.

Einer jedoch feierte ausschweifende Feste mit lärmenden Trinkgelagen, die meist in Prügeleien endeten, bei denen mehr als einmal Messer und Schwerter gezogen wurden, und das war der Regent Al-Mansur. Von der Macht berauscht, ließ er ebenso willkürlich einen Wachsoldaten töten, der es gewagt hatte, einen Günstling zu kontrollieren, wie er einen Kadi oder einen der strengen cordobesischen Rechtsgelehrten, deren Unterstützung er suchte, mit Reichtum überschüttete, um unbehelligt regieren zu können. Der neue Kalif Hisham II. wurde in seine Privatgemächer verbannt und mit Windhunderennen und anderen Zerstreuungen unterhalten, und so verwandelte er sich allmählich in ein willensschwaches Wesen ohne jedes Interesse für seine Verantwortlichkeiten.

Während dieser Entwicklungen, die ich nur undeutlich wahrnahm, schritt meine Genesung sehr langsam voran, denn ich weigerte mich zu leben, jedes Nahrungs- oder Arzneimittel spuckte ich aus oder erbrach es wieder. Der Gedanke an meine Mutter Lubna und meine Tante Hind war mir noch unerträglicher als der Schmerz in meinen ausgezehrten Gliedmaßen oder meinen schwärenden Wunden, denn die grausame Lüge, ich sei tot, musste ihnen ja das Herz brechen. Eine Flucht aus dem Gefängnis, in das sich der Palast verwandelt hatte, war unmöglich.

Da ich fürchtete, die Leiden meiner Gefangenschaft nicht ertragen zu können, griff ich eines Nachts, es war Vollmond, und der Frühling sandte schon seine ersten Vorboten, nach dem Glas einer Lampe und warf es mit aller Kraft auf den Marmorfußboden meiner Schlafkammer. Mit einer besonders scharfen Scherbe schnitt ich mir die linke Pulsschlagader auf. Meine linke Hand war zu kraftlos, um die Scherbe zu fassen und die rechte Schlagader ebenfalls aufzuschneiden; schon bemächtigte sich ein dumpfes Dröhnen meiner Sinne, und ein heftiger, saugender Wirbel verschlang meinen Körper, Wandbespannungen, Teppiche und Vorhänge verfärbten und verzerrten sich vor meinen Augen, und plötzlich sah ich nichts mehr.

Doch Allah befahl mir weiterzuleben, er lenkte die Schritte

einer Haremsdame Al-Mansurs in mein Schlafgemach, wo sie meinen Körper in einer Lache von Blut fand, das nicht nur aus meinem Arm sickerte, sondern auch aus meinem Leib, denn meine Monatsblutung hatte eingesetzt und war wegen der Schwäche meines Körpers ungewöhnlich stark. Sie schrie wie eine Besessene, bis die Soldaten und der Hadschib selbst herbeieilten. Ärzte und Dienerinnen stillten das Blut und wärmten meinen Körper mit Decken und Tüchern. Ihre Stimmen drangen an meine Ohren wie Schatten, die ich berühren konnte, ihr Murmeln schien mein Haar zu streicheln wie vorbeiflatternde Vögel. Ich fühlte mich, als schwämme ich im warmen Wasser des Privatbades im Haus meiner Mutter Lubna, ich sah mich selbst, wie ich vergnügt lächelte, und ich schwöre, ich empfand nichts als Zufriedenheit darüber, dass mir mein Leben entströmte.

Aus all den unbekannten Stimmen um mich her drang plötzlich eine in mein Inneres, die warm, voller Nähe und Zärtlichkeit den Faden meiner Seele, der doch bereits in die Unendlichkeit gerichtet war, an seinem Ende packte: die Stimme Al-Mansurs, der mir liebevolle Worte ins Ohr flüsterte, und es war, als hätte er mich mit seinen Händen ergriffen und an sich gezogen. Seine Stimme drang immer klarer in mein Bewusstsein, bis ich schließlich seinen Atem an meiner Schläfe spürte, und die Nässe von Tränen. Dann fühlte ich einen festen Druck an meinem linken Handgelenk, der das Blut stillen sollte, und die Schläge meines eigenen Herzens drängten sich in meiner Kehle, bis ich husten musste und nach Luft rang, um zu atmen.

Ich begriff, dass Allah mir meinen Wunsch zu sterben nicht erfüllt hatte, mein Selbstmordversuch war gescheitert. Ich akzeptierte, dass mein Schicksal mich auf andere Wege führen würde, und so beschloss ich, all meine Kraft daranzusetzen, meiner Mutter irgendwie eine Nachricht zukommen zu lassen, um ihr Unglück zu lindern. Danach würde ich versuchen, mich aus meiner Gefangenschaft zu befreien. Ich würde reglos warten, wie der Schmetterling aus ihrem Traum.

Erfahrene Hände versorgten mich, ich sträubte mich nicht mehr, und ich aß sogar den Mehlbrei, viel Lammhackfleisch und das gedünstete Gemüse, das man mir täglich brachte, damit ich wieder zu Kräften kam. Zu trinken gab man mir Wasser, Ziegenmilch und Rotwein, außerdem Arzneitränke und spezielle Säfte. Ich schlief sehr viel, bis nach reichlich einem Monat die Farbe in meine Wangen zurückkehrte und ich wieder aufstehen und im Innenhof von Al-Mansurs Privatresidenz spazieren gehen konnte, innerhalb der Umfassungsmauer des Kalifenpalastes, stets begleitet von einer marokkanischen Sklavin, meiner Gefangenenwärterin, die mir folgte wie ein Schatten.

IV

Al-Mansur bewohnte die Gemächer, die einst dem Kalifen Abd al-Rahman III. gehört hatten. Er lief über dessen Tepiche und berührte dessen Einrichtung mit finsterer Verehrung, denn er wusste, dass jedes Stück in diesen Sälen, Räumen und Kammern zur Erbauung des einstigen Besitzers sorgfältig ausgewählt worden war und das Gepräge seiner Macht, die Spur seiner Herrlichkeit trug.

Vielleicht glaubte Al-Mansur, indem er die Gegenstände eines so großartigen Königs berühre, könne er bewirken, dass ihm die gleiche Berühmtheit zuteil werde, vielleicht wünschte er insgeheim, es möge wenigstens ein einziger Tropfen Omaijadenblut in das seine übergehen, um seine ehrgeizigen Ziele zu rechtfertigen.

Hinter den Vorhängen der Sängerinnen konnte ich die Versammlungen verfolgen, die der Hadschib zwei- oder dreimal pro Woche mit den bedeutendsten Rechtsgelehrten und Gesetzeskundigen aus Córdoba, dem Heerführer Galib oder mit vielen reichen und mächtigen Adligen und Würdenträgern abhielt. All diese Versammlungen endeten in unerhörten Gelagen. Es wurde hemmungslos gegessen und getrunken, der Hausherr verteilte Geschenke und stellte seinen großzügigen Charakter mit reichen Gaben zur Schau, die ihn in Wirklichkeit nichts kosteten, weil sie aus der Staatskasse bezahlt wurden.

Al-Mansur plante den Bau einer neuen Stadt jenseits von Córdoba am Ufer des Guadalquivir. Er hatte bereits erste Materialkäufe befohlen und Architekten und Handwerker unter Vertrag genommen. Als Arbeiter wollte er hauptsächlich die Berber beschäftigen, die mit in den heiligen Krieg ziehen würden, den er gegen die Christen im Norden vorbereitete, denn den Sklaven, die den vorausgegangenen Kalifen treu ergeben gewesen waren, vertraute er nicht.

Er hatte eine ausführliche Aufstellung der unzähligen Schmuckelemente und Details der Reichtümer von Madinat al-Zahra anfertigen lassen, denn er wollte viele davon benutzen, um seine eigene Stadt zu dekorieren, vielleicht auch um ihr eine Seele einzuhauchen, die sie nicht besaß. Er suchte nach einem Namen, der ihn unsterblich machen und mit dem rivalisieren sollte, den Al-Nasir für seine Stadt gewählt hatte. Bei der Besprechung dieser und anderer Angelegenheiten berauschten sich Al-Mansurs Komplizen an Wein und Düften, sodass sie schließlich alle Scham verloren und sich Orgien hingaben, von denen man sagte, sie seien noch hemmungsloser als die des Kalifen Al-Nasir in seinen besten Zeiten.

Al-Mansur selbst behielt sich jedoch stets unter Kontrolle und ließ sich nie zu übertriebenen Exzessen hinreißen, als wolle er beweisen, dass er anders war als die anderen.

In einer jener Nächte war das Bankett besonders feierlich. Mehrere schwarze Sklavinnen, von denen im Palast eine große Zahl beschäftigt wurde, massierten meinen Körper mit Ölen und Duftessenzen und kleideten mich in ein prachtvolles Gewand aus rotem Wasy aus Tunis, und mir wurde befohlen, Al-Mansur zu erwarten. Seine Stimme überraschte mich, denn zum ersten Mal seit Monaten sprach er direkt zu mir. Er bat mich höflich, hinter den Vorhängen hervorzukommen, er wolle mir ein Geschenk machen.

Als ich bei ihm war, schickte er seine Haushofmeister und die marokkanische Zofe fort, sodass ich fürchtete, die angekündigte Stunde sei gekommen. Doch er breitete eine prachtvolle Halskette aus schwarzem Silber mit mehreren Reihen Gagat und Rubinen vor mir aus, mit der er mich zur Feier des einjährigen Jubiläums der Thronbesteigung des Kindkalifen Hisham II. und meines achtzehnten Geburtstags beschenken wollte. Da ich mich sträubte, die Kette zu berühren, kniete er nieder, um sie mir zu Füßen auf den Marmorboden zu legen. Dann hob er den Blick und sah mich an, einen kurzen, seltsamen Moment lang, während mein Geist versuchte, das Zittern zu unterdrücken, das meinen Körper befallen hatte.

Muhammad streckte sich auf dem Diwan aus, auf dem Al-Nasir einst geruht hatte, öffnete sein gelbes, goldbesticktes Hemd, nahm den Galansuwa ab – die hohe, edelsteinbesetzte Seidenmütze, die er nach persischer Mode zu tragen pflegte – und schenkte sich eigenhändig Wein in seinen Goldbecher ein. Schweigend trank er einen Schluck und sah mich an, wie ich ihm herausfordernd die Stirn bot, und plötzlich schämte ich mich, denn ich spürte die heimliche Erregung eines anzüglichen, prickelnden Kräftemessens. Rasch wandte ich mich ab, um mich hinter den Vorhang zurückzuziehen. Er rief jedoch, ich könne nicht gehen, ohne die Halskette entgegenzunehmen, ohne ihm zu danken, ohne mit ihm zu sprechen.

«Vielleicht ist es der Altersunterschied von zwanzig Jahren», sagte er in versöhnlichem Ton, «der in Euch eine Ablehnung weckt, die übertrieben und irrig ist, wie ich Euch beweisen kann, denn meine Fähigkeiten sind die eines jungen Mannes, und ich wünsche sie Euch zu zeigen. Ich habe Euch die Verderbtheit meiner Politiker vor Augen geführt, als Gegensatz zu meiner Intelligenz und Zurückhaltung, denn ich möchte Eure Gunst gewinnen, meine Herrin, und sehne mich sehr danach, Euch wieder lächeln zu sehen.»

Ich antwortete nicht und setzte meinen Weg nach dem Schlafgemach fort. Da forderte er mich auf, stehen zu bleiben, er habe noch ein weiteres Geschenk für mich, dieses werde ich sicher annehmen: ein Buch, geschrieben von der Hand meiner Mutter Lubna. Tatsächlich erstarrte ich bei seinen Worten, wandte mich um und sah ihn an.

«Da ich großen Wert auf das Wohlwollen der orthodoxen Rechtsgelehrten und Theologen von Córdoba lege, welche die bibliophilen Vorlieben Al-Hakams missbilligten, war ich gezwungen, die Bücher seiner Bibliothek auf dem Marktplatz von Córdoba öffentlich verbrennen zu lassen, zum Beweis meiner Macht und um unter den Leuten aus dem Pöbel, die sich allzu leicht in Aufrührer verwandeln, Angst zu säen. Das Feuer dauerte einen ganzen Tag und eine ganze Nacht bis zum Morgengrauen, die Asche glüht noch zu dieser Stunde, in der ich dir davon erzähle.

Alles, wovon die verbrannten Bücher handelten, wurde zur ketzerischen Lektüre erklärt, und jeder Muselmane, der Kopien oder Texte dieser Art besitzt oder liest, wird der Andersgläubigkeit bezichtigt, ihm drohen Kerkerhaft, öffentliche Entehrung und Todesstrafe.» Er sprach langsam und sah mich dabei unverwandt an. «Mit diesem Feuer habe ich gleichzeitig jene gebeugt, die um vergangene Zeiten weinen, und die mächtigsten Rechtsgelehrten von al-Andalus gewonnen, die ihre Genugtuung über die Zerstörung der alten, zerrüttenden und unwürdigen Wissenschaften offen kundtun.

Ich selbst jedoch habe dieses Buch über die Prinzessin Scheherazade aus den Flammen gerettet, und zwar für Euch, Nur. Ich habe es für Euch aufgehoben, um Euch zu zeigen, wie viel mein Herz für Eure kostbare Person empfindet, denn Eure Mutter, meine Lehrerin Lubna, hat diese persischen Märchen aufgeschrieben. Die Kalligraphie dieser Seiten stammt von ihrer Hand, und weil es mein Wunsch ist, Euch zu zeigen, wie sehr ich darum bemüht bin, dass Ihr an meiner Seite glücklich seid, mache ich es Euch zum Geschenk.»

Al-Mansur hatte sich nicht getäuscht, ich ergriff das Buch ohne Zögern. Süße Erinnerungen überwältigten mich, auf jeder einzelnen Seite erkannte ich die Spur der geschickten Finger meiner Mutter, ihre Aufzeichnungen, ihre Ausschmückungen. Tiefe Schwermut beengte mir die Kehle, während ich das Papier und die Zeichen auf den Blättern streichelte, vielleicht um durch sie meine ersehnte Mutter selbst zu berühren. Wie mochte sie darunter gelitten haben, ihre geliebten Bücher in Flammen aufgehen zu sehen. Plötzlich spürte ich einen bohrenden Schmerz in der Brust, es war, als öffne sich eine klaffende Wunde, meine Gliedmaßen hielten dem Gewicht der Trauer nicht stand. Ich fühlte mich, als könne ich an Ort und Stelle vor Schmerz sterben, mein Körper sank auf die Knie, und ich spürte, wie das Leben durch die Fingerspitzen, unter den Fingernägeln aus mir hinausströmte. Doch etwas in mir begehrte auf, eine innere Stimme rief, noch nicht, wenn jetzt der Tod über mich komme, sei all das Leid unnütz gewesen, meines, das meiner Mutter Lubna und das meiner Tante Hind; jetzt müsse ich leben und Allah auch um ihr Leben bitten und um Freude für künftige Tage, jetzt könne ich nicht sterben, nicht so, in Schweigen und Gefangenschaft, nein, mein Wille müsse den letzten Hauch des Lebens packen, das begonnen hatte, mich zu verlassen, jetzt.

Da überkam mich ein krampfartiges Schluchzen, das einem Würgen glich, es rettete meine Seele davor, im Meer meiner unterdrückten Traurigkeit zu versinken, die mich innerlich überschwemmte; es gab meiner Brust den Atem wieder und zwang meine Kehle, einen spitzen Lebensschrei von sich zu geben. Meine überraschende Reaktion erschreckte Al-Mansur so, dass er ängstlich das Gesicht verzog, einen Satz rückwärts machte und dann wie gelähmt stehen blieb, ohne es zu wagen, sich mir zu nähern.

Erschüttert begab er sich wieder zu seinem Diwan, trank Wein in großen Zügen, fluchte laut und warf Soldaten wie Dienerinnen, die durch meinen Schrei beunruhigt hereinkommen wollten, barsch hinaus. Schließlich hob er mich auf, legte mich auf sein mit gegerbten Fellen bedecktes Bett und flößte mir aus seinem Becher einen Schluck Wein ein, der meine Seele beruhigte. Ich schloss die Augen, mein ganzer Körper schmerzte wie zerbrochenes Glas.

Nach einer Weile begann er, zärtlich mit mir zu sprechen, er sagte, er bewundere die Schönheit meiner Seele, ich sei der reine, wunderbar geschliffene Diamant, den er als königliches Insignium für sich wünsche. Denn seine absolute Macht, gebändigt durch scharfe Intelligenz, sei erst wirklich vollständig mit meinem Omaijadenblut, dem Funken der unverfälschten Königswürde, die mein Leib in sich trage und die er für seinen Erben wünsche, einen Sohn, den er mit mir haben wolle, schon seit meiner Kindheit. Dieser Sohn werde das reinste, edelste Erbe von al-Andalus in sich tragen und Al-Nasir selbst an Größe und Macht überflügeln, und diesen Sohn werde ich ihm gebären.

Ich brachte kein Wort hervor, denn ich setzte meine ganze Kraft daran, den Todeswunsch zu bezwingen. Er trat langsam ans Kopfende des Bettes und vertraute mir an:

«Meine anderen Frauen bedeuten mir nichts. Sobald ich mich von meinen Komplizen befreit habe, werde ich mich zum rechtmäßigen Kalifen ernennen. Ich werde erreichen, dass Hisham mir sein Thronrecht abtritt. Ich träume von Euch, Nur, als Geliebte und Gemahlin, meine Nächte sind voll des Verlangens nach Euch, ich will Euch als Königin und Mutter meines Erben, denn Ihr tragt das Omaijadenblut doppelt in Euch, Ihr verkörpert das Geschlecht der Omaijaden mehr als der Kindkalif selbst. Ich werde Euch Reichtümer, auserlesene Juwelen, grenzenlose Macht und unvorstellbare Schätze zu Füßen legen, dazu meine eigene leidenschaftliche Anbetung, denn mein Herz füllt sich mit Erregung, wenn ich davon träume, dich zu besitzen, Mädchen Nur. Ich spüre sein Pulsieren in meinen Schläfen, wenn ich dich in meiner Nähe sehe, ich spüre es jetzt in meiner Kehle, weil ich dich endlich berühren kann.»

Er strich mir nur leicht über das Haar und deckte meinen Körper zu.

Ich schlief die ganze Nacht in seinem Bett, und als die Sonne mich weckte, sah ich, dass Al-Mansur wieder auf seinem Diwan lag und mich still anblickte, unverwandt, er hatte die ganze Nacht nichts anderes getan.

Mit sanfter, zärtlicher Stimme sagte er, ich solle ihn um etwas bitten, was es auch sei, außer um meine Freiheit oder darum, den Palast verlassen zu dürfen. Er wolle mir zu Gefallen sein, denn er sei verliebt in mich und wünsche, dass ich an seiner Seite glücklich sei. Ich solle ihn um das bitten, was ich mir in diesem Augenblick am meisten wünsche, er werde so viele Heere losschicken, wie notwendig seien, um es herbeizuschaffen, er werde mir beweisen, wie viel er hinzugeben bereit sei, nur damit ich ihn liebevoll anlächele.

Diesmal antwortete ich.

«Die größte Macht, nach der ein Mann strebt, ist die über die Lust der Frau, das ist bekannt, und das Abenteuer, das seinen Stolz als Krieger am nachhaltigsten erfüllt, ist dasjenige, die untertänige Befriedigung des Weibes zu erreichen. Also ist es nur logisch, dass Ihr als Mann und Krieger Euch an Kämpfen und Unmöglichem messt, etwa daran, dass ich Euch aufrichtige Hingabe entgegenbringe. Wenn Ihr mir tatsächlich zu Gefallen sein wollt und die Herausforderung annehmt, es zu versuchen, schlage ich Euch folgenden Handel vor: Ich werde Euch jeden Abend ein Stück aus der Sammlung persischer Märchen vorlesen, die Ihr für mich aus den Flammen gerettet habt. Während dieser Zeit werdet Ihr keinen Gebrauch von meinem Körper machen und mir Eure Berührung ersparen. Wenn jedoch das Buch zu Ende ist und es Euch gelungen ist, Euch von mir fern zu halten, überlasse ich Euch meinen Körper vierzig Tage und vierzig Nächte lang. Wenn ich nach dieser Zeit schwanger bin, bringe ich Euren Sohn zur Welt und übergebe ihn Euch als Thronerben. Wenn Allah mir diese Schwangerschaft jedoch nicht schickt, dann gewährt Ihr mir die Gunst zu sterben.»

Al-Mansur konnte minutenlang nicht sprechen oder sich rühren; er trank einen Becher Milch mit getrockneten Früchten, wischte sich den Mund ab, wusch sich die Hände und schickte den Haushofmeister barsch hinaus, der unversehens eingetreten war, um ein neues Gewand und eine frische Tunika zu bringen.

Er lief unruhig auf und ab, mal zum Fenster, mal zur Tür, als wolle er den Raum verlassen, wobei er aber jedes Mal im letzten Moment kehrtmachte. Dann schenkte er sich Wein ein und aß süßes Backwerk, das schon seit vielen Stunden auf den Tabletts lag, und murmelte dabei halb fasziniert, halb verdrossen vor sich hin, dass ein derartiges Ansuchen alles übersteige, was er sich habe vorstellen können.

Schließlich wandte er sich mir zu, sah mir fest in die Augen und sprach, ohne nachzudenken, so groß war seine Verblüffung.

«Zum Teufel, du bist ein Prachtweib, und intelligent, wie ich es bei einer Frau noch nie erlebt habe. Du machst mich verrückt, Nur. Welchen Vorteil brächte es mir, deine Herausforderung anzunehmen? Und doch bin ich in großer Versuchung, es zu tun. Ich wollte dir zu Gefallen sein, doch du hast mich um diesen Handel gebeten und deine Antwort für mich in eine grausame Ablehnung einerseits und in ein verlockendes Wagnis andererseits verwandelt, ich muss wählen zwischen ihm und deinem Tod.» Sichtlich mit sich kämpfend, schüttelte er den Kopf. «Es wäre für mich das gleiche Unglück, deinen Vorschlag abzulehnen, was mich um den Genuss deiner Hingabe bringt, wie es anzunehmen, was mir nur vierzig Nächte deiner Wollust verschaffte. Zum Teufel, so bin ich doch meinem eigenen Verlangen in die Falle gegangen.»

Er verstummte und blieb mitten im Zimmer stehen. Ich beobachtete ihn – er war wirklich ein gut aussehender Mann, in diesem Augenblick geradezu schön, weil er sein echtes Wesen ungehindert strömen ließ.

«Ich könnte dich mit Gewalt nehmen», fuhr er fort, «aber das ist nicht das, wonach sich die Liebe sehnt, die ich für dich im Herzen trage, also akzeptiere ich deinen Vorschlag. Verflucht, ich werde mir Seite um Seite dieses Buches anhören und dein Spiel mitspielen, denn was hat der mächtigste Mann von al-Andalus mehr als Zeit, und ich werde hoffen, dass du mir entweder freiwillig einen Sohn schenkst oder mich, wenn unser Handel abgeschlossen ist, um dein Leben bittest, weil ich in all den Nächten von der heutigen an, in der unser Handel beginnt, erreicht haben werde, dass du mich liebst.»

Zwei Jahre und mehrere Monate las ich Seite für Seite aus den persischen Nächten der Prinzessin Scheherazade vor, und ich bedauerte, dass das Buch nicht noch umfangreicher war und noch mehr von den Märchen enthielt, die ich durch die Dienerinnen meiner Mutter kannte. Wenigstens dehnte ich die Erzählungen aus, solange ich konnte, stets darauf bedacht, dass Al-Mansur nicht bemerkte, wenn ich eine wiederholte, wobei ich die Personen und Ereignisse veränderte, wie es mir einfiel. Auf diese Weise wollte ich Zeit gewinnen, um die Freundschaft meiner marokkanischen Dienerin zu erlangen und sie im geeigneten Moment mit einer Botschaft zu betrauen, die das Leben meiner Mutter Lubna mit Freude erfüllen würde.

Der Regent behandelte mich respektvoll und zuvorkommend; nach den täglichen Beratungen und Empfängen verbrachte er viel Zeit mit mir, obwohl der Bau seiner eigenen Stadt – er nannte sie al-Zahira – ihn sehr beschäftigte. Bis auf wenige Ausnahmen war er dennoch jede Nacht bis zum Morgengrauen bei mir, häufig sogar bis in den Vormittag hinein, um den phantasievollen Erzählungen von Sultanen, Seefahrern, Zwillingsbrüdern und seltsamen Tieren zu lauschen, von denen das Buch der *Tausendundeinen Nacht* berichtete. Währenddessen betrachtete er mich schweigend und voller Bewunderung und genoss meine Stimme und meine Nähe.

Tatsächlich erwartete auch ich ihn jede Nacht in schönen Gewändern, stets hatte ich bereits die Seite aufgeschlagen, auf der wir in der vorigen Nacht stehen geblieben waren. Ich nahm den Wein entgegen, den er mir aus seinem Becher anbot, und betrachtete ihn, ohne dass er es merkte, mit der gleichen Bewunderung, er war wirklich ein stattlicher und schöner Mann. Schließlich kam mir der beunruhigende Gedanke, ich fände vielleicht Gefallen an dem Spiel und verlängere die Märchen nicht, um Zeit zu gewinnen, sondern zu meinem eigenen Vergnügen; ich genoss seine respektvolle Nähe in jeder Nacht, als sei es die erste, es gefiel mir, wie er sich für mich herausputzte und parfümierte wie ein König, wie er sich ganz den Märchen hingab, wie freudig er zuhörte. Er stellte sogar Fragen oder begann Gespräche über die miteinander verwobenen Geschichten.

In einer jener Nächte betrat unversehens die Baskin Subh mit aufgelöstem Haar und wehenden Gürteln das Schlafgemach. Sie war außer sich vor Wut und schrie wie eine Besessene, sie sei gekommen, um mich zu töten, sie hätte mich eigentlich schon längst töten, verstümmeln oder mir das Gesicht zerkratzen sollen, rechtzeitig, ehe ich ihr mit meiner Hexerei ihren Liebhaber weggenommen hätte. Sie stürzte sich auf mich und zückte einen kleinen Dolch, den sie mir um ein Haar in den Hals gestochen hätte, doch er glitt an meinem Schmetterlingsanhänger ab und hinterließ einen weißen Kratzer im Quarz. Ich konnte ihre Hand packen, bevor sie erneut zustieß, und wir rangen miteinander, bis mehrere Soldaten sie packten und ihr das Messer entwanden.

Ich hätte Al-Mansur mit meiner Schönheit betört, und dafür verfluche sie mich, doch er werde mich ebenso verraten wie sie, sobald er sein Ziel erreicht habe, schrie sie weinend und auf dem Marmorboden kniend, umringt von Soldaten, die ihr befahlen zu warten, bis der Regent käme.

«Wie teuer bezahle ich nun dafür, dass ich ihm mein Herz geschenkt habe!», schluchzte sie.

Stockend und keuchend erklärte sie, Al-Mansur und sie seien zwar Komplizen gewesen – und sie bereue ihre Listen durchaus nicht, denn an die Macht zu gelangen, sei ihr großes Ziel im Leben gewesen, auch wenn sie nun verloren habe und ihr düsteres Schicksal akzeptieren müsse –, was ihre Seele jedoch am meisten schmerze, sei der Verrat, denn Al-Mansur an ihr begangen habe, denn sie habe ihn wirklich geliebt.

«Ich hasse Euch, Herrin, von ganzem Herzen und mit all meinem Zorn, doch ihn hasse ich noch mehr. Ich würde alles dafür geben, dass er nicht bekommt, was er sich von Euch wünscht, nicht zu meinem Vorteil, sondern zu seinem Unglück, damit seine Seele ebenso zerbricht, wie meine durch ihn zerbrochen ist.»

Ich bat die Wachen um Erlaubnis, der Mutter des Kalifen einen Krug Wasser bringen zu dürfen, und als ich neben ihr niederkniete, spürte ich in meiner Brust den Schmerz, den sie spürte, in meiner Kehle brannte ihr Kummer. Zwar hätte ich nicht so gehandelt wie sie, doch ich fühlte das gleiche Aufbegehren in mir, die gleiche Verzweiflung in meiner Seele, den gleichen Kampf ums Überleben, und ich war genauso berechnend wie sie, um mein Ziel zu erreichen; Subh hatte sich mit düsteren Komplizen zusammengetan, während ich alleine vorging, doch in diesem Augenblick begriff ich, dass unsere Einsamkeit die gleiche war, denn es war die Einsamkeit der Frau, die sich danach sehnt, ihre Flügel auszubreiten und in die Freiheit zu fliegen.

Nachdem die Wachen beruhigt waren, führte ich Subh zum Bett und half ihr hinein. Erschöpft erklärte sie mir, sie wolle nicht mehr leben, ihre Zukunft sei düster, denn ihr eigener

Sohn, der Kalif Hisham, habe sich gegen sie gewandt, sicherlich unter dem Einfluss Al-Mansurs.

Sie erzählte mir auch, Al-Mansur habe sich des Großwesirs Al-Mushafi entledigt, der ihm so viele und so gute Dienste erwiesen hatte, indem er ihn in den Ruin getrieben und in Misskredit gebracht habe. Dann habe er durch geschickte Intrigen den Tod des unglücklichen Generals Galib herbeigeführt. Nun habe er Chafar zum Minister ernannt, den Anführer der Berber, von dem er sich größeren Nutzen versprach.

«Auch mich will er loswerden», schluchzte Subh verzweifelt, «weil ich ihm nicht mehr nützlich bin, er hat seine Ziele ja erreicht, vor allem sein wichtigstes, nämlich den Kalifen völlig willensschwach und teilnahmslos zu machen. Die Regierungsangelegenheiten des Staates interessieren ihn nicht, er vertreibt sich die Zeit nur damit, die Musik verweichlichter Milchbärte anzuhören, wie er selbst einer ist. Er lebt abgeschottet von der Welt in seinen Privatgemächern, vertraut seiner Mutter nicht, hält sie für verrückt und unwürdig, seine schwache und kränkliche Seele beruhigt sich nur in seinem absonderlichen Glauben an Talismane und widerwärtige Dinge wie Pfoten, Hufe und Hörner, die er für fähig hält, ihm Heil zu bringen.»

Subh war schweißgebadet, sie redete, ohne Luft zu holen, ihre Worte überschlugen sich; ich wollte ihr noch einen Schluck Wasser geben, doch sie schob meine Hand beiseite, sah mir fest in die Augen und murmelte, sie sei ganz sicher, dass die Schönheit meiner achtzehn Jahre von einem Geheimnis umwittert sei, welches mich noch schöner und begehrenswerter mache, wie Al-Mansurs Leibwachen behaupteten.

Plötzlich klang ihre Stimme bitter.

«Er wird das Geheimnis der Schönheit niemals ergründen, denn es ist die Unschuld, das habe ich gerade begriffen, mit meinen knapp vierzig Jahren, ausgebrannt von Zorn und entstellt vor Hass. Ich möchte dir einen Rat geben, Mädchen Nur, der dir Gutes bringen wird. Ich tue es, um an ihm Rache zu nehmen, der mich mit seinem Verrat zerbrochen hat: Beherrsche deinen Willen und gib dem Drang nicht nach, dich in ihn zu verlieben. Denn er weiß um die Macht und die Stärke der Frau, und er weiß, beide wachsen ins Unermessliche bei einer liebenden Frau, sie ist zu jeder Heldentat fähig und bereit, ihrem Geliebten ohne Gegenleistung alles zu schenken. Das wird er bei dir zu erreichen suchen, Nur, die du den wahren Samen der Omaijadendynastie in dir trägst, den er so sehr begehrt: Dass du ihm die größte Macht übermittelst, deren du fähig bist, die Macht deiner Liebe.»

Ich sah Subh nicht wieder, sie wurde für wahnsinnig erklärt und eingesperrt. Später erfuhr ich von ihrem Tod, in einem für mich günstigen Moment, denn Allah hatte entschieden, dass sich unsere Geschicke noch einmal kreuzen sollten, an einem Punkt, der von großer Bedeutung war.

In den folgenden Nächten fragte Al-Mansur mich immer wieder, was sie mir erzählt habe, doch ich antwortete ihm ausweichend, weniger um ihre Worte zu verheimlichen als vielmehr um in Ruhe darüber nachzudenken. Der Rat der Baskin war treffend gewesen, schon seit einiger Zeit fühlte ich mich in Al-Mansurs Gegenwart entspannt und vertrauensvoll, ich plauderte gerne mit ihm, wir aßen und tranken bis zum Morgen. Ich beendete die Märchen vorzeitig, um ihn anschauen zu können, während er mit mir sprach, und um eine zusätzliche Nacht zu gewinnen; es ging mir längst nicht mehr darum, die Zeit zu verlängern, um eine List auszuhecken. Mehr als einmal ertappte ich mich bei dem Gedanken, wie es wohl wäre, eine Liebesnacht mit ihm zu erleben. Er brachte mir hingebungsvolle Verehrung entgegen – oder verstand sie meisterhaft vorzuspielen –, er genoss es, meine Weiblichkeit zu bewundern, wie es kluge Männer den Frauen gegenüber tun, und meine Seele spürte, dass er mich nach und nach eroberte, dass ich die Kontrolle über meine Gefühle aufgegeben hatte.

Inzwischen waren über zwei Jahre vergangen, das Buch näherte sich allmählich dem Ende, und ich begriff, dass ich wieder etwas tun musste. Eines Nachts brachte Al-Mansur mir die Pläne seiner Stadt, die kurz vor der Fertigstellung stand und den Namen Madinat al-Zahira trug. Er wollte sofort umziehen, mit dem gesamten Hof und der staatlichen Verwaltung, mit dem Militär, dem Harem und mir. Als ich ihm erklärte, ich wolle nicht mit ihm in seine neue Residenz gehen, wurde er wütend und sagte, ich würde doch mitgehen, ihm weiter vorlesen, seinen Sohn austragen oder sterben, wenn es denn sein müsse, so befehle er es.

Plötzlich überstürzten sich die Ereignisse, als habe das Universum zwei Jahre geschlafen und sei nun zu neuer Bewegung erwacht, und in mir regten sich Gewissensbisse darüber, dass ich mich in der Wolke des bequemen Vergessens hatte versinken lassen. Ich besann mich auf meine treue marokkanische Dienerin und wagte es, ihr eine Nachricht an meine Mutter Lubna anzuvertrauen. Die Dienerin würde sie am Donnerstag im Haus meiner Mutter abgeben, wenn sie mit den anderen Sklavinnen des Palastes auf den Markt ging. Nachdem ich diese ganze Zeit über gleichsam in mir geschlafen hatte, so sehr hatte mein Überlebensdrang alle anderen Bedürfnisse überdeckt, empfand ich schlagartig wieder den Schwindel der Ungewissheit und der Gefahr. Ich wartete den ganzen Tag nervös auf die Rückkehr der Dienerin und spürte die Schläge meines Herzens in der Kehle.

Als sie kam, brachte sie mir eine gelbe Rose, die ich sofort erkannte – sie stammte von dem Strauch an der Tür des Hauses meiner Mutter –, und erklärte mir, sie habe sich unter dem Vorwand, die Blüten bewundern zu wollen, von der Gruppe getrennt, sei an den Strauch getreten und habe die Nachricht zwischen seine Zweige gesteckt. Zwei Wochen später fand meine Dienerin an der gleichen Stelle eine Elfenbeinschatulle, die einen Brief meiner geliebten Mutter Lubna und meiner

Tante Hind enthielt, in dem sie erklärten, sie seien wieder auferstanden durch die Botschaft, dass ich noch am Leben sei, wenn auch in Gefangenschaft, und sie hofften, Allah werde all das Leid damit ausgleichen, dass sie mich bald wieder sehen könnten. Ich sandte ihnen weitere Nachrichten, erhielt ihre Antworten und spürte den drängenden, kraftvollen Ruf von etwas, das mich draußen erwartete.

Alles, alles geriet plötzlich in Bewegung, meine inneren Stimmen waren uneins, ich spürte in mir den Widerstreit von Gefühlen. Ängste und Zweifel vermischten sich mit dem jüngst erwachten Begehren und der eingegangenen Verpflichtung. Außerdem war Vollmond, und ich gelangte ans Ende des letzten Märchens aus *Tausendundeiner Nacht.*

(Es wäre mir lieber gewesen, wenn mein Körper den Körper Al-Mansurs nicht begehrt hätte, wenn meine Seele nicht für seine Seele Hoffnung gehabt hätte. Es wäre leichter gewesen, wenn seine Gewalt mich rechtzeitig vom letzten Hauch meines Lebens befreit hätte, wenn sich die Versuchung, die Schönheit seines Geistes zu sehen, niemals in meiner Neugier oder in meiner Seele eingenistet hätte, und es wäre besser gewesen, nicht zu wissen, dass er wirklich in mich verliebt war, dann hätte mich seine Feigheit nicht so geschmerzt.)

V

Ich konnte nicht denken, ich konnte nicht weiter blicken als bis zu den Rosenblättern, die auf dem Boden ausgestreut waren, den goldbestickten Seidenvorhängen vor den Fenstern und den wunderschönen Öllampen, die im Halbdunkel flackerten und knisterten, dass es klang wie mein Zähneklappern. Ich musste mich an meinem Rosenquarz-Schmetterling festhalten, und es war, als würde mich allein diese Berührung schon beruhigen. Mir schossen Bilder aus meinem Leben durch den Kopf, von denen ich gar nicht gewusst hatte, dass ich mich an sie erinnerte, und all das geschah, während ich vor Al-Mansur stand.

Er trug eine leichte Zihara aus weißem, kühlem Leinen, das die Hitze jener letzten Sommertage des Jahres 979 linderte, und ich bemerkte verwirrt, dass er darunter nur eine Hose aus Rohseide mit einem gold- und edelsteinbesetzten Gürtel um die Hüften trug, der einen reizvollen Gegensatz zu seinem nackten Oberkörper bildete.

Sein Kopf war unbedeckt, und er trug das prachtvolle, lockige Haar offen. Seine honigfarbenen Augen leuchteten, als sei er voller Stolz über diesen durch Geduld errungenen Sieg. Sichtlich erfreut gestand er mir, der Gedanke an diesen Augenblick habe ihn oft aufrechterhalten, wenn er geglaubt habe, sein Begehren nicht mehr bezwingen zu können, er habe immer davon geträumt, mich wie jetzt seinen Wünschen ergeben zu sehen.

Doch ich antwortete ihm, er solle sich nicht täuschen, ich sei lediglich an meinen Handel gebunden, aber nicht besiegt. Da schickte er die Musikerinnen und Haushofmeister zornig hinaus und befahl meiner marokkanischen Dienerin, die Schließen über meinen Schultern zu öffnen und dann ebenfalls zu gehen.

Sie tat, wie ihr geheißen, und war schneller gegangen, als die

Musmala aus goldener Seide, die meinen ganzen Körper bedeckte, brauchte, um zu Boden zu gleiten. Nackt, ohne ein anderes Gewand als eine grüne Smaragdkette zu meinem Rosenquarzschmetterling und meinem offen auf die Schultern fallenden Haar, stand ich vor Al-Mansur, der sich nicht rührte, nicht weiter aß und noch nicht einmal den Becher Wein auf dem Tablett abstellte, sondern mich nur geblendet ansah, im Licht der Kerzen und des Mondes, der durch die Arkaden der Terrasse schien.

Schließlich erhob er sich vom Diwan, von dem aus er mich stumm betrachtet hatte, legte die Zihara ab und stand nur in der hauchdünnen Hose vor mir. Unter der Seide erahnte ich lange, kräftige Beine, und ohne den Blick zu senken, betrachtete ich seinen Oberkörper, der dem leichten, warmen Wind preisgegeben war, der auch mich verführerisch streichelte. Ich spürte seine Nähe und erschrak bei dem Gedanken, dass die gefährliche Schönheit dieses Mannes mich ebenso magisch anzog wie der Horizont den Blick oder der Abgrund den Sturz und dass es mich heftig danach verlangte, seine Wärme auf meiner Haut zu spüren.

Ohne ein Wort trat er zu mir und begann mein Gesicht und mein Haar zu streicheln. Er murmelte, niemals sei ihm eine Frau so herrlich erschienen, er liebe mich aus der tiefsten Tiefe seines Wesens, des Nachts wache er mitunter weinend auf, so sehr sehne er sich danach, mich zu umarmen und zu küssen. Doch jetzt, da er meinem Mund nahe sei, könne er nur Angst empfinden, wie der Horizont oder der Abgrund Angst auslösen.

Ich schwöre – und später bedauerte ich es –, dass ich in Al-Mansur die Größe eines Titanen erblickte. In jenem Moment glaubte ich, er könne die irdische Macht des beeindruckenden Al-Nasir und die geistige Macht des Weisen Al-Hakam in sich vereinen. Ich wollte in ihm den großen Anführer erahnen, den al-Andalus gebraucht hätte, um seinen Höhenflug fortzusetzen. Ich spürte, dass Allah mich mit ihm zusammengeführt hatte, damit ich sein wahres Selbst in ihm erweckte, die Wahrheit, die ich unter der äußeren Gestalt erkannte, die Größe, die ich in ihm verborgen wusste wie einen Diamanten im Inneren des Gesteins. In mir pulsierte eine ungewohnte Kraft, gespeist von einer unerklärlichen Gewissheit, geleitet von meinem neu erwachten Verlangen nach dem, was ich in diesem Mann sah, und ich sagte ihm, dass ich ihn liebe.

Ich berührte seine Lippen und trank mich an ihnen satt, ich küsste seinen Mund, als sei er mir nicht fremd, ich gab mich den Küssen hin und spürte die Wärme seiner Umarmung, bis ich mehr wollte, ihn zum Bett zog und mich darauf ausstreckte, in der Hoffnung, ihn in meiner Lust mit dem Widerschein seiner selbst beschenken zu können.

Doch Al-Mansur zögerte, goss sich Wein nach und trank. Er wollte meinen nackten Körper betrachten, bevor er sich mir näherte. Endlich kam er zu mir, die ich schweigend wartete, legte sich auf mich und küsste mich gierig, als errege ihn eine Vorstellung in seiner Phantasie und nicht das, was wirklich geschah. Ich widersetzte mich nicht, sondern ließ ihn gewähren; ebenso wie ich das Schicksal akzeptieren musste, das mir bestimmt hatte, mich in meinen Feind zu verlieben, musste er nun die unverhoffte Entdeckung eines Gefühls verarbeiten, das er im Umgang mit Frauen noch nie empfunden hatte.

Er entkleidete sich hastig und erlaubte mir nicht, ihn anzusehen, als er von neuem über mich herfiel, wobei er mehr mit seinem Körper kämpfte als ihm half, sodass er meine Hingabe und Erregung eher bremste. Nachdem er sich eine Weile abgemüht hatte, ließ er plötzlich von mir ab und verfluchte Allah, den Propheten und seinen eigenen Körper, der ihm nicht gehorchen wollte. Dann beschimpfte er mich, lief mit langen Schritten nackt durch den Raum und schrie, schließlich habe er mich erwählt, nicht umgekehrt, nicht die Frau wähle aus, nicht ich hätte mit dem Finger auf ihn gezeigt, nicht die Angst, von mir benutzt zu werden, habe ihn besiegt.

Schließlich bedeckte er sich mit einem langen, reich bestickten Hanfhemd, ließ mich im Bett liegen, verlangte nach den Musikerinnen und befahl ihnen, fröhliche Lieder zu spielen. Drei Tänzerinnen sollten seine Augen erfreuen, drei weitere Sklavinnen Wein und Speisen bringen und ihm Füße, Schultern und Rücken mit Ölen massieren. Er ließ die Anführer der Wachsoldaten kommen, um sich mit ihnen zu betrinken. Unter obszönen Bemerkungen über die fleischliche Vereinigung von Mann und Frau suchte er die Betäubung des Alkohols und die Herausforderung von Männern bei spielerischem Kräftemessen und Wetttrinken, dann rief er die Tänzerinnen zu sich, um seine Macht über sie auszukosten. Ich verkroch mich tief in den Bettdecken und Seidentüchern, die für einen ganz besonderen Abend vorbereitet worden waren, denn ich wollte Al-Mansurs prahlerische Beweise seiner Manneskraft gegenüber den Mädchen nicht sehen, die von den Untergebenen beklatscht wurden. Trotz der lauten Stimmen und der ausgelassenen Feier versuchte ich zu schlafen; ich weinte still, nicht wegen meines missachteten Verlangens, sondern wegen der Feigheit meines Geliebten, der es nötig hatte, mich zu beleidigen, um seine Selbstachtung wiederzugewinnen, und der mir Schmerz zufügen musste, um seine Macht zu spüren.

Erregt vom Alkohol und von der Verherrlichung seiner Männlichkeit vor den anderen Frauen kam er ans Bett und bemächtigte sich meines Körpers, indem er binnen weniger Augenblicke mit einem erstickten Keuchen, das eher einem Seufzer glich als einem lustvollen Stöhnen, seinen Zorn über mein Schweigen in mich ergoss. Doch er empfand keinerlei Befriedigung und begann erneut zu schreien, er warf seine Trinkgenossen hinaus und schwor mir, wobei sein fiebriger Atem mein Gesicht streifte, es würde mir nie gelingen, seine Seele zu beherrschen, ich könne ihn nicht täuschen.

Ich fühlte, dass ich ihn trotz allem liebte, aber ich musste mich damit abfinden, dass ich ihm seine Angst davor, mich zu lieben, nicht nehmen konnte. Als ich ihn nackt und betrunken auf dem Teppich schlafen sah, überschwemmte Trauer meine Seele. Eine Woge der Zärtlichkeit drängte mich dazu, sein Gesicht zu streicheln und seinen schönen Körper zu betrachten, es war der eines harten und gewandten Kämpfers, der gut darin war, Zerstörung zu erzwingen, jedoch schwach und hilflos wie ein Kind, wenn es darum ging, sich selbst zu besiegen.

Meine Stimme weckte ihn, als ich dem persönlichen Haushofmeister sagte, er brauche nicht hereinzukommen, sein Herr schlafe noch. Er sah mich an, und in seinen Augen spiegelte sich das bernsteinfarbene Mittagslicht. Ich sagte nichts, denn ich konnte nicht sprechen, so überwältigt war ich von der Liebe zu ihm und von der Hingabe an mein Schicksal. In der freiwilligen Unterordnung unter das, was auch immer von diesem Tag an geschehen mochte, das wusste ich, war ich meine eigene Herrin. Doch Al-Mansur ertrug meine liebevolle Nähe nicht, er stand hastig auf und trat auf die Terrasse hinaus, wo er die Arme ausbreitete, tief Luft holte und einen kraftvollen Schrei ausstieß. Sein herrlicher Wuchs erinnerte mich in seiner Nacktheit an die Helden der alten Griechen, an Achilles, dessen Körper nur an einer einzigen Stelle verwundbar war, oder an Odysseus, der ein ganzes Leben dazu benötigte, an seinen Ausgangspunkt zurückzukehren.

Mit einem Sprung war Al-Mansur wieder an meiner Seite, fiel auf die Knie, packte mich an den Schultern und schüttelte mich unter Flüchen, dann schlug er mit den Fäusten auf den Boden, bis er sich schließlich beruhigte und in Tränen ausbrach. Da sagte ich ihm noch einmal, dass ich ihn liebe und ihm, wenn er es wolle, helfen könne, mit der Weisheit der Liebe zum Leben über die Welt zu herrschen; er werde seine verborgene Macht erkennen und seine wahre Kraft entdecken; sein Schicksal habe sich ihm gezeigt, und es verlange von ihm, in diesen Augenblicken über seinen künftigen Weg zu entscheiden.

Doch Al-Mansur wollte nichts mehr hören, sondern schrie, er werde mich auspeitschen lassen, er ertrage meine Überheblichkeit nicht, er wolle nur einen Sohn von mir, und dafür werde er meinen Körper benutzen, wann immer es ihn danach gelüste. Er werde alleine regieren, sein Name werde häufiger genannt werden als der Al-Nasirs und in besserer Erinnerung bleiben als der Al-Hakams, seine Bestimmung sei es, das Schicksal von al-Andalus zu lenken, denn Allah habe ihm die Macht dazu verliehen, und er könne sie nach Belieben ausüben.

Den ganzen Tag über durften weder Dienerinnen noch Soldaten das Schlafgemach betreten. Ich rührte mich nicht vom Diwan, eingehüllt in meine goldene Seidendecke wartete ich darauf, dass geschah, was zu geschehen hatte.

Allmählich brach die Nacht herein, deren Düfte Al-Mansurs Seele beruhigten. Er kämpfte noch immer mit seinem Verlangen und seiner Angst, doch er wollte wieder mit mir sprechen.

«Verflucht sollst du sein, Nur», sagte er ernst, «du hast mich zur Verzweiflung gebracht. Ich habe einen tiefen Brunnen gefunden, der zu einem wunderbaren unterirdischen Palast führt, doch ich kann nicht hinuntersteigen. Mit welchem Zauberbann und mit welchen bösen Künsten hast du mich belegt, verfluchte Hexe? Vor keinem Heer der Welt fühlte ich jemals diese schreckliche Panik, die mich erfasst, wenn ich vor dir stehe. Meine Beine versagen den Dienst vor deinem Blick, meine Brust erbebt vor deinem Schweigen, deine Zärtlichkeit ist bedrohlicher für mich als eine Meute ausgehungerter Hunde, denn ich weiß, dass ich mich in deinen Armen verlieren könnte und dass ich in den Abgrund stürzen würde, nichts anderes mehr zu ersehnen als deine Nähe.»

Während er sprach, war sein Gesicht sanft geworden, aller Zorn war daraus gewichen. Langsam kam er auf mich zu und begann meine Füße zu küssen, dann die Knie, die Hände.

Seine Gesten zeugten von dem inneren Kampf, den sein Wesen mit sich ausfocht, dem Kampf, der über sein Schicksal entscheiden würde, denn er musste etwas aufgeben und wusste nicht, was er dafür gewinnen würde.

Als er meinen Mund berührte, gab er endlich dem Verlangen seines Körpers nach, vielleicht im Versuch, für das Verlangen seiner Seele Zeit zu gewinnen, es zu vergessen oder es zu täuschen und ihm weiszumachen, es sei befriedigt, indem er seine Männlichkeit befriedigte.

Einen Augenblick lang sah ich tief in meinem Herzen voraus, dass mein Gott Allah mir nicht das Glück schenken würde, mit meinen Augen jene Größe zu erblicken, die ich mit meinem Geist in diesem Mann gesehen hatte, der berufen war, eine neue Epoche in der Geschichte von al-Andalus einzuläuten. Doch erschöpft, wie ich war, widersetzte auch ich mich der fleischlichen Vereinigung nicht, die der Körper meines Geliebten mir anbot. Ich fand Vergnügen und Genuss daran, doch ich schützte mein Herz vor der sinnlosen Hoffnung auf die Vereinigung unserer Seelen, denn Al-Mansur selbst hatte seine Türen zugeschlagen.

Viele Tage und Nächte lang bereiteten wir einander Wonne und Vergnügen. Auch in den Stunden, in denen wir uns nicht der Liebe widmeten, sprachen wir kaum, blickten uns nur unverwandt und schweigend in die Augen. Wir sahen den Tag näher rücken, an dem sich unsere Zukunft entscheiden würde, beide wollten wir die Zeit ausdehnen, bis der Mond am Ende meines Zyklus mein Menstruationsblut entweder bringen würde oder nicht.

Ich sagte ihm nie mehr, dass ich ihn liebte, obwohl die Liebe zwischen uns strömte, wenn unsere Körper und unsere Münder sich einander näherten. Er gewann allmählich Selbstvertrauen und Selbstachtung zurück, beriet sich mit den Sekretären, sandte Botschaften an den Kalifen und empfing die Wesire direkt in seinen Privatgemächern.

Oft nahm er mich in die Arme und drückte mich heftig an sich, als hinge sein Leben an einem seidenen Faden oder als versuche er verzweifelt, etwas zu finden, von dem er von vornherein wusste, dass es unerreichbar war. Er küsste mich, vergrub sein Gesicht in meinem Haar, barg seine Stirn an meinem Hals und murmelte zärtliche Worte, er nannte mich Schöne unter den Schönen, Herrin, Gebieterin seines Lebens und Licht seiner Augen.

In den Augenblicken der Liebe nach der körperlichen Vereinigung gestand er oft, er spüre, wie seine Seele sich leere, aufgelöst in meinen Landschaften, er vergesse die Welt in meinen Armen, und er verspüre tiefe Angst davor, von mir verlassen zu werden, aber wenn er es nicht mehr ertrug, sich so verletzlich zu fühlen, löste er sich aus meiner Umarmung, stand auf und kehrte zu den Angelegenheiten der Welt zurück, und sein ganzes Auftreten bestritt das, was er zuvor gesagt hatte.

Er wurde scheu am Tage und verwundbar in der Nacht. Die Liebe zwischen uns war nichts als Verzweiflung, und ich begriff, wie Frauen begreifen lernen, dass mein Geliebter sich von mir entfernte. Er hatte seine Wahl bereits getroffen, es würde ihm niemals gelingen, das Geheimnis zu erringen, das er von mir besitzen wollte. Ich fühlte, wie meine Seele zerbrach unter dem Gewicht eines tiefen Abschieds, der schon alt war, schon vergangen, der jetzt nur ein zweites Mal geschah. Die Tränen begannen aus meinen Augen zu strömen, und ich weinte mir tagelang alle Empfindungen aus dem Leib.

Aber an einem dieser Tage voller Einsamkeit begriff ich, dass es nicht genügend Tränen für einen so langen Abschied gab, darum beschloss ich, meinen Weg weiterzugehen und Al-Mansur zu verschweigen, dass ich schwanger war, um mir noch mehr Leid zu ersparen.

Ich bat meine Dienerin um Hilfe, und wieder erfüllte die Marokkanerin meine Wünsche und brachte mir heimlich einen

Krug vom Geschirr des Kalifen. Sie gab vor, er sei voller Milch, tatsächlich enthielt er jedoch das Blut eines kürzlich getöteten Schafes. Ich nutzte die Dunkelheit der vorletzten Nacht meines Handels und goss es über meine Beine und über die Bettlaken.

Al-Mansur war von Staatsangelegenheiten aufgehalten worden und kam spät. Ich tat, als schliefe ich, und als er das Blut unter meinem Leib bemerkte, erschrak er fürchterlich. Trotz seiner enttäuschten Miene rief er sofort nach den Dienern und befahl ihnen, die Bettwäsche zu wechseln, frische Hosen sowie Kissen und Tücher zu bringen, die die rote Farbe des Blutes auslöschen sollten.

Ohne mich anzusehen, reichte er mir eine Decke, mit der ich mir Leib und Beine bedecken sollte, und murmelte:

«Wenn Allah mir den omaijadenblütigen Erben nicht zugesteht, werde ich mein Schicksal nicht weiter herausfordern, indem ich mich der Gefahr aussetze, meine Macht unter deinem Einfluss geschmälert zu sehen. Ich will meine ganze Kraft darauf konzentrieren, al-Andalus zu beherrschen, und habe weder Zeit noch Interesse für anderes. Ich lasse dich gehen, Nur. Ich schenke dir den Tod, wie du es gewünscht hast, denn für mich bist du bereits gestorben.»

«Ich bitte dich zu deinem und zu meinem Wohl», antwortete ich ihm, «misshandele meine Seele nicht, denn damit misshandelst du in Wahrheit deine eigene. Wir werden uns wieder treffen, in einer anderen Zeit, und ich schwöre dir, ich werde dich weiter unvermindert lieben.»

Doch er schwieg. Nachdem die Haushofmeister seine Kleidung gewechselt hatten und bevor er sein Schlafgemach verließ, fragte er mich:

«Sag mir, was um Gottes willen hätte ich tun müssen, um glauben zu können, dass deine Liebe aufrichtig ist ...»

Ich antwortete ihm, er hätte das Wagnis eingehen müssen, mich freizugeben, damit ich aus eigenem Willen zu ihm hätte zurückkehren können. Ohne den Kopf zu wenden, zischte er von der Tür aus mit zusammengebissenen Zähnen:

«Verflucht sollst du sein, niemals hätte ich die Angst davor ertragen, dass du nicht zurückgekommen wärst. Ich ziehe es vor, dich tot zu wissen, mein Herz erträgt es besser, dich zu vermissen, als auf dich zu warten.»

Er befahl den Soldaten, mir die Gunst zu gewähren, die Art meines Todes selbst zu wählen, und ging.

~

Ich bat die Soldaten um einen ganzen Tag, damit ich mich herausputzen und vorbereiten konnte, und versprach, ihnen am Abend mitzuteilen, welche Todesart ich gewählt hatte. Den Kopf stolz erhoben, obwohl ich innerlich vor Schmerz verging, flehte ich meinen Gott Allah an, mir einen Ausweg zu zeigen, wenn es denn einen gab. Das Weinen um meinen Geliebten verschob ich auf später, denn jetzt waren andere Dinge wichtiger.

Der Rosenquarz-Anhänger an meinem Hals glühte und rief mir den Traum meiner Mutter Lubna ins Gedächtnis. Der hinter einer Glasscheibe gefangene Schmetterling war ich selbst, die sterben musste, um weiterzuleben.

Ich rief die Marokkanerin zu mir.

«Ich habe gehört, wie die Soldaten darüber sprachen, dass die Baskin Subh, die Mutter des Kalifen, tot in ihrer Zelle aufgefunden wurde. Ich brauche ihren Leichnam, denn ein neues Leben pulsiert in meinem Leib, und ich bin sicher, Subhs Seele wird mir gerne helfen, den zu täuschen, der sie so misshandelt hat. Darum muss es dir gelingen, mir ihren Körper zu bringen, und zwar jetzt sofort.»

Die Marokkanerin pflichtete mir in allem bei und bat mich nur, im Gegenzug solle ich ihr erlauben, mich zu begleiten, wohin auch immer meine Schritte mich führen würden, sobald ich aus meiner Gefangenschaft freigekommen sei, und ich willigte ein.

Die Marokkanerin verteilte meine Juwelen und den wertvollsten Zierrat aus meiner Kammer unter den Henkern und Wachen der Verliese – welche die Untergeschosse des Palastes nicht verlassen durften, aber den Bedürfnissen des Körpers gehorchen mussten wie andere Menschen auch, und mit den Juwelen konnten sie sich die Dienste einer Tänzerin oder Sklavin erkaufen – und wies sie an, ihr die Zelle der verstorbenen Baskin zu öffnen und dann in eine andere Richtung zu schauen. Sie riet ihnen, sich am besten auch noch die Nasenlöcher zu verstopfen, denn die Konkubine war seit drei Tagen tot, und ihr Körper begann schon zu riechen.

Weder dieser Umstand noch andere Widrigkeiten hielten meine Dienerin von dem Vorhaben ab. Sie wickelte die Tote in prachtvolle, mit Moschus parfümierte Seidentücher und schleppte sie bei Tagesanbruch zu meinen Gemächern, vorbei an den Soldaten, die gerade erst von ihrem allnächtlichen Trinkgelage erwachten.

In Al-Mansurs Baderäumen verliehen wir dem leblosen Körper so weit als möglich den Glanz der Sauberkeit, stopften Mund, Ohren und Nase mit Gaze aus, was das Gesicht frischer aussehen ließ, überdeckten die violette Färbung mit Schminke und Wangenrot und versuchten, die größtmögliche Ähnlichkeit mit mir zu erreichen, indem wir ihr Haar genauso frisierten wie meines, ihr meine prächtigsten Kleider anzogen und sie zu guter Letzt reichlich mit meinen gewohnten Düften parfümierten.

Ich teilte den Wachen mit, ich wolle in der dunkelsten Stunde der folgenden Nacht von jenem steilen Abhang außerhalb der Stadtmauern gestürzt werden, an dem die oberste Terrasse meines geliebten Madinat al-Zahra ende. Über diesen jähen Felsabbruch konnte niemand die Stadt erreichen, weder Feinde noch Geister, was sie zumindest von dieser Seite aus uneinnehmbar machte. Meine Ebenholztruhe, die meine liebsten Besitztümer enthalte, solle mit hinuntergeworfen werden, und nur meine marokkanische Dienerin solle dabei anwesend sein.

Die Wachen, die sicherlich eingeschüchtert waren, weil mein Ruf als Zauberin sich überall verbreitet hatte – zum Vorteil Al-Mansurs, denn so erklärte sich, warum er mich verstoßen hatte –, waren mit allem einverstanden und hatten es offenbar eilig, die lästige Pflicht hinter sich zu bringen. Nur vier von ihnen machten sich bereit, uns zu dem Abgrund zu führen, an dem sie meinen Tod bezeugen mussten.

Mit langen Umhängen und bis zum Boden reichenden Schleiern bekleidet, schritten meine marokkanische Dienerin und ich bis an den Rand des Abhangs. Die Soldaten stellten die Truhe neben mir ab und waren bestrebt, schnell einen gewissen Sicherheitsabstand herzustellen, um zu sehen, was sie sehen wollten, nämlich wie mein Körper in die Tiefe fiel. Im Schutz der Nacht begannen wir einen frenetischen Tanz, bei dem wir die Umhänge öffneten und wie Besessene unverständliche Worte ausstießen, sodass die Wachen vor Angst noch weiter zurückwichen. Es gelang mir, mich vor meiner Dienerin niederzukauern, die ihren schwarzen Umhang weit ausgebreitet hielt, und indem ich weiter schrie und brutale Verwünschungen ausstieß, öffnete ich die Truhe, packte mit aller Kraft den leblosen Körper von Subh und gab ihn an die Marokkanerin weiter, während ich in die Truhe schlüpfte. Sie ergriff den Leichnam unter den Armen, und als die Soldaten von den seltsamen Bewegungen befremdet näher kamen, um zu sehen, was vor sich ging, rief sie, ich sei ohnmächtig geworden, die Soldaten müssten meinen Körper hinabstürzen, andernfalls würde sie sie vor Al-Mansur der Befehlsverweigerung anklagen. Hastig ergriffen die verängstigten Soldaten Subhs leblosen Körper und warfen ihn ins Leere. Ich selbst brüllte aus Leibeskräften, sodass sogar die Wachen vor Schreck aufschrien, sich entsetzt abwandten und davonrannten, überzeugt, sie hätten mich in den Abgrund geworfen.

Während die erschöpfte Dienerin vorgab zu weinen, vergewisserte sie sich, dass die Soldaten nicht zurückkamen. Dann öffnete sie den Deckel der Truhe, in der ich auf meine Wiedergeburt wartete, und bei Gott, ich schlüpfte mitten in der Nacht hervor, als habe mich das strahlendste Licht des hellsten, herrlichsten Tages zur Welt gebracht. Bei der Marokkanerin fühlte ich mich sicher und geborgen wie in den Händen einer Hebamme, die mir die Vorsehung geschickt hatte, damit ich mit ausgebreiteten Flügeln in die Welt zurückkehre. Mit vereinten Kräften stießen wir die Truhe in den Abgrund und freuten uns am Widerhall ihrer unwiderruflichen Zerstörung. Dann umarmten wir uns, lachten und ruhten uns aus, ausgestreckt auf dem kühlen Boden jener Herbstnacht im Jahre 980, zu Beginn meines achtzehnten Lebensjahres, gepriesen sei Allah, wir küssten die Erde und dankten ihr für ihre Kraft.

Die restliche Nacht wanderten wir wie Schatten außerhalb der Stadtmauern entlang. Als es hell wurde, versteckten wir uns im niedrigen Gestrüpp und warteten den ganzen Tag und die folgende Nacht, ohne zu essen oder zu trinken, bis eine Berberkarawane in der Nähe ihr Lager aufschlug, um bei Tagesanbruch nach al-Zahra hineinzuziehen. Die Marokkanerin holte aus ihrem Rock eine Hand voll wertvoller Ketten hervor – die sie, wie sie versicherte, Al-Mansurs Sklavinnen rechtmäßig beim Spiel, bei Wetten und im Tausch gegen kleine Dienste abgenommen hatte –, wir suchten die besten aus, um sie dem Karawanenführer gegen Essen und ein Versteck in einem Karren anzubieten, und er akzeptierte den Handel schnell, denn die Ketten waren wirklich sehr schön.

Unter Säcken und Decken versteckt, gelangten wir mit Allahs Hilfe ohne Schwierigkeiten in die Stadt. Außer Sichtweite der Torwächter und in der Nähe des Marktes stiegen wir schließlich aus, denn wir hielten es für besser, uns bis zum Anbruch der Nacht wieder zu verstecken. Wir gaben uns als kranke Bettlerinnen aus und ließen uns im Schatten eines Verkaufsstandes auf der anderen Seite des Marktplatzes nieder, lehnten uns aneinander und konnten sogar ein wenig schlafen, erschöpft und hungrig, wie wir waren.

Als die Nacht hereingebrochen war, schlichen wir mit zerschlissenen Kleidern, zerrissenen Schleiern und knurrenden Mägen im Schatten der Mauern weiter. Wir täuschten die an den Straßenecken von al-Zahra postierten Wachen, indem wir uns als Dirnen im Dienste der Soldaten vor den Toren des Kalifenpalastes ausgaben, oder bestachen sie mit dem Rest des Schmuckes, den die Marokkanerin noch bei sich hatte, und so erreichten wir, gelobt sei Gott, das Haus meiner Mutter Lubna.

Vom Tor des Innenhofes aus rief ich nach ihr, mit dem Hauch einer Stimme, denn meine Kehle war rau vor Ergriffenheit, Erschöpfung und Angst, die mir wie ein Stein im Magen lag.

Zitternd wie ein erschreckter Vogel kam meine Mutter selbst aus dem Haus, warf sich mir zu Füßen und weinte vor Freude.

Plötzlich spürte ich all die Anspannung des Kampfes um mein Leben, und bezaubert vom vertrauten Duft des Innenhofes meiner Kindheit, vom Anblick des Jadebaums, der Säulen und der Schmetterlinge mit den entfalteten Flügeln im Stuck der Mauer, nach denen ich mich so oft gesehnt hatte, sank ich kraftlos in die Arme meiner Mutter und meiner Tante, da mein Körper sich in Sicherheit wusste. Alle Frauen des Hauses mussten mich gemeinsam zu einem Bett tragen, in dem ich endlich ausruhen konnte, an meine Mutter geschmiegt wie ein Kind. Ich spürte die wunderbare Wärme ihrer Liebe und hörte als sanftes Wiegenlied, wie sie Allah schluchzend dafür dankte, dass er ihr endlich ihre geliebte Tochter wiedergegeben hatte, schwanger mit Hoffnung und Glück für diese Familie.

VI

Meine Mutter Lubna wurde am ersten Tag des Jahres 981 vierundvierzig Jahre alt. Um die Augen hatte sie zwei tiefe Falten, welche die Schönheit und gelassene Heiterkeit ihres Gesichtes nicht schmälern konnten, die aber zeigten, wie tief sich der erlittene Schmerz eingegraben hatte.

Ich hoffte sehnlichst, dass das Kind, welches mein Leib in weniger als fünf Monaten zur Welt bringen würde, ihre verborgene Traurigkeit ein wenig lindern würde, eine Traurigkeit, die der meinen glich und der einer jeden Frau, die gezwungen ist, sich von dem Menschen zu trennen, den sie mit ihrem ganzen Wesen liebt, weil es ihre Bestimmung so verlangt.

In jenem Winter verbrachte ich herrliche Abendstunden in ihrer Gesellschaft und mit Hind, die sich trotz ihrer sechsundfünfzig Jahre weigerte, seelisch zu altern. Ich erzählte ihnen alles, was ich mit Al-Mansur erlebt hatte, und spürte, wie gut es tat, ohne Scham mein wahres Gefühl für diesen Mann ausdrücken zu dürfen, der sich mir flüchtig in seiner göttlichen Dimension offenbart und dann geweigert hatte, sich je noch einmal zu zeigen. Sie akzeptierten es in der Tiefe ihrer Herzen, denn auch sie wussten, dass die Liebe von Gott geschickt wird, damit wir seinen verborgensten Willen begreifen und damit wir lernen zu lieben. Das ist die größte Weisheit des Lebens.

In den drei Jahren meiner Abwesenheit hatten sich die beiden gegenseitig darin unterstützt, den Glauben an meine Rückkehr nicht zu verlieren, der von einem Traum genährt wurde, in dem ich meiner Mutter erschienen war. In diesem Traum hatte ich ihr eine wunderschöne Decke aus Gold- und Seidenfäden gezeigt, an der ich gerade webte. Meine Stimme hatte ihr gesagt, dies sei meine Schmetterlingspuppe und ich würde in eine Frau verwandelt wieder in ihre Arme fliegen.

Meine Mutter hatte diesen Traum allen Frauen des Hauses erzählt, und alle verstanden ihn als Hinweis darauf, dass ich am Leben war und darauf wartete, aus der Gefangenschaft aufzuerstehen, wo auch immer ich festgehalten wurde.

Die ersten Monate nach der Regierungsübernahme von Al-Mansur waren sehr schwierig zu ertragen gewesen. Wachen kontrollierten die Häuser jener, die man des Widerstands gegen den Regenten verdächtigte, vor allem unser Haus des Jadebaumes, denn man wusste, dass sich bei meiner Mutter Gelehrte und Denker trafen, die in der Gunst des Kalifen Al-Hakam II. gestanden hatten.

Sofort nach der Bildung des Regierungsrates, der an Hishams Stelle Entscheidungen fällte, war sie ihrer Ämter enthoben und wie viele andere Würdenträger ihrer Privilegien bei Hofe beraubt worden. Ihren Stand als Freigelassene und ihren Besitz konnte man ihr jedoch nicht streitig machen, denn all das war ausreichend beurkundet, ebensowenig das Recht, als Lehrerin in ihrer eigenen Schule tätig zu sein.

Aus undurchsichtigen Gründen ließ Al-Mansur ihr Haus nicht in nächtlichen Razzien und Plünderungen ausrauben wie viele andere, er griff nicht auf falsche Urteilssprüche zurück, um ihren Besitz zu beschlagnahmen. Er respektierte sie, Allah sei Dank, und verzichtete darauf, sie zu entehren oder in Verruf zu bringen. Das wäre zwar schwierig gewesen, denn sie war unter den Edelleuten wie in der einfachen Bevölkerung gleichermaßen angesehen, doch so musste sie wenigstens nicht die Schande der Verleumdung über sich ergehen lassen.

Sie wiederum zahlte anstandslos die überhöhten Steuern, welche die neue Regierung ihr auferlegte, und beglich mehrmals sogar die Schulden von in Ungnade gefallenen Sklaven oder Wesiren, die der vorherigen Regierung nahe gestanden hatten. Ohne großes Aufheben half Lubna so vielen Verstoßenen, wie sie irgend konnte, was ihr von allen Seiten noch mehr Achtung und Lob einbrachte. Zugleich versammelte sich um sie allmählich eine umfangreiche Gruppe von politischen Dissidenten und adligen Arabern, deren Privilegien immer weiter beschnitten wurden, und vor allem von weiteren Mitgliedern der Omaijadenfamilie, die mit Al-Mansurs Regentschaft nicht einverstanden waren, sondern den Kalifen an der Macht sehen wollten.

Zu diesen Omaijaden gehörte auch der junge, aber sehr ehrgeizige Al-Chabar, ein Urenkel Al-Nasirs, dessen Willensstärke und Stolz der Dynastie nicht zur Schande gereichten. Er war der Anführer einer vielköpfigen Gruppe von Verschwörern, die danach trachteten, Al-Mansur die Macht zu entreißen. Al-Chabar sah sich als rechtmäßigen Thronerben und verkündete dies überall, wobei er es an der klugen Zurückhaltung fehlen ließ, die in einer gefährlichen Lage notwendig ist. Einmal wurde er sogar festgenommen, und meine Mutter zahlte eine erkleckliche Summe, um ihn freizubekommen, doch auch das dämpfte seine Prahlerei nur wenig.

Meine Mutter vollbrachte in jenen Jahren noch viele andere gute Taten, die hier nichts zur Sache tun, die jedoch stets von ihrer geistigen Größe und ihrer Bescheidenheit zeugten.

Allah sei Dank, die Schule war sehr angesehen und warf guten Gewinn ab. Um sie zu vergrößern, verlegte Lubna sie ins Erdgeschoss des Prinzenhauses. Dort wurden über zweihundert Schüler und Schülerinnen von den größten Meistern ihrer Fächer in Kalligraphie, Grammatik, Arithmetik und Geographie unterrichtet. Eine Kommission von orthodoxen Rechtsgelehrten überwachte die Unterrichtsinhalte, doch sie konnten Lubna nie Ketzerei oder Verrat vorwerfen. Denn Philosophie, Theologie und andere Wissenschaften, die das neue Gesetz unter Strafe stellte und verbot, wurden im Geheimen im Untergeschoss des Prinzenhauses behandelt, in jenen Räumlichkeiten, die unermessliche Schätze enthielten, nämlich Abschriften der Lieblingsbücher Al-Hakams.

Lubna war dem offiziellen Hofe lästig, denn sie genoss großen Einfluss unter den Intellektuellen von al-Zahra und Córdoba, die sich von ihr Rat und Anregungen holten, und sogar unter vielen Gesetzeskundigen, die ihre profunden Kenntnisse in Rechtsdingen in Anspruch nahmen. Außerdem wurde sie dadurch, dass Al-Mansur ihre Tätigkeit duldete, in den Augen der neuen Wesire noch mächtiger. Sie neideten ihr ihre makellose Würde, konnten ihr zwar nicht oder kaum schaden, zwangen sie jedoch dazu, stets auf der Hut zu sein.

Nach und nach erfuhr ich in allen Einzelheiten, was während der Zeit meiner Gefangenschaft in al-Zahra geschehen war, und gewöhnte mich an die Veränderungen. Meine Schwangerschaft nahm indes ihren natürlichen Verlauf. Diskret behütet, hielt ich mich in den Privatgemächern des Hauses auf und ging nur in Begleitung vertrauter Dienerinnen in den Innenhof hinaus. Mein Geist begann wieder zu strömen, und nach einiger Zeit begann ich wieder wie einst, die Gedichte, die mir in den Sinn kamen, zu rezitieren und aufzuschreiben, und ich spürte, wie das Leben in mir und um mich blühte.

Zum Frühlingsbeginn, auf dem Gipfel seiner politischen Macht, verkündete der Regent Al-Mansur öffentlich, dass sein Palast in al-Zahira fertig gestellt war, womit er sich in den Rang eines Königs erhob. Er bereitete alles vor, um mit seiner Familie und seinem Hofstaat dorthin umzusiedeln und ihn zu seinem Regierungssitz zu machen. Al-Zahira lag in einer wunderbaren Landschaft nahe des Guadalquivir. Al-Mansur hatte prächtige Paläste und monumentale Gebäude errichten lassen und mit dem Bau einer Festungsstadt zu seinem Schutz und Ruhm den großen Kalifen Al-Nasir nachgeahmt. Außerdem hatte er diesen Vorreiter hochmütig herausgefordert, indem er den größten Teil der Stadt in nur zwei Jahren fertig gestellt hatte, was große Bewunderung hervorrief.

Tatsächlich war es jedoch so, dass Al-Mansur unsere Stadt

Madinat al-Zahra plünderte und so viele Wunderwerke aus ihr mit fortnahm wie irgend möglich. Es wurden sogar Bögen, Fenster, Säulen, Kuppeln und ganze Portale der prunkvollsten Gebäude abmontiert und den Nachbauten in seiner Hauptstadt eingefügt. Er trachtete danach, al-Zahra seine Herrlichkeit zu nehmen und diese für seine neue Stadt zu verwenden, sie auszureißen, wie man den makellosen Diamanten aus einer Krone reißt, um ihn in eine andere einzufügen. Dieses Vorhaben erwies sich jedoch als unmöglich. Der wahre Reichtum von al-Zahra lag nicht in seinen Ornamenten, und dem Kanzler Al-Mansur gelang nur ein blasser Abklatsch der Herrlichkeit, die aus der gemeinsamen Arbeit der beiden vorherigen Kalifen hervorgegangen war.

Mitte Mai jenes Jahres zog Al-Mansur mit seinem ganzen Hofstaat und all seinem Besitz nach al-Zahira um. Er ließ Verwaltung und Finanzwesen einrichten, eröffnete Marktplätze, förderte den Karawanenverkehr und setzte Prämien für den Hausbau aus. Seinen Ministern, Würdenträgern und Kammerherren überschrieb er Ländereien und Lehen, damit sie dort prunkvolle Residenzen und Paläste errichteten, und er berief sämtliche Beamte für Staatsangelegenheiten in seine Regentenstadt.

Er berief den Rat der Wesire ein und unterstellte den Großteil des Heeres einem eigenen Befehlshaber, als sei seine Stadt der Sitz des Kalifats. So spielte er sich als oberste Regierungsautorität auf. Dies demonstrierte er auch allen Provinzen von al-Andalus, denn er ließ Postverkehr und Steuereintreibung in al-Zahira zusammenlaufen. Mit all diesen Maßnahmen entzog er dem Kalifen Hisham jeden Einfluss und führte ihm deutlich vor Augen, dass sein Regent mächtiger war als er selbst.

Schon bald konzentrierten sich alle politischen, militärischen und wirtschaftlichen Aktivitäten in der Regentenstadt Al-Mansurs.

Um den Kalifenpalast von Madinat al-Zahra wurde eine neue, noch höhere Mauer gezogen. Wachen, denen Al-Mansur vertraute, beobachteten ihn Tag und Nacht und hatten alle Vollmachten, zu verhindern, dass irgendeine Person durch die Palasttore hinein- oder hinausging, selbst der Kalif Hisham durfte seinen Herrschersitz nicht verlassen. Aller Entscheidungsbefugnis beraubt und durch die Überwachung handlungsunfähig gemacht, gab er seine letzten Funktionen auf, verlor allen Einfluss, seine Intelligenz trübte sich, er schien sich geradezu in Luft aufzulösen. Nichts blieb von ihm erhalten als sein Name auf den Münzen oder in den Gebeten, die der Koran vorschrieb.

Hisham, der zu jener Zeit beinahe achtzehn Jahre alt war, setzte den Maßnahmen seines Regenten keinerlei Widerstand entgegen. Tatsächlich interessierten ihn nur seine privaten Vergnügungen und sein Bedürfnis, sich vor der Welt zu verstecken, die er ebenso zu fürchten schien wie seinen Mentor Al-Mansur. Er verringerte die Anzahl der Bediensteten im Palast und behielt nur einige Wahrsager als Berater, die ihm allerlei Amulette und Fetische anfertigten, außerdem junge Musiker, ausgesucht schöne Haushofmeister und andere Jünglinge, die seine Tage mit Wonne füllten.

In Madinat al-Zahra wurde der Kalif kaum noch erwähnt, die Kommentare und Nachrichten, die mit den durchziehenden Handelskarawanen kamen, betrafen alle den Regenten; es hieß, er lasse sich von den Wesiren und sogar den Omaijadenführern die Hand küssen und verlange, mit den Ehren behandelt zu werden, die eigentlich nur dem König zustanden. Es sei ihm sogar gelungen, vom Imam in den Bittgebeten genannt zu werden, er habe den Kalifen Hisham tatsächlich verdrängt und sich zum Alleinherrscher über al-Andalus aufgeschwungen.

Nach der Aufregung, die mit dem Regierungsumzug einhergegangen war, breitete sich tiefe Stille aus am Himmel über Madinat al-Zahra.

Alles strahlte ein leuchtendes Schweigen aus, von der Erde erhob sich kaum hörbare Musik, gleich einem Widerhall des Lebens, das ungestört gedieh. Seit das Lanzenklirren der Wachen und das Quietschen der Türangeln verstummt war, konnte man das leise Raunen der Straßen aus grauem und weißem Marmor hören; das Gurren der Tauben, die über die Terrassen flogen, war klarer zu vernehmen, Düfte waren deutlicher zu riechen, etwa wenn das Aroma frisch gebackenen Brotes oder gemahlenen Zimtes auf warmem Milchgebäck zu den Dächern und zu den Wipfeln der Zypressen hinaufzog, und so waren die Gerüche von verrostetem Eisen und glühendem Zinn bald vergessen.

Geschützt durch die Umwälzungen in der Außenwelt, zurückgezogen in den inneren Frieden meines Hauses, brachte ich am Morgen eines herrlichen Tages im Zeichen der Zwillinge eine Tochter zur Welt, und unter allen Blicken, die auf uns ruhten, war keiner ohne Liebe.

Das Weinen des Kindes war seit langem die schönste Melodie, zu der sich die Blätter des Jadebaumes im Innenhof bewegten, und das Weinlaub zwischen seinen Zweigen aus Smaragd und Achat schimmerte wunderschön gelb.

Meine Tochter kam mit kupferrotem Haar zur Welt, in ihren Augen vermischte sich das Grün der Smaragde mit der Honigfarbe der Achate. Ich gab ihr den Namen der leuchtenden Dunkelheit, der hellen Nacht, den Namen des schwarzen Stoffes, aus dem die Herrlichkeit geboren wird: Sabay, das bedeutet Gagat.

Teil vier

I

Sabay war wie der freie, zauberhafte Flug des Schmetterlings, der einen einzigen Tag dauert und dessen Anblick die Seele eines jeden Betrachters mit unermesslichem Glück beschenkt. In ihrem Lächeln vereinten sich alle Schönheiten des Lebens. In ihrem Körper lebten die Kühle des Morgentaus, die ätherischen Farben des Abendhimmels und die Eleganz des Mondes mit seinem verhaltenen Schein über der Nacht.

Sabay wurde von Arm zu Arm gereicht, alle im Haus des Jadebaumes liebten sie. Meiner Mutter Lubna gab ihr neuer Stand als Großmutter das spontane und offene Lachen zurück, das wir alle bereits verloren geglaubt hatten.

Mit kaum zwei Jahren zeigte Sabay bereits ihre besondere Begabung für den Gesang und bezauberte die Ohren all jener, die sie trällern hörten. Ihre Stimme war auserlesener als die der geübtesten Sängerinnen, sie intonierte Melodien und Rhythmen, ohne sie jemals gelernt zu haben. In diesem Talent zeigten sich eine von Zayyan – meiner Großmutter und der Geliebten Al-Hakams, möge sich Allah an ihr erfreuen – ererbte Meisterschaft und der majestätische Finger Gottes, der Sabays Stimme einen wunderbaren Einfluss auf die menschlichen Seelen verlieh. Ihr Können war schon seit früher Kindheit allseits beliebt; bei den Festen, die zu Frühlingsbeginn und zum Sommerausgang mit vielen Gästen im Haus des Jadebaumes gefeiert wurden, verlangte man stets nach ihr.

~

Mit den politischen Veränderungen begann ein anderer Gang der Dinge. Madinat al-Zahra unterstand der Kontrolle des

Rechtsgelehrten Al-Marwani, der Al-Mansur zwar aus Eigennutz treu ergeben, aber klug genug war, um die Machenschaften des Regenten zu durchschauen. Außerdem war er in seiner Jugend gemeinsam mit Lubna von den Lehrern des früheren Hofes erzogen worden, und darum trug er in seinem Inneren noch das Samenkorn der Rechtschaffenheit, das in meiner Mutter, für die der Kadi große Bewunderung empfand, so offensichtlich gedieh.

Al-Mansur war fern und außerdem mit ausgiebigen Feldzügen gegen die Christen beschäftigt, und so ließ der Kadi Al-Marwani seinen Hang zur Toleranz freien Lauf und verringerte die Überwachung und Unterdrückung spürbar. Mehr noch, er bat Lubna offiziell um ihren Rat und bekundete damit eine neue Öffnung seiner Verwaltung.

Al-Zahra genoss eine Beschaulichkeit, die es in seiner bisherigen Geschichte als politisches Zentrum des Reiches nie erlebt hatte. Die Ordnung war nach außen weniger streng, nach innen verständnisvoller, viele Angelegenheiten wurden in öffentlichen Debatten entschieden.

Man sprach im ganzen Land über die einst hohen Herrschaften vorbehaltenen Kostbarkeiten, die man jetzt in al-Zahra genießen konnte, und daraufhin kamen neue Einwohner und bezogen die Gebäude, die der Hof verlassen hatte.

Die Mitglieder der politischen Abordnung, die als Repräsentanz der Regierung in Madinat al-Zahra geblieben war, wussten, dass sie im Grunde kaltgestellt waren, und richteten sich auf ihren einfachen und unkomplizierten Posten ein, ohne sich in Al-Marwanis Entscheidungen einzumischen, der die Gesetze nach und nach liberalisierte und öffentliche Veranstaltungen, künstlerische Darbietungen, Rezitationen von Dichtkunst und Feiern wieder erlaubte.

Eine kleine Heeresabordnung überwachte die Stadttore und die Stadtmauer, und die Wachtruppen innerhalb der Stadt, tausend Mann unter Befehl des Regenten, versahen ihren Dienst zu Fuß in den Straßen und auf den Märkten eher nachlässig. Das größte Truppenkontingent bildeten jene, die die Mauern der Kalifenresidenz bewachten.

Zu den neuen Einwohnern von al-Zahra gehörten zahlreiche Intellektuelle aus ganz al-Andalus, die durch den Regierungswechsel in ihren Heimatstädten an Ansehen verloren hatten, Künstler, die die Verrohung des kulturellen Geschmacks am neuen Hofe ablehnten, vor allem aber geheime Verschwörer gegen Al-Mansurs Herrschaft.

Unsere Schule verwandelte sich beinahe unmerklich in einen wichtigen Versammlungsort einflussreicher, illustrer und bedeutender Persönlichkeiten. Sie fanden sich allabendlich in großer Zahl im Innenhof ein, um über die verschiedensten Themen zu sprechen und Nachrichten und Neuigkeiten aus Córdoba oder aus der Regentenstadt Al-Mansurs auszutauschen. Ihre Gesellschaften erinnerten an die Ratsversammlungen unseres Madinat al-Zahra. Al-Marwani selbst nahm daran teil, und eines Tages schlug er auf Bitten der Adligen und Intellektuellen meine Mutter Lubna als Rechtsberaterin der Stadt vor, die daraufhin offiziell den Titel der Gesetzeskundigen erhielt.

Es kamen neue Berichte von der skrupellosen Machtausübung Al-Mansurs. Er hatte seinen Günstling Chafar umbringen lassen, sobald er sich der Unterstützung der Berbertruppen sicher gewesen war. Inzwischen wusste so jeder, der in die Regierung berufen wurde, dass er in Lebensgefahr schwebte, denn Al-Mansur zögerte nicht, sich eines jeden zu entledigen, dem er ein Geheimnis oder eine Information anvertraut hatte, die ihm zu irgendeinem Zeitpunkt schaden konnte.

Die christlichen Reiche im Norden, die schon jahrelang gute Beziehungen zum Kalifat gepflegt und auch dem neuen Herrscher ihre Friedenswünsche bekundet hatten, lernten bald, Al-Mansur zu misstrauen, denn er brach Abkommen und Pakte, verdoppelte die den christlichen Königen auferlegten Tribute und tat sich mit Leichtgläubigen zusammen, die er erst benutzte, danach aber fallen ließ.

Er rechtfertigte seine Kriegsgelüste damit, dass die nördlichsten Gebiete die Beziehungen zum Kalifenhof abgebrochen hatten, weil keine Vereinbarungen mit ihm möglich waren. So ging er ständig gegen christliche Reiche und Festungen vor, ohne Zeiten der Waffenruhe einzuhalten, er zerstörte jede ungläubige Stadt, die ihm in den Weg geriet, mit allem, was darin war. Eine neue Atmosphäre von Feindseligkeit, Misstrauen, Hass und Zwist überzog den Horizont von al-Andalus.

Nur vor den Mauern von Madinat al-Zahra schien die neue Zeit der Zwietracht Halt zu machen. Unsere Auffassung des Daseins und der Macht war noch immer von der edleren Vision des vorherigen Kalifen geprägt.

Im Hause unserer Familie verliefen die Tage ruhig, von den äußeren Geschehnissen unberührt, und nichts konnte mich dazu verleiten, den neu erreichten Frieden aufzugeben. Ich begann als Lehrerin für Dichtkunst in der Schule meiner Mutter zu unterrichten, denn ich spürte, dass in mir der Wunsch nach dichterischem Ausdruck wieder erwacht war, wenn ich auch vorsichtige Zurückhaltung übte, um Al-Mansurs Ohren nicht zu verraten, dass ich noch am Leben war.

Insgesamt wohnte eine beträchtliche Anzahl von Frauen in unserem Haus, wir Hausherrinnen, ehemalige Dienerinnen, Lehrerinnen, Schülerinnen, die bei uns untergebracht waren, und neue Dienerinnen. Frauen lieben es bekanntlich, zur Entspannung der Seele Feste zu feiern, und so wurde jeden Monat an drei Abenden, welche mit den drei Neumondnächten zusammenfielen, ein fröhliches Beisammensein organisiert. Räucherpfannen mit Düften von Lilien, Narzissen und Safran, Riechfläschchen mit Balsam aus Kamille und Veilchen gingen dann ebenso herum wie Platten mit Auberginen in Honig, gekochten Bohnen und Tabletts mit Artischocken und Würstchen. Es wurden Liköre aus Honig oder Kräutern getrunken, auch solche aus Weintrauben ohne Beimischung von Wasser, die große Wirkung auf die Seele ausübten und ihr zu tiefer Entspannung verhalfen.

Sabay, die unter Hinds Obhut stand, bewegte sich zwischen all diesen Frauen geschmeidig wie die Katze, die in den Arkaden des ersten Stocks umherlief, lächelnd und mit natürlicher Unbefangenheit, und obwohl sie damals erst vier Jahre alt war, war ihr Gesichtsausdruck nicht der eines Kindes. Ihre Augen wirkten reif und erwachsen, es schien, als benötige sie die Kindheit nicht, um zu lernen, denn ihr Antlitz schien bereits alles zu wissen.

Oft trat sie neben den Jadebaum im Innenhof und begann zu singen. Ihre Stimme war wie der Widerhall der Erde, sie sang endlose Melodien, die sich über das Haus, die Gärten und Straßen erhoben, und alles verstummte außer ihrer Kehle, die Gott zum Singen geschaffen hatte.

Ihre Stimme drang in unsere Herzen und ließ alle Traurigkeit, die im Geheimen unser Blut vergiftete, mit den Tränen aus uns herausfließen. Ihre Töne drangen uns bis in die Seele, dorthin, wo die schönsten Erinnerungen wohnen, und zauberten ein Lächeln auf unsere Gesichter. Wir alle erlebten, jede für sich, einen zeitlosen Augenblick des intensiven Glücks, denn ihr Gesang trug uns zu jenen, die uns einst ohne Angst geliebt hatten oder die wir einst grenzenlos liebten. Wir alle brachten ein Stück dieser Wiederbegegnung mit zurück und überließen uns, heißen Honiglikör oder Kuchen naschend, der verborgenen und ewigen Melancholie der Frau, angeführt von Sabays Stimme. Sie flog mit geschlossenen Augen durch die Luft, höher als die fernsten Vögel, ätherischer als die süßesten Düfte von Rosen und Klatschmohn, ferner als die fernsten Erinnerungen der ältesten Frauen.

Diese Abende bei Neumond wurden sehr gelobt. Bald wurde Sabay auch unter der Woche zu den abendlichen Zusammenkünften der Intellektuellen gerufen, und allmählich sprach sich die einzigartige Qualität ihrer Stimme in ganz Madinat al-Zahra herum.

Unsere Familie war sehr glücklich über Sabay, die uns allen das Leben versüßte, indem sie im Haus des Jadebaums ständig umherflatterte, in dem immer ein Kohlebecken mit nach Jasmin duftendem Rauchharz glühte, denn sie liebte diesen Duft. Ihre mondweiße Haut – in der meine Tante Hind einen Widerschein von mir sah – bildete einen reizvollen Kontrast zum Rot ihrer Lippen – die meine Mutter Lubna an die Schönheit des Mundes ihres Geliebten Al-Aziz erinnerten. Ihr teils heller, teils dunkler schimmerndes kupferrotes Haar mit seinen Wellen und zierlichen Locken rief mir genussvolle Augenblicke der Hingabe auf dem Bett ihres Vaters, des Kanzlers Al-Mansur, ins Gedächtnis, und ihre Augen in der unbestimmten Farbe von Smaragd und Honig trugen die Spur der geheimnisvollen Entschlossenheit Al-Hakams in sich; ihr festes und schmales Kinn erweckte das Bild der jugendlichen Lubna, und in ihrer Art, sich zu bewegen und zu lachen, war etwas Ätherisches, das an meine Großmutter Zayyan erinnerte, wie jene sagten, die sie gekannt hatten. So besaß Sabay die wunderbare Eigenschaft, von all ihren Vorfahren das Schönste wiederkehren zu lassen.

In den Stunden, die wir im vertrauten Familienkreise in den Privatgemächern unseres Hauses verbrachten, liebte ich es, mich etwas zu entfernen, um sie still zu beobachten. Ich setzte mich in den Sessel unter einem Fenster jener Räume, in denen ich unzählige, prägende Abende meiner eigenen Kindheit verbracht hatte, und betrachtete voller Bewunderung ihre einzigartige Schönheit. Währenddessen kämmte sie Hind das Haar, die genüsslich die Augen schloss und sie bat, ein Liedchen zu singen. Daraufhin hielt ihr Sabay, die den Kamm geschickt handhabte, wie immer lächelnd das wallende Haar über den Kopf, das lebendig schien, und summte eine wortlose Melodie. Es war ein helles Zwitschern wie von einem Vogel, ein Gesang, der mir klang wie ein Loblied an meinen Gott dafür, dass er mir das Glück ihrer Gegenwart geschenkt hatte, ein Singen, das meine Mutter Lubna als Widerhall vieler Nächte ihrer Kindheit empfand und das Hind einlullte, als versetze ein Wiegenlied sie in die Glückseligkeit eines Säuglings.

Bei anderen Gelegenheiten schaute ich Sabay zu, wie sie auf Lubnas Bett lag und ihre Großmutter ansah, nur um sie anzusehen. Lubna fragte sie etwas, doch sie wollte nur das Spiel spielen, sie anzusehen, und ließ sie weder nach einem Buch greifen noch ein einziges Wort sagen, sondern zwang sie einfach, zu schweigen und nur die Augen sprechen zu lassen, bis Lubna nicht mehr anders konnte, als Sabay zu umarmen und auf ihr altes Herz zu lauschen, das schmerzte vor so viel Leben, und dann ein Dankesgebet an Allah zu stammeln. Ich wartete stets darauf zu sehen, wie meine kleine Tochter ihre tägliche Liebe aufteilte zwischen den kleinen Bestandteilen ihres Daseins, den Frauen des Hauses und den Besucherinnen von außerhalb oder aus der Schule, denn ihre angeborene Freude hatte sie auf geheimnisvolle Weise zu einer Lehrmeisterin gemacht, die unser Leben bereicherte. Während ich sie beobachtete, wartete ich stets auf den Moment, in dem sie sich wieder in ein vierjähriges Mädchen verwandelte und in ihren schwerelosen und geschmeidigen Körper zurückkehrte, der müde war und nach meinen Armen und der Wärme meines Schoßes verlangte, um zu schlafen. Dann kam sie zu mir, und ich empfing sie freudig, wie man einen ersehnten Preis entgegennimmt, hielt sie im Arm, streichelte ihr das Gesicht und sah zu, wie ihr die Augen zufielen, erschöpft von all dem Gesehenen. Nun war ich es, die ihr ihr liebstes Schlaflied vorsang, und mir schenkte Gott das Vorrecht, mich als ihre Mutter zu fühlen.

Dieses Geschöpf versöhnte meine Mutter Lubna mit dem Leben, und ich stellte erfreut fest, dass sie sich auch mir allmählich näherte, die ich mich noch genauso nach ihr sehnte wie als Kind; ihr Herz wagte wieder zu lieben. Wir verbrachten viele Stunden miteinander, unsere Arbeit mit den Schülern war fröhlich und ergänzte sich wunderbar. Sie kümmerte sich um den Geist und ich mich um das Herz, denn meine Mutter lehrte alles, was das Wort und seine Struktur angeht, Lektüre und Schrift, Grammatik und Metrik, also das Ordnen durch den Geist, während ich das lehrte, was mit der Inspiration und deren Fließen zu tun hatte, den dichterischen Rhythmus, die kreative Intuition, also das Vertrauen in die ungeordnete Schöpferkraft der Seele.

Ich ließ mich von meiner Liebe zu Lubna durchdringen und genoss es, dass meine Sehnsucht nach ihrer Nähe endlich befriedigt wurde. Indessen ließ ich meinem dichterischen Drang freien Lauf, ohne die orthodoxen Reimgesetze zu berücksichtigen, ich verlieh meiner inneren Stimme gefühlvoll Ausdruck, und mit dieser Hingabe schuf ich eine neue, freie Dichtung, der es gelang, die Herzen zu erreichen.

Die Dichtkunst half mir sehr dabei, über die Trennung von Al-Mansur hinwegzukommen und sogar zu akzeptieren, dass ich in seinen Augen tot war. Ich konnte mich demütig in die Bestimmungen des Schicksals fügen, das mir befahl, diesen Mann gegen seinen und gegen meinen Willen, und ich begriff, dass diese absurde Liebe der Weg war, Zugang zu anderen Erkenntnissen zu finden, die mir in meinen Gedichten offenbart wurden.

Ich suchte nach den Spuren alter Dichter, deren Vermächtnis in Abschriften der verbrannten Bücher enthalten war, und so führte mich meine Mutter Lubna eines Nachmittags, während die anderen Frauen ihre Siesta hielten, ins Prinzenhaus.

Dort vertieften wir uns in Al-Hakams geheime Bibliothek

auserlesener Handschriften in einem sorgfältig verschlossenen Raum des Hauses, den sonst niemand kannte.

Die Schätze, die wir dort fanden, begeisterten uns ebenso wie die erwachenden Erinnerungen an unseren lieben Al-Hakam, und so brach unversehens die Nacht herein. Der Vollmond setzte sein Licht vorwitzig auf die Spitze des Mittelbogens, der die anderen Fensterarkaden überragte, und wir bemerkten, dass es genau auf ein bestimmtes Buch in einem Regal an der gegenüberliegenden Wand fiel. Es wirkte nicht wie ein Zufall, vielmehr war uns, als empfingen wir eine Botschaft, und unsere Neugier war geweckt.

Mit einiger Mühe holten wir das dicke Buch aus dem Regal. Der schwere Ledereinband trug die Kalifatsnamen Al-Hakams als Einlegearbeit in Elfenbein und Perlmutt. Wir öffneten die Schließen und legten es auf einen niedrigen Eichenholztisch.

Ich erkannte in diesem Band die Beschreibung der geheimen Pläne der Palaststadt. Sie enthüllten, dass Madinat al-Zahra die bauliche Nachbildung des Andromeda-Sternbildes war, welches Ptolemäus studiert hatte. Es erklärte die bewusst gewählte Platzierung wichtiger Gebäude, welche bestimmte Sterne von günstigem Einfluss innerhalb des riesigen Astrolabiums symbolisierten, dessen Abbild man auf dem Boden der Palaststadt hätte ausbreiten können. Die Linien der Wasserläufe und Aquädukte entsprachen den Bahnen des Mondes, die Anordnung der Teiche und Zisternen aber den Stellungen des Vollmondes während der vier Jahreszeiten.

Alles war aufs gründlichste erdacht und dargestellt. Plötzlich erinnerte ich mich an einen Tag, an dem Al-Hakam wie so oft mit mir geplaudert hatte, und ich begriff, was damals geschehen war. Ich hatte ihm von meinem Traum erzählt, er war sehr ernst geworden und hatte mir versichert, eines Tages werde ich alles verstehen.

In der Sage wird Andromeda – die menschliche Seele als

Widerschein des Göttlichen, die Al-Hakam in unserer Stadt hatte ausdrücken wollen – in einer schönen Liebesgeschichte von Perseus gerettet, der sie aus ihren Ketten befreit und das Meerungeheuer tötet.

Aber in meinem Traum lag Andromeda tot in meinen Armen.

Plötzlich begriff ich. Ich begriff, dass das Geschick von al-Zahra unwiderruflich mit meinem eigenen verknüpft war und dass ich diese Bestimmung akzeptiert hatte.

Ich wusste, wie man weiß, dass es Tag ist oder dass es regnet, dass meine Hellsichtigkeit mir dieses Geschick jederzeit zeigen würde.

Al-Hakams Wunschtraum würde nicht in Erfüllung gehen, der menschlichen Seele, unserer Stadt, würde keine Unsterblichkeit zuteil werden. Unwillkürlich griff meine Hand nach dem Schmetterling an meinem Hals, der plötzlich zu pulsieren schien. Vielleicht war al-Zahra wie ein Schmetterling für die kurze Herrlichkeit eines einzigen Tages bestimmt; vielleicht war al-Zahra, wie die verborgene Seele der Dinge, nur ein stummer Zeuge der Geschichte.

In diesem Buch waren alle Daten, alle Symbole aufgezeichnet. Auch die des letzten Tages von al-Zahra, der mit der Eindeutigkeit einer Sternenkarte angegeben war.

Ich spürte, wie meinen Körper die Kräfte verließen, es geschah etwas, das Begegnung und Abschied zugleich war. Ich wusste mit aller Gewissheit, dass die vierundzwanzig Jahre meines Daseins nur die Vorbereitung auf diesen Augenblick gewesen waren. Meine Augen sahen ein leuchtendes Funkeln auf der Innenseite meiner Lider, und ich spürte es auf dem oberen Teil meiner Stirn. Die Beine gaben unter mir nach, ich sank der Länge nach zu Boden, und meine Mutter konnte mich weder halten noch mich mit ihren Rufen zur Besinnung bringen. Es verging eine lange Zeit, in der sie mir die Schläfen kühlte, das Gesicht fächelte und Arme und Beine massierte, bis ich fühlte, dass mein Geist in mich zurückkehrte. Wir verschlossen die Bibliothek und gingen langsam nach Hause. Ich ließ sie schwören, dass sie niemandem von der Existenz dieses Buches erzählen würde, und sie entsprach meinem Wunsch, ohne nach dem Grund zu fragen.

Ich ahnte, dass sich mein Leben unwiderruflich verändert hatte.

II

Ich sah Al-Mansur, den Siegreichen, umgeben von Tod und Blut, bekleidet mit einem Kettenhemd und fiebertrunken von Macht, hoch zu Ross zwischen seinen Soldaten. Grausam verwüstete er eine Christenstadt, steckte Häuser und Felder in Brand, schüttete Gift in die Zisternen, vernichtete das Vieh, meuchelte die Alten, Männer wie Frauen. Dann befahl er, die Jungen, die Widerstand leisteten, zu töten oder zu verstümmeln, und zuletzt legte er die Kinder und Halbwüchsigen, die überlebt hatten, in Ketten.

Ich drang in sein Inneres ein, wo alles dunkel war, und suchte nach einer Tür, durch die ich in seine Seele gelangen konnte, doch ich spürte, dass ihre Eingänge verschlossen waren. Was ich vorfand, war eine Landschaft voll dichtem Nebel und sumpfigem Wasser, in die ich nicht hineinpasste. Ich weinte all den Schmerz, den Al-Mansur sich weigerte zu spüren, obwohl er ihn sah, ich beweinte mit meinen Augen die unersättliche Wut, die seine Brust überflutete, und die Zukunft, die schon geschrieben stand.

Meine übersinnlichen Fähigkeiten waren mit aller Kraft erwacht. Die andere Wirklichkeit überfiel mich bei jeder Gelegenheit, ohne Vorwarnung, als habe die in meinem Inneren angestaute Macht des Auftrages, den Allah mir verliehen hatte, der Unausweichlichkeit des Schicksals Tür und Tor geöffnet.

Die Visionen hielten mich aufmerksam, sie überkamen mich, wenn meine Seele am ruhigsten war, und verblassten ebenso plötzlich, wie sie gekommen waren, nachdem sie mir Wörter und Zeichen hinterlassen hatten. Anschließend brach ich erschöpft zusammen, mein Körper schmerzte von der erzwungenen Hingabe meiner Sinne an die außergewöhnliche Wahrnehmung, und auch meine Seele schmerzte, denn nie kann derjenige wirklich glücklich sein, der zu viel weiß.

Nach jener Vision lief ich, sobald ich mich wieder beruhigt hatte, zu meiner Mutter, die im ersten Morgenlicht noch schlief. Ich erzählte ihr, was ich gesehen hatte, dass der Regent Al-Mansur bald in die Grafschaft Katalonien einmarschieren und die Stadt Barcelona, die Al-Hakam treu ergeben gewesen war, angreifen und plündern würde, dass er Tausende von Sklaven in Ketten mitbringen würde, die auf ihrem Rückweg an den Mauern von Madinat al-Zahra vorbeikommen würden. Das Heer des Regenten bestand inzwischen nicht mehr aus Arabern, die für Allah kämpften, sondern aus gedungenen Söldnern, die nicht das Leben liebten, sondern das Geld. Lubna ließ dem Kadi eine diskrete Warnung zukommen, damit er Vorsichtsmaßnahmen ergreifen konnte.

Dies war im Jahre 985.

Ohne mein Zutun sprach sich die Kunde meiner ungewöhnlichen Hellsichtigkeit unter den Frauen des Hauses und den Schülern und Gelehrten unserer Schule herum, und sie kamen zunächst zaghaft, dann ganz offen zu mir, auf der Suche nach Bildern, aus denen auch sie etwas über ihre Zukunft erfahren wollten.

«Nur Poesie wird mir über die Lippen kommen», sagte ich schließlich, «denn sie steht in Verbindung mit dem Wesen der Seelen, und an die Seelen richten sich ihre Verse. Sie wird euch die Botschaften zukommen lassen, die eure Ohren zu hören in der Lage sind. Kommt nicht zu mir, wenn ihr nach Beschwörungen oder Formeln sucht, um eurem Schicksal auszuweichen, denn nichts kann verhindern, dass es euch heimsucht.»

Ich weigerte mich, meine Fähigkeit für oberflächliche Dinge zu benutzen.

Wenn ich auch nie darüber sprach, sah ich doch viele von

ihnen an und wusste etwas über ihr Leben, ohne es zu wollen. Ich bekam Angst, denn ich wollte dieses Wissen nicht. Ich bat Allah, diese unheilvolle Macht von mir zu nehmen, und flehte ihn an, mich von diesem schweren Gewicht auf meinen Schultern zu befreien.

~

Allah antwortete weder auf die dringliche Frage nach dem Grund meiner Hellsichtigkeit noch auf die beklemmende Frage nach dem Grund meiner Liebe zu Al-Mansur, nun, da sein Schicksal ihn sogar noch weiter von mir entfernte als der Tod.

Die Dinge geschahen so, wie ich es vorausgesagt hatte, der verheerende Vorbeimarsch der Truppen Al-Mansurs, begleitet vom Jammergeschrei Tausender misshandelter Gefangener, und andere Ereignisse, von denen ich wusste, ohne es zu wollen.

Viele Stimmen sprachen zu jeder Tages- und Nachtzeit aus meinem Inneren zu mir und ließen mich vieles sehen, hören und empfinden. Ich rief Gott an und flehte erneut um Gnade, denn ich spürte die gleiche Angst wie Kassandra, die trojanische Königstochter und Seherin, Zeugin ihrer Geschichte, welche das Ende ihrer Welt hatte voraussehen müssen.

Obwohl in Madinat al-Zahra keine offiziellen Empfänge mehr stattfanden, bewahrte es sein besonderes Gepräge einer Weltstadt, in der sich die Kulturen und die Vergnügungen begegnen und vermischen konnten. Von den vorherigen Herrschern hatte unsere Stadt eine exquisite Verfeinerung des Geschmacks ererbt, und sie hielt an deren subtilen Spuren fest, an der Essenz einer Lebensphilosophie natürlicher Schönheit, welche die Plünderungen der neuen Herrscher ihr nicht hatten rauben können.

Die Handelskarawanen auf dem Weg nach Córdoba brachten stets anregende Neuheiten, und durch die Toleranz des obersten Kadis, die Wiedereröffnung von Herbergen und Schänken und die Häufigkeit von volkstümlichen Festen und Feierlichkeiten gewann unsere Stadt neue Berühmtheit unter den Reisenden. Sie kamen, um diese Vorzüge zu genießen oder für eine Weile aus der wachsenden Spannung im restlichen al-Andalus zu fliehen, die vermutlich die ständige Unruhe in der Seele des Anführers Al-Mansur widerspiegelte.

Dieser misstraute seinen Mitarbeitern bei Hofe zutiefst. Er wusste sehr genau, wie leicht sie ihn bei der geringsten Unvorsichtigkeit seinerseits verraten konnten, und er war wie trunken von den alljährlichen Feldzügen gegen die christlichen Reiche, die er wie besessen dem Erdboden gleichmachte und zerstörte. Bald wollte er die Macht und die Unsterblichkeit seines Namens nur noch durch Gewalt erreichen, diese Anerkennung, die das Leben ihm versagt hatte, denn auch wenn er als Kalif regierte oder als Kalif zerstörte, konnte er nicht zum Kalifen werden.

All seine Feldzüge zielten auf die Bestätigung eines Ansehens, das nur er selbst in Zweifel zog. Er glaubte, der Sieg in den von ihm angezettelten Kriegen untermauere seine politische Stellung und rechtfertige die Tatsache, dass er ohne legitimen Titel ein Volk regierte, was er sich selbst weniger als jeder andere zugestand.

Ebenfalls um sich zu brüsten und seine politischen Absichten zu stützen, ließ er die Aljama-Moschee von Córdoba erweitern und ihre Arkaden und Säulen nach Osten verlängern, indem er dem Flusslauf folgte und in allem das nachahmte, was Al-Hakam II. geschaffen hatte. Er eröffnete einen neuen Hof für rituelle Waschungen und ließ prachtvolle Tore einbauen. Ganz Córdoba rühmte seine Macht, doch er war der

Zufriedenheit nicht einmal nahe. Die Stimme in seinem Inneren verstummte nicht durch die Lobreden seiner Anhänger oder die preisenden Hymnen der Dichter, denn in der Tiefe seiner Seele wusste er, dass eine breite Kluft sein Werk von dem Al-Hakams trennte. Während das des weisen vormaligen Kalifen Klarsichtigkeit und Bewusstheit ausstrahlte, war das seine seelenlos und leer.

In einer sternklaren Nacht, beinahe zehn Jahre nachdem ich Al-Mansur für immer verlassen hatte, an dem Tag, an dem Sabay ihren zehnten Geburtstag feierte, kam sein Geist zu mir.

Wir hatten im Innenhof des Hauses gesungen und getanzt, rund um den wie eine offene Blüte gestalteten Brunnen und den herrlichen Jadebaum, in dem sich blühende Kletterpflanzen emporrankten. Lärmend und ausgelassen hatten wir Sabay und unser Leben gefeiert und Lobgesänge an Allah angestimmt, bis die Ermüdung uns alle übermannt hatte.

Das Haus schlief, und ich genoss die Erinnerung an Al-Mansurs Augen, die immer erwachte, wenn ich alleine war. Ich beschloss, im Garten des Prinzenhauses spazieren zu gehen. Die Einsamkeit der Nacht störte mich nicht, ich wanderte ziellos umher, bis ich an eine kleine Lichtung kam, auf der wunderschöne, duftende Rosen wuchsen.

Dort sah ich ihn klar und deutlich vor mir, er hatte mich erwartet.

Seine Gestalt war von einem diffusen Lichtschein umgeben, sein Antlitz leuchtete, und er betrachtete mich mit grenzenloser Liebe; er trug Uniform, denn gerade begann sein fünfundvierzigster Feldzug gegen die Festung von Osma und den Grafen von Kastilien, und in seinem Gesicht sah ich die harten Spuren der Niederlagen seines Lebens. (Seine Stimme war die, nach der ich mich jede Nacht sehnte.)

Er sagte, er habe mich in allen Schlachten gesucht, denen er seine Tage widme, als könne er im endgültigen Sieg meine Gegenwart finden, als Lohn für seine Verwegenheit im Kampf. Sein Herz sei bereits zu Stein geworden, weil es sich stets vor der Verletzlichkeit durch die überfließenden Gefühle geschützt habe. Er sei voller Sehnsucht nach mir, dennoch wolle er mich lieber tot wissen und diese Szene geschehe nur in seinem Traum und in meiner Trance.

Dann änderte sich sein Tonfall.

«Der, den du kennen gelernt hast, ist tot. Ich bin nicht mehr ich. Ich habe die Bruchstücke meines verwundeten Herzens in einem eisernen Kasten begraben, um ihr Klagen nicht zu hören. Doch zu all diesem unterdrückten Schmerz, so musst du wissen, wird bald noch große Bitterkeit kommen, denn ich habe die Hinrichtung meines Erstgeborenen befohlen, weil er ein Verräter ist. Ich kündige es dir an, denn du musst dich vorbereiten: Wenn der Herbst kommt, wirst du dich krank fühlen und fiebern, deine Kehle wird verstummen, deine Augen werden voller Tränen stehen und wünschen, sich für immer zu schließen. Doch all dies ist nur ein Zeichen dafür, dass du dich deiner Liebe zu mir hingibst und zulässt, dass sich dein Körper meiner Seele als unsichtbare Lagerstätte zur Verfügung stellt, wo sie sich von den Gefühlen befreien kann, die mich andernfalls ohne Zweifel zerstören würden. Denn dein Geist und mein Geist sind in der Unendlichkeit verbunden und am Ende des Weges eins.»

Ich erwachte feucht vom Tau der Erde und kehrte in meine Gemächer im Haus meiner Mutter zurück; ich wies die Dienerinnen an, mir ein heißes Bad zu bereiten, und tauchte meinen Körper in das dampfende Wasser, als kehre ich von einer Reise außerhalb der Zeit zurück, und die heiße Flüssigkeit war wie die erste Erinnerung an den Mutterleib, die uns allen in der Ermüdung gegenwärtig ist.

Hind pflegte meine Haut mit entspannenden Ölen, und ihre Massage half mir, wieder zu innerem Frieden zu finden, während ich der Stimme meiner Mutter Lubna lauschte, der die Tauben gurrend antworteten, und der meiner Tochter Sabay, die ihr Trällern zum Himmel sandte wie ein Elixier, das jede Angst zu heilen vermag.

Lubna verwandte einen Teil ihres privaten Vermögens auf die Gründung mehrerer Schulen in unserer Stadt, welche sie von Lehrerinnen und Lehrern leiten ließ, die sie selbst ausgebildet hatte. Sie eröffnete Krankenhäuser, in denen die Bedürftigen unentgeltlich behandelt wurden, und trug die Kosten der Ausbildung vieler Söhne von Sklaven, die verarmt waren oder finanzielle Not litten. Außerdem übte sie ihr Amt als Rechtsberaterin gewissenhaft aus, und der Kadi Al-Marwani schätzte ihre Meinung in Gesetzesfragen sehr.

In den Gärten des Prinzenhauses ließ sie einen Pavillon mit einem Kristalldach auf wunderschönen Alabastersäulen errichten, der eigens dafür gedacht war, Sabay singen zu hören. Zu deren Begleitung stellte sie ein Orchester von sechs Musikern ein. Sie verteilte Diwane, Polster und Kissen zur Bequemlichkeit all derer, die kommen wollten, um sich an Sabays Stimme zu ergötzen, die dort jeden Freitagabend sang. Dienerinnen trugen kandierte Früchte und Säfte auf, und die Zuhörer kamen aus ganz Madinat al-Zahra, um ihre Herzen genussvoll dem Zauber von Sabays Kunst zu überlassen.

Ihre Stimme enthielt das rätselhafte Geheimnis eines Wunders. Tag für Tag kamen mehr Menschen, um sich den Gefühlen hinzugeben, die Sabays Gesang in ihren Seelen wachrief. Er war wie ein sanfter Balsam, der die Zweifel ihres Daseins zu lindern vermochte.

Sie war kaum zwölf Jahre alt, da beschenkte das Leben sie mit dem ersten Menstruationsblut und erkannte damit ihre

Weiblichkeit an. Daraufhin wurde ihr Gesang zum Geschenk, er wurde womöglich noch melodischer und vollkommener, sie gab sich ihrer Kunst so vollständig hin, als finde sie in ihrer neu erkannten Aufgabe, durch ihre Stimme die Seelen zu erheben, den größten Genuss ihres Lebens. Ihre weit geöffneten Arme waren wie ausgebreitete Schwingen. Meine Tochter strahlte in den Nächten der Venus unter dem Sternenhimmel, der durch das Kristalldach des Pavillons funkelte, und manch einer schwor, er habe mit eigenen Augen rosige, violette und goldene Lichtfunken von ihr ausgehen sehen. Vielleicht waren es Erscheinungen des Wohlbefindens, die ihn, gewiegt vom Zauber des Gesangs, hinter seinen eigenen geschlossenen Lidern solche Farben sehen ließen. Während der Darbietungen herrschte andächtige Stille, denn Sabay glich einem Engel, der für einen Moment bei uns verweilte. Sie sang die schönsten Melodien der islamischen Tradition, die anspruchsvollsten persischen Gesänge oder die herrlichsten Weisen der andalusischen Musik, als sei sie von Allah dem Allmächtigen erschaffen worden, um dem Himmel einen Klang zu verleihen.

Die Zeiten waren erfüllt von der Unerbittlichkeit des Unausweichlichen, vielleicht empfanden wir alle, die wir dort staunend versammelt waren, die gleiche Andacht oder die gleiche Angst vor den künftigen Tagen, und Sabays Gesang ließ uns davon träumen, dieser friedvolle Augenblick könne ewig währen.

Die letzten Jahre hatten eine finstere Schicht von Ungewissheit, Misstrauen, Zweifel und Verrat über die einfachen Menschen gelegt. Sie waren Zeugen der Verderbtheit ihrer Regierung und der Skrupellosigkeit ihrer Staatsmänner geworden. Das Ideal, Allah durch die Vervollkommnung des Menschlichen zu rühmen, war schon lange vergessen.

Die Mächtigen strebten nach schnellem Reichtum und Aufstieg. Wer keine Macht hatte, betrog ebenfalls, nur um nicht selbst betrogen zu werden.

Abkömmlinge alter arabischer Adelsgeschlechter, die in al-Andalus als Provinzfürsten regierten, begannen sich dem Hof zu widersetzen, an dem mangelnde Kontrolle und Uneinigkeit herrschten, und forderten ihre Adelsrechte und andere Privilegien zurück. Zunächst gelang es Al-Mansur, sie in der Furcht vor seinem Schwert im Zaum zu halten, doch es war nur eine Frage der Zeit, bis sie aufbegehrten, denn der Same des Zerfalls war schon ausgesät.

Hartnäckig stritten die Provinzfürsten mit Al-Mansur, um sich vom Kalifat unabhängig zu machen oder Bündnisse zu schließen mit dem Ziel, den amtierenden Kanzler von Córdoba zu entmachten. Madinat al-Zahra indes wurde zum Symbol dessen, was keiner von ihnen zu erschaffen imstande war, und auf der Stadt lastete in zunehmendem Maße der wachsende Neid.

Im Jahr 992, das uns schlechte Ernten, überraschende Stürme und tückische Fröste bescherte, schien sich die Erde in heilloser Ruhelosigkeit zu befinden und tief greifende Umwälzungen, unwiderrufliche, schreckliche Veränderungen, bodenlose Abgründe vorauszuahnen.

Für das näher rückende Jahr tausend der Christen hatten Propheten, Wahrsager und Sterndeuter entsetzliche Katastrophen und das Ende der Welt vorhergesagt. Auch viele Nicht-Christen ließen sich von der Angst anstecken, was die allgemeine Unsicherheit aufgrund der politischen Lage noch steigerte.

Die Christen begannen in Al-Mansur wegen seiner unstillbaren Zerstörungswut, seiner grausamen, blutrünstigen Feldzüge und seiner erbarmungslosen Plünderungen den «Antichristen» zu sehen, der laut ihrer apokalyptischen Vorhersagen im Namen des Herrn der Finsternis, ihres Teufels, kommen würde, um die Macht ihres Gottes zu zerstören; sie nahmen jeden seiner Feldzüge als unumstößliches Zeichen, dass das Hereinbrechen der ewigen Nebel unwiderruflich bevorstand und dass der Untergang mit jedem verstreichenden Tag näher rückte.

Tatsächlich konnte der unersättliche Durst, welcher Al-Mansurs Geist beherrschte, nicht mit vergossenem Blut gestillt werden, so viel es auch war, denn ein Menschenleben war ihm, wie er zu sagen pflegte, ebenso wenig wert wie sein eigenes.

~

Nach einem seiner Feldzüge gegen den Kastilier García Fernández kam er ohne Vorankündigung nach Madinat al-Zahra geritten, das Kettenhemd befleckt vom Staub des Weges, verschwitzt und mit schrecklich verzerrtem Gesicht. Er ritt zum Gerichtsgebäude, wo sich gerade mehrere Richter mit dem Kadi Al-Marwani und Lubna versammelten. Er wollte keinen Empfang, er wollte nicht ausruhen, ja noch nicht einmal vom Pferd steigen. Seine Spitzel hatten ihm hinterbracht, unsere Stadt sei ein Rebellennest und beherberge Verräter und heimliche Gegner.

Er ließ die Oberhäupter arabischer Adelsfamilien holen, Sklaven, die dem früheren Kalifen treu ergeben gewesen waren, sowie einige Gelehrte und Denker, die sich regelmäßig im Prinzenhaus mit meiner Mutter trafen.

Auch diese ließ er unter dem Vorwand einer Regierungsberatung zusammen mit den anderen rufen. Er schickte sie zu einem der Plätze von al-Zahra in der Nähe der Kasernen und befahl seinen Söldnern barsch, ungerührt vom Schluchzen und Flehen, sie auf der Stelle mit dem Schwert zu töten.

Vom Pferderücken aus schwenkte er seine Peitsche drohend vor den Volksmassen und schrie, es werde ihn die geringste Mühe kosten, jeden Aufstand im Keim zu ersticken.

Meine Mutter wurde von mehreren Wachen gepackt, die ihr die Hände fesselten und sie aus dem Durcheinander von Soldaten und Opfern wegführten. Al-Mansur ritt vor sie hin und sah sie mit vor Rachelust fiebrig glänzenden Augen an.

«Dir, Lubna», schrie er außer sich, «schenke ich das Leben, damit du um deine verstorbene Tochter weiter grausam leidest. Aber ich schwöre, wenn du noch einmal irgendein öffentliches Amt ausübst, werde ich zurückkehren, um dich eigenhändig zu töten.»

Meine Mutter Lubna, möge sich Gott an ihr erfreuen, die mit ihren fünfundfünfzig weisen Jahren noch immer Eleganz und Würde ausstrahlte, hielt seinem Blick stand und antwortete mit fester Stimme:

«Das kannst du nicht, Al-Mansur, denn weder mein Handeln noch mein Schicksal liegen in deiner Hand. Meine Bestimmung ist es, dich zu hassen und Allah zu bewundern, dem es gelang, zu meinen Gunsten das einzige Körnchen Güte in dir zu bewahren, das du jemals besessen hast.»

Al-Mansur war einen Augenblick sprachlos, doch er fasste sich und fuhr die Wachen an, Lubna loszulassen und vor die Füße der Volksmenge zu werfen. Da die anderen Unglücklichen tot waren, preschte er mit seinem Gefolge zu den Stadttoren hinaus und hinterließ, wo er durch die Straßen ritt, eine düstere Spur von Blut.

Als wäre damit noch nicht genug, gab er seinen Söldnerhorden die Erlaubnis, in die Stadt einzufallen, um alle Reichtümer – die wenigen, die er zurückgelassen hatte – zu rauben, nach denen es sie gelüstete, sodass sich die Einwohner von al-Zahra tagelang in ihren Häusern versteckten und auf den zerstörerischen Schritt der Räuber Al-Mansurs lauschten.

In tiefer Trauer über den schrecklichen Tod Al-Marwanis legte Lubna ihr Amt als Rechtsberaterin nieder, nicht um ihr Leben zu retten, sondern weil Al-Mansur eine neue, ihm besonders treu ergebene Regierung für die Stadt ernannt hatte, was ihr die Amtsausübung unmöglich machte. Trotz der grausamen Strafmaßnahme waren die aufrührerischen Geister nicht gebannt. Im Gegenteil, der Hass gegen den Regenten wuchs, die Söhne der getöteten Anführer alter Adelslinien schlossen sich zu Gruppen zusammen und verschafften sich Waffen und Soldaten, und von diesem Zeitpunkt an war in vielen Nächten das Lanzenklirren der Kämpfe zwischen Regierungstruppen und Rebellen zu hören. Morgens lagen an den Straßenecken Leichen, von denen niemand wusste, wer sie getötet hatte.

Al-Nasirs Enkel Al-Chabar, der Geschickteste von all jenen, die danach trachteten, Al-Mansur zu beseitigen und dann Hisham zu stürzen, um den Thron selbst zu besteigen, beging nicht den Fehler, sich in Straßenkämpfen aufzureiben, sondern wartete umsichtig ab, bis die Wogen sich glätteten, um dann seine eigene politische Strategie zu entwickeln. Er suchte stets Lubnas Nähe, denn er hatte bemerkt, welchen unerklärlichen Respekt Al-Mansur ihr entgegenbrachte, und das machte sie zu einer überaus mächtigen Frau.

~

In der heißesten Nacht des Jahres, wenn der Himmel seine Geliebte, die Erde, befruchtet, indem er Sternenkaskaden vom Himmel regnen lässt, traten Sabay und ich auf die Terrasse hinaus, um uns an dem nächtlichen Schauspiel und an unserer Zweisamkeit zu erfreuen.

Es war nur das unermüdliche Zirpen der Grillen unter den Fensterbänken zu hören, und ich blieb stehen und betrachtete das wunderschöne Profil meiner Tochter vor dem leuchtenden Marmor der Arkaden. Plötzlich veränderte sich mein Blick, ich sah, wie hinter den sanften Formen ihres Gesichts eine Lichtergruppe auf mich zukam. Diese leuchtete wie ein warmer Feuerherd im Aufruhr funkelnden Glühens, sie zitterte und pulsierte, als sei sie lebendig; es waren helle Sterne, eingehüllt in perlmuttfarbenen Glanz. Dann stürzten die Sterne plötzlich herab, einer nach dem anderen, rhythmisch und gleichmäßig, es waren zehn.

Andromeda, das Mädchen aus der griechischen Sage, fing sie mit offenen Armen auf wie in einem Tanz, und als sie mir ihr Gesicht zuwandte, blickte ich in das heitere Antlitz von Sabay, die mir die zehn Sterne an ihren Fingern entgegenreckte und sagte:

«Mutter, es sind noch zehn Jahre, bis der Flug des Schmetterlings erlischt, sich seine Flügel schließen und er zur Erde zurückkehrt.»

Es war Sabays Stimme, deren Hauch über meine Stirn strich und die mir zuraunte: «Mutter, du bist wieder hier.» Zitternd suchte ich in ihren Armen Zuflucht, während sie sanft auf mich einsprach.

«Ganz gleich, was du gesehen hast, Mutter, es ist alles wieder gut. Du bist hier bei mir.»

Ich sah sie lange an und begriff, dass der Augenblick gekommen war: Ich löste den Rosenquarz-Schmetterling von meinem Hals, der allen Frauen meiner Familie vor mir gehört hatte, und überreichte ihn meiner Tochter in der tiefen Gewissheit, dass der Schmetterling all die Jahre nur auf diesen Augenblick gewartet hatte, in dem er seinen wahren Platz an Sabays Hals einnahm. Sie ergriff ihn mit den Fingerspitzen, legte sich die silberne Halskette behutsam um und sah mich mit einem leichten Lächeln an, während um ihre Schultern ein warmes goldenes Funkeln erglühte.

Ich sah Sabay in der ganzen Fülle ihres Wesens und konnte nichts anderes tun, als sie weiter schweigend zu betrachten, überwältigt von ihrer Schönheit und von der Göttlichkeit, die sie ausstrahlte.

Plötzlich fühlte sich mein Körper sehr zerbrechlich an, denn er wurde erneut von der Hellsichtigkeit ergriffen. Ich spürte, wie sie ihn in die Arme nahm und mit sich in die Höhe trug, wo sich eine unvorstellbar schöne Landschaft erstreckte. Ihre Stimme intonierte einen hellen, majestätischen Gesang als höchsten Ausdruck der Schöpfungskraft, verkörpert in einem Schmetterling mit Flügeln wie perlmuttene Sterne, der von ihrer Kehle zu einem weiten, faszinierenden Flug aufbrach.

Als ich erwachte, sah ich das Lächeln meiner Tochter Sabay, die voller Stolz den Rosenquarz-Schmetterling trug, der in der zarten Kuhle ihres Halses ruhte. Sie plapperte fröhlich und freute sich wie ein Kind über dieses Geschenk, das Emblem unseres Frauengeschlechts. Sie sagte, sie fliege mit ihrer Stimme wie dieser Schmetterling mit seinen Flügeln.

«Wenn ich singe, erfasst unbeschreibliche Freude meinen Geist, ich fühle, wie sich meine Arme, meine Schultern und meine Haut ausdehnen, ich kann über alle Zuhörer hinwegblicken und empfange mit jedem Triller, den ich ihren Ohren schenke, den Inbegriff meines Seins. Meine Ergriffenheit von dem Glück, meine eigene Stimme zu hören, ist so groß, dass mich tiefe Dankbarkeit erfüllt, liebe Mutter. Es ist die Leidenschaft, zu leben und das zu sein, was ich bin, das zu tun, was mein Gott mir zu tun befohlen hat, nämlich, meine liebste Mutter, wie der Flug eines Schmetterlings zu sein, indem ich die Schönheit und die Freiheit vorführe, die entstehen, wenn meine Stimme all meiner Liebe zum Leben Ausdruck verleihen darf.»

III

Der neu ernannte Kadi von al-Zahra, Vorsteher einer neuen Gemeinderegierung, die die Gesetze des Kanzlers Al-Mansur besonders streng handhabte, suchte Lubna auf und erklärte ihr, sie dürfe die Mauern ihres Besitzes nicht verlassen und müsse ihre Lehrtätigkeit aufgeben. Die Ämter in der Schule wurden also von mir und den anderen unter Lubna ausgebildeten Lehrern und Lehrerinnen übernommen. Sie selbst widmete sich dem beschaulichen Leben des anonymen Alltags und benutzte ihr Alter als Entschuldigung, sich der Kontemplation, der Entspannung und der Lektüre ihrer Lieblingsbücher zu widmen.

Durch ihre Sekretäre verteilte sie auch weiterhin einen Teil ihres Geldes unter jenen Bewohnern von al-Zahra, die am meisten unter Entbehrungen zu leiden hatten, und sie unterhielt nach wie vor auf ihre Kosten die Schulen und Krankenhäuser, die sie für die Armen eingerichtet hatte. Außerdem verschönerte sie die Stadt mit einem herrlichen Brunnen inmitten eines Teiches und Gartens, der auf den Überresten eines von Al-Mansurs Söldnern niedergerissenen Palastes angelegt wurde.

Wegen all dieser Dinge und wegen ihrer Vorgeschichte wurde Lubna stets als große Wohltäterin der Stadt und ihrer bescheidensten Einwohner betrachtet, sie galt allen als Vorbild an Weisheit und Rechtschaffenheit.

Das Prinzenhaus, das mit unserem Haus des Jadebaums innerhalb des Gesamtkomplexes durch eine Rampe verbunden war, sah einen wachsenden Zustrom von Besuchern, die mit Lubna sprechen, Sabay im Gartenpavillon singen hören, unserer

Familie für ihre Großzügigkeit danken oder uns ihre bedingungslose Unterstützung und Achtung aussprechen wollten.

Tag und Nacht überwachten drei Soldaten die Mauern unseres Besitzes und kontrollierten genau, wer hinein- oder hinausging, doch die zahlreichen Personen, die mit Lubna in Kontakt standen, übten vorsichtige Diskretion; unter dem Vorwand regelmäßiger öffentlicher Veranstaltungen im großen Empfangssaal des Prinzenhauses oder in Sabays Gartenpavillon versammelte meine Mutter die intelligentesten und gelehrtesten Männer und Frauen von al-Andalus um sich. Ihr Ruhm und der unseres Hauses ging weit über die Grenzen Madinat al-Zahras hinaus.

Sabay hatte sich zu einer ausgezeichneten Sängerin und Komponistin entwickelt und nahm ihre Berufung ebenso ernst wie ich die meine als Dichterin. Sie sang mit der Hingebung an einen Auftrag, mit dem Genuss an einer Vergnügung und mit der Verantwortung für eine Arbeit.

Im Empfangssaal der Schule fanden nicht nur Rezitationen und Wettbewerbe zwischen jungen Dichtern statt, zahlreiche Gelehrte und Experten für wissenschaftliche Bereiche hielten auch vor einem interessierten Publikum Vorträge über ihre Forschungen, und niemals konnten uns Widerstandstendenzen gegen al-Mansurs Regierung nachgewiesen werden.

Allerdings kam auch Al-Chabar regelmäßig zu den Veranstaltungen im Prinzenhaus, um sich mit seinen Anhängern zu treffen und einen Aufstand zu planen. Über die Rampe zwischen den beiden Gebäuden gelangte er heimlich ins Untergeschoss des Hauses des Jadebaums, wo er ungestört mit den anderen sprechen konnte.

Al-Chabar berief sich auf die königliche Herkunft meiner Familie und auf die Titel, die Al-Hakam uns vor seinem Tod verliehen hatte: den der Königstochter an Lubna, den der Prinzessin an mich. Als Urenkel Al-Nasirs wollte er sich mit

Lubna, dessen Enkelin, zusammentun, um seine Rechte auf den Thron geltend zu machen.

Doch Lubna weigerte sich.

«Ich wurde aus der Liebe zwischen zwei Menschen geboren», sagte sie würdevoll, «die jeder Abstammung und jeder Religion hätten angehören können. Es ist weder meine Bestimmung, für einen Thron zu streiten, noch dir dazu zu verhelfen. Du musst wissen, Al-Chabar, wie du und deine Gruppe versammeln sich hier auch andere Rebellen, die Al-Mansur ebenfalls hassen. Auch ihnen stelle ich mein Haus zur Verfügung, denn Gott befiehlt mir, dazu beizutragen, dass das gerechte Urteil der Menschen diese Zeit der Dunkelheit erleuchte. Doch weder du noch sie können mich für ihre persönliche Überzeugung benutzen, ich opfere mich nur für einen höheren Nutzen und ein größeres Gut.»

Nach dieser Unterredung kehrten weder Al-Chabar noch seine Anhänger in Lubnas Haus zurück. Erst Jahre später hörten wir wieder von ihnen.

Zu Winteranfang des Jahres 995 wurde Hind bettlägerig, ihre Lebenskraft hatte sie verlassen. Nach zwei Tagen und Nächten starb sie in unserer Anwesenheit, mit siebzig Jahren, lächelnd und voller Liebe, und sie hinterließ eine unauslöschliche Spur in unseren Herzen.

Die Tage glitten vorbei, gleichgültig gegen die Zukunft und in wehmütiger Erinnerung an die Vergangenheit. Das, was ich wusste, lastete allzu schwer auf meinen Schultern, und ich war ständig wachsam, um die Visionen zu vermeiden, die mich schon im Voraus leiden ließen. Ich lebte versteckt in unserem Haus, das mich schützte und nährte wie der Mutterleib, nichts lockte mich nach draußen, ich verbarg mich zwischen den Schatten, um mich vor dem Schicksal zu verstecken.

Seit ich die zehn Sterne, Andromedas verbleibende Lebensjahre, hatte vom Himmel fallen sehen, waren drei Jahre vergangen. Doch mein Herz wollte sich nicht daran erinnern, und mit der Zeit vergrub ich das verblassende Bild in einer verborgenen Ecke meines Gedächtnisses, sodass ich schließlich zu dem Glauben gelangte, es sei wohl alles nur Einbildung gewesen. Außerdem hatte Gott mir seither nur harmlose Eingebungen gesandt, etwa wann die Ziegen werfen würden, ob Regen heranzog oder ob man besser kein Fest feiern sollte, weil die Wachen gerade besonderes Misstrauen hegten.

Endlich war ich überzeugt, Allah habe meine Bitten erhört und gewähre mir Frieden und Vergessen. Ich vernachlässigte meine Vorsichtsmaßnahmen gegen die unvorhersehbare Hellsichtigkeit, und so war mein Erschrecken umso gewaltiger, als sie erneut unerbittlich mit dem Finger auf mich wies.

Das Sternenmädchen aus meinen Visionen – Andromeda, die Seele von Madinat al-Zahra, der göttliche Traum des Menschlichen, Sabay – stand vor meinen Augen wie eine uralte Göttin, hervorgewachsen aus den Zweigen des Jadebaumes, funkelnd zwischen seinen Achaten und Smaragden, blühend in den Narzissen um seinen Stamm und in den Rosen zu seinen Füßen.

«Der Augenblick ist gekommen, Nur, in dem dein Wort den einen Licht und den anderen loderndes Feuer sein wird. Die Erde verlangt nach dem Blut der Stadt Madinat al-Zahra, und die Zeit verlangt nach dem Vollzug ihres Schicksals.»

Also stimmte es doch.

Die Zerstörung von Madinat al-Zahra stand im Himmel geschrieben und mit ihr das Ende eines nicht zu verwirklichenden Traumes.

Ich schrie und begehrte auf gegen Allahs Willen, doch niemand kann Gott ebenbürtig sein, und niemand kann sich dem Geschick der Zeit entziehen. Wenn al-Zahra ein Werk des

Hochmuts gewesen war, so würde es nun im gleichen Maße Demut lernen müssen.

~

Die neuen Gebieter der Stadt führten auch neue Sitten ein. In al-Zahra gab es noch immer herrliche Dinge, es war wie eine wunderbare Schmuckschatulle, und so mancher hielt sich für berechtigt, sie auszurauben. Rechtsgelehrte und hohe Beamte verleibten ihrem Vermögen ein, was immer an Mosaiken, Marmor und Ornamenten den früheren Plünderungen entgangen war. Sie beschlagnahmten Privateigentum, fälschten Dokumente und bestellten gedungene Diebe, die in Haus und Hof eines jeden eindrangen, nach dessen Schätzen es sie gelüstete.

Die Reichtümer von Madinat al-Zahra Stück für Stück zu rauben, war für viele eine Methode, sich an Al-Nasir zu rächen oder Al-Hakam herabzuwürdigen. Es war eine Art Spott über die Vergänglichkeit der unsterblichen Namen, vielleicht eine Herausforderung der Macht der größten Kalifen schlechthin, oder letztlich die Gelegenheit, dem Hass gegen jene freien Lauf zu lassen, deren Bestimmung es gewesen war, Spuren zu hinterlassen.

Nun verlegten die Wesire von al-Zahira ihre lautstarken Feste mit Günstlingen und Hilfsbeamten nach Madinat al-Zahra, indem sie jeden Palast und jedes Gebäude, das ihnen gefiel, einfach erstürmten, um dort bis zum Morgen zu trinken und sich zügellosen Lastern hinzugeben. Córdoba betrachtete unsere Stadt als einen einzigen Veranstaltungsort für endlose Orgien, bei denen im Schutz der Ruinen und der Wohnungen, die in Schänken und Freudenhäuser verwandelt worden waren, den verderbtesten Vergnügungen gefrönt wurde.

Die allgemeine Verunsicherung wuchs, selbst die Schützlinge der offiziellen Politik waren ständig unzufrieden, und mit der Suche nach schnellem Genuss versuchten Menschen jeder Herkunft, sich zu betäuben, um ihre Verzweiflung zu vergessen.

Abd al-Malik, Al Mansurs inzwischen zwanzigjähriger Sohn, der den gleichen Ehrgeiz und Schneid besaß wie sein Vater, aber noch weniger Skrupel, stattete Madinat al-Zahra mehrere Besuche ab, bei denen er durch die Straßen stolzierte wie ein Gutsherr durch seine Hazienda. Er lud zu Banketten, Hunderennen, Belustigungen der Soldateska und militärischen Darbietungen, die samt und sonders in Saufgelagen, Prügeleien und Zerstörung endeten.

Mehr als einmal schrie er, er wolle al-Zahra eigenhändig zerstören, er wolle die Mauern unter den Hufen seines Pferdes zertrampeln und die Brunnen vergiften. Mehrmals hatte er dies von seinem Vater verlangt, doch Al-Mansur hatte es ebenso oft verboten, aus Gründen, die er niemals nannte.

Da ich den Befehl erhalten hatte zu sprechen, sprach ich. In all dem Chaos und der Angst vor dem Unbekannten kamen die Menschen zu mir und verlangten Antworten, die ich ihnen nicht geben konnte. Ich konnte nur das sagen, was ich wusste: dass das Kalifat erloschen war und Madinat al-Zahra wieder zu dem bewaldeten Hügel werden würde, der es einst gewesen war. Doch das wollten sie nicht hören, sie fragten nur danach, wann und wie sie und die Ihren sterben würden. Vielleicht nahmen sie das Unausweichliche bewusster hin, als ich es tat.

Vielleicht überschwemmte auch nur das Gefühl der Hoffnungslosigkeit alles.

Wer konnte, richtete sich im Schatten der Regierungsbeamten, die sich herrschsüchtiger und selbstherrlicher gaben denn je, häuslich ein. Wem das nicht gelang, der gewöhnte sich an die grundlegende Unzufriedenheit – der Mensch gewöhnt sich an beinahe alles, um zu überleben.

Ein Bürgerkrieg war zwischen dem christlichen Grafen García Fernández, Allah möge ihn bekehren, und seinem Sohn Sancho ausgebrochen, der sich mit der Unterstützung bedeutender Herren aufgelehnt hatte. Al-Mansur nutzte diesen Zwist und bemächtigte sich der Festung von Gormaz. Es gelang ihm, den Grafen ins Gefängnis zu werfen, der nach kurzer Zeit starb, und zugleich eroberte er Astorga; unaufhaltsam zog er weiter nach Leon, dessen Hauptstadt sich ihm bereits ergeben hatte, und bereitete jenen Feldzug vor, der ihn in den von den Christen meistgefürchteten Mann verwandeln sollte.

Mit fünfundfünfzig Jahren war er stark gealtert; das einfache Volk erzählte sich viele Mutmaßungen über seinen Ehrgeiz und seine Machtbesessenheit, sogar die Muselmanen selbst nannten ihn schließlich den «Antichristen», genau wie die Christen, die verängstigt und besorgt waren, weil sie das Ende ihrer Tage nahen glaubten.

Es begann eine lange, düstere Zeit der Entzweiung unter den Bewohnern von Córdoba. Die einen waren trotz seines arroganten, launischen und tyrannischen Wesens Anhänger Al-Mansurs, sie schätzten die Jahre seiner florierenden Verwaltung – immerhin hatte er Córdoba vergrößert und den Außenhandel verbessert – und rühmten die siegreiche Ausdehnung der Grenzen im Namen der Religion Allahs und die große Anzahl billiger Sklaven, die er von seinen Feldzügen mitgebracht hatte. Andere dagegen begannen offen gegen ihn vorzugehen und verlangten die Wiederherstellung der königlichen Macht des Kalifen Hisham II., der auch als solcher regieren sollte.

So kam es, dass eines Tages plötzlich eine politische Gruppe durch die Straßen von Madinat al-Zahra zog, die zusammen mit Soldaten und Leuten aus dem Volk die Mauern der Palastumfriedung zu erreichen suchte, um Hisham zu rufen und ihn aufzufordern, die Zügel seines Reiches selbst in die Hand zu nehmen.

Doch der Kalif, zu jener Zeit in seinen Dreißigern, hatte keinerlei Interesse daran, Al-Mansur, den er schon seit seiner Kindheit fürchtete, die Macht zu entreißen. Er sandte Boten an die Tore der Mauern und ließ erklären, der Regent agiere ganz nach seinen Vorstellungen, doch falls Al-Mansur bei einem seiner erbitterten Feldzüge ein Unglück zustoßen solle, werde er selbstverständlich alles persönlich in die Hand nehmen.

Als Al-Mansur zu Ohren kam, dass Hisham Andeutungen über seinen Tod gemacht hatte, sandte er sogleich eine Delegation zum Kalifenpalast, angeführt von seinem Sohn Abd al-Malik, den er zu seinem Nachfolger und zum Erben seiner Macht ernannt hatte.

In einem mit offiziellem Amtssiegel versehenen Dokument teilte Al-Mansur dem Kalifen mit, falls ihm etwas zustoßen solle, werde sein Sohn die Regierung ganz in seinem Sinne weiterführen. Damit wollte er erreichen, dass Hisham die Hoffnung aufgab, jemals als König zu regieren.

Abd al-Malik zog mit großem Gefolge und enormem Pomp durch die Straßen von Madinat al-Zahra. Nachdem er bei Hisham vorgesprochen hatte, hielt er mit seinem Gefolge vor meinem Haus des Jadebaumes an und befahl den Wachen, ihm die Besitzerin der herrlichen Stimme zu bringen, die er am Vortag auf dem Weg zum Palast gehört hatte. Ich trat jedoch selbst in die Tür, um ihnen den Zutritt zum Innenhof zu verwehren, und sagte, weder die Stimme noch die Person, der sie gehöre, seien für ihn verfügbar. Allah werde ihn nicht mit der Gunst beschenken, über sie zu bestimmen, ja noch nicht einmal, sie kennen zu lernen.

(Ich war zu allem bereit, um meine Tochter Sabay vor dem Sohn Al-Mansurs zu schützen, dafür hätte ich wenn nötig sogar meinen Namen preisgegeben.)

Abd al-Malik erstarrte, unfähig zu jeder Reaktion. Ich erkannte an ihm den Blick seines Vaters, dessen zusammengepresste Lippen und dessen raue Haut. Unsere Augen trafen sich, und plötzlich wieherte sein Pferd und bäumte sich auf. Um sein Erschrecken zu überspielen, bedrohte er mich, indem er mich verfluchte und beschimpfte. Ich sei unwürdig, ihm in die Augen zu sehen, er werde seinen Wachen befehlen, mein Herz mit Lanzen zu durchbohren, und danach würden sie gewaltsam in mein Haus eindringen.

Er schrie, nur unter einer einzigen Bedingung dürfe ich mich ihm widersetzen, nämlich der, dass ich zufällig den Moment seines Todes kenne, und falls das so sei, solle ich es ihm sagen, um mein Leben zu retten. Ansonsten stehe mir aufgrund meiner Unverschämtheit der Tod unmittelbar bevor.

Durch die Umstände gezwungen, antwortete ich, ich kennte den Moment seines Todes tatsächlich, er werde auf den Tag genau in zwölf Jahren sterben, und zwar vergiftet von einem Bruder, dem Sohn einer abtrünnigen Christin, der heute etwas mehr als zehn Jahre alt sei. Das werde im Jahre 1008 geschehen, und jenes Jahr werde auch das Ende seiner Familie einleiten.

Ich schloss damit, dass mein Tod nicht in seinen Händen liege.

Al-Mansurs Sohn war sprachlos; alle Farbe wich ihm aus dem Gesicht, er starrte mich an, und seine Miene war verzerrt wie der Stamm eines vom Blitz getroffenen Baumes. Seine Wachen fürchteten, dass noch schlimmere Prophezeiungen folgen könnten, und sie versetzten seinem Pferd einen Hieb auf die Kruppe, und alle galoppierten mit lauten Rufen wie die Verrückten davon, entsetzt, weil sich schon die Dunkelheit über sie legte.

Tiefe Niedergeschlagenheit befiel mich. Meine Dienerinnen glaubten, ich sei erschöpft von diesem Kampf um mein Leben, doch nur ich alleine kannte den wahren Grund, den ich aber verschweigen musste, damit alles weiter seinen Gang ging.

Während des Streites mit Abd al-Malik hatte mich ganz klar und deutlich die Vision dessen überfallen, was in den nächsten Jahren geschehen würde. Ich hatte seinen Tod ebenso gesehen wie den vieler anderer, außerdem das Geschick Córdobas und die Machtübernahme der Unwissenden und Unwürdigen. Die Kräfte meines Körpers schwanden, ich wurde tagelang krank, meine Augen wollten sich nicht mehr öffnen, um nicht mehr zu sehen, und meine Kehle war lange Zeit ohne Stimme, denn ich wollte nicht mehr sprechen.

Meine Mutter Lubna mit ihren beinahe siebzig Jahren saß an meinem Bett, als sei ich ein Kind, legte mir die Hände auf den Kopf, rieb mir die Stirn mit Duftölen ein und benetzte meine Lippen mit frisch gemolkener Milch, bis die rosige Farbe in meine Wangen zurückkehrte, ich sie anlächeln konnte und ihre Seele wieder Ruhe fand. Sie küsste mein Gesicht und murmelte voller Liebe, mein Herz solle sich nicht sorgen, denn Allah, gepriesen sei Er, beschütze unser Leben.

Meine wunderschöne Tochter, blühende sechzehn Jahre alt und eine würdige Trägerin des Rosenquarz-Schmetterlings, verbrachte die Nächte an meinen Körper geschmiegt. Ich sah sie in meiner Schläfrigkeit teils als ein kleines Tier, das sich zwischen den Falten meiner Kleider verstecken wollte, teils als einen Felsblock, der mir in der Brandung meiner jähen Visionen Halt bot.

An einem jener strahlenden Spätsommerabende, als mir meine Beine schon wieder gestatteten, im Innenhof beim Jadebaum umherzuwandeln, dessen Zweige sanft alterten, heilte meine geliebte Tochter meine Seele mit ihrem süßen Gesang, der direkt aus der ihren zu kommen schien.

Unvermittelt sah sie mich an, mit einem tiefen, wissenden Blick, und sagte mit warmer Stimme:

«Der Flug des Schmetterlings dauert nur einen Tag, auch wenn dieser Tag für ihn ein ganzes Leben ist. Doch gleich ob ein Tag oder ein Leben, sein Flug ist immer eine Ewigkeit, die fortlebt in den Tausenden von Samenkörnern, die er verstreut, während er durch die Luft reist und wenn er seinen Körper auf die Erde niederlässt. Es ist seine Bestimmung, sich zu freuen an der Freude, die er schenkt, und unsterblich zu sein im Leben der anderen. Allem wohnt eine feste Ordnung inne, welche die Augen nicht wahrnehmen, die Seele aber doch, wie du mich gelehrt hast, liebe Mutter. Ich bin der Flug des Schmetterlings, und etwas anderes will ich nicht sein.»

IV

Im Jahre 997 wurde die andalusische Hauptstadt von heftigen Unruhen heimgesucht. Politiker, Rechtsgelehrte und Adlige befanden sich im ständigen Kampf um ihre Interessen.

Debatten über die Macht und ihre Formen loderten unermüdlich unter den Intellektuellen, die sich teils nach der Regierung der vorherigen Kalifen zurücksehnten – nach der Leidenschaft Al-Nasirs und der Weisheit Al-Hakams –, teils die Fähigkeiten des Regenten Al-Mansur lobten, dessen Macht sich auf persönlichen Ehrgeiz gründete und damit das Ende der unangefochtenen Herrschaft der Dynastien darstellte.

Auch die Christen waren in ständige Krisen und weltliche Auseinandersetzungen verstrickt, die ihre Territorien mit Blut überzogen. Die muselmanischen Heere gingen aus beinahe allen Zusammenstößen der beiden Parteien siegreich hervor, was den Reichtum des muselmanischen Staates vergrößerte, aber die Beunruhigung der jungen Generation nicht milderte, denn es wurden immer jüngere Burschen eingezogen, um die Reihen von Al-Mansurs Heeren aufzufüllen, sodass Schulen und Werkstätten sich allmählich leerten und stattdessen Trauer in die Familien einzog.

Diebstähle und Verbrechen waren in al-Zahra an der Tagesordnung, eines Nachts wäre sogar unser Haus beinahe geplündert worden. Nach diesem Vorfall stellte Lubna private Wachen ein, die mit Lanzen, Messern und Knüppeln bewaffnet unser Leben und die Erinnerungen von al-Andalus in der geheimen Bibliothek des Prinzenhauses schützten. Diese verbotenen Bücher hatten die Diebe vor all unseren anderen Reichtümern rauben wollen, denn sie waren vom obersten Kadi der Stadt gedungen, der ohne Zweifel von der Existenz dieser Sammlung wusste.

Selbst Córdoba und seine Umgegend war den unerbittlichen Plünderungen von Gaunern, Verbrechern und Spekulanten ausgeliefert, die teils bezahlt wurden, teils zum eigenen Nutzen handelten, denn nachdem Achtung und Hoffnung aufgegeben waren, glaubte sich jeder berechtigt, aus reiner Willkür das zu nehmen, was seine Arme umfassen konnten, einfach so oder mit Gewalt.

Al-Mansur hatte die Vorbereitungen für seinen triumphalen Feldzug gegen Compostela schon abgeschlossen, jenen Wallfahrtsort der Christen, in dem sich das Grab ihres Apostels Jakobus befinden sollte, das für sie ebenso bedeutend war wie die Kaaba für die Muselmanen. Mit der ersten Hitze im Juli brach er auf.

Das Bild dessen, der mein Geliebter Al-Mansur gewesen war, überfiel mich im Schlaf wie im Wachen gleichermaßen, beharrlich wie eine Vorankündigung seines Rufes.

Ich sah die unheilbare Krankheit, die an seinen Knochen nagte, und deren mitunter unerträglichen Schmerz – das Einzige, was ihm, wenn er alleine war, gelegentlich Tränen entlockte –, der von den bewährtesten Ärzten des Landes, die für sein Wohlergehen zuständig waren, mit Drogen gelindert wurde, denn sein Ehrgeiz, sich als König von al-Andalus darzustellen, war ungebrochen.

Um die Gunst adliger Familien zu erwerben, die ihm helfen sollten, sich zum König zu ernennen, plante Al-Mansur den ehrgeizigsten Feldzug, den je ein muselmanischer Fürst unternommen hatte. Er wollte das wichtigste Bollwerk der Christen erobern, das wegen seiner Lage in steiler Landschaft und seiner Entfernung von der Hauptstadt Córdoba als uneinnehmbar galt.

Al-Mansur hatte die Marschroute sorgfältig vorbereitet, und der Fluss Duero wurde mit einer gut ausgerüsteten und reichlich mit Lebensmitteln und Bewaffnung versehenen Heeresmacht überquert.

Unterwegs plünderten und zerstörten sie sämtliche Ortschaften, an denen sie vorbeikamen, und im August schließlich schlugen sie ihr Lager vor der stolzen Stadt Santiago auf.

Al-Mansurs Truppen bemächtigten sich aller Reichtümer, die sie fanden, rissen die Bauten, die Mauern und die Kirche bis auf die Grundfesten nieder, machten die wunderschönen Paläste der Stadt dem Erdboden gleich und verbrannten die Reste.

Nachdem er das wichtigste Symbol der Christen gestürzt und Tausende Gefangene genommen hatte, befahl Al-Mansur in der Euphorie seiner Eroberung, die Glocken der Kirche, in der sich das Apostelgrab befand, abzunehmen, als Siegestrophäe nach Córdoba zu bringen und in der Großen Moschee aufzuhängen. Sie wurden auf einen groben Karren gebunden, an den die männlichen Gefangenen gekettet wurden wie Zugpferde. Sie schleppten die Glocken den ganzen Weg zurück nach Córdoba, wobei viele von ihnen an Erschöpfung starben und andere den Verstand verloren.

Nach diesen Ereignissen vertiefte sich die Kluft zwischen den in Córdoba lebenden Christen und den Muselmanen. Die meisten Christen verließen die Stadt, da sie fürchteten, Al-Mansurs Zorn könne sich gegen sie wenden, obwohl sie seit mehreren Generationen in dieser Wiege des spanischen Kalifats verwurzelt waren. Doch nichts war mehr wie früher, die unerbittliche Finsternis, die schon in ihren Seelen nistete, verdunkelte nun auch den Himmel über ihren Köpfen.

~

Als Al-Mansur nach Córdoba zurückkehrte, wo er nicht minder feierlich empfangen wurde als einst Al-Nasir, verließ

Hisham II. die Palastanlage von Madinat al-Zahra und zog mit seinem Gefolge von Dienern und mittelmäßigen Künstlern in den Alcázar nach Córdoba, mehr um dem Sieger nahe zu sein, als um seine Präsenz als Kalif im ursprünglichen Königspalast wiederzuerlangen. Dort schottete er sich womöglich noch gründlicher von der Welt ab, vergrößerte seinen Hofstaat von Jünglingen, weibischen Musikern und affektierten Höflingen und füllte einen falschen Harem mit kreischenden Frauen und mit Männern, denen es gefiel, sich zu kleiden wie sie.

Der oberste Kadi unserer Stadt, seine Beamten und andere Höflinge verließen Madinat al-Zahra ebenfalls, um die Nähe des Siegers zu suchen. Die adligen Familien bekämpften einander derweil, nicht um ihr Versprechen einzulösen, Al-Mansur zum König zu machen, sondern um eines ihrer eigenen Mitglieder widerrechtlich auf den verwaisten Thron zu setzen. Nur ein paar Verwaltungsbeamte mit sehr beschränkter Entscheidungsbefugnis blieben im Namen der Regierung in der Stadt, was bewies, wie wenig Bedeutung das geplünderte und besudelte Madinat al-Zahra für den Hof von al-Zahira besaß.

Als riesiges Freudenhaus verderbter Genüsse bot unsere Stadt den Cordobesern Gelegenheiten zur schnellen Bereicherung durch den Handel mit menschlichen Lastern. Es war nur noch ein verzerrtes Abbild der früheren Fröhlichkeit, mit lärmenden Vergnügungen auf den Straßen und trügerischem Luxus in den Palästen, wo dickflüssiger Rotwein aus dem Norden floss und die teuersten Früchte und Leckereien gereicht wurden, bezahlt von denen, die es am Hofe schnell und unrechtmäßig zu Vermögen gebracht hatten. Die schönsten Dirnen tanzten im Dienste der Hemmungslosigkeit der neuen Herren.

Nach und nach ließ eine trügerische Beständigkeit die Hoffnungslosigkeit der letzten Jahre in Vergessenheit geraten. Die meisten Menschen in Madinat al-Zahra gewöhnten sich an die Demütigung und waren zufrieden, wenigstens ihre Haut gerettet zu haben – doch ihre Tage waren gezählt wie die herabfallenden Blütenblätter einer welkenden Rose. Händler, Handwerker, Beamte und Wirtshausbesitzer erlebten neuen Aufschwung, und da die neue Zeit es so diktierte, gaben die meisten ihre hohen Ideale und das Streben nach neuen Kenntnissen ebenso auf wie die Freude an gepflegter Kultur und die Erziehung zu Feinsinnigkeit und edlen Gefühlen.

Mehrere Schulen wurden geschlossen. Auch in unserem Prinzenhaus schmolz die Zahl der Schüler, obwohl unser Unterricht in Kalligraphie, der für die künftigen Staatsbeamten unerlässlich war, immer noch als besonders gut galt.

Sabay wurde in jenem Jahr 998 achtzehn, und ihre Künste waren nach wie vor sehr gefragt. Sie unterrichtete Sängerinnen für die Freudenhäuser der feinen Herren, welche ihr Geld verschleudern wollten. Wenn sie auch nicht vermeiden konnte, dass ihre Schülerinnen mit dem Gelernten unredlichen Handel trieben, so pflanzte sie ihnen doch stets das Samenkorn der Liebe zum Leben ein und erreichte, dass ihr Gesang von der edlen Absicht beseelt war, den Geist der Zuhörer zu höchsten Idealen zu erheben.

Um sich den veränderten Gegebenheiten anzupassen, stellte unsere Schule ihr Angebot um und konzentrierte sich auf Musik- und Gesangsunterricht zur Bereicherung der Bildung junger Menschen. Komponisten, Musiker und Sänger tummelten sich nun unter Sabays Aufsicht wie einst Grammatiker, Kalligraphen und Kopisten unter der Leitung Lubnas. Sie erforschten, pflegten und förderten die andalusische Musik, deren besonderer Reiz in der harmonischen Mischung ihrer vielfältigen Wurzeln lag. So erfüllte Sabay ihren Auftrag mit der Unterstützung ihrer Umgebung, indem sie in Herzen und Seelen eine unauslöschliche Spur hinterließ.

Gestärkt durch die Liebe meiner Tochter gelang es mir, die ich inzwischen siebenunddreißig war, meine hartnäckige Sehnsucht nach der Liebe Al-Mansurs zu akzeptieren und den

Kampf dagegen aufzugeben. Die Leute nannten mich die Propheten-Prinzessin, und viele sprachen von mir wie von einer der zahlreichen Kuriositäten, die Madinat al-Zahra beherbergte.

~

Zum zweiten Mal in all diesen Jahren kam Al-Mansur persönlich in unsere Stadt. Auch ich hatte dies nicht vorhergesehen, vielleicht hatte ich mich dieser Möglichkeit verschlossen, obwohl mich häufig Visionen von ihm heimsuchten.

Es war an einem Wintermorgen des turbulenten Jahres 999. Von einem großen Militäraufgebot begleitet, schlug er sein Lager auf dem größten Platz von al-Zahra auf, als sei er auf einem Feldzug. Er drang in Straßen und Winkel, den Markt und den ehemaligen Exerzierplatz ein, der jetzt für künstlerische Veranstaltungen benutzt wurde. Er wartete die Nacht ab und kam im Licht des Vollmondes vor das Tor des Hauses des Jadebaums. Mich weckten die Rufe der Dienerinnen, die aufgeregt und erschreckt wie junge Hunde im Hof umherliefen und mir sagten, der Herr und Gebieter Al-Mansur verlange nach mir.

Als sich unsere Augen trafen, erkannten sich unsere Seelen jenseits der Zeit und jenseits unserer Körper. Al-Mansur stieß einen langen Seufzer aus, in seinem Atem hörte ich ein schmerzliches Stöhnen. Schließlich murmelte er, er habe zu Allah gebetet, dass jene schöne und hellsehende Nur, von der der ganze Hof spreche, eine andere sei als ich.

«Da ich dich tot wusste», sagte er nach einem tiefen Atemzug, «fand meine Seele den Zorn, der notwendig war, damit ich meine Bestimmung mit Allahs Hilfe erfüllen konnte. Doch nun verfluche ich mein Geschick, denn Er wendet mir den

Rücken zu, ich fühle, dass Er mich genau in diesem Augenblick verlässt.»

Al-Mansur sah mich an, überwältigt von Ärger und Betrübnis. Er atmete schwer und leidend. Endlich schickte er mit einer heftigen Handbewegung seine Soldaten hinaus. Wir blieben allein, in meinem Innenhof standen wir uns gegenüber, unser einziger Zeuge war der Jadebaum.

«Ich bat Allah», fuhr er stockend und immer wieder nach Luft ringend fort, «verflucht sollst du sein, ich habe Ihn gebeten, dass die Gerüchte, die mir seit langer Zeit zu Ohren kamen, falsch seien. Dass nicht du jene Propheten-Prinzessin seist, deren Fähigkeiten in ganz Córdoba gerühmt werden. Doch Er hat seine Türen vor mir verschlossen, vielleicht ist er verärgert; Er wollte nicht auf die Bitten meiner Seele hören, und hier stehe ich nun, zum ersten Mal in meinem Leben besiegt, in diesem unauslöschlichen Augenblick, in dem ich dich wiedersehe.»

Mutlos, wie ihn nie ein Feind gesehen hatte, sank er auf die Knie.

«Du bist nicht gestorben, verflucht. Weder meine Seele noch mein Verstand, noch meine Sinne konnten dich vergessen, Nur. Mein Herz flehte nach dir und nannte dich Geliebte und Schwester, seine Rufe verstummten nicht einmal in den schwierigsten Augenblicken des Kampfes. Nur, verfluchte Herrin meines Lebens, ich wollte dich nicht mit meinen Händen töten, und ich wollte dich nicht lebendig sehen, ich habe mein ganzes Leben im Gram darüber zugebracht, dass ich dich nicht erobern konnte.»

Ich verschwieg, wie lange ich mich dafür geschämt hatte, dass ich ihn liebte, bis zu diesem Tag, mit meiner Seele und meinem Körper. Ich beugte mich zu ihm hinunter. Meine Finger berührten die Falten seines Gesichts.

«Ich liebe dich», sagte ich, «auch wenn du weder Herr über mich noch über meine Seele bist, auch wenn unsere Bestimmung in der Menschenwelt uns auf verschiedene Wege und in verschiedene Denkweisen geführt hat. Dein Geist und mein Geist betrachten sich im gleichen Spiegel. Es wird der von Allah festgesetzte Tag kommen, an dem sie eins werden, wenn sie die Rechnungen beglichen haben, die in diesem Dasein noch offen waren, und für dich sind das viele und hohe, mein Geliebter. Doch auch dieses Warten nehme ich mit Geduld und all der Liebe auf mich, die du in mir weckst.»

Die Zeit schien stehen geblieben zu sein, als habe das ganze Universum auf diesen Augenblick gewartet. Gealtert, leidend, verletzlich wie ein Vogel mit gebrochenen Flügeln, ließ er zu, dass ich ihn sanft streichelte. Ich sagte ihm, wir würden uns an einem anderen Zeitpunkt im gigantischen Lebensrad wiedersehen und unsere Augen würden den einen immer als Teil des anderen erkennen.

Er gestand mir, er sei des Lebens überdrüssig. Er fragte mich, ob ich seinen Tod sehen könne, und ich bejahte.

«Sag mir, wann, denn ich sehne mich nach ewigem Schlaf. Meine Ruhe habe ich von diesem Moment an für immer verloren.»

«Er wird in weniger als drei Jahren eintreten, in deinem zweiundsechzigsten Lebensjahr, auf dem Rücken deines Pferdes. Du wirst zittern vor Fieber und gebrochen sein vom Schmerz in deinen Knochen, an einem Ort namens Medinaceli.»

Er seufzte erneut und fragte mich, was mit seinem Vermächtnis geschehen werde; ich antwortete, es werde noch sieben volle Jahre weiterbestehen, dann werde eine schreckliche Feuersbrunst die Stadt al-Zahira zerstören, die er als Beweis seiner Macht erbaut hatte. Seine Reichtümer würden geplündert, seine Häuser und Paläste zerstört werden, bis jede Spur seines Daseins ausgelöscht sei, so wie er es mit vielen Christenstädten gemacht habe. Die künftigen Generationen würden niemals herausfinden, wie al-Zahira ausgesehen, wo es gelegen oder welche Schmuckstücke es enthalten hatte.

«Denn die Blume wie auch der Dorn wachsen im Garten dessen, der sie gepflanzt hat, mein Geliebter, alles, was du getan hast, kehrt zu dir zurück, so will es der Kreislauf des Lebens.» Ich unterdrückte meine Bitterkeit, denn all dies stand im Zusammenhang mit der Befreiung unserer Liebe. «Die Dürre, die dein Zorn erzwungen hat, wirst du mit den Regenfluten deiner Tränen wieder gutmachen müssen. Du wirst all jenen Geburtshilfe leisten müssen, denen du den Tod gebracht hast. Du wirst den Wunsch zu leben in all jenen wieder wecken müssen, denen du den Wunsch zu sterben aufgezwungen hast. Doch höre, mein Geliebter Al-Mansur, dessen Haut die einzige ist, nach der die meine sich in jeder einzelnen Nacht meines Lebens gesehnt hat, denke daran, dass meine Liebe und meine Seele immer an deiner Seite sein werden. So will es deine Bestimmung und die meine, bis die Entdeckung der wahren Macht deinen Verstand erleuchtet und unsere Herzen sich in Freiheit vereinen können.»

Al-Mansur weinte wie ein kleiner Junge, wie ein Kind, dessen Spielzeug zerbrochen ist. In seinen Tränen vermischten sich Wehrlosigkeit und Wut, Trauer und das verzweifelte Bedürfnis nach Hoffnung.

«Ich hatte das Königreich in der Reichweite meiner Hand», murmelte er, «aber du fehltest mir, Nur, ewig klaffende Wunde in meiner Flanke; ich hatte die Zeit, den Raum, den Mut und den Ehrgeiz, mein Imperium zu errichten, doch es fehlte mir das Geheimnis, um es aufzubauen. Du fehltest mir, verflucht sollst du sein, schon bevor ich es versucht hatte, schon bevor ich dir zum ersten Mal begegnet war, und auch von jetzt an und für immerdar.»

Ich küsste seine Lider und blickte ihm ruhig in die Augen, ich streichelte sein Gesicht, wie ich es mir so oft gewünscht hatte, doch es war, als streichele ich ein zu Boden gefallenes Blatt.

«Es wird nicht mehr lange dauern», sagte ich, «alles steht bereits geschrieben und hat seine genaue Ordnung. Es wird geschehen, was geschehen muss, unsere Werke wachsen ohne uns weiter, als Früchte unseres Schicksals.»

Er küsste meine Handflächen und meine Finger, nahm meinen zitternden Körper in die Arme und stöhnte, er habe sich in jedem seiner Träume danach gesehnt, mich zu umarmen, doch jetzt sei es, als umfasse er den Wind.

Ich musste ihm aufhelfen, und als er stand, blickte er mir ins Gesicht und lächelte, wie ich ihn nie hatte lächeln sehen. Er ließ seine absolute, unendliche Liebe zu mir fließen, die meine Brust füllte und meine Augen mit Zärtlichkeit überflutete.

Er wandte sich zum Torbogen, um zu gehen, und dort stand Sabay in der majestätischen Haltung einer Königin von al-Zahra und sah ihn an.

Sie grüßte ihn, wunderschön in ihrer Gelassenheit, nannte ihn Vater und breitete die Arme aus. Al-Mansur atmete schwer, senkte den Kopf, legte sich die Hand auf die Brust und sagte, er wisse ihren Namen nicht, aber er habe sie schon zuvor gesehen, er kenne ihr Gesicht aus einem Traum. Damals sei er aus dem Schlaf aufgeschreckt, ohne zu wissen, zu wem dieses Bild gehöre, denn es sah ihm ähnlich, zeigte jedoch eine Frau. Ihre Gesichtszüge glichen den seinen, doch die Lippen waren röter, sie habe gestrahlt wie er in seiner Jugend in seinem silbernen Kettenhemd, sei jedoch in zarte Schleier gehüllt gewesen, weiß wie Perlmutt, ausgestreckt auf einem Bett von Schlangen und von Blütenblättern schwarzer Rosen.

Sabay lächelte bezaubernd und antwortete: «Lieber Vater, was du gesehen hast, war deine Seele.»

V

Der Herbst des Jahres 999 brachte heftige Stürme, gleißende Blitze zerrissen den Himmel und schlugen in die Kuppeln der Gebäude und auch in Menschen ein, Bäche traten über die Ufer, Felder versanken im trüben Wasser. Sogar der Guadalquivir tobte, überflutete die Gärten an seinen Ufern und brandete wütend gegen Schiffe und Brücken. Die Sonne hatte die Flucht ergriffen, und der Mond verbarg sich hinter den Wolken, die den Himmel Tag und Nacht bedeckten.

Viele Christen taten sich in Gruppen zusammen, gruben unterirdische Behausungen und schafften Besitztümer und Vorräte hinein, um darin Zuflucht zu suchen und zu warten, bis das Ende der Welt vorbeigezogen wäre und sie vergessen hätte. Andere führten ihren Tod selbst herbei, indem sie sich den tosenden Wassern des Guadalquivir überließen oder sich von Abhängen in die Leere ihrer Angst vor der Zukunft stürzten.

In den letzten Monaten vor der Geburt des Jahres tausend kamen viele Gruppen von Christen nach al-Zahra und ließen sich in einem riesigen Lager auf dem ehemaligen Exerzierplatz in der Nähe der Moschee und des Marktes nieder.

Wochenlang läuteten die Christenglocken Tag und Nacht ohne Pause, sie waren ein Widerhall der Verzweiflung der Menschen. Sogar die christlichen Söldner aus Al-Mansurs Heer spürten, wie die Ungewissheit auf ihren Herzen lastete, denn diejenigen, die überlebt hatten, erzählten, ihre Seelen seien im Kampf bei den Felsen von Cervera schwach geworden, wo alle galizischen Christenkönige als Verbündete zusammengekommen waren, um gemeinsam zu sterben. Für diese Schlacht hatten sie alle Streitmächte versammelt und sich mit ihren Generälen dem Befehl von Sancho García unterstellt.

Im Gegensatz zu anderen Feldzügen, bei denen sich Al-Mansurs christliche Söldner im Kampf gegen ihre eigenen Glaubensbrüder denkbar blutrünstig und erbarmungslos gezeigt hatten, waren bei dieser Gelegenheit viele desertiert, andere hatten sich töten lassen, wieder andere waren auf rätselhafte Weise des Nachts in ihren Betten von Schüttelfrösten und Gespenstern heimgesucht worden und daran gestorben, noch mehr hatten den Verstand verloren und waren davongerannt. Wegen dieser Verluste wäre Al-Mansur beinahe besiegt worden, und man erzählte sich, Allah selbst, gelobt sei Er, habe im letzten Moment die Sinne der christlichen Generäle benebelt und sie dazu gebracht, die Strategie des Grafen Sancho von Kastilien zuschanden zu machen.

Andere sagten, Al-Mansur habe nie an seinem Sieg gezweifelt, denn er habe pausenlos gerufen, die Stunde seines Todes sei noch nicht gekommen, und habe leidenschaftlich um Allahs Hilfe für sein Unterfangen gebetet, obwohl seine Hände die Lanze schon nicht mehr halten konnten und der undurchdringliche Ausdruck tiefen Schmerzes niemals von seinem Gesicht wich.

Die Wintersonnwende brachte Schnee und ungewöhnliche Kälte, in den Lagern schluchzten und stöhnten die Flüchtlinge wie Sterbende.

Die Anführer aus den Christenlagern erklärten, sie wollten das Ende ihrer Tage gemeinsam erleben, einander an den Händen halten, sich umarmen und zu ihrem Gott beten. Doch die meisten Einwohner von al-Zahra fürchteten sich und wollten davon nichts wissen. Darum schickten die Christen eine Gesandtschaft zum Prinzenhaus und baten darum, in ihrer letzten Nacht Sabays Gesang hören zu dürfen.

Sie erklärten, sie wollten ein prächtiges Fest feiern, das ihre Herzen erfreuen würde, denn sie würden ja zu ihrem Gott eingehen, und da sie wüssten, welche Wunder Sabays Stimme zu vollbringen vermöge, könne niemand ihnen besser dabei helfen als sie, dieses Erdendasein ohne Angst und Kampf aufzugeben.

Unter den Anführern der Christen befand sich ein Mozaraber aus einer alten christlichen Familie, die schon seit den Anfängen der Maurenherrschaft auf muselmanischem Boden lebte, mit seinem Sohn, dem jungen Alvar.

Dieser junge Mann, der in den Zwanzigern sein mochte, verströmte Schönheit aus allen Poren seines Körpers. Sein Blick war heiter und von klarem Blau, seine Haltung stolz, er hatte von Kindheit an gute Erziehung und umfassende Bildung genossen, denn er war der Erstgeborene seiner Familie und besaß eigenen Handel und viele Besitztümer, die er jetzt nicht mehr benötigte. Die Unbeschwertheit dessen, der nichts zu verlieren hat, verlieh ihm einen geradezu magischen Reiz, der Sabays Aufmerksamkeit weckte, und sie erkannte in ihm den Mann, den Allah ihr sandte, um ihr Vermächtnis weiterzugeben.

Alvar war wie geblendet von Sabay, er fühlte seine Sinne für alle Zukunft dem Zauber unterworfen, den ihre Augen, ihre Stimme und ihre Gesten über seinen Körper gelegt hatten. Er erbot sich bei den Älteren, die Details mit der edlen Sängerin Sabay persönlich abzusprechen, denn er kannte sich sehr gut aus, was die Gesetze, Zahlen, erlaubten Speisen und andere Dinge betraf, die bei der Planung des großen Festes zum Ende des Jahrtausends berücksichtigt werden mussten.

Kaum war er mit Sabay alleine, fiel der junge Alvar auf die Knie, senkte zum Zeichen der Unterwerfung den Kopf auf die Brust und erklärte ihr seine bedingungslose Liebe. Da ihm keine Zeit mehr bleibe, habe sein Herz eilig und ohne Umschweife zu ihm gesprochen, genau wie er jetzt auch zu ihr spreche.

«Meine Herrin», so sagte er, «seit ich Euch kenne, will ich nicht mehr sterben. Ich weiß, dass ich nicht sterben darf, denn wenn mein Gott das für mich vorgesehen hätte, dann hätte er nicht zugelassen, dass ich Euch begegne. Für Euch werde ich das Gesetz meiner Familie brechen und mich zum Islam bekennen, wenn es notwendig ist. Ich weiß, dass sich mein Christengott nicht verraten fühlen wird, wenn ich Euch mein Leben zu Füßen lege, denn es gehört Euch bereits, und sein Atem wird fließen, solange Ihr es so wollt.»

«Erhebt Euch, edler Alvar», antwortete sie. «In dieser Zeit müssen andere sterben, doch auch sie sterben nur, damit die Zukunft geboren wird. Mein Gott gleicht dem Euren, denn auch er hat zugelassen, dass sich meine Seele in Eure verliebt, und gewiss macht es keiner unserer Götter zur Bedingung unserer Liebe, dass wir den Seelenfrieden unserer Eltern zerstören. Ich freue mich über diesen Tag, an dem das Schicksal mir das Zeichen gegeben hat, und ich danke für das unermessliche Glück, dass es Euch zu mir geführt hat.»

Sabay und ihr Geliebter Alvar genossen eine Liebe, die frei war von allen durch Verschiedenheit erzwungenen Vorsichtsmaßnahmen, denn sie waren eins und hegten nicht den geringsten Zweifel daran, dass es ihre Bestimmung war, einander zu lieben.

Es blieben nur noch wenige Tage im alten Jahrtausend, doch die beiden Liebenden fürchteten sich nicht. Sie wussten, dass die Stunde der Trennung noch nicht gekommen war.

Meine Tochter Sabay blühte auf, ihre Weiblichkeit wurde noch strahlender und in der Sinnenlust vereint mit dem Funken des Göttlichen, ihr Gesang wurde noch ausdrucksvoller, bereichert durch eine neu entdeckte Art, die Welt zu lieben und Allah zu rühmen: in der Liebe zu ihrem Geliebten.

Als in der letzten Nacht des scheidenden Jahrtausends die ersten Sterne aufblitzten, wurde ein herrliches Fest gefeiert, das die Kälte aufzuhalten schien und alle Versammelten mit Freude erfüllte. Orchester, Musiker, Sänger und Rezitatoren unter Sabays Leitung boten all ihr Können und all ihre Liebe auf für jene, die ihre Hilfe brauchten, um die Brücke in ein neues Zeitalter zu überschreiten. Die Gäste tanzten, musizierten, liebten und beglückten ihre Gaumen mit den erlesensten Speisen. Wenn die Tränen doch kommen wollten, da sie glaubten, der Tagesanbruch des Jahres tausend werde sie alle tot finden, mussten sie das Weinen noch vertagen, denn angesichts der Schönheit um Sabay, die vor Glück und Liebe zu Alvar strahlte, versiegten alle Tränen.

Das Licht des neuen Tages zeigte, was tatsächlich geschehen war. Zwischen den Feuern und unter den Zelten fragten sich die Erwachenden, ob sie gestorben seien oder nur geschlafen hätten; sie betrachteten ihre Körper und betasteten sich Arme und Gesicht, um herauszufinden, ob sie wach seien oder träumten, ob dies der Morgen sei oder womöglich ihre christliche Auferstehung.

Der Morgen war strahlend, und reichlich Tau nässte die Erde.

Alvar sah seine Geliebte an, überfließend vor Liebe.

«Du bist der Engel, der unser Leben zum Anfang eines neuen Weges getragen hat. Dein Gesicht und deine Stimme, meine angebetete Sabay, sind das Versprechen der Wiedergeburt, mit dem mein Gott unser Denken verlockt, und ich habe entdeckt, dass dieses Versprechen Wirklichkeit geworden ist.»

Die Christen kehrten in ihre Häuser zurück, bis auf Alvar, der es vorzog, in al-Zahra zu bleiben, denn es war ihm unmöglich, sich von Sabay zu trennen. Er liebte sie mit der Dringlichkeit dessen, der weiß, dass trotz allem wenig Zeit bleibt.

Viel zu schnell war ein Jahr vergangen. Nichts deutete auf bevorstehendes Unglück hin, doch es war nur noch ein Stern aus dem Regen der Andromeda übrig, alle anderen waren schon gefallen. Menschen und Dinge hatten sich in ihren Vorstellungen und Gewohnheiten eingerichtet, als habe es nie etwas anderes gegeben.

Meine Seele wurde erneut von Schwäche übermannt, tiefe Schwermut befiel mein Herz, ich wollte nichts anderes mehr tun, als meine Tochter betrachten und sie singen hören. Ihre Stimme wurde immer vollkommener, ihr Gesang wurde mit jedem Tag schöner, doch wenn ich ihn hörte, musste ich weinen, denn er füllte meine Seele mit der Gewissheit dessen, was die Zukunft bringen würde, und die Zeitspanne verkürzte sich mit jedem neuen Morgen.

~

An Sabays einundzwanzigstem Geburtstag verzichteten wir auf Tänze und Feiern, ich wollte mit ihr alleine sein. Ich umarmte weinend ihren Körper, barg mein Gesicht an ihrer Brust und flehte Allah an, flehte sie selbst an, das Schicksal möge sich nicht vollziehen, wir sollten einen anderen Ort suchen, an dem sie ihren Flug fortsetzen könne, mein Herz könne es nicht ertragen, sie gehen zu lassen, denn sie sei mein ganzes Leben und meine ganze Freude. Ich wolle auf all meine Kenntnisse verzichten und auf das mir aufgetragene Leben, ich wolle Allah abschwören und al-Zahra, dem Erbe der Frauen meiner Familie und der Tatsache, dem Geschlecht der Schmetterlinge anzugehören.

Sabay schloss mich in die Arme und wiegte mich, wie eine Mutter ihre kleine Tochter wiegt. Sie murmelte tröstende Worte und sprach zu mir, wie eine Lehrerin zu ihrer Schülerin spricht, vom Regen, der auf die Erde fällt, um das Leben fortdauern zu lassen, vom Samenkorn, das in den Schoß der Dunkelheit zurückkehren muss, damit die Blume sprießt, vom Leben, das durch den Tod lebendig bleibt, davon, ihren Auftrag zu erfüllen und zu gehen, von dem Vermächtnis, das sie in meinen Händen zurücklassen werde, und davon, dass wir vereint bleiben würden, jenseits aller Zeit.

Ich hob meinen Blick, meine Tochter schlief, ihr zierlicher Kopf ruhte auf dem Bett; als ich aufstehen wollte, um ihr die Stirn zu küssen und noch einmal ihr Gesicht zu berühren, erwachte sie und sah mich glücklich an.

Sie erzählte mir, sie habe den ganzen Tag hindurch große Freude verspürt und sie habe auf diesen Moment gewartet, um es mir zu sagen.

«Meine liebe Mutter Nur», sagte sie, «Allah hat mich mit der Wonne der Schwangerschaft beschenkt, meine Seele ist voll Dankbarkeit, denn ich wünsche mir von ganzem Herzen, Mutter des Kindes zu sein, das mein Geliebter Alvar in meinen Leib gelegt hat.

Es wird in der Zeit geboren werden, in der die Erde erwacht und die Blumen sprießen, und ich spüre, dass mein Körper seinen Ausdruck vervollkommnet hat, meine Stimme fließt noch reiner und voller.»

Sie holte Luft, lächelte und sah mich innig an.

«Ich wünsche mir eine Tochter», sagte sie, «und wenn Allah, gelobt sei Er, mir dieses Vorrecht einräumt, werde ich ihr den Namen dessen geben, was ich seit dem Augenblick meiner Geburt in mir fühle, dank dir, Mutter, nämlich Hawa, und das bedeutet Liebe.»

Vierzig Tage vor ihrer Niederkunft spürte Sabay, dass ihre Gesundheit Risse bekam wie eine Räucherpfanne aus Elfenbein, wenn sie zu Boden fällt. Die Hebammen schärften ihr ein, strenge Bettruhe einzuhalten, denn sie fürchteten, der Lebenshauch in ihrem Leib könne vor der Zeit und auf falsche Weise verströmen.

Ich war vierzig geworden, ein Alter, das den Frauen des Schmetterlingsgeschlechts stets tief greifende Veränderungen gebracht hatte; meine Mutter Lubna war fünfundsechzig, und ihr Körper war zerbrechlich wie die Spätsommertage, doch noch nie hatte ich in ihren Augen einen so glücklichen und kindlichen Glanz gesehen wie in jenen Momenten, in denen sie auf die Geburt des neuen Lebens wartete.

Sabay sang trotz ihrer angegriffenen Gesundheit, wie der Regen auf die Myrten fällt, wie die Helligkeit das Morgenrot überflutet, herrliche Gesänge, deren Worte unsere Herzen mit einem geheimnisvollen Gefühl des Friedens durchdrangen, zu Beginn des neuen Jahres 1002, dem Stern Nummer zehn ihres Schicksals.

«Ich besinge die duftende Blume in ihrer Schönheit, das Samenkorn des unsterblichen Lebens, das in meinen Zweigen ruht. Meine Stimme führt euch zu jenem Gott, der in der Stille wohnt, sein Name allein wird eure Seelen bereichern. Freut euch also über meinen Abschied, verkündet die unversehrte Liebe in meinen Worten, die sich erhebt über den Schmerz zu leben.»

Einen knappen Monat vor der Niederkunft rief Sabay mich zu sich, um mir zu sagen, dass sie keine Angst habe, ihr Schmerz sei ein nützlicher Schmerz des Lebens und der Liebe, und wenn Allah befehlen sollte, zwischen dem Überleben der Mutter und dem des Kindes zu wählen, gebe sie ihr Leben hin, damit das neue Leben, das da kommen wolle, seinen Weg gehen könne, denn der ihre sei bereits vollendet.

«Ich habe von einer wunderschönen Tochter geträumt, deren Haar die Farbe des Blütenhonigs hat, mit leuchtenden grünen Augen wie glasklare Smaragde, und ich bin sicher, dass sie es ist, Hawa. Mutter, ich werde sie in deine Hände geben, bis sie ihren Weg alleine gehen kann.»

Sie löste die Silberkette von ihrem Hals und betrachtete den Rosenquarz-Schmetterling lange. Dann küsste sie ihn liebevoll, streichelte ihn und drückte ihn an die Brust, als wolle sie ihren Herzschlag auf ihn übertragen, und schließlich legte sie ihn in meine Hände.

«Liebe Mutter, dieser Anhänger kehrt zu dir zurück, wie der Schmetterling zur Erde zurückkehrt, sobald sein Flug erloschen ist. Möge er bei dir bleiben, Mutter, denn du bist diese Stadt, unser herrliches Madinat al-Zahra.»

Genau in jenen Tagen empfing Córdoba die Nachricht vom Tod seines Führers Al-Mansur. Man brachte den Gefallenen aus Medinaceli, und als Leichenhemd trug er den Kettenpanzer, in dem er einst seine Siege zu feiern pflegte. Es formierte sich ein endloser Trauerzug, bei dem sechstausend Klageweiber weinten und schrien, sich die Gewänder zerrissen und die Häupter mit Erde bewarfen.

Ich spürte, wie die Erinnerung an den Geliebten mein Herz mit Demut füllte. In jenen Nächten sandte ich ihm die Wärme meiner Liebe und betete zu Allah, Er möge ihm die Gelegenheit geben, offene Rechnungen schnell zu begleichen.

Der Kalif Hisham II. richtete die Totenfeier für seinen Regenten aus und übersandte dessen Familie großzügige und wertvolle Geschenke, doch er verließ den Alcázar nicht, denn seine Angst vor dem Volk hatte sich endgültig verfestigt. Er beeilte sich, den Erstgeborenen des Amiri-Geschlechtes Abd al-Malik zum Amtsnachfolger zu ernennen, so wie es Al-Mansur vor seinem Tode bestimmt hatte, um seiner Dynastie auch weiterhin die Regierung des Kalifats zu sichern. Doch diese Ernennung entsprach nicht den Erwartungen vieler Statthalter in den andalusischen Provinzen, die gehofft hatten, nach dem Tod des Regenten werde der Kalif Hisham II., der ja inzwischen alt genug war, die Zügel des Königreichs selbst in die Hand nehmen und damit die Erbfolge seiner ruhmreichen Vorfahren weiterführen. Al-Mansur nämlich hatte Córdoba mit eiserner Hand beherrscht, nur diejenigen begünstigt, die ihm nützlich waren, und damit den Neid und Hass vieler anderer geweckt.

Hisham jedoch tat nichts dergleichen, und als Abd al-Malik ins Amt des mächtigsten Mannes von al-Andalus erhoben wurde, vermischten sich die Proteste gegen seine Ernennung in den Straßen mit den Trauerfeierlichkeiten für seinen Vater. Der erste Befehl, den er mit seiner neuen Verfügungsgewalt erteilte, war der, die Aufrührer zu unterwerfen. Sie wurden niedergemetzelt oder gefangen genommen, darin zeigte er noch mehr Kälte und Hochmut als der Verstorbene, denn er wollte beweisen, dass er als Sohn den Vater an Ehrgeiz und Skrupellosigkeit noch übertreffen werde.

Sabay kam an dem Tag nieder, an dem der Frühling Einzug hielt, zu der Stunde, wenn die Sonne am höchsten steht, mit einem Mädchen, das strahlte wie die bedingungslose Liebe, aus der es entstanden war.

Das erste Weinen, das zu hören war, stammte von dem Neugeborenen, es war ein Weinen des Erwachens, welches die Anwesenden mit Jubel begrüßten. Musik wurde angestimmt, und die Freude brach sich Bahn.

Lubna, die Urgroßmutter, nahm das Neugeborene strahlend in die Arme und zeigte es der Mutter, die das Kind lächelnd anblickte, dann hob sie es mir entgegen, damit ich es nahm. Während ihre Hand mit meiner Hand verbunden war, während sich der zum Leben erwachende kleine Körper bewegte, mitten im Fest, in der Fröhlichkeit und unter den liebevollen Augen des Vaters Alvar, stieg ein zweites Weinen empor, und dieses kam von mir, denn in diesem Augenblick starb meine angebetete Tochter Sabay.

«So wurdest du geboren, meine süße Enkelin Hawa.

Ich nahm dich in die Arme, während ich auf das untröstliche Jammern meiner Mutter Lubna lauschte, die voller Verzweiflung zu Allah klagte, denn ihr Herz konnte nicht mehr Verluste ertragen als die, die der Körper als Gesetz des Lebens akzeptiert.

Dein Vater Alvar küsste dich liebevoll, doch er konnte den Tod seiner Gemahlin nicht verschmerzen. Da sein Christengott ihm schon diese zwei Jahre zusätzlichen Lebens und das Glück mit Sabay geschenkt habe, sagte er, fühle er sich nun aufgerufen, ebenfalls zu gehen und ihr nachzufolgen, denn ihr habe er sein Dasein hingegeben. Sie suchten ihn tagelang, bis sie ihn an einer nahen Bergflanke fanden, tot, aber mit einem Lächeln auf den Lippen.

Dein liebliches Umherflattern brachte neuen Glanz in die schmerzerfüllten Mauern unseres Hauses, und ich dankte Allah vom ersten Tag deines Lebens an, denn meine Augen hätten sich keine schönere Verheißung von Hoffnung vorstellen können als dich.»

Epilog

Heute feiere ich, berstend vor Freude über dein aufblühendes Leben, deine erste Monatsblutung, meine geliebte Enkelin Hawa, im Oktober des Jahres 1014, dem letzten Jahr meines Lebens.

Du bist zwölf Jahre alt, und in all dieser Zeit habe ich meinen Gott dafür gerühmt, dass er mir das Glück schenkte, dich heranwachsen zu sehen, die du schön bist wie die schönste Perle, die jemals einen Königsthron zierte.

Ich erzähle dir die Geschichte unseres Geschlechts von Frauen, die einen Schmetterling um den Hals trugen, denn es ist die Geschichte dieser Stadt Madinat al-Zahra und außerdem das wunderbare Vermächtnis, das deine Seele geerbt hat.

Allerdings hätte ich dieser Geschichte einen anderen Ausgang gewünscht, doch Allahs Ratschluss ist unerforschlich, und auch aus dem Schmerz kann man Lehren für die Freude ziehen, denn nichts geschieht für sich, alles wird immer von seinem Gegenteil begleitet. Wo du jetzt Verfall siehst, war vorher Glanz; darum musst du wissen, was sich zugetragen hat, mein schönes Kind, denn in allem, was in der Vergangenheit geschah, liegt das Samenkorn dessen, was in der Zukunft geschehen wird. Wo du jetzt nur Finsternis siehst, wird das Licht wieder einkehren. Heute gehst du fort, du verlässt mich, und du verlässt diese Stadt; hier, wo heute ein Teil der Geschichte stirbt, wird der Rest deines Lebens geboren.

Deine Kindheit war sehr glücklich, denn deine Mutter lebte in jedem von uns weiter, die wir dir Tag für Tag die gleiche unendliche Liebe gaben, die sie zu wecken vermocht hatte. Dein Lächeln, durch welches ein Kind seine Freude und Unschuld zeigt, strahlte wie der hellste Stern am Himmel, den die Nacht uns sandte, um unsere Wege zu beleuchten.

Ich habe dich in diesen zwölf Jahren großgezogen, mit derselben Hingabe wie an eine erhabene Bestimmung. Ich habe für dich gesorgt, wie ich für meine Seele gesorgt hätte, wenn sie in einem Körper außerhalb des meinen existiert hätte, und ich habe dich geliebt, wie man das Geheimnis liebt, welches das Leben selbst in Bewegung hält. Ich erzähle dir heute die Geschichte der Schmetterlinge von Córdoba, damit dich das, was sie erlebt haben, in deinem tiefsten Inneren mit allem nährt, was du brauchst, um deinen Weg von nun an alleine zu gehen, mutig und frei, und in Freude darüber, deine Bestimmung zu erfüllen. Dein Leben wird schön sein, Enkelin Hawa, Licht meiner Augen, die Zeit hindurch, die das Dasein dir gewährt, denn du trägst die Schönheit in dir. Was du gibst, wird reine Liebe sein, und indem du dies begreifst, wird auch das, was zu dir zurückkehrt, nur Liebe sein.

Ich habe keine andere Welt kennen gelernt als Madinat al-Zahra, mein Geist kann sich ein Leben fern dieser Stadt nicht vorstellen. Alle Spuren meines Daseins liegen innerhalb dieser Mauern und werden einst unter den Marmorplatten dieser Straßen begraben sein, und ich bin dankbar für das, was ich aus unserer Geschichte gelernt habe. Heute bin ich die Frau im weißen Gewand, die das Mädchen aus erloschenen Sternen in den Armen hält, denn das Schicksal will es, dass in der Zukunft niemand mehr das Werk kennen soll, welches in unserer Zeit als Symbol eines unaussprechlichen Traumes errichtet wurde – es mag vermessen gewesen sein, doch es war wunderschön, und wir liebten es unendlich.

Lasse deine Seele also nicht unnütz trauern, kleine Hawa.

Bewahre deine Tränen für das, was dir einmal nicht gelingen wird, doch vergieße sie nicht um das, was uns von Allahs göttlicher Hand widerfährt.

Bald wird diese Stadt Madinat al-Zahra nur eine Erinnerung sein, unsere Namen und unsere Stimmen werden im Widerhall des Winters verklingen. Die Macht dieser Stadt war so groß und ihr Glanz so strahlend, dass sie in den menschlichen Seelen viele Gefühle geweckt hat, darunter auch Neid und Hass. Die Pferde sind schon nah, sie bringen die letzten Soldaten, die über die Erde ausschweifen wie Schatten, um unsere Mauern endgültig niederzureißen, denn die Stunden bis zum Ende schwinden dahin.

Höre nun die Geschichte der letzten zehn Jahre, und behalte sie in deinem Gedächtnis als das, was wirklich geschehen ist, auch wenn du es später anders hören magst von jenen, die wollen, dass alles vergessen wird.

In Bezug auf die Feldzüge gegen die Christenreiche im Norden führte Abd al-Malik die Politik seines Vaters weiter, doch er köderte den heruntergekommenen und den Lastern verfallenen Kalifen Hisham II. mit Festen, die ihn weiter schwächten und seine Seele noch mehr verrohen ließen. Abd al-Malik erwies sich als verderbt und verkommen, als Lüstling und Liebhaber von Perversionen, als launisch in seinen Ausschweifungen und überaus geizig; deswegen war er überall verhasst.

Die von seinem Vater Al-Mansur erbaute Stadt al-Zahira erlebte einen nie gekannten Glanz, denn Abd al-Malik setzte allen Ehrgeiz und staatliche Gelder daran, sie zu verschönern und zu schmücken. Er erweiterte die Paläste und schmückte sie noch prachtvoller aus, alle berühmten Künstler in al-Andalus ließ er für sich arbeiten.

Der Kanzler pflegte nächtliche Streifzüge in unsere Stadt

Madinat al-Zahra zu unternehmen, trunken vom Wein und bewaffnet, begleitet von seinen Rotten blutgieriger Söldner. Sie verwüsteten unsere Gärten und raubten alle jungen Mädchen, deren sie habhaft wurden, um sie in ihre Harems zu bringen oder sich brutal an ihnen Genuss zu verschaffen und sie danach halb tot zurückzulassen. Sie brandschatzten und zerstörten alles, was ihnen in den Weg geriet. Bald gelang es den Söldnern, die Mauer des leer stehenden Kalifenpalastes niederzureißen, wild vor Gier drängten sie hinein und rafften alles an sich, was sie fanden. So verlebten wir eine Zeit der angespannten Ruhe, in der sie unsere Häuser vergaßen, geblendet von den Reichtümern in den Gemächern des verlassenen Kalifenpalasts.

Eindrucksvoller Luxus und Überfluss machten al-Zahira zum vergänglichen Blendwerk einer Dynastie, der vom Schicksal nur ein kurzes Leben beschieden war.

~

In einer Vollmondnacht des Jahres 1004 kam der grausame Abd al-Malik in mein Haus des Jadebaumes, um mich zu holen. Du, mein schönes Kind, warst knapp zwei Jahre alt und schliefst bei meiner Mutter Lubna, gelobt sei sie, die seit mehreren Monaten bettlägerig war, weil ihre Beine sich weigerten, das Gewicht ihres Alters noch länger zu tragen. Ich ruhte in Erinnerungen versunken und bewunderte unseren schönen Jadebaum, dessen Edelsteine sich immer mehr zwischen den Blättern und Blüten der Kletterpflanzen versteckten, die in ihm emporrankten, vielleicht um sich so vor den wachsenden Gefahren zu schützen.

Hoch zu Ross hielt Abd al-Malik vor meinem Haus und rief nach mir. Er schwor, wenn ich ihm die Tür nicht öffne, werde er sie niederreißen und ohne Zaudern einen jeden töten, den er finde. Also nahm ich eine Decke um die Schultern und bedeutete den Dienerinnen, sie sollten aufhören zu weinen, sich beruhigen und den Erwachsenen sagen, sie sollten sich mit Messern und Stöcken bewaffnen. Dann ging ich in den Vorhof, schloss die Tür hinter mir, hob den Blick zum Regenten empor und fragte ihn, was ihn um diese Zeit in mein Haus führe.

Abd al-Malik stieg vom Pferd und trat mit großen Schritten vor mich hin. Er roch nach Wein und den orientalischen Rauchstoffen, die den Geist benebeln, seine Augen waren gerötet und gelblich von dem Gift, das sein Atem ausdünstete. Er warf seinen Umhang hinter die Schulter, sodass man das glänzende Schwert sah, das er am Gürtel trug, legte die Hand an den Knauf und sagte, er sei gekommen, damit ich ihm unter Eid bezeuge, dass es zwischen mir und seinem Vater keine Liebelei gegeben habe. Er habe mehrere Leute töten lassen, die erzählt hatten, Al-Mansur sei sein ganzes Leben und auch noch im Sterben in die Propheten-Prinzessin Nur von al-Zahra verliebt gewesen, die gleiche, die ihm seinen Tod vorhergesagt habe.

‹Gebe Allah, dass dies nicht wahr ist, sonst sind deine Tage hier und jetzt zu Ende, unwürdige Hexe›, schrie er, ‹eine solche Schande kann nur eine Ausgeburt deiner üblen Künste sein. Es wäre besser für dich, wenn es erlogen ist, denn meine Seele glüht vor Zorn, wenn ich mir dergleichen nur vorstelle. Also antworte, verfluchte Hexe, und verneine, dass du meinen Vater liebtest, oder ich lasse dein Haus in Schutt und Asche legen.›

Ich sah ihn nur an, ohne zurückzuweichen und ohne ein Wort zu sagen. Da packte er mich an den Schultern, schüttelte mich und verlangte von mir brüllend die Wahrheit, er zog ein Messer und setzte die Spitze an die Kuhle meines Halses, wo einst der Rosenquarz-Schmetterling der Frauen meiner Familie geruht hatte. Ich sagte ihm, dass ich bereits meinen Tod und den vieler anderer gesehen hätte, dass in dieser Nacht kein anderes Unheil geschehen werde als das, dass er die Wahrheit über seinen Vater erfahren werde, der ihm für immer unverstanden und fern bleiben werde.

‹Alles, was du aus fremden Mündern gehört hast, und mehr noch, stimmt›, antwortete ich ihm. ‹Al-Mansur liebte mich mehr, als er ertragen konnte, und ich liebe ihn noch immer, über den Tod hinaus. Sein und mein Geist sind untrennbar miteinander verbunden.›

Ich sagte ihm auch, dass ich in seinen Augen das Ende der Amiri-Dynastie sehen könne, noch ehe fünf Jahre verstrichen wären. Seine Regierung sei nur ein schwacher Widerschein der wahren Macht, die sein Vater erahnt habe, aber nicht habe erreichen können, und er selbst sei nicht einmal in der Lage, sich dergleichen vorzustellen; er werde niemals König sein, und der Glanz seiner Regierung in Madinat al-Zahira sei wie der letzte Funke einer verlöschenden Kerzenflamme.

Als ich sah, wie sich sein Gesicht verzerrte und ihm zäher Speichel aus den Mundwinkeln rann, als ich die Kälte der Messerklinge spürte, die seine verkrampfte Hand fester gegen meine Kehle presste, glaubte ich einen Augenblick lang, Allah habe seine Pläne geändert und mir tatsächlich bereits mein Ende bestimmt, doch es kam anders. Abd al-Malik stieß einen schrecklichen Schrei aus und wandte das Messer gegen sich selbst, er brachte sich stark blutende Wunden bei, und seine Männer mussten ihm die Waffe entwinden und ihn festhalten, während er in einem Anfall von Wahnsinn keuchte, um sich schlug und dabei schrie, ich hätte ihn zum zweiten Mal verflucht, er wolle mich köpfen, um in meinem vergossenen Blut umherzuwaten.

Seine Männer hoben ihn aufs Pferd und ritten mit ihm davon, während ich auf die Knie sank, mich gegen den Türpfosten lehnte und dem Lärm der Soldaten lauschte, die im Davonreiten auf die Mauern unseres Hauses einschlugen. Dann preschten sie durch die Straßen und drangen willkürlich in bescheidene Häuser ein.

Am nächsten Morgen schrieb ich einen Brief an die Bewohner von Madinat al-Zahra, der vor den Toren der Großen Moschee verlesen werden sollte. Darin teilte ich ihnen mit, dass das Ende unserer Stadt unausweichlich sei, dass in den nächsten zehn Jahren schreckliche Katastrophen eintreten und viele Menschen sterben würden, dass alle, die meine Worte hörten, fortgehen und anderswo ein neues Leben beginnen sollten, denn an al-Andalus nage bereits der Wurm der Zwietracht und es fehle nicht mehr viel, bis sich Brüder bewaffnet gegen Brüder erheben würden.

Niemand hörte auf meine Worte.

Wie ihr Vater, der Kalif Al-Hakam II., den Allah zu seiner Rechten haben möge, wurde der Körper meiner Mutter Lubna jeden Tag stärker von einer Lähmung befallen. Die Worte erstarrten ihr auf den Lippen, bevor sie sie aussprechen konnte, nur ihre Augen sprachen noch, und sie ruhten am liebsten auf dir, kleine Hawa, denn dein Anblick gab meiner Mutter noch die Kraft zu lächeln.

Mit einem solchen Lächeln gab sie mir eines Tages zu verstehen, dass der Wunsch weiterzuleben sie verlassen hatte und sie sich danach sehnte, dorthin aufzubrechen, wo ihr Geliebter Al-Aziz und mit ihm die schönsten Jahre ihres Lebens sie erwarteten. Es gelang ihr, ihren Mund noch einmal zu bewegen, um mir zu sagen, dass sie mit einigen Büchern beigesetzt werden wollte, die sie besonders geliebt hatte, und ich notierte sie, um ihren Wunsch zu erfüllen. Dann streichelte sie dein Gesicht, kleine Hawa, und sah dich lange und voller Liebe an, bis ihre Augen feucht wurden. Sie nannte dich ‹Juwel, schön wie die edelste Perle, die einst den Thron des ersten Kalifen schmückte›, wie sie es einst auch zu deiner Mutter Sabay gesagt hatte.

Mit langen Pausen zwischen den Worten, als wolle sie sie auskosten, und unter Seufzern vertraute sie dir ihr Vermächtnis an.

‹Denke immer daran, vollkommene Hawa›, sagte sie dir, ‹dass du in deiner Seele, in deinem Geist und in deinem Körper das wunderbarste Erbe trägst, das dir helfen wird, wenn du deinen Weg einst alleine fortsetzen musst, nämlich die Geschichte des größten Glanzes von al-Andalus, der von den Frauen deiner Familie gelebt wurde und auch von den Männern, die ausersehen waren, sie zu lieben und damit Gott auf erlesene Weise zu ehren.›

Doch du umarmtest sie spielerisch, wie es Jahre zuvor deine Mutter Sabay getan hatte, und schließlich ließ Lubna sich von dir liebkosen, denn sie wusste, dass ich ihre Worte eines Tages an dich weitergeben würde.

Sie hatte ihr neunundsiebzigstes Lebensjahr vollendet.

‹Ein langes Leben›, sagte sie zu mir, ‹hat Allah mir beschert, und mit ihm das große Glück der Neugierde, denn durch sie entdeckte ich wunderbare Kenntnisse in den Büchern. Die größte Weisheit jedoch erlernte ich von dir, meine geliebte Tochter Nur, und dies ist der Mut, das Wagnis des Liebens einzugehen. Möge unsere kleine Hawa dies ebenfalls lernen.›

Ich umarmte meine Mutter, die auf dem Bett ausgestreckt lag, und fand dabei das ewige Kindsein wieder, das unauslöschlich in meiner Brust wohnte und sich nach ihrer Zärtlichkeit sehnte. Ich wollte nicht mehr von ihrer Seite weichen, sondern mit ihr den Augenblick erwarten, in dem kein Abschiednehmen mehr nötig sein würde.

Noch wenige Tage gaben unsere Körper ihr die Wärme, die ihr angenehm war, wir schliefen zu dritt aneinander geschmiegt in ihrem Bett, bis sie eines Morgens einfach nicht mehr erwachte.

Wir begruben sie im Garten des Prinzenhauses, zusammen mit ihren liebsten Büchern. Das war im Frühling des Jahres 1006, du warst gerade vier geworden.

Nachdem Lubna gestorben war, begann ich, die wertvollsten Bücher aus der geheimen Bibliothek unserer Schule in Elfenbeinkisten zu verpacken und zu vergraben, denn ich war sicher, dass die Rechtsgelehrten sich bald auf unsere Besitztümer stürzen würden.

Tatsächlich fielen sie mit Abd al-Maliks Söldnern bald plündernd ein. Sie durchsuchten das Prinzenhaus bis in alle Winkel und alle Gemächer, samt Küchen und Bädern und allen anderen Gebäudeteilen. Nebenbei misshandelten sie die Diener, bis sie schließlich die Bibliothek fanden und alles verbrannten, dessen sie habhaft werden konnten. Sie nahmen alles mit, was schön anzusehen war, und zerstörten das, was sie nicht tragen konnten.

Zwei alte Dienerinnen, die von Anfang an in unserem Haus gelebt hatten, starben. Die wenigen Schülerinnen, die ich ausbildete, gingen endgültig weg, und die restlichen Diener befolgten meinen Rat und verließen die Stadt. So waren wir, du und ich, innerhalb kurzer Zeit alleine, meine Enkelin Hawa, in diesem Haus des Jadebaumes, das so viele Erinnerungen hütet, und wir lebten von den Resten des Vermögens meiner Mutter, also unserer Familie. Nur die Lehrerin, die ich zu deiner Mentorin ernannte, und drei von deiner Mutter ausgebildete Sängerinnen leisteten uns Gesellschaft, sie werden dich begleiten, wenn du gehen musst.

Sechs Jahre nach Al-Mansurs Tod, im Spätfrühling des Jahres 1008, beschloss Abd al-Malik, einen erneuten Feldzug gegen den Grafen von Kastilien, Sancho Garcés, zu unternehmen, um Vergeltung zu üben, denn beim letzten Feldzug hatte ihm das Glück den Rücken gekehrt.

Um seinen Aufbruch zu feiern, ließ er seine besten Einheiten zur Parade in Madinat al-Zahra aufmarschieren und beraumte mehrtägige Feiern an, für die er Tänzerinnen und Freudenmädchen bestellte. Er ließ die Straßen für seine Karossen mit Teppichen auslegen und befahl, dass die Diener und Bediensteten ihm mit Myrtensträußen winken, dass der Wein in Strömen fließen und die Musik sieben Tage lang nicht verstummen sollte.

In den drei letzten Tagen dieses drückend heißen Frühlings wurden pausenlos Lauten und Schalmeien gespielt, Schellentrommeln und Flöten erklangen, und die Kunde dieses ungeheuren Festes gelangte bis nach Córdoba und al-Zahira. Gegen Mittag des vierten Tages erschien Abd al-Maliks jüngerer Bruder Sanchol – der diesen Namen in Erinnerung an seine christliche Großmutter mütterlicherseits erhalten hatte – mit seinem Gefolge und mehreren Fässern guten Weins.

Er erklärte seinem älteren Bruder, dass er sich dem Fest anschließen wolle und ihm diese Geschenke bringe. Mit ihm und seinen Männern wollte er zu Allah um einen schnellen und schonungslosen Sieg über die Feinde beten.

Erfreut über diese Freundschaftsbekundungen, ließ der Regent Abd al-Malik ihn ohne Zögern an den Feierlichkeiten teilhaben und trank hemmungslos weiter – vor allem aus einem Fässchen, das Sanchol ihm mit den Worten überreicht hatte, dieser Wein sei etwas Besonderes und eigens für ihn hergestellt, er habe ihn von ausländischen Händlern erstanden, die ihm anvertraut hatten, er verleihe grenzenlose Widerstandskraft. Dies sage er ihm unter dem Siegel der Verschwiegenheit, damit keiner seiner Männer in Versuchung gerate, den

Wein vor ihm zu kosten, um selbst in den Genuss seiner Wirkung zu kommen.

Trunken im Übermaß kam Abd al-Malik in jener Nacht taumelnd zu unserem Haus des Jadebaumes und schrie nach mir wie ein Verrückter.

Er brüllte so ungeheuerlich, dass ich Schlimmes fürchtete. Zum dritten Mal in unserer Geschichte trat ich vor die Tür meines Hauses und fragte ihn, was er in meiner gepeinigten Person suche.

‹Ich komme, um dich daran zu erinnern›, sagte er mit Geifer vor dem Mund, ‹dass du mir vor zwölf Jahren den Tod geweissagt hast. Diese Jahre sind verstrichen, ich lebe und töte immer noch, und mein Bruder, der Sohn einer abtrünnigen Christin, ist weit davon entfernt, mir mit Hass zu begegnen, im Gegenteil, er ist freigebig und zuvorkommend. Ich schwöre dir, dass dein Leben noch vor Mitternacht zu Ende sein wird, ich selbst werde es mit meinem Schwert auslöschen, denn seit zwölf Jahren warte ich darauf, mir diesen dringenden Wunsch zu erfüllen.›

Aber, gepriesen sei Allah, bevor meine Lippen sich öffnen konnten, um sein Geschick zu bedauern, wurde Abd al-Maliks Körper plötzlich von unkontrollierbaren Krämpfen geschüttelt, er musste erbrechen und begann zu zittern. Dann fiel er zu Boden, krümmte sich vor Schmerzen und zuckte am ganzen Körper, er röchelte, Blut drang ihm aus Nase und Ohren, und vor den Augen seiner entsetzten Heerführer und Söldner starb er, schrecklich entstellt, binnen Minuten.

Zu meinem Glück ergriffen die Soldaten seinen Körper, um ihn wieder zu beleben, denn sie konnten nicht glauben, dass er verschieden war. Natürlich gelang es ihnen nicht, und so erklang nach einigen Stunden statt des übertriebenen Festlärmes, der die Nacht von Madinat al-Zahra erfüllt hatte, das Geschrei, welches Sanchol mit seinen Anführern und seinem Gefolge zum Himmel emporsandte, und es war nicht festzustellen, ob es Schreie des Schmerzes oder des Triumphes waren.

Sanchol kehrte umgehend in den Alcázar nach Córdoba zurück, wo er den Kalifen Hisham vom Tode seines Bruders unterrichtete und dessen Amt für sich beanspruchte, und der Kalif erkannte ihn ohne Zögern als neuen Regenten an.

Es gab heftige Kämpfe zwischen Abd al-Maliks Soldaten, die verkündeten, ihr Herr sei vergiftet worden, und den Truppen des Bruders, die schworen, ihr Gebieter sei unschuldig. Sie metzelten sich gegenseitig nieder und nahmen die Lage als Vorwand, um in die Häuser der Armen von Córdoba einzudringen, sie plünderten, legten Feuer und töteten viele unschuldige Menschen.

Währenddessen waltete Sanchol seines Amtes und leistete dem Kalifen bei dessen nächtlichen Vergnügungen Gesellschaft, denn beide liebten die gleichen Abartigkeiten; sie nannten einander Halbbrüder mütterlicherseits, denn Sanchols Mutter, die abtrünnige Christin, war offenbar eine entfernte Verwandte der Baskin Subh, die Hishams Mutter gewesen war. Sie teilten die Vorliebe für die gleichen Jünglinge und für die gleichen Spiele, ebenso teilten sie gewisse Geheimnisse, die gleiche Unvernunft und den Mangel an praktischem Verstand gegenüber dem Leben, auch dies sei nebenbei bemerkt.

In den vier kurzen Monaten, in denen Sanchol sein Amt innehatte, handelte er ohne Urteilsvermögen und Intelligenz, er wirkte lächerlich in seinen Bemühungen und erreichte, dass der Hass gegen die Amiri-Dynastie in ganz Córdoba über die Maßen anwuchs.

Er forderte den Kalifenthron ein, was seine beiden Vorgänger nicht gewagt hatten. Da er mit Hisham II. so vertraut und eng befreundet war, erreichte er, dass dieser ihn zum Nachfolger ernannte und als Prinzen anerkannte.

Doch das Volk von Córdoba, Adlige wie Leute von niedrigem Stand, ließen sich diesen Unsinn nicht länger gefallen und zettelten gewalttätige Revolten und Kämpfe an, bei denen es viele Tote gab, viel Verrat und schwelenden Hass, der immer schwerer einzudämmen war. In Córdoba musste jeder Einwohner ernsthaft um Leib und Leben fürchten, die Friedenszeiten waren endgültig dahin.

Als Sanchol zu Beginn des Jahres 1009 mitten im Winter zu einem militärischen Feldzug aufbrechen wollte, um einen Aufsehen erregenden Sieg gegen die Christen zu erringen, nutzte Al-Chabar, der Urenkel des ersten Kalifen Al-Nasir, die Gelegenheit, den schon lange geplanten Aufstand ausbrechen zu lassen wie einen Sturm oder wie einen über die Ufer tretenden Fluss. Er schwor, die Ehre der Kalifendynastie zu retten, und nachdem er sich in einem Handstreich des Königspalastes bemächtigt hatte, brachte er den völlig verängstigten Hisham dazu, zu seinen Gunsten abzudanken. Davon hatte er immer geträumt.

Seit Al-Mansurs Tod waren sieben Jahre vergangen.

Von dem aufständischen Al-Chabar aufgewiegelt – der die Wertgegenstände, Vorräte, Waffen, Gold- und Silberstücke, an denen er interessiert war, bereits in Sicherheit gebracht hatte – fielen die Volksmassen, die jahrelang ihren Hass gegen die Amiri-Dynastie genährt hatten, über Al-Mansurs Regentenstadt al-Zahira her. Sie zerstörten sie, bis die letzte Spur ihrer Existenz ausgelöscht war, zerschlugen Häuser und Paläste, töteten alle, die noch nicht geflohen waren, und vernichteten die Überreste in einer riesigen Feuersbrunst, die vom Volkszorn noch tagelang genährt wurde, bis die Asche vom Regen weggewaschen und vom Wind davongetragen wurde.

Al-Chabar nahm Sanchol gefangen, tötete ihn und stellte seinen Kopf auf einer Lanze aufgespießt neben dem Tor des königlichen Alcázar zur Schau. Dann ernannte er sich selbst zum Kalifen.

Innerhalb eines einzigen Tages hatte die Regierung von al-

Andalus gewechselt. Die Cordobeser waren außer sich vor Begeisterung, weil sie sich von der unmenschlichen Unterdrückung der Amiri-Dynastie befreit fühlten, doch tatsächlich hatte der Keim der Zwietracht gerade erst zu wachsen begonnen, und die Unterschiede innerhalb des Volkes selbst entwickelten sich zu gefährlichen Klüften.

Die Berber, welche die Amiri-Dynastie von Anfang an unterstützt hatten, waren aus Córdoba vertrieben worden. Sie wählten einen eigenen Kalifen, einen Omaijadenfürsten namens Suleiman, der ebenfalls ein Nachkomme Al-Nasirs war und Córdoba mit seinem neuen König Al-Chabar den Krieg erklärte.

~

In diesen letzten drei Jahren hat Córdoba, einst die größte und schönste Stadt weit und breit, sehr unter den Kriegen zwischen den beiden gegnerischen Heeren gelitten, die sich um ein Reich der Trümmer streiten. Sie haben unser geliebtes al-Zahra ins Verderben gestürzt, und sie haben das endgültige Todesurteil über das Kalifat gesprochen, über Al-Nasirs Traum von einem Imperium voller Macht und Licht, den er zusammen mit seinem Sohn Al-Hakam für kurze Zeit Wirklichkeit werden ließ, zu Ehren Allahs und aus Liebe zum Leben.

Denke daran, schöne Hawa, dass in der gleichen Frucht verschiedene Samenkörner enthalten sind. Al-Nasir war es gelungen, zum Ruhme der Omaijadendynastie die unterschiedlichsten Geister und Interessen zu einer Einheit zu verschmelzen, und nun sind es seine eigenen Nachkommen, die sein Vermächtnis auf so bedauerliche Weise zersprengen, indem sie sich gegenseitig umbringen und die ursprüngliche Reinheit beflecken, deren sich diese Familie immer gerühmt hat. Ganz al-Andalus ist zerfallen, große und kleine Städte haben sich von der Zentralmacht losgesagt, denn jene Kraft, welche den Einklang ihrer Herzen gewonnen hatte, ist erloschen. Córdoba und Madinat al-Zahra sind nur noch der düstere Schauplatz von Streitereien unter Vettern um ein verlorenes Erbe.

~

Du weißt selbst, meine Enkelin, in welchem Schrecken wir all diese Jahren gelebt haben. Wir beide haben die Toten gesehen, welche Pest, Hungersnot und Elend in den letzten Monaten gefordert haben, die noch verheerender waren als der Krieg selbst.

Gemeinsam haben wir die Zerstörung des herrlichen Pavillons miterlebt, den Al-Hakam II. mitten in al-Zahra als Huldigung an die Weisheit errichtet hatte, die er durch seine Liebe zu Zayyan erlangt hatte, und wir haben die Statue der schlafenden Schwangeren zerbrochen zwischen die Hufe der Pferde rollen sehen, in absurdem Zorn von Menschen zerstört, die lieber vernichten, als zu verstehen.

Von Hisham, dem unglücklichen Versager, ist nichts bekannt. Er ist schon vor langer Zeit verschwunden, niemand konnte ihn finden; es heißt, er lebe in Frauenkleidern in einem der Häuser, die in unserem al-Zahra noch stehen, und seinetwegen seien die Truppen des neuen, selbst ernannten Kalifen Suleiman hierher unterwegs, der ihm nach dem Leben trachtet. Gewiss werden sie alles niederreißen, was ihnen in den Weg gerät, und alles töten, was sie im Entferntesten an Hisham erinnert.

Seit dem Tod des ersten Kalifen Al-Nasir und seit meiner Geburt sind in diesem Oktober 1014 dreiundfünfzig Jahre vergangen und fünfundachtzig, seit der erste Stein von Madinat al-Zahra gesetzt wurde.

Lange bevor mein Verstand es begreifen konnte, wusste ich bereits, dass mein Schicksal mit dieser Stadt verbunden war. In all meinen Lebensjahren überkamen mich Bilder, die mir zeigten, dass das Ende unausweichlich war. Madinat al-Zahra wurde als Stadt mit menschlicher Seele geschaffen, vielleicht ist es deshalb nur natürlich, dass es stirbt wie eine alte, weise Frau, deren Lebenskreis vollendet, deren jugendliche Kraft verloren ist, deren Augen vom Lauf der Zeit ermüdet sind und sich nach Ruhe sehnen, und deren Dasein in den Herzen derer, die sie kannten, eine unauslöschliche Spur hinterlässt. Ich werde bei ihrem Tod an ihrer Seite sein, wie ich auch viele andere Tode miterlebt habe, und dann, gepriesen sei Allah, wird endlich auch meine eigene Seele ihren Frieden finden.

Das Leben, meine Enkelin Hawa, ist wie ein Teppich aus Tagen, gewebt von den Fingern des Schicksals, wie jene bunten Teppiche, die Lubna als Kind von Azahra zu entwerfen lernte; oder wie die Seiten, die sie später in Kalligraphie schrieb, eine nach der anderen, mit unendlicher Geduld und in andächtigem Schweigen, vor meinen Augen, an den Abenden meiner Kindheit.

Dieser erhabenen und einzigartigen Seite im Buch der Menschheitsgeschichte bleiben, meine Enkelin, nur noch drei Tage bis zum letzten Federstrich. Man kann das Schicksal nicht nach dem Warum fragen, auch wenn es als einzige Instanz die Ursache der Dinge kennt; Madinat al-Zahra wird vom Gesicht der Erde verschwinden, wie andere, ältere Wunder verschwunden sind, wie der Flug eines Schmetterlings nach seinem strahlenden Zenit erlischt. Die Stadt wird zur Erde zurückkehren, aus der sie hervorgegangen ist und auf deren Dunkelheit sie errichtet wurde.

Weine nicht, meine schöne Hawa, die Zeit ist abgelaufen, dies ist der Augenblick, in dem du deinen Weg alleine beginnst. Freue dich an den Geheimnissen, die sich vor dir auftun, nimm deine Rohrfeder zur Hand, meine Enkelin, schreibe mit sicherem Strich und erfreue dich an dem, was in deinem Werk Gestalt annimmt. Ich erfülle meine Aufgabe mit Freude, die darin besteht, die Fäden der Geschichte unserer Stadt und der Schmetterlinge von Córdoba zusammenzuführen und dir anzuvertrauen, die du in einer neuen Zeit leben wirst.

Du vereinst das Erbe der Omaijaden mit dem Erbe der Amiri, muselmanisches und mozarabisches Blut, Leidenschaft und Wissen, Liebe zur Unabhängigkeit und Demut gegen das Schicksal, die Erfahrung des Blühens und die des Vergehens. Und das Wichtigste ist, Hawa, dass nur die Kraft der Liebe diese Vermischung ermöglichte, nur aus der Liebe konnte Hoffnung erwachsen, frei und schön zugleich, denn in dem, was war, lebt immer der Same dessen, was sein wird, was du bist, Hawa: Liebe.

Komm her, umarme mich, betrachte den Jadebaum, den stummen Zeugen der Geschichte dieser herrlichen Menschenstadt Madinat al-Zahra. Zu Anfang war er voller funkelnder Edelsteine, sein Glitzern füllte diesen Innenhof, wenn der kleinste Sonnenstrahl ihn traf. Die Zeit hat ihn mit den Zweigen der Kletterpflanzen durchsetzt, mit den Weinranken und den gelben Narzissen, die an seinem Stamm emporgewachsen sind, bis sie alles bedeckten, sämtliche Edelsteine ohne Unterschied, Jade, Smaragd und Achat. Das leuchtend grüne Leben der Träume in den Edelsteinen vermischte sich mit dem immergrünen Leben der Erde in Blättern und Blüten. Inzwischen ruhen die Edelsteine verborgen unter den Ranken und bereichern das Offensichtliche durch das Geheimnis und den Reiz des Unsichtbaren.

Doch du musst wissen, geliebte Hawa, dass die Smaragde, Achate und Jadesteine überdauern, auch wenn sie unter den Weinranken verborgen sind, und dass bei aller Unausweichlichkeit des Schicksals immer die Schönheit überdauert – unsterblich ist am Ende nur die Erinnerung. Dir überantworte ich die Unsterblichkeit von Madinat al-Zahra, denn du kennst seine Geschichte, in dir wird die Erinnerung an unsere Stadt weiterleben, wenn längst kein Überrest mehr von ihr spricht.

Wie dieser Jadebaum war ich gemäß dem göttlichen Willen Zeuge meines eigenen Lebens und des Werdens der Dinge, und wie er werde ich mich dem Unabänderlichen weiterhin freiwillig beugen. Ich übergebe den Rosenquarz-Schmetterling der Erde, die ihn umfängt wie ein Leib, bereit, das Samenkorn einer Wahrheit aufzunehmen, die existierte und die eines Tages wieder aufkeimen wird, neu erweckt vom gleichen Bestreben, das dieses Haus, diese Stadt und unser Geschlecht hervorgebracht hat. Der Rosenquarz-Schmetterling wird begraben, und in der Nähe seines Grabes, das neue Liebe verheißt, wird mein Tod sanft sein. Die Blutströme in meinem Körper werden versiegen, ein dichter Nebel wird mein Herz sanft einschläfern, in den Armen des Giftes, das meine Lippen getrunken haben.

Schon sind die Karren zu hören und das Weinen jener, die al-Zahra zum letzten Mal betrachten. Du musst die Dunkelheit dieser Nacht nutzen, in der auch der Mond fortgegangen ist. Alles ist bereit, und Allah ist mit dir, meine geliebte Enkelin.

Ich höre das Klagen der Stimmen, die morgen jammern und unter Tränen flehen werden, ich höre ein schmerzliches Lärmen von Schreien unter den Schwertern. Eine prasselnde Feuersbrunst wird alles verschlingen, unbeschreiblicher Schrecken wird sich ausbreiten wie eine schwarze Decke.

Hawa, Seele der Dinge, so nennt dich alles, was blühen will. Umarme mich, mein Schatz, nimm mein Licht und mein Herz mit dir, und die Wahrheit des Glanzes von Madinat al-Zahra, der darin bestand, das Leben zu lieben und die Sehnsucht zu leben. Kümmere dich nicht um meine Tränen, ich weine, damit du nicht zu weinen brauchst, denn jetzt müssen deine wunderschönen Augen offen bleiben, für sie gibt es viel zu betrachten und zu ergründen, während ich alle Zeit der Welt habe, um zu weinen.

Und jetzt geh …»

Wahrheit und Fiktion in *Die Schmetterlinge von Córdoba*

Die Stadt Madinat al-Zahra

Vielerlei Erwägungen mögen zum Bau von Madinat al-Zahra geführt haben, doch die geschichtlichen Ereignisse verraten uns nichts über Abd-Al-Rahmans III. tatsächliche Beweggründe. Aufschlussreicher ist das folgende, ihm zugeschriebene Distichon:

> *«Wenn die Könige den künftigen Jahrhunderten die Erinnerung an ihre erhabensten Gedanken hinterlassen wollen, so tun sie es durch die (schönen) Bauten.*
> *Ein Gebäude von großen Proportionen zeigt die Erhabenheit des Ranges (seines Erbauers).»*

Die seit Al Maqqari, einem Chronisten des 17. Jahrhunderts, überlieferte Legende nennt uns eine Begebenheit innerhalb des Palastes als Grund für den Bau der Stadt: Eine Konkubine Al-Nasirs hinterließ bei ihrem Tode einen großen Geldbetrag, mit dem muselmanische Gefangene aus der Hand der Christen freigekauft werden sollten. Es wurden jedoch keine gefunden, und so bat die Favoritin des Kalifen, eine Sklavin namens Azhara, die er leidenschaftlich liebte, ihren Herrn, mit diesem Geld eine Stadt zu erbauen, die ihren Namen tragen und ihr gewidmet sein sollte.

Auch über die Hintergründe der Zerstörung dieser Stadt fünfundachtzig Jahre nach Baubeginn wissen wir bis auf die relativ offensichtlichen politischen Aspekte wenig. Hier fehlt es an profunden Untersuchungen oder an ausreichenden philosophische Reflexionen der Zeitzeugen, aus denen uns deutlich würde, welchen Symbolgehalt diese Stadt für ihre Gegenwart besaß und welche Emotionen sie wachgerufen haben muss, dass man sie so gründlich zerstörte.

Die im Roman erwähnten Daten der einzelnen Bauphasen sind historisch belegt, die geographischen Angaben stammen aus Sekundärtexten und Untersuchungen vor Ort.

Al-Nasirs erstgeborener Sohn Al-Hakam II. war als Leiter der Bauarbeiten an der Planung und Errichtung der Palaststadt maßgeblich beteiligt. Er befehligte Architekten, Maurermeister und Handwerker und war für die Ausrichtung und Gestaltung bestimmter sinnbildlicher Gebäude zuständig, deren sorgfältige Ausschmückung deutlich von seiner Vorliebe für die persische und orientalische Kunst geprägt ist.

Nach der Niederlage der Omaijadentruppen bei Alhándega im Jahr 939 widmete Al-Nasir sich ganz dem Bau der Stadt, weil ihm seine Berater empfohlen hatten, sich damit von seinen Sorgen abzulenken. Im Zentrum seines Interesses stand der Große Thronsaal und dessen Besonderheiten wie das beeindruckende Quecksilberbecken, das von mehreren Autoren erwähnt wird. Prinz Al-Hakam war weiterhin für den Rest der Stadt verantwortlich.

Die Statue über dem Torbogen und der Name der Stadt

Seit Ibn Hayyan (11. Jh.), der sich auf den Chronisten Al-Razi (10. Jh.) beruft, gilt als erwiesen, dass Al-Nasir über dem südlichen Stadttor eine Frauenstatue aufstellen ließ, das deswegen Tor der Statue genannt wurde. Auch Al-Muqtabis erwähnt eine Statue über dem südlichen Stadttor, vergleichbar mit der Frauenstatue über der *Puerta del Puente* der Stadt Córdoba im 10. Jahrhundert, die teils als Jungfrau Maria gedeutet wird, teils mit alten, nichtchristlichen Volkskulten in Verbindung gebracht wird, die parallel zu den offiziellen Religionen weiterlebten.

Dass diese Statue die Konkubine Azahra darstellte, gehört ins Reich der Legende um die Liebe zwischen ihr und dem Kalifen Al-Nasir.

Eine andere Deutung sieht in dieser Statue die Göttin Venus, die der Stadt auch ihren Namen gegeben haben soll, denn der arabische Name der Venus leitet sich aus der Wurzel «zahr» her.

Ibn Idari, ein Chronist des 14. Jahrhunderts, berichtet, am Tag, an dem die Statue entfernt wurde, sei ein orkanartiger Sturm aufgekommen, der große Verwüstungen angerichtet, Bäume entwurzelt und Taue zerrissen habe. Das Volk habe diese Schäden der Statue von al-Zahra zugeschrieben, denn sie sei «ein Talisman für zerbrechliche Dinge» gewesen, so wollte es das überlieferte Wissen des cordobesischen Volkes.

Die Legende berichtet auch, dass Al-Nasir an den Hängen der *Sierra Morena* Feigen- und Mandelbäume pflanzen ließ, die zur Blütezeit mit dem strahlenden Weiß der Stadt harmonieren und die Augen seiner Geliebten Azahra erfreuen sollten.

Dazu ist zu bemerken, dass das Wort Zahra eine weibliche Farbbezeichnung ist, die «strahlendes Weiß» bedeutet und sich ebenfalls von der bereits erwähnten Wurzel «zahr» des arabischen Namens der Venus herleitet. Daher soll auch der Name der Sklavin Azahra stammen.

Es sei noch erwähnt, dass der Name Madinat al-Zahra traditionell mit «Stadt des Glanzes» übersetzt wird.

Die Personen

Der Geschichtsschreiber des 11. Jahrhunderts Ibn Hayyan, von dem die offiziellen Chroniken über das Kalifat im 10. Jahrhundert stammen, erwähnt weder die Konkubine Azahra noch das Vorhandensein der blühenden Mandelbäume von

Madinat al-Zahra. Auch ältere Quellen, etwa Al-Razi oder die volkstümliche Überlieferung der Legende bis zum 17. Jahrhundert, geben keine konkreten Hinweise, doch aus ihnen können wir ermessen, welch großen Einfluss die Frauen bei Hofe besaßen.

In meinem Roman stelle ich den Kalifen Abd al-Rahman III. Al-Nasir als Verkörperung der charismatischen Macht eines Anführers dar. Er ist von Leidenschaft beseelt und folgt einer starken emotionalen Vision. Andere Aspekte seiner Persönlichkeit, die in den zeitgenössischen Chroniken erwähnt werden, treten hier in den Hintergrund. Die aufgeführten Daten sind entweder unmittelbar in Zeitdokumenten belegt oder lassen sich aus solchen zweifelsfrei ableiten.

Der zweite Kalif, Al-Hakam II., steht für die Macht der Weisheit, er verkörpert die Kraft der gelassenen Verstandesschärfe. Ich deute seine Persönlichkeit als die eines Weisen seiner Zeit, vielleicht sogar eines Erleuchteten.

Die außerordentliche Gelehrsamkeit und umfassende humanistische Bildung Al-Hakams ist belegt, ebenso sein geradezu fanatisches Interesse an Denkern und Philosophen der Vergangenheit, deren Vermächtnis in Büchern und Schriftstücken erhalten war. Auch von seiner äußerst umfangreichen Bibliothek berichten die offiziellen Geschichtsschreiber. Der charakterliche Gegensatz zwischen ihm und seinem Vater, dem Kalifen Al-Nasir, ist ebenfalls belegt, er prägte die Umstände seiner Amtseinsetzung.

Zu meiner persönlichen Deutung und zu meinen Folgerungen aus den Studien zur Gestalt Al-Hakams gehört, dass ich ihn als Eingeweihten in die okkulten Wissenschaften darstelle. Er war erwiesenermaßen ein Kenner der hebräischen Kabbala, und viele Autoren beschreiben ihn als Förderer und Gelehrten der so genannten «alten Wissenschaften», die von den orthodoxen muselmanischen Rechtsgelehrten abgelehnt wurden, nämlich Astrologie, Philosophie der Antike, Kulturgeschichte,

Studien über Hellseherei und Magie und andere esoterische Praktiken, die in der archaischen Volkskultur wurzelten. Es ist meine persönliche Hypothese, dass er dem Entwurf der Palaststadt eine kosmogonische Deutung zugrunde legte, aber es ist belegt, dass die Machthaber vor bestimmten Aktionen wie Schlachten, Reisen, Hochzeiten und Bauarbeiten Hellseher und Auguren befragten.

Zayyan, Nur, Sabay und Hawa sind erfunden.

Lubna hat tatsächlich gelebt, verschiedene Autoren erwähnen sie als «Kalligraphin, Sekretärin von Al-Hakam II. und Kundige in Grammatik, Arithmetik und Metrik, außerdem Dichterin». Einigkeit herrscht auch darüber, dass sie sehr schön war und die ersten Arbeiten an der Katalogisierung der Bibliothek Al-Hakams ausführte. Das Verwandtschaftsverhältnis mit den Kalifen ist Fiktion.

Die Frauengestalten dieses Buches verkörpern die Macht der Liebe, sie stehen für die Kraft der Unabhängigkeit und den Mut zu lieben.

Es ist belegt, dass Al-Hakam II. zunächst wenig Interesse an der Nachfolge seines Vaters auf den Kalifenthron zeigte, denn er wurde erst spät mit den königlichen Pflichten vertraut gemacht; und es ist ebenfalls belegt, dass sein erstgeborener Sohn Abd al-Rahman als Kind starb, doch es ist nicht klar, ob dessen Mutter die Konkubine Subh war, die später den Thronfolger Hisham zur Welt brachte.

Al-Aziz, Lubnas Liebhaber, ist erfunden, doch es kann ihn ohne weiteres tatsächlich gegeben haben, denn der erste Kalif hatte zahlreiche Söhne und Enkel, und Al-Aziz war unter den Omaijaden ein beliebter Name.

Die restlichen Verwandten und mit der Dynastie verbundenen Personen sind historisch.

Die Angaben zu Al-Mansur, dem berühmten Regenten und Diktator unter Hisham II., sind belegt. Die Gewichtung seiner Wesenszüge ist zwangsläufig subjektiv, für mich verkörpert er die Macht des persönlichen Ehrgeizes und die Auswirkungen der menschlichen Frustrationen, außerdem betrachte ich ihn aufgrund seiner Bestrebungen, die dynastischen Zwänge des vorherigen Jahrtausends zu durchbrechen, als Vorläufer einer gewissen Modernität. Die im Text erwähnten Söhne sind historisch, und seine Liebschaft mit der Konkubine des Kalifen, Subh, seiner politischen Komplizin, ist von der offiziellen Chronik belegt.

Von seiner Stadt Madinat al-Zahira existieren keine Überreste, die ihre geographische Lage zweifelsfrei bezeugen könnten, es gibt lediglich Hypothesen über ihren ungefähren Standort. Die Angaben im Roman stammen aus offiziellen Texten jener Zeit.

In meiner Beschreibung der Pracht Madinat al-Zahras habe ich mich von den Texten der Geschichtsschreiber und von zeitgenössischen Dichtern und Chronisten inspirieren lassen. Ich bin jedoch überzeugt, dass die tatsächliche Herrlichkeit dieser Stadt unser Vorstellungs- oder Begriffsvermögen weit übersteigt.